송명신언행록 1

宋名臣言行錄

Song Ming Chen Yan Xing Lu

지은이

주희(朱熹, 1130~1200)_ 시호는 文公이며 字는 元晦, 호는 晦庵. 남송의 대 유학자이며 성리학의 집대
성자이다. 原籍은 江東의 徽州 婺源縣(현재의 江西省)이지만 福建 南劍州에서 출생하여 후에는 주로 福
建의 建寧府(현재의 武夷山市)에서 활동하였다. 19세이던 高宗 紹興 18년(1148)에 진사과에 합격했으
며, 知南康軍・浙東提擧常平茶鹽公事 등을 역임하였다. 『四書集注』, 『伊洛淵源錄』, 『近思錄』, 『資治
通鑑綱目』, 『朱子語類』 등 수많은 저서가 있다.

이유무(李幼武, 생존연대 불명)_ 字는 士英으로 江西 吉州 廬陵縣 출신이다. 주희의 外孫으로서 남송
시대 전반기(四朝) 名臣들의 嘉言懿行을 輯錄하여, 『皇朝名臣言行續錄』(8권), 『四朝名臣言行錄』(上下
각 13권), 『皇朝道學名臣言行外錄』(17권)을 저술하였다.

엮고옮긴이

이근명(李瑾明, Lee, Geun-myung) 서울대학교 동양사학과와 동 대학원 졸업(문학박사). 현재 한국외
국어대학교 인문대학 사학과 교수로 재직 중이다. 주요 저서로 『왕안석 자료 역주』(HUiNe, 2017), 『남송
시대 복건 사회의 변화와 식량 수급』(신서원, 2013), 『사료로 보는 아시아사』(공저, 위더스북, 2014), 『아
틀라스 중국사』(공저, 사계절, 2007), 『송원시대의 고려사 자료』 1・2(공저, 신서원, 2010), 『동북아 중세
의 한족과 북방민족』(공저, 동북아역사재단, 2010) 등이 있다.

송명신언행록宋名臣言行錄 **1**

1판 1쇄 인쇄 2019년 2월 19일 **1판 1쇄 발행** 2019년 2월 25일

지은이 주희・이유무 **엮고옮긴이** 이근명 **펴낸이** 박성모 **펴낸곳** 소명출판
출판등록 제13-522호 **주소** 서울시 서초구 서초중앙로6길 15(란빌딩 1층)
대표전화 (02) 585-7840 **팩스** (02) 585-7848
이메일 somyungbooks@daum.net **홈페이지** www.somyong.co.kr

ISBN 979-11-5905-346-7 94820
ISBN 979-11-5905-345-0 (전 4권)

값 29,000원 ⓒ 한국연구재단, 2019

이 번역도서는 1999년도 정부재원(교육인적자원부 학술연구조성사업비)으로 한국연구재단의 지원에 의하여 연구되었음.

송명신언행록

宋名臣言行錄

1

주희 · 이유무 지음 | 이근명 엮고옮김

소명출판

◈ **일러두기**

1. 이 책은 『宋名臣言行錄』(朱熹·李幼武 撰)을 발췌·번역한 것이다.
2. 번역의 底本은,
 1) 朱熹, 『五朝名臣言行錄』(『前集』, 朱子全書本, 上海 : 上海古籍出版社, 合肥 : 安徽敎育出版社, 2002),
 2) 朱熹, 『三朝名臣言行錄』(『後集』, 朱子全書本, 上海 : 上海古籍出版社, 合肥 : 安徽敎育出版社, 2002),
 3) 李幼武, 『宋名臣言行錄 五集』(『續集』·『別集』·『外集』, 宋史資料萃編本, 臺北 : 文海出版社, 1967)이다.
3. 譯註를 붙이는 데 있어 다음과 같은 서적들을 참고하였으나 일일이 附記하지 않았다.
 1) 『宋史』(標點校勘本, 北京 : 中華書局)
 2) 『中國歷史大辭典 宋史卷』(上海辭書出版社, 1984)
 3) 譚其驤 主編, 『中國歷史地圖集 第六冊 宋·遼·金時期』(地圖出版社, 1982)
 4) 龔延明, 『宋代官制辭典』(北京 : 中華書局, 1997)
 5) 臧勵龢 等編, 『中國古今地名大辭典』(上海 : 商務印書館, 1931)
 6) 史爲樂, 『中國歷史地名大辭典』(北京 : 中國社會科學出版社, 2005)
 7) 『アジア歴史事典』 全10卷(東京 : 平凡社, 1962) 등

이 책은 남송의 대 유학자 주희(朱熹, 1130~1200)와 그의 외손자인 이유무(李幼武, 생존연대 불명)에 의해 편찬된 책이다. 주희는 두말할 나위 없이 성리학의 집대성자인 주자를 가리킨다. 뒤에 나오는 해제(『宋名臣言行錄』의 編纂과 後世 流傳)에 적혀 있듯, 이 책은 주희와 이유무가 직접 저술한 것은 아니다. 각종 서적에 기록되어 있는 내용 가운데 편찬 취지에 맞는 것을 가려 뽑아 모은 것이다. 그 각종 서적이란 것도 대단히 다채로워서, 관사찬 사서(史書)로부터 문집, 필기사료(筆記史料), 행장(行狀)과 일기, 어록 등에 이르기까지 실로 각양각색이라 하여 지나침이 없을 정도이다.

주희는 북송 시대에 살았던 명신들의 행적 가운데 후세의 귀감이 될 만한 것을 가려서 두 권의 책(『五朝名臣言行錄』과 『三朝名臣言行錄』)으로 엮었다. 그리고 그의 외손자였던 이유무가 그 뒤를 이어 대략 남송 시대에 활동한 인물들의 행적을 세 권의 책(『皇朝名臣言行續錄』, 『四朝名臣言行錄』, 『皇朝道學名臣言行外錄』)을 만들었고, 후일 이것이 주희의 저서에 덧붙여져 마치 하나의 책인 양 전해지게 된 것이다. 주희와 이유무 저술 사이의 터울도 수십 년에 달하고, 또 두 사람의 저술은 그 성격이나 완성도 면에서 상당한 차이가 있다. 그럼에도 불구하고 두 저술이 하나로 묶여 『송명신언행록』이라 명명되고, 그것이 후세에 전해지게 되었던 것이다.

처음 주희가 이 책을 만든 목적은 '세상의 교화'를 위해서였다. 하지만 유의해야 할 점은 '세상의 교화'라 할 때 그 대상은 독서인층 내지 사대부에 국한되어 있었다는 점이다. 한번 쭉 훑어보면 단번에 알 수 있듯, 이 책 가운데 일반 백성의 일상생활에 참조가 될 만한 내용은 거의 없다. 농민들의 가정생활이나 생산 노동은 물론이려니와, 도시민의 일상생활에 관련된 내용도 없다. 언행의 주인공이 '명신(名臣)'일 뿐만 아니라, 그 채록된 언행의 내용 또한 사대부들의 행동에 귀감이 될 만한 것들뿐이다. 우선 '명신'이라 해도 거의 대부분 재상이나 부재상 등 고위 관료가 태반이다. 재상이나 부재상 등이 아니라면 적어도 대간관(臺諫官)이나 명장(名將) 정도는 되어야 입전(立傳)의 대상이 된다. 또한 후세에 귀감이 될 만한 언행이라는 것도, 남다른 치적이라든가 올곧은 정치 주장의 피력, 혹은 관직생활에 있어서의 청렴 결백 등이 대부분이다.

사실 그 시각이나 관심 대상이 이렇듯 독서인 내지 사대부층을 향하고 있다는 점은 비단 이 책에만 그치지 않는다. 주희를 위시한 송대 성리학자들의 교화나 훈도 자체, 철저히 독서인층을 대상으로 한 것이었다. 성리학에서 향당(鄕黨) 질서의 순화를 위해 도입한 질서인 향약(鄕約)까지도 그 구체적 행동 규약을 보면 사실 일반 백성은 관심 대상이 아니다. 오로지 향촌의 지도자인 독서인과 사인(士人)만이 향약 덕목의 적용 대상이었다.

이 책에서 입전하고 있는 인물, 즉 명신은 재상이나 부재상, 명장 등의 고위 관료가 주류를 점하고, 그 수록 내용 역시 정치적 행적이 대부분이다. 따라서 주희에 의해 창안(創案)된 '언행록'이란 장르는, 기전체나 편년체 등과는 다른 또 하나의 역사 서술 형식이란 평가를 받아왔다. 명신, 즉 조야에서 높은 명망을 얻고 있는 인물만을 입전하고 있으므로,

그 수록 내용(언행)이 한 시대의 역사 사실을 빠짐없이 포괄할 수는 없다. 또 명신의 행적이라 해도 그것이 귀감이 될 만한 것이 아니라면, 그 역사적인 비중이 아무리 크다 할지라도 제외시킨다는 입장을 취하고 있다. 이를테면 어느 시대 명신이 아닌 재상이 주도한 일로서 대단히 역사적으로 중요한 사안이로되 바람직스럽지 아니한 것이 있을 수 있다. 그러한 경우라면 그 권신의 정책에 대해 비판적 입장에 서있는 인물이 명신으로 선정되는 것이고, 그 명신의 언행을 통해 해당 내용에 대한 평가와 서술이 진행되는 것이다. 마찬가지로 명신의 행적으로서 귀감이 될 만한 것은 아니로되 역시 중요한 사안이라면, 그것에 대해 비판적 입장에 선 다른 명신의 항목에서 서술되는 경우가 많다.

이러한 연유로 '명신언행록'은 시대의 역사 전개를 새로운 시각과 기준에 의해 재구성한 역사서라 할 수 있다. 따라서 주희는 『오조명신언행록』과 『삼조명신언행록』의 편찬을 통해 '언행록체'라는 새로운 형식의 역사 서술 체례를 만들었다는 평가를 받아왔던 것이다. 뿐만 아니라 주희는 『자치통감강목(資治通鑑綱目)』의 저자이기도 하다. 그리고 『자치통감강목』은 '강목체(綱目體)'라는 새로운 역사 서술의 효시였다. 또한 그는 『근사록(近思錄)』의 편찬을 통해 학술사의 새로운 지평을 연 학자였다. 주희는 중국 역사상 가장 중요한 철학자 가운데 한 사람이었지만, 동시에 역사학자로서도 결코 무시할 수 없는 입지를 가지고 있는 인물이라 할 수 있다.

주희는 자신의 저서(『五朝名臣言行錄』과 『三朝名臣言行錄』) 서문에서 교화의 목적으로 저술하였다고 술회하고 있지만, 그렇기 때문인지 그 내용 가운데는 다소 과장된 내용이 적지 않다. 아니 때로 동일 인물의 행적으로서 전후의 서술이 모순된 경우도 적지 않다. 또 중국적 과장 내지 수사(修辭)의 경향이 지나친 내용도 여기저기서 산견된다. 이를테면 어느 명신의 청렴을 강조하는 내용이 수록되어 있지만, 동일 인물 행적으로 뒷부분에 그것과 정면으로 배치되는 것이 등장하는 사례 등이 그것이다. 때로 강직하고 엄정한 행적을 강조하다가 그 뒷부분에는 그와 전연 어울리지 않는 내용을 부주의하게 소개하는 경우도 있다. 나아가 과연 청렴함이나 관대함으로 보아야 할지, 아니면 무신경이나 무관심으로 해석해야 할지 모를 정도의 내용이 등장하는 수도 있다.

더 흥미로운 것은 상투적인 과장과 수사적 서술이다. 이러한 경향은 청렴이나 강직, 부모나 군주에 대한 충효, 덕정(德政)의 시행 등을 강조하는 부분에서 두드러진다. 이를테면 부모 상을 당하여 슬픔으로 수척해 졌다든가, 혹은 하도 슬프게 통곡하여 주변 사람들이 눈물을 훔쳤다든가 하는 내용 등이 그것이다. 군주에 대한 걱정과 충정 때문에 병을 얻었다는 내용도 여기저기에 등장한다. 또 내외의 압력과 악조건을 이기고 황정(荒政)을 효과적으로 펼쳐 수십만의 생령(生靈)을 구조하였고, 그래서 목숨을 건진 사람들이 그 은혜에 감복하여 울며 고향으로 떠나갔다는 기록도 적지 않다. 나아가 어느 명신이 임기가 만료되어 이웃 지방으로 전근가는 것을 두 지방 백성들이 가로막으며, 그 선정을 흠모한 나머지 서로 자기네 지방장관이라고 우겼다는 내용이 두어 차례나 나오는 대목에 이르러서는 실로 어안이 벙벙해질 정도이다.

이러한 상투적 과장 내지 수사적 서술은 대외 관계에서 더욱 두드러지게 나타난다. 그러한 서술 경향은 대외전쟁이나 사신의 접대, 외교적 절충 등을 가리지 않고 빈번히 등장한다. 이를테면 서하나 거란, 금과의 전쟁 장면을 보면 대단히 기이하면서도 이해 못할 대목이 적지 않다. 송 측의 군대가 외국과 전쟁을 벌여 패전할 때는 통상 몇 가지 불운이 겹쳤기 때문이라 적고 있다. 또는 효과적으로 전투를 수행하다가 갑작스레 사소한 계기로 말미암아 무너지는 듯 적는 경우도 많다. 도대체 왜 송측의 군대가 패전을 맞이하게 되는지 이해하지 못할 기술 태도를 보이는 것이다.

또한 거란이나 금측의 사신을 맞이할 때 명신들은 대단히 중후한 군자라든가, 혹은 사직과 군주를 온 몸으로 지키기 위해 충정을 불사르는 우국지사와 같은 모습으로 묘사되고 있다. 외국 사신은 이러한 명신을 경애와 흠모의 대상으로 우러러 보았다고 한다. 한 걸음 더 나아가 명신이 외국 사신을 이적(夷狄)으로 대하지 않아 그들로부터 감동을 샀다고 말하기도 한다. 때로는 거란이나 금의 조정에서, 도리로써 그들을 회유하고 선무하여 마침내 신의를 모르는 금수와 같은 그들을 설복시켰음을 소개하기도 한다. 또 '송조의 황제는 남북의 백성 모두를 불쌍히 여기므로 거란과 전쟁을 애써 회피하는 것이다'라고 말하기도 한다.

나아가 전연(澶淵)의 맹약 당시 송이 거란에 커다란 은혜를 미쳤다는 내용도 도처에 등장한다. 당시 송의 군사력이 거란을 압도하는 상태였고 거란 군대가 고향을 멀리 떠나와 거의 무너지기 직전 상태였지만, 그것을 공격하지 않고 짐짓 맹약을 체결해 주었다는 것이다. 또 맹약의 체결 이후에는 일부 신하들이 돌아가는 거란 군대를 공격하여 궤멸시키자 하였지만, 진종이 그걸 만류하여 마침내 거란 군대가 탈 없이 귀환할 수 있었다고 한다. 사실 1004년 전연의 맹약은 송조로서 어쩔 수 없어 막대한 대가의 지급을 조건으로 거란의 남침을 막은 것이었다. 거란의 남침 소식이 전해지자 송 조정은 가위 공포의 분위기에 휩싸여 버렸다. 그래서 진종에게 강남이나 사천으로 도망가자고 권유하는 인물도 적지 않았다. 그런데 명신의 언행에서는 이러한 사실 관계가 완전히 송조의 편의대로 도치되어 버리는 것이다. 심지어 정강(靖康)의 변(變), 즉 북송의 멸망 이후에는 더 심각한 인식이 등장하기도 한다. 즉 고려·발해·몽골 등에 사신을 보내게 되면, 그들이 송조의 덕(德)을 흠모하여 부모와 같이 우러르고 있기 때문에, 다투어 원군을 내어 송을 도와 줄 것이라 말하기도 하는 것이다. 사실 이러한 중국 전통 사서의 자아도취적 기술은 『송명신언행록』이나 송대의 저작에만 국한되는 것이 아니다. 정도의 차이는 있을지언정 이러한 소아병적 자기중심 태도는 사서(史書)나 문집, 그리고 이른바 명신이나 범용한 관료를 가리지 않고 공통적으로 드러나는 현상이기도 하다.

이렇듯 『송명신언행록』은 '교화'란 목적 아래 저술된 책이기 때문에 그 서술 내용에는 문제점과 약점이 적지 않다. 이 책을 토대로 송대의 역사상, 혹은 송대 지식인의 모습을 재구성하는 것에는 상당한 주의가 필요하다. 다만 주희와 이유무가 이 책을 편찬할 때 의거하였던 서적 가운데 상당수가 현재는 전해지지 않고 망실된 상태이다. 그리하여 원 저작이 사라진 관계로 현재 이 책에서만 보이는 내용 내지 항목도 제법 많다. 이러한 점을 고려하면 사료적 가치란 면에서는 상당한 중요성을 띠고 있다고 하겠다.

이 책은 『송명신언행록』 가운데 일부의 내용을 발췌하여 역주한 것이다. 번역 대상 내용의 선별에 있어서는 가능한 한 상투적이고 의례적인 것은 제외하고, 송대의 역사상 이해에 효용이 되는 항목을 택한다는 자세를 취하였다. 역주는 내용을 매끄럽게 이해할 수 있도록 가능한 한 상세하게 붙이려 하였다. 그러나 기본적으로 이 책은 일반 독자가 읽기에는 너무도 난삽하고 지리한 내용으로 되어 있다. 필시 중국사 연구자, 그것도 송대사 내지 중국 중세사 전문가가 아니면 독서에 엄두를 내기 힘들 것이라 여겨진다. 어쩌면 송대사 전공자라 해도 전체의 내용을 차분히 읽어내려 가기는 힘들지도 모른다. 이 책에서 한글 전용 원칙을 취하지 아니하고 한자를 병용한다거나, 혹은 역주에서 대단히 전문적이면서도 세밀한 내용이나 고증을 가한 것도 그러한 이유에서였다.

이 책의 번역에는 많은 시간과 노력이 소요되었다. 특히 후반부(『속집』, 『별집』, 『외집』)는 한적본 이외에 근대적 배인본(排印本)도 부재한 상태라서 구두점 찍기부터 시작하여야 되었다. 중국과 일본에는 『송명신언행록』이란 명칭의 번역서 내지 편역서가 몇 종류 존재하지만, 그 모두 주회 편찬 부분에 대한 것일 뿐이다. 이유무가 편찬한 부분에 대한 번역은 이 편역서가 그 최초의 시도라 할 수 있다.

이 책의 번역 작업을 시작하게 된 것은 서울대 동양사학과에 재직하셨던 이성규 선생님의 권유와 도움 때문이었다. 이성규 선생님은 이 책의 번역에 대해서 뿐만 아니라 역자가 지금껏 공부를 해 오는 데 있어 많은 도움을 베풀어 주셨다. 온후한 인격과 세심하고 따듯한 지도에 깊은 감사와 존경을 표한다.

2019년 2월
편역자 씀

송명신언행록 1_ 차례

송명신언행록 전체 차례

해제解題

『宋名臣言行錄』의 編纂과 後世 流傳

1. 머리말

　『宋名臣言行錄』(前集·後集·續集·別集·外集)은 송대 정치가와 學人들의 행적 및 발언을 輯錄한 책이다. 宋代라는 시대는 사회경제적으로나 사상적으로 중요한 전기를 이루는 시대로 알려져 있다. 20세기 초두 이래 이른바 '唐宋變革期'라는 개념이 출현하여 그것이 중국사 인식의 주요 지표로 자리 잡게 되었던 것은 그러한 사정을 단적으로 보여주는 것이라 하겠다. 송대에 발생한 사상적 전변 가운데 핵심적 요소의 하나가 程朱學의 출현과 발달인 바, 『송명신언행록』은 바로 그 程朱學의 집대성자인 朱熹의 명성과 결부되어 이후 중국을 위시한 동아시아 사회에 폭넓게 유포되며 적지 않은 영향을 미쳤다.

남송 초 주희가 처음 이 책을 편찬할 때는 북송 시대만을 대상으로 하였으며 서적의 명칭도 『五朝名臣言行錄』과 『三朝名臣言行錄』이라 붙여졌다. 그 후 남송 말기 주희의 外孫인 李幼武란 인물이 남송 시대 인물들의 언행록을 세 개의 서적으로 저술하고, 그것이 다시 주희의 저술과 合本되어 현재와 같이 『송명신언행록』이라 명명되었던 것이다. 따라서 주희 및 李幼武의 저술만 해도 적어도 50여 년 이상 간격이 있었던 것이고, 또 이들 양인의 저술이 합본되어 단일의 서적과 같은 외양을 취하는 것까지 감안하면 그 成書의 기간은 더욱 길어지게 될 것이다. 그런만큼 『송명신언행록』이란 서적의 출현 과정에는 남송 시대 문화사 및 사상사가 여러 형태로 그 영향을 드리우게 된다.

남송 말 주희와 이유무의 저작이 합본되어 출간된 이래 『송명신언행록』이라 하면 대부분 이를 지칭하였으나, 주희의 원래 저작 또한 그 合本書와 병행하여 후대로 전해졌다. 특히 淸末 四部叢刊本으로 원래의 저작인 『五朝名臣言行錄』과 『三朝名臣言行錄』이 출판되면서 그에 대한 관심이 제고되어, 현재에 이르러서는 合本의 『송명신언행록』과 주희의 원래 저작이 함께 통행되고 있는 실정이다.

여기서는 『송명신언행록』에 대한 전반적 소개와 解題를 시도하고자 한다. 이 저술이 어떠한 과정을 통해 著作되고 그것이 두 판본으로 어떻게 정착되어 갔으며, 두 판본 사이의 차이는 어떠한가 하는 점을 살펴고, 이어 그 체제와 구성에 대해 검토해 볼 예정이다. 특히 통상적으로는 주희의 원래 저작이 合本書에 비해 우수한 판본이라 평가되고 있으나, 合本書의 출현과 정착 과정을 돌아보며 合本書 또한 상당한 장점을 지니고 있다는 점에 대해 立論하고자 한다. 그 연후에 『송명신언행록』이 세상에 출현한 이래 전근대 말기에 이르기까지 지속된 논란을 점검하면서 이를 통해 이 책의 성격을 다시 한 번 조명하고자 한다.

2. 著述의 經過와 版本

오늘날 통상 『宋名臣言行錄』이라 일컬어지는 서적은 처음부터 하나의 저작으로 편찬된 것이 아니고, 朱熹와 李幼武 두 사람의 저술 다섯 개를 후대에 하나로 合本한 것이다. 주희와 이유무는 공히 남송 시대의 인물로서 남송 초 주희가 먼저 북송 시대 名臣들의 언행을 輯錄하여 『五朝名臣言行錄』(10권)과 『三朝名臣言行錄』(14권)[1]으로 간행하고, 그 뒤 이와는 별도로 주희의 外孫인 李幼武가 理宗 年間(1225~1264)의 어느 시점에 『皇朝名臣言行續錄』(8권)·『四朝名臣言行錄』(上·下 각 13권), 『皇朝道學名臣言行外錄』(17권)을 저술하였다. 이러한 저작들이 남송 말부터 『송명신언행록』(75권)이란 단일의 책으로 合本되며 주희의 저술이 前集과 後集, 그리

---

1   이 두 저작을 일괄하여 『八朝名臣言行錄』이라 부르기도 한다. 이러한 명칭은 『朱熹集』 권75의 "八朝名臣言行錄序"란 문장에서도 드러나듯 이미 朱熹 當世부터 쓰였던 것으로 보인다.

고 이유무의 저술이 각각 續集・別集・外集이라 명명되기에 이르렀던 것이다.

주희가 『五朝名臣言行錄』과 『三朝名臣言行錄』(합하여 『八朝名臣言行錄』)을 저술한 것은 그의 나이 43세 되던 해인 孝宗 乾道 8년(1172)의 일이다. 이 무렵 그는 실로 왕성한 저작활동을 보이고 있었다. 이 해만 하더라도 『八朝名臣言行錄』을 편찬하기 이전 『資治通鑑綱目』(59권)과 『論孟精義』(34권)를 저술하였고, 이후에는 『西銘解義』(1권)를 저술하고 있다. 이듬해인 乾道 9년(1173)에는 이어 『中庸集解』(2권)・『程氏外書』(12권)・『太極圖說解』(1권)・『通書解』(2권)・『伊洛淵源錄』(16권)을 편찬하였고, 다시 그 한 해 뒤인 淳熙 元年(1174)에는 『古今家祭禮』(20권)를 편찬하고 있다. 이후에도 50세가 되는 淳熙 6년(1179)까지 『近思錄』(14권)・『論語集註』(10권)・『論語或問』(20권)・『孟子集註』(7권)・『孟子或問』(14권)・『周易本義』(12권)・『詩集傳』(8권) 등 무려 9종의 서적을 펴냈다.[2] 주희의 저술활동은 만년에 이르기까지 단절 없이 지속되지만 이 시기야말로 그의 일생 가운데 저술활동이 가장 활발하게 진행되는 시기였던 것이다. 특히 그중에서도 『八朝名臣言行錄』을 위시하여 『資治通鑑綱目』・『伊洛淵源錄』 등 역사서의 성격을 지닌 저술들은 모두 이 시기에 완성되었다.

남송 초라는 시점은 宋代를 통해서도 역사학에 관한 관심이 가장 높았던 시기의 하나였다. 북송의 멸망과 宋室의 南渡라는 분위기 아래 역사에 대한 재조명이 활발히 진행되었을 뿐더러, 북송 중엽 이래 지속된 黨爭으로 말미암아 實錄이나 國史의 改修 등 官修國史가 수차 굴절되었던 것에 대한 반성이 제기되었던 것이다. 汪藻의 『靖康要錄』이라든

---

2 朱熹의 著述 編年에 관해서는 王懋竑, 『朱熹年譜』(北京 : 中華書局 點校本, 1998), 附錄 3을 참조.

가 李燾의 『續資治通鑑長編』, 徐夢莘의 『三朝北盟會編』, 王稱의 『東都史略』, 李心傳의 『建炎以來繫年要錄』 등 송대 사학을 대표하는 저작이 속속 출간되었던 것이 그러한 사정을 여실히 보여준다. 주희의 『八朝名臣言行錄』 또한 상당 부분 이러한 修史 풍조의 영향 아래 저술되었던 것으로 이해된다.[3]

실제로 주희는 당시인으로부터, '오늘날 역사가로서의 자질을 두고 볼 때 朱熹와 葉適만한 인물이 없다'[4]고 칭해질 정도였다. 이른바 '綱目體'라는 새로운 역사 서술의 형식을 창도한 『資治通鑑綱目』이라든가, '名臣言行錄'이라는 새로운 형식의 시초를 이루는 『八朝名臣言行錄』, 그리고 마찬가지로 학술사의 새로운 지평을 연 것이었다는 평가를 받고 있는 『伊洛淵源錄』 등의 저작은 그러한 역사가로서 주희의 면모를 여실히 대변하는 것이라 하겠다. 뿐만 아니라 당시의 官修國史에 대한 비판적 인식 또한 주희의 歷史眼을 잘 보여준다. 주희는 남송 초반 당시 官修國史의 왜곡 상황에 대해 강렬한 비판의식을 지니고 있었다. 그는 '대저 史書는 모두 부실하여 민감한 곳에 이르면 감히 기록하려 들지 않는다'[5]고 말하고 있을 정도이다. 주희에 의하면 이러한 책임 회피 내지 直筆의 외면 풍조는, 哲宗 紹聖 元年(1094) 章惇과 蔡卞이 중심이 되어 『神宗實錄』 찬수의 핵심인물이었던 范祖禹와 黃庭堅 등에 대해 처벌하면서부터 비롯되었다고 한다. 이러한 전례를 보고 후대의 사관들은 처벌이 두려워 단지 주어진 자료에만 의거할 뿐 자신의 의견을 덧붙이지

3 　葉建華, 「朱熹『宋八朝名臣言行錄』初探」, 『史學月刊』, 1988. 6, 23쪽 및 李偉國, 「朱熹『名臣言行錄』八百年歷史公案」, 『學術月刊』, 2002. 12, 90쪽 등을 참조.

4 　陳傅良, 『止齋集』(四庫全書本) 권27, 「辭免實錄院同修撰第二論」, 9의 앞면. 以臣所見當今良史之才 莫如朱熹 葉適.

5 　『朱子語類』 권128 「本朝」 2, 「法制」(上海古籍出版社 및 安徽敎育出版社 刊行, 『朱子全書』 제18책, 2002), 4011쪽. 大抵史皆不實 緊切處不敢上史 亦不關報.

않게 되었다는 것이다.[6] 그는 資料에 대한 비판적 재해석과 검토야말로 史家 본연의 임무라고 인식하고 있다.

주희는 『八朝名臣言行錄』을 저술하며 다음과 같은 自叙를 붙이고 있다.

> 내 近代의 文集 및 記事의 서적들을 읽건대, 거기에 실려 있는 宋朝 名臣들의 言行은 세상의 教化에 큰 보탬이 되도다. 하지만 그것들이 散漫한 데다가 정리되지 않아 그 始終과 안팎의 모습 전체를 살필 수 없고, 그래서 허황하고 기괴한 이야기에 경도되는 예가 많다. 내 항상 이러한 정황을 근심스러워 하다가, 이에 그 大要를 가려 취하여 이 서적을 묶어냄으로써 記覽에 편하게 하노라. 하지만 아쉽게도 아직 書籍이 不備하여 빠진 부분이 적지 않으니, 후일 더 얻는 바가 있으면 마땅히 계속 고쳐가야 할 것이다.[7]

이를 통해 주희는 『八朝名臣言行錄』 편찬의 의도와 저술 방침을 분명히 밝히고 있다. 『名臣言行錄』은 세상의 教化를 목적으로 편찬되었다는 것이며, 이를 위해 文集을 위시한 기존 서적 여기저기에 어지럽게 흩어져 있는 名臣의 발언과 행적을 輯錄하였다는 것이다. 名臣들의 言行을 일목요연하게 정리함으로써 教化에 도움을 주고자 한다는 것, 이것이 바로 주희 자신이 밝히고 있는 저술의 취지였다. 또 이 自叙에서는

---

6 위의 책, 4011·4012쪽. 朱熹는 이러한 정황에 대해, "今之修史者只是依本子寫 不敢增減一字. 蓋自紹聖初 章惇爲相 蔡卞修國史 將欲以史事中傷諸公. 前史官范純夫 黃魯直已去職 各令於開封府界內居住 就近報國史院取會文字. 諸所不樂者 逐一條問黃范 又須疏其所以然 至無可問 方令去. 後來史官因此懲創 故不敢有所增損也"라고 말하고 있다. 『宋名臣言行錄』에도 紹聖 元年(1094) 당시 章惇과 蔡卞이 『神宗實錄』을 重修하며 黃庭堅과 范祖禹 등에 대해 힐난했던 저간의 사정을 採錄하고 있다(『續集』권1, 黃庭堅의 第6條目).

7 『八朝名臣言行錄』 「自叙」, 『朱子全書』 第12冊), 8쪽. 予讀近代文集及記事之書 觀其所載國朝名臣言行之迹 多有補於世教者. 然以其散出而無統也 既莫究其始終表裏之全 而又泪於虛浮怪誕之說 予常病之, 於是採取其要 聚爲此錄 以便記覽. 尚恨書籍不備 多所有闕嗣 有所得 當續書之.

향후 미비점을 보완하는 수정작업을 계속할 것임도 피력하고 있다. 주희 자신이 밝히고 있는 이러한 저술의 취지와 저술 방침은 후술하는 바와 같이『名臣言行錄』의 평가와 관련되어 후일 많은 사람들에 의해 논란되기에 이른다.

그런데 孝宗 乾道 8년(1172)『八朝名臣言行錄』이 간행된 이래 주희의 명성과 더불어 이 책이 각처로 유포되면서 그 版本 또한 적지 않게 출현하였다. 그러한 정황과 관련하여 理宗 寶祐 6년(1258) 李居安이란 인물[8]은,

> 宋朝 名臣들의 言行을 史籍에 수록할 때에는 모름지기 상세함을 기해야 할 것이다. 하지만 始初의 正本은 상세하기는 하나 統紀가 산만하다. (반면) 近世의 纂要本들은 剪截을 행하였으되 앞뒤가 뒤섞여 있다.[9]

고 말하고 있다. 이 발언은 四部叢刊本이 간행되기 이전까지 통행되던 合本書의 序文으로 실려 있는 것이다. 李居安은 당시 朱熹의 原本과 이를 剪截한 纂要本들 가운데 하나를 선택하면서 위와 같이 기록하고

---

8 臺灣 학자 鄭騫은 「朱熹八朝名臣言行錄의 原本與刪節本」(國立編譯館 主編,『宋史研究集』4, 臺北 : 國立編譯館, 1969)에서 李居安과 太平老圃 李衡이 동일인물이었을 것이라 立論한 바 있다(1·2쪽). 이에 대해 裵汝誠과 顧宏義는「兩種版本, 不可偏廢-鄭騫先生, 「朱熹『八朝名臣言行錄』的原本與刪節本」讀後感」(『邁入21世紀的朱子學』, 紀念朱熹誕辰870周年逝世800周年論文集, 上海 : 華東師範大學出版社, 2001』)에서 이러한 추론에는 전연 근거가 없다고 반박하였다(313·314쪽). 하지만 裵汝誠과 顧宏義의 반론은, 鄭騫이『詩經』陳風에 의거하여 李居安과 李衡이 동일인물이라 추론했던 사실을 비판하는 것이었을 뿐이었다. 필자는 제반 자료들을 검토하다가,『欽定天祿琳琅書目』권5에서, "李居安 江西志載爲廬陵人 登寶慶二年丙戌進士. 其校正之李衡 宋史載爲江都人 字彦平 登進士第. 由吳江主簿 歷官秘閣修撰致仕 定居崑山"(「元版史部宋名臣言行錄」, 53쪽의 앞·뒤)이라며 양인의 개략적인 행적을 기술하고 있는 것을 발견하였다. 李居安과 李衡은 裵汝誠·顧宏義이 추론했던 바와 같이 결코 동일인이 아니었던 것이다.
9 「『宋名臣言行錄』의 序」(臺北 : 文海出版社 影印本, 1967), 9쪽. 本朝名臣一言一行 史筆所錄 法當詳瞻. 然始初之正本固詳瞻矣 而統紀之漫澶 近世之纂要雖剪截矣 而顚末之參差.

있다. 남송 말 주희의 저작은 여러 형태로 剪截되었고 그에 따라 적지 않은 판본이 형성되어 있었던 것이다. 그중 李居安이 선택한 판본은 그 序文의 뒤에 기록되어 있듯이 太平老圃 李衡이란 인물에 의해 校正된 것이었다. 李衡의 校正本에 대해 그는, "적절한 訂正을 통해 분명한 체계를 이루어 내었고 동시에 번잡하지도 않고 그렇다고 지나치게 간단하지도 않다"[10]는 평가를 내리고 있다.

이 太平老圃 李衡의 校正本은 이후 주희의 原本을 대체하며 通用의 판본으로서 자리 잡기에 이른다. 이처럼 李衡의 校正本이 通用本의 지위를 확보하는 데 결정적인 역할을 하는 인물이 李幼武이다.[11] 李幼武는 李衡의 一族으로서 그의 校正本을 간행하여 學人들의 편의를 도모하고, 아울러 주희의『八朝名臣言行錄』이 북송 시대의 名臣만을 대상으로 하고 있는 것을 보완하는 형식으로 남송 시대의 인물을 선별하여 별도의 서적을 편찬하였다. 그것이 바로 『皇朝名臣言行續錄』(8권)・『四朝名臣言行錄』(上・下 각 13권),『皇朝道學名臣言行外錄』(17권)이었다. 그리고 李衡의 校正本에다가 자신의 저작 세 편을 덧붙여 합본서의 체제를 갖추었다. 이러한 일련의 작업이 행해진 것이 理宗 年間의 일이었다. 四部叢刊本으로 주희의 原本(『五朝名臣言行錄』과『三朝名臣言行錄』)이 재출간되기 전 지배적인 판본으로 통용[12]되던 이른바 五集合刻本은 이러한 과정을 통해 형성되

---

10 위와 같음. 點勘訂正 有宗有元 不繁不簡.

11 李幼武의 李衡 校正本 간행, 그리고 여기에 자신의 저작을 合刻하였던 저간의 사정에 대해 趙崇砱은 理宗 景定 2年(1261)『宋名臣言行錄』續集(『皇朝名臣言行續錄』)의 序文을 撰하며, "李士英 頃以宗人太平老圃所校八朝名臣言行錄鋟梓 大爲學者便矣. 今又於中興四朝諸名臣 蒐閱行事 集爲全編筆成 示余一覽"이라 적고 있다. 士英은 李幼武의 字이다.

12 남송 말 李幼武에 의해 五集合刻本이 출간된 이래 四部叢刊本이 간행되기 전까지 朱熹의 原本은 거의 자취를 감추었던 것으로 보인다. 이 시기 동안 學人들이 閱覽한 것도 거의 대부분 五集合刻本이었다. 이러한 정황에 대해『四部叢刊初編書錄提要』에

고 간행되었던 것이다. 청대 四庫全書에 수록되었던 판본도 주희의 原本이 아닌 五集合刻本이었다. 이러한 通用本의 前集과 後集에는 '晦庵先生朱熹纂集, 太平老圃李衡校正'이란 著者 및 編者의 이름이 붙여지고, 또 續集 및 別集·外集에는 '後學李幼武纂集'이란 저자명이 붙여졌다.

그렇다면 李衡의 校正本은 朱熹의 原本을 어떻게 변형시킨 것이었을까? 李衡의 校正本이란, 前記한 바 있는 通用의 五集合刻本 序文에서 李居安이 말하고 있듯 剪截의 纂要本 가운데 하나였고, 따라서 기본적으로 주희의 原本을 刪節한 것이었다. 주희의 原本(『八朝名臣言行錄』)은 每名臣마다 서두에 小傳을 달았으며, 이어 주요 言行의 事跡을 列記하였다. 또 言行의 사적에 따라서는 注文을 附記하며 본문의 내용을 추가로 설명한다거나 혹은 사료 검토, 주요 개념에 대한 설명 등을 가하기도 했다. 하지만 李衡의 校正本에서는 小傳을 裁減하여 字와 出身 등만을 남기고 거의 삭제하다시피 하였으며, 일부 注文을 本文으로 돌리는 대신 注文을 완전히 없애버렸다. 臺灣 학자인 鄭騫의 분석[13]에 의하면 小傳의 경우 약 85%, 事跡 부분의 경우 條目數로 따져 36% 정도를 삭제하였다고 한다. 뿐만 아니라 李衡은 刪去하지 않은 나머지 條目에 대해서도 상당한 裁減을 단행하고 있으므로, 鄭騫은 전체 분량을 헤아린다면 그 刪去量이 6할을 상회할 것으로 추정한다. 이러한 刪去 내지 裁減의 기준은 대체

서는 "是朱子單行之本宋季已罕傳矣"라고까지 말하고 있다. 筆者의 검색에 의하면 남송 말 이후 朱熹의 原本이 거명되거나 혹은 그것을 讀書하였던 것으로 기록되는 사례는, ①『宋史』권203, 「藝文」2, 「史類」(北京 : 中華書局, 標點校勘本, 5123쪽); ② 黃震, 『黃氏日抄』권50, 「讀史名臣言行錄」(四庫全書本); ③ 馬端臨, 『文獻通考』권199, 「經籍考」26, 「八朝名臣言行錄」(四庫全書本, 16쪽의 앞); ④ 陳振孫, 『直齋書錄解題』권7, 「傳記類」, 「八朝名臣言行錄」(四庫全書本, 32쪽의 앞); ⑤ 王世貞, 『弇州四部考』권130, 「宋先司諫公告身眞蹟」(四庫全書本, 13쪽의 뒤); ⑥『皇淸文穎』권21, 「書朱子五朝名臣言行錄後」(果毅親王 允禮 著, 四庫全書本, 1의 앞·2의 앞면) 등에 불과하다.

13　앞의 「朱熹八朝名臣言行錄的原本與刪節本」, 35쪽.

로 名臣의 언행록이란 書名에 걸맞게, 名臣에게 긍정적인 측면만을 남기고 부정적인 記述을 삭제하는 방향이었다고 이해되고 있다.

이상과 같은 現存의 두 版本(朱熹의 原本, 李衡의 校正本)에 대해 통상적으로는 주희의 原本 쪽이 훨씬 우수한 것이라 평가되어 왔다. 李衡의 校正本은 대폭적인 刪去로 말미암아 사료적인 가치가 크게 손상되었을 뿐만 아니라 刪去의 안목 자체도 매우 조잡하다는 것이다. 刪去로 인해 분량이 대폭 축소된 李衡의 校正本이 사료적 가치란 면에서 바람직스럽지 못하다는 점은 분명하다. 특히 주희가 『八朝名臣言行錄』을 저술할 당시 이용하였던 일차자료들 가운데 상당수가 현재 闕失되어 버린 상황[14]을 감안하면 더욱 그러하다. 하지만 李衡의 校正本에서 행한 刪去 가운데 명신에 대해 부정적인 측면을 축소한 것은 논외로 한다면, 그 刪去가 일방적으로 매도될 만치 무의미한 것이었다고는 생각되지 않는다.

물론 校正本에서의 산거로 말미암아 사실관계를 뒤바뀌어 버린 오류도 존재하는 것은 사실이다. 다음과 같은 사례가 그것이다.

(開府)公이 (司馬)溫公과 同年契를 맺었던 연고로 마침내 溫公을 좇아 공부하게 되었다.(後集 권12, 劉安世, 괄호 속은 李衡의 校正本에서 刪去된 부분)[15]

이에 대해서는 기존의 연구[16]에서도 몇 차례 지적된 바 있지만, 李衡의 校正本에서는 서두의 '開府'라는 글자를 刪去함으로써 문맥을 완전

---

14 이에 대해서는, 李偉國, 「八朝名臣言行錄 點校說明」, 『朱子全書』『八朝名臣言行錄』, 3쪽 참조.

15 (開府)公與(司馬)溫公爲同年契 因遂從學於溫公.

16 鄭騫, 앞의 「朱熹八朝名臣言行錄的原本與刪節本」, 11·12쪽; 裵汝誠·顧宏義, 앞의 「兩種版本, 不可偏廢－鄭騫先生『朱熹『八朝名臣言行錄』的原本與刪節本』讀後感」, 322·323쪽.

히 왜곡하고 있다. 開府公은 劉安世의 부친인 劉航인 바, 劉航이 司馬光과 進士科의 同年 합격생이었기 때문에 그 연고로 劉安世가 사마광에게 수학하게 되었던 것이다. 하지만 李衡의 校正本에서는 '開府'라는 두 글자를 산거함으로써, 劉安世가 司馬光과 進士科 동기생이었고, 또 그럼에도 불구하고 同年인 司馬光에게 수학한 것이 되어버렸다.

다음의 사례 역시 마찬가지이다.

> <u>正獻公</u>(居家簡重寡默 不以事物經心 而<u>申國夫人</u>性嚴有法度 雖甚愛公 然)敎公事事循蹈規矩. 甫十世 祁寒暑雨 侍立終日 不命之坐 不敢坐也.(後集 권6, 呂希哲, 괄호 속은 李衡의 校正本에서 刪去된 부분)[17]

朱熹의 『八朝名臣言行錄』에서는 呂公著(正獻公)와 그 부인인 申國夫人이 대조적인 성품을 지니고 있었다고 기록하고 있다. 呂希哲에 대한 교육에 있어 呂公著는 과묵하여 아무런 간여를 하지 않았던 반면, 申國夫人은 매우 엄한 태도를 취했다는 것이다. 그런데 李衡의 校正本에서는 申國夫人을 刪去함으로써 呂公著의 교육 태도를 완전히 뒤바꿔 버렸다. 뿐만 아니라 여공저는 직전 부분에서 극히 重厚한 성품의 소유자로 묘사되어 있는데, 이 부분에 이르러 부당한 刪去로 말미암아 자식 교육에 있어서는 냉혹하기 그지 없는 인물로 변하고 만다.

하지만 李衡 校正本에서의 刪去가 납득할 만한 기준에서 행해진 사례 또한 적지 아니하다. 번거로움을 피하기 위해 그러한 예를 두 개만 들면 아래와 같다.

---

17   번역은 본서 4책, 248쪽 참조.

①

眞宗 大中祥符(1008~1016) 년간의 말엽, 王曾이 知制誥로 있으며 조정 내에서 그 聲望이 날로 무거워져 갈 때의 일이다. 어느 날 中書에 이르러 王旦을 뵙자, "그대는 여이간이란 인물을 아는가?"라는 질문을 받았다.

왕증은,

"모릅니다"라고 대답했다.

(왕증은 물러나 다른 사람에게 물어보았다. 당시 여이간은 太常博士로서 濱州의 通判으로 재직하고 있었는데 사람들 대부분 그 재능을 칭찬해 마지않았다.

그 뒤 왕증이 다시 왕단을 뵙고 다시 이전과 같은 질문을 받았다. 왕증은, "公께서 이전에 그 사람에 대해 물어보셨기에 물러나 탐문하였습니다"라고 말하고 들은 대로 대답하였다.)

이에 왕단이 말했다.

"훗날 이 인물은 그대와 더불어 재상직을 담당하게 될 것이오"

"어떻게 그것을 아십니까?"

"나 역시 그를 모르오. 다만 그의 奏請을 읽은 바 있을 뿐이오"

왕증이 다시 물었다.

"어떤 일을 奏請했습니까?"

"농기구에 과세해서는 안 된다는 등의 몇 가지 일이었소"

(당시 왕증은 자신감이 넘쳐 있을 때라서 왕단의 말을 듣고 믿지 않았다. 그래서 짐짓, "알겠습니다"라고만 대답하였다.

얼마 후 여이간은 濱州通判職을 마치고 양절로의 提點刑獄으로 승진하였고, 또 얼마 되지 않아 侍從이 되었다. 그리고 丁謂가 좌천되자 왕증에 의해 執政으로 발탁되었다.)

그 뒤 마침내 왕증과 더불어 재상이 되었다.

(그 후 어느 날 왕증은 여이간에게 조용히 왕단의 말을 전하였다. 두 사람은 그의 선견지명에 대해 凡人이 미치지 못할 바라고 탄복해 마지않았다.

후일 張方平이 이 일을 여이간으로부터 전해듣고 神道碑에 대략적인 내용을

적었다.)(前集 권6, 呂夷簡, 괄호 속은 李衡의 校正本에서 刪去된 부분)[18]

②

　李元昊가 반란을 일으키자 陝西의 四路에 군대를 배치하고 夏竦을 總帥로 삼았다. 그런데 夏竦은 長安에 머물며 戰場에 나서려 하지 않았다. (그는 精兵과 勇壯들을 모두 휘하에 거느렸으며 邊境의 四路에서 전투를 위해 이동할 때에도 모두 자신의 결재를 받도록 하였다. 하지만 戰場은 멀리 떨어져 있어 일일이 통제가 안 되었기 때문에 四路 군대의 패전에 대해 직접 總帥에게 책임을 물을 수 없었다.)

　이에 (知制誥) 장방평은 諫官이 되어 다음과 같이 말했다.

　"(自古로 元帥로서 직접 적에 맞서지 않은 사람이 없습니다. 齊桓公이나 晋文公과 같은 이는 비록 覇主였으나 친히 군대를 이끌고 戰場에 임했습니다. 또 휘하의 장수들이 패전하게 되면 元帥는 모름지기 그 책임을 져야만 합니다. 諸葛亮이 大將軍이었을 때 馬謖이 패전하자 右將軍으로 강등된 바 있습니다. 이는 古今의 通義입니다. 현재 하)송은 長安에 느긋이 머물며 적과 맞서려 하지 않으며, 諸路의 패전 또한 일체 책임을 지지 않고 있습니다. 그러니 總帥의 이름만 있을 뿐 總帥로서의 內實은 없는 것입니다. 바라건대 四路의 패전 책임을 물어 처벌을 가하고 總帥職에서 해임하시기 바랍니다. 연후에 四路의 帥臣들로 하여금 스스로 방어의 계책을 세우게 하고, (다른 路와 관련된 일이 생기면 서로 연락하여 적절히 구원하도록 하십시오 그러는 편이 事勢에 도움이 될 것입니다)."

　(朝廷은) 이 말에 따라 (하송을 知別州로 강등시켰다. 四路가 각각 방어에 임

18　祥符末 王沂公知制誥 朝望日重. 一日 至中書 見王文正公 問 君識一呂夷簡否? 沂公曰 不識也. (退而訪諸人 許公時爲太常博士 通判濱州 人多稱其才者. 它日復見文正 復問如初 沂公曰 公前問及此人 退而訪之. 具所聞以告.) 文正曰 此人異日與舍人對秉鈞軸. 沂公曰 公何以知之? 曰 吾亦不識 但以其奏請得之. 沂公曰 奏請何事? 曰 如不稅農器等數事. (時沂公自待以不淺 聞文正之言 不信也. 姑應之曰 諾. 旣而許公自濱罷 擢提點兩浙刑獄 未幾 爲侍從. 及丁晋公敗 沂公引爲執政) 卒與沂公竝相. (沂公從容道文正語 二公皆嗟嘆 以爲非所及. 其後張公安道得其事於許公 故於許公神道碑略叙一二.)

하였던 것도 모두 이러한 장방평의 上言에서 비롯된 것이었다). (後集 권3, 張方平, 괄호 속은 李衡의 校正本에서 刪去된 부분)[19]

이 가운데 ①은 일부의 研究[20]에서 李衡 校正本에서의 刪去가 부실하고 粗惡하였음을 보여주는 사례로 들어진 것이기도 하다. 刪去로 인해 너무 간략해졌고 또 문장의 긴장감이 떨어졌다는 것이다. 하지만 이러한 刪節이야말로 李衡 校正本의 성격을 잘 보여주는 것이라 판단된다. 刪去를 통해 간략하면서도 필요한 내용만을 압축하고 있기 때문이다. 더욱이 朱熹의 原本은 전체적으로 王旦의 先見之明을 전하는 듯한 내용임에 반하여, 李衡은 刪去를 통해 微官時節부터 呂夷簡에게 특출한 재능이 있었음을 보여주는 條目으로 변모시키고 있다. 이 條目이 呂夷簡의 事跡을 전하는 것이었음을 상기한다면, 李衡의 산거는 적절하다 아니할 수 없을 것이다. 말미에 등장하는 張方平과 관련한 내용 역시 蛇足에 불과한 부분이고, 따라서 마찬가지로 刪去되어 무방하다 할 것이다.

②는 李衡의 校正本이 條目 자체는 취하면서도 그 내부에서 어떻게 刪節해 가는지를 보여주는 전형적인 사례이다. 李衡은 刪節을 통해 전체의 취지는 누락없이 전달하면서도 분량을 4할 이하로 裁減하고 있다. 이러한 裁減 과정에서 생략된 것은 부연 설명 및 諸葛亮 등에 관한 故事 등에 불과하다. 여기서 드러나듯 李衡은 刪去를 통해 가능한 한 名臣의

---

19 元昊(旣)叛 陝西四路置帥 夏(英公)竦爲總帥 居長安 不臨邊 (精兵勇將得留寘麾下 四路戰守出入皆取決焉. 旣遠不及事 而四路負敗 罰終不及總帥. 知制誥張)公(安道)爲諫官言. (自古元帥無不身自對敵 雖齊桓晋文覇主 亦親履行陣. 至於將佐有敗 元帥必任其責. 諸葛亮爲大將軍 馬謖之敗 降右將軍. 此古今通義也. 今夏)竦端坐長安未嘗臨敵 諸路失律 一皆不問 有總帥之名 而無總帥之實. 乞據四路敗事 加以責罰 而罷總帥 使四路帥臣 自任戰守之計 (有事干它路者 遞相關報 隨宜救應 於事爲便. 朝廷從之. (英公降知別州 而四路各任其事 蓋始於此).

20 鄭騫, 앞의「朱熹八朝名臣言行錄의 原本與刪節本」, 8~9쪽.

言行을 簡要하게 전달하려 노력하고 있는 것이다.

　지금까지『宋名臣言行錄』이 著述되는 과정과 兩種 版本의 성립에 대해 살펴보고 이어 그 판본들의 성격에 대해 검토해 보았다. 이를 통해 주희의『八朝名臣言行錄』이 남송 초 史學 중시의 풍조와 긴밀히 연관되어 있다는 것, 또 李幼武가 남송 시대 名臣들의 言行을 輯錄하여『續集』과『別集』,『外集』을 撰述하고 여기에 李衡이 朱熹의 所著를 再編한 이른바 '校正本'을 合刻하면서, 이 五集合刻本이 通用本으로서의 지위를 점유하기에 이른다는 사실을 논급하였다. 또한 兩種의 판본 가운데 통상적으로는 주희의 原本이 단연 우수하다고 인식되고 있으나, 李衡에 의해 校正된 판본 또한 상당히 양호한 것임을 알 수 있었다. 이제 다음 章에서는『송명신언행록』의 體制와 그 수록 내용에 대해 살펴보기로 한다.

3. 體制와 수록 내용

　前記하였듯 通用本『宋名臣言行錄』의 다섯 부분, 즉 前集・後集・續集・別集・外集의 원래 명칭은『五朝名臣言行錄』,『三朝名臣言行錄』,『皇朝名臣言行續錄』,『四朝名臣言行錄』,『皇朝道學名臣言行外錄』이다. 이 가운데 前集과 後集은 남송 초 朱熹에 의해 저술되고, 나머지 續集・別集・外集은 남송 말 朱熹의 外孫인 李幼武가 朱熹의 所著를 보완하는 형식으로 저술한 것이었다. 그런 만큼 前集과 後集, 그리고 續集・別集・外集의 체

제와 구성은 기본적으로 대동소이하다. 名臣들의 간략한 小傳을 기록한 다음 그들이 남긴 言行의 자취들을 기존의 서적에서 採錄하여 나열하는 형식이다. 하지만 세밀히 고찰할 경우 朱熹와 李幼武가 저술한 부분은 자못 상이한 면모를 보이며, 그 편찬의 안목에서도 상당한 편차가 드러난다.

우선 각부분의 권수와 수록 인물의 숫자를 도표화하면 〈표 1〉과 같다. 이를 보면 주희의 저술 부분(前集과 後集)은 합계 24권, 수록인물 102명임에 반하여 李幼武의 저술 부분(續集·別集·外集)은 합계 51권에 수록인물은 138명에 달한다. 李幼武의 저술 부분이 주희의 저술 부분에 비하여 권수로는 약 2배, 수록인물의 숫자로는 1.3배에 달하는 것이다. 전체 내용의 분량을 헤아리면 李幼武의 저술은 주희의 그것에 비해 약 2배에 이른다.[21] 通行本에서 채택하고 있는 李衡의 校正本이 주희의 原本을 약 6할 정도 刪去했던 것을 감안하면, 최초 주희가 저술한 분량은 李幼武의 저술량을 약간 상회하는 것이었다고 판단된다. 또 前集과 後集이 대상으로 하고 있는 시기는 대략 북송의 165년(太祖~徽宗)이고, 續集·別集·外集이 대상으로 하고 있는 시기는 대략 남송의 100년(高宗~寧宗)이다. 그런데 각각 名臣 102명과 138명을 立傳하고 있다. 다만 李幼武의 저술 부분 가운데 續集에는 북송 말 이래 남송 초에 걸친 인물들이 수록되어 있고 外集에는 북송 시대와 남송 시대 인물들이 함께 수록되어 있다. 결국 李幼武가 주희의 『五朝名臣言行錄』 및 『三朝名臣言行錄』에 대비하여 남송 시대의 名臣으로 선정한 인물들은 別集(『四朝名臣言行錄』)의 65인이었던 셈이다. 그렇다면 주희는 165년 동안 102명(매 10년에 6.2명), 李

---

21 이러한 추계는 臺北의 文海出版社에서 影印出刊한 『宋名臣言行錄五集』의 쪽수를 기준으로 한 것이다. 이 文海出版社 影印本은 전체 2,242쪽인데 그중 前集과 後集 부분이 790쪽이고 續集·別集·外集 부분이 1,452쪽에 달한다.

〈표 1〉『宋名臣言行錄』의 수록인물 통계

書 名	撰 者	권수	수록인물 숫자
『五朝名臣言行錄』(前集)	朱熹	10	58(附傳 3人)
『三朝名臣言行錄』(後集)	朱熹	14	44(附傳 2人)
『皇朝名臣言行續錄』(續集)	李幼武	8	29
『四朝名臣言行錄』(別集)	李幼武	26	65
『皇朝道學名臣言行外錄』(外)	李幼武	17	44(附傳 6人)
총 계		75	240

幼武는 100년 동안 65인(매 10년에 6.5명)을 名臣으로 선정한 것이 된다. 다른 조건들을 捨象하고 期間에 대비한 名臣의 선정 비율만을 헤아린다면 주희와 李幼武가 거의 비슷하였다고 할 수 있다. 그렇지만 후술하듯 양인 사이 명신의 선정 기준이라든가 혹은 명신 행적의 제시 등에 있어서는 판이한 편차를 보인다.

앞서 수차 언급했듯이 주희의 저술 부분(前集과 後集)은 북송 시대를 대상으로 한 것이다. 그 원래의 제목에서도 드러나듯이 前集(『五朝名臣言行錄』)은 북송 시대 다섯 황제(太祖·太宗·眞宗·仁宗·英宗) 시기의 名臣, 後集(『三朝名臣言行錄』)은 북송 시대 후반기 세 황제(神宗·哲宗·徽宗) 시기의 名臣들을 수록하고 있다. 對金 전쟁이 긴박히 전개되던 마지막 황제 欽宗의 治世 1년여를 제외하고 북송 시대 전시기를 포괄하고 있는 것이다. 하지만 英宗의 治世가 嘉祐 8년(1063) 4월부터 治平 4년 正月(1067)까지 채 4년이 되지 않았던 사실을 상기하면, '五朝'와 '三朝'라는 지칭은 편의상의 용어에 불과하다 할 것이다.[22] 실제로 前集과 後集에 立傳된 名臣

---

22 英宗의 治世가 이렇게 단기간이었던 사실을 감안하면, 日人學者 梅原郁이 朱熹의
    저술 가운데 前集(『五朝名臣言行錄』)도 太祖·太宗·眞宗·仁宗까지의 四朝, 後集
    (『三朝名臣言行錄』) 역시 英宗·神宗·哲宗·徽宗의 四朝를 대상으로 하고 있지만,

들의 행적을 살펴보면, 前集에 실린 인물로서 神宗 시대까지 활동하는 모습도 보이며, 또 반대로 韓琦나 富弼·歐陽脩·文彦博·吳奎·張方平·胡宿·蔡襄·王素·唐介·趙抃 등 後集에 立傳된 인물들 가운데 仁宗時期부터의 行蹟이 登載되어 있는 사례도 허다하다. 前集과 後集을 통해 주희는 사실상 북송 시대를 전반기와 후반기로 나누고자 했을 따름이었던 것이다.

前集과 後集이 이처럼 북송 시대 名臣을 전기와 후기로 나누어 수록하고 있음에 반하여 李幼武의 저술 부분(續集·別集·外集)은 조금 복잡한 편차를 보인다. 우선 續集(『皇朝名臣言行續錄』)에는 대략 북송 말부터 남송 초에 걸쳐 활동한 인물들이 수록되어 있다. 그중에는 黃庭堅이나 錢卽처럼 朱熹 所撰의 前集·後集에 등장하는 명신과 유사한 성격의 인물도 없는 것은 아니나, 거의 대부분은 對金 전쟁의 과정에서 功을 세우거나 혹은 節義를 지켜 殉死하는 존재들이다.

다음으로 別集(『四朝名臣言行錄』)은 그 제목에서 드러나듯 남송의 네 황제, 즉 高宗·孝宗·光宗·寧宗 시기 名臣들의 言行을 수록하고 있다. 하지만 그 수록 인물 가운데 압도적 다수가 高宗 시기에 집중되어 있으며, 孝宗 이후 시기까지 활동하는 인물은 전체 65명 가운데 張浚·張燾·李顯忠·胡銓·汪澈·張闡·辛次膺·周葵·王庭珪·向子忞·趙密·魏勝 등 십여 명에 불과하다. 더욱이 光宗과 寧宗 시기에 걸쳐 활동하는 인물은 전연 등재되어 있지 않다. 李幼武는 理宗 시기 『四朝名臣言行錄』을 편찬하며, 書名上으로만 남송 네 황제 시기를 포괄하고 있을

양자 모두를 '四朝名臣言行錄'이라 命名할 경우 구분이 되지 않아 편의상 '五朝'와 '三朝'라 지칭했을 것이라는 설명(梅原郁 編譯, 『宋名臣言行錄』, 東京 : 講談社, 1986의 解說, 15쪽)도 설득력이 박약하다 아니할 수 없다.

뿐 실질적으로는 남송 초 고종 시대의 인물만을 대상으로 했던 것이다.
뿐만 아니라 이 別集(『四朝名臣言行錄』)을 上下로 구분하고 있는 것도 모호
하기 그지 없다. 上冊과 下冊이 각각 13권으로 구성되어 있으되, 각각에
등재되어 있는 인물들의 성격은 거의 구별되지 않는다. 上冊 역시 對金
전쟁 과정에서 功을 세우는 武將을 중심으로 하되 문인관료가 간간이
섞여 있으며, 下冊도 마찬가지로 대금전쟁 과정에서 수훈을 세우는 武
將과 文臣을 위주로 하고 있다. 다만 굳이 차이를 추출하자면, 上冊에는
李綱이나 呂頤浩・張浚・趙鼎・韓世忠・岳飛・劉光世・張俊 등 비교
적 지명도가 높고 비중이 큰 인물이 수록되어 있는 반면, 下冊에는 上冊
에 등재된 인물들에 비교하자면 그 비중이 작은 인물들로 구성되어 있
다는 정도이다.[23]

마지막으로 外集(『皇朝道學名臣言行外錄』)은 송대 주요 道學者들을 수록
하고 있다. 다른 네 부분(前集・後集・續集・別集)과는 달리 '道學'이라는 단
일의 기준을 가지고 인물을 선별하고 있는 것이다. 또 그 수록 범위도
'五朝'나 '三朝' 혹은 '四朝' 등과 같이 송대의 일부 시기를 대상으로 하
지 않고 북송과 남송 전시기를 포괄하고 있다. 특히 道學의 名臣들을 外
集으로 일괄하기 위해, 朱熹 所撰의 後集에 수록되어 있던 邵雍을 이곳
으로 옮기고 있는 것도 주목을 끈다. 邵雍篇의 경우 주희의 原本(『三朝名
臣言行錄』 권14之1)이 24개 條目(正文 20, 注文 4)으로 구성되어 있음에 반해,

---

23 그러한 까닭에서인지 別集(『四朝名臣言行錄』) 上에 수록된 인물 17명은 모두 『宋史』 列
傳에 立傳되어 있으되, 下에 수록된 인물은 48명 가운데 6명(권3의 周麟之・권5의
陳戩・권6의 王縉・권10의 王庭珪와 翁蒙之・권11의 向子忞)이나 『宋史』 列傳에 누
락되어 있다. 이밖에 『宋名臣言行錄』에 登載된 名臣 가운데 『宋史』 列傳에 立傳되지
않은 인물로는 續集에 1명(권2의 許份), 外集에 7명(권8의 劉安節, 권9의 孟厚・侯仲
良・周行己・王蘋・李郁, 권14의 魏挺之)이 있다. 朱熹 所撰의 前集과 後集에 수록된
名臣은 모두 『宋史』 列傳에 立傳되어 있다.

李幼武 所撰의 外集(권5)은 그 3배 이상인 80개 條目으로 구성되어 있다. 다만 그 인물 수록의 下限은 대략 주희가 활동한 孝宗 무렵까지이며, 전체 수록 인원 44명 가운데 그 작고 시점이 光宗의 治世 이후였던 인물은 주희를 포함하여 5명(朱熹·陸九淵·陳亮·蔡元定·蔡沈)에 불과하다. 이처럼 이유무가 명신언행록을 편찬하며 특별히 外集의 道學名臣傳을 설정하였던 것은, 후일『宋史』를 편찬할 때 道學傳을 설치하는 先河를 이루는 것으로 평가되고 있다.[24]

『송명신언행록』에 수록된 인물들 가운데 다수는 재상이나 執政 등 고관을 지낸 존재이다. 이는 '명신'의 언행을 輯錄한다는 취지를 감안하면 당연한 귀결이라고도 하겠다. 이를테면 日人學者 梅原郁의 집계[25]에 의하면, 주희가 편찬한 전집과 후집에는, 수록된 인물 총 102명 가운데 재상과 執政을 역임한 인물이 61명이며 그 나머지도 三司使나 翰林學士·御史臺官·諫官 등의 고위 관직 경력자가 태반을 점유한다. 관직을 거치지 않은 在野의 학자나 문인은 대략 10여인에 불과하다. 이러한 면모는 이유무가 撰述한 속집·별집·외집에서도 마찬가지이다. 對金 전쟁 과정에서 활약한 忠臣들의 행적을 기술하고 있는 續集이나, 송대 주요 사상가의 행적 및 사상을 輯錄한 外集을 일단 차치하면, 別集(『四朝名臣言行錄』)에 수록된 인물들은, 宰相과 執政, 그리고 宣撫使·武將등 高宗의 治世에 정치를 주도한 사람들로 구성되어 있다. 결국『송명신언행록』에는 북송과 남송을 통해 주요 정치적 현안에 참여한 인물들이 고르게 분포되어 있는 것이며, 그러한 의미에서『송명신언행록』은 名臣이

---

24 裵汝誠·顧宏義, 앞서 든, 「兩種版本, 不可偏廢－鄭騫先生, 「朱熹『八朝名臣言行錄』的原本與刪節本」讀後感」, 322쪽.
25 梅原郁 編譯, 『宋名臣言行錄』解說, 15~17쪽.

라는 중요인물을 중심으로 엮은 새로운 형식의 역사 서술이라 할 수 있다. 더욱이 여기에다가 續集에 수록된 대금 전쟁과 그 과정에서 드러나는 여러 臣僚들의 행태라든가, 혹은 外集에 수록된 송대를 대표하는 사상가들의 행적과 사상까지 감안하면,『송명신언행록』이 지닌 역사기록으로서의 가치는 더욱 제고된다 할 것이다. 남송 시대의 黃震이, "『春秋』는 編年 형식으로 서술되었고 司馬遷과 班固 이후에는 紀傳體가 大勢를 이루었다. 그런데 이『名臣言行錄』은 朱文公이 우리 宋朝의 역사를 은근히 담아낸 새로운 기록이다"[26]라고 말하는 것은, 그러한 역사 기록으로서의 성격을 제대로 看取한 발언이라 하겠다.

이처럼『송명신언행록』이 기본적으로 역사서이므로 그 속에 편찬자인 朱熹와 李幼武의 역사인식 내지 인물평가가 반영되는 것은 불가피한 일일 것이다. 그 대표적인 사례가 이른바 仁宗의 治世 후반기 慶曆新政이라 일컬어졌던 范仲淹 중심의 개혁과, 神宗 年間의 王安石 신법이라 할 수 있다. 慶曆의 新政에 대해서는 당시 대립의 양축 가운데, 주희는 거의 范仲淹・歐陽脩・韓琦 등에 左袒하는 자세를 취한다. 그 반대쪽의 呂夷簡에 대해서는 그에게 한 편을 할애하고 있기는 하나 대체로 부정적인 자세로 일관한다. 이러한 편파적인 자세는 王安石 新法 시기에 이르면 더욱 심화된다. 북송 시대 160여 년을 통해 재상을 역임한 인물은, 欽宗 治世의 혼란기를 제외하면 60여 명이다. 이 가운데 주희는 대략 절반 정도의 인물을『八朝名臣言行錄』(전집과 후집)에 수록하고 있음에 반해, 新法 계열의 재상으로서는 王安石만이 예외일 뿐 나머지에 대해서는 단 한 사람도 名臣 대열에 산입시키지 않는다. 심지어 王安石에

---

26   黃震,『黃氏日抄』권50,「讀史名臣言行錄」, 42쪽의 뒤. 春秋紀年以書 班馬以來分紀傳 而此錄亦朱文公陰寓本朝之史.

대해서조차 주희는 대체로 부정적인 평가를 견지하고 있다.

한편 李幼武의 역사인식은 외조부였던 주희의 태도를 거의 그대로 답습하는 것으로 보인다. 이유무 저술 부분이 주로 남송 초에 집중되어 있는 까닭에 그 내용은 남송의 對金 전쟁과 관련한 것이 대부분이다. 對金關係에 관한 이유무의 입장은 매우 강경한 주전론이다. 우선 採錄의 내용부터 對金 주전론을 전개했던 武將들 및 宰相들의 언행이 대부분이다. 따라서 秦檜 주도로 체결되는 紹興和議 이후의 시기에 대해서는 거의 완전하다 할 정도로 외면한다. 이후 이유무가 재차 名臣의 행적으로 채록하기 시작하는 시기도 대금 전쟁이 다시 전개되는 고종 말년과 효종 초의 시기이다. 名臣으로서의 立傳 역시 마찬가지이다. 대금 강경론을 전개하는 인물에 대해서는 그 정치적 위상의 고하를 불문하고 立傳하는 반면 진회일파의 주화론자는 완전히 배제하고 있다. 前述했듯 그는 『宋史』의 列傳에조차 立傳되지 않은 인물 수인을 名臣의 반열에 올리고 있다. 심지어 金에 대해 강력한 저항의식을 포지한 인물에 대해서는 애써 긍정 일변도의 행적만을 채록하고 있기도 하다.[27]

『송명신언행록』은 朱熹가 『八朝名臣言行錄』의 自敍에서, "大要를 가려 취하여 묶어낸다"고 밝히고 있듯, 기존 서적들 가운데 명신의 嘉

---

27 『別集 上』권11, 李顯忠에서 采石磯 전투 당시 李顯忠의 활약상을 전하고 있는 부분(第 8條目, 1039~1044쪽 참조)이라든가, 혹은 『別集 下』권9 吳玠에서 吳玠의 作故와 관련하여 그의 청렴함과 士卒에 대한 애정을 輯錄하는 부분 등이 그 대표적인 사례이다. 高宗 紹興 31년(1161) 11월 전개된 采石磯의 전투는 거의 전적으로 虞允文의 지휘 아래 전개되었으며 李顯忠은 戰場에의 도착도 뒤늦었을 정도로 그 역할이 제한적이었다 (采石磯 전투의 상황에 대해서는 『宋史』권367, 李顯忠傳 및 권142 虞允文傳을 참조). 하지만 李幼武는 마치 李顯忠이 采石磯 전투의 주도자였던 것으로 묘사하고 있을 뿐만 아니라, 虞允文 휘하의 時俊 등도 마치 李顯忠의 副將이었던 것으로 적고 있다. 또 吳玠의 作故와 관련하여 『宋史』권366, 吳玠傳에서는, "晚節頗多嗜欲 使人漁色於成都 喜餌丹石 故得咯血疾以死"(11414쪽)라고 전하고 있다. 그럼에도 이유무는 그의 죽음에 대해서 극히 美化하고 있는 것이다.

言懿行과 관련한 條目들을 輯錄한 서적이다. 주희나 그의 저술을 계승하여 속집·별집·외집을 찬술했던 이유무가 직접 記述한 것이 아니다. 남송 당시의 허다한 서적들, 즉 官私撰의 史書라든가 文集·筆記史料·墓誌銘·行狀·家傳 등에서 名臣의 언행을 보여주는 일화와 記事를 대략 시간 순서로 재배열한 것이다. 다만 주희는 전집과 후집을 편찬하며 그 근거자료를 明記하고 있음에 반하여 이유무는 극히 일부 條目에서만 出典을 기록할 뿐 대부분 생략하고 있다. 주희가 전집과 후집을 찬술하며 이용했던 자료는 官私의 저작 약 100여 종 및 이밖에 碑銘과 墓誌銘·行狀 등이 100여 종에 달한다. 그중에서도 필기사료인 司馬光의 『涑水記聞』과 邵伯溫의 『邵氏聞見錄』으로부터 採錄한 부분이 전체의 약 10% 정도이며 行狀이나 墓誌銘 등에서 인용한 것이 약 63%에 달한다고 한다.[28] 그런데 주희가 전집과 후집을 撰述하며 이용했던 자료들 가운데 상당수는 현재 失傳된 상태이며 그밖의 자료들도 현재까지 전해지는 과정에서 일부 闕失되어 있다고 한다.[29] 남송 당시의 자료들을 이용하여 완성한 『송명신언행록』의 전집과 후집은 오늘날 사료적인 가치 면에서도 작지 않은 의미를 지니고 있는 셈이 된다.

---

28 梅原郁 編譯, 『宋名臣言行錄』 「解說」, 15~17쪽.
29 이에 대해서는 李偉國, 「八朝名臣言行錄 點校說明」 (『朱子全書』 『八朝名臣言行錄』, 3쪽 참조).

〈표 2〉『宋名臣言行錄』續集·別集·外集 各條目의 四庫全書內 잔존여부 一覽

	조목수	잔존 조목	일부 잔존 조목	현재 闕失 조목
續集 (皇朝名臣言行錄 續錄)	227	190	20 (江公望 1, 許份 1·3·5, 种師道 1·4·5, 劉韐 7, 李若水 1, 歐陽珣 1, 宇文許中 2, 楊邦乂 2·12, 呂祉 9·12·13·14·17·18·21)	17 (江公望 1, 吳敏 1·2·3, 劉韐 18, 歐陽珣 2·3·5, 洪晧 16, 楊邦乂 9·10·11, 呂祉 6·10·15·16·20)
別集 上 (四朝名臣言行錄)	537	520	14 (李綱 32·50, 呂頤浩 30, 張浚 84, 趙鼎 35, 楊所中 1·7, 張九成 1, 晏敦復 7·8·10, 劉錡 9, 李顯忠 1, 胡銓 20)	3 (晏敦復 1·3·4)
別集 下 (四朝名臣言行錄)	475	396	44 (陳康伯 1·2·14·15·16, 王庶 1·4·5, 周麟 1·2, 葉夢得 4, 程瑀 3, 王大寶 5·9, 陳公輔 2·3·10, 黃龜年 3, 辛次膺 6·9·1 1·12·15·16·17·18·20, 呂本中 1·7, 吳玠 11·12, 向子忞 3, 趙密 1, 王德 1·2·4, 張子蓋 3·4·5·6, 魏勝 3·4·5·6)	35 (陳康伯 7·18, 王庶 2, 葉夢得 5, 王大寶 1· 6·8·10, 陳公輔 4·5·6·7·8·9·12· 13, 黃龜年 4·5·6, 辛次膺 1·2·3·4·5· 8·10·13·14, 呂本中 6·8·9, 向子忞 9· 趙密 2·4·5)
外集 (皇朝道學名臣言 行外錄)	1,058	1,020	22 (周敦頤 40·57, 程顥 18·24, 程頤 7·9·25· 57·59, 謝良佐 13, 朱熹 2·4·18·21·31, 張栻 3·8, 劉淸之 4, 陳亮 1·18·20, 蔡元定 13)	16 (謝良佐 17·25, 楊時 17, 胡安國 27·32, 胡宏 18, 呂祖謙 24·26, 張栻 15, 劉淸之 6·10· 1·16, 陸九淵 11, 陳亮 21·22)
총계	2,297 (100%)	2,126 (92.6%)	100 (4.3%)	71 (3.1%)

* 인명 뒤의 숫자는 條目의 순서를 가리킨다. 즉 李綱 32·50은 李綱編의 32번째 條目과 50번째 條目을 표시함.
**『宋名臣言行錄』의 版本은 宋史資料萃編本(臺北, 文海出版社)을 이용했음.

　　그렇다면 남송 말의 시기 이유무가 찬술한 부분, 즉 속집·별집·외집의 사료적 가치는 어느 정도나 되는 것일까? 아쉽게도 이유무는 인용한 서적을 明記하고 있지 않으므로 그 書籍名을 통해 이용자료의 失傳 여부 등을 확인할 수는 없다. 그래서 이유무 所撰 부분의 條目들을 일일이 四庫全書內의 기록과 대조하여 그 현존여부를 전면적으로 검색하는 방법을 이용하여 집계한 결과가 〈표 2〉이다. 이유무가 저술한 부분 가운데 전체 條目의 3.1%는 四庫全書內에서 전연 확인할 수 없는 내용이며, 그 4.3%는 유사한 내용이 존재하되『송명신언행록』의 기록이 더 상세한 것들이었다. 그렇다면 전체 가운데 7.4%에 상당하는 條目들은 현재『송명신언행록』에 수록된 내용이 유일하거나 혹은 일차적인 사료 가치를 지니고 있다는 의미가 된다.

앞서 주희는 역사가로서도 상당한 안목을 지닌 인물이었음을 언급한 바 있다. 그런 까닭에 주희가 저술한『八朝名臣言行錄』은 正文 외에 적지 않은 注文을 부가하며 이를 통해 正文의 事跡을 비판하거나 혹은 부가설명하는 용도로 사용하고 있다.[30] 특히 민감한 事案일 경우 注文으로써 자신의 견해를 덧붙이기도 한다. 주희의 이러한 비교적 엄정한 편찬과와 대비할 때, 이유무가 찬술한 부분(속집·별집·외집)은 어떠한 면모를 보이고 있을까? 이와 관련하여 淸代 四庫全書를 찬한 館臣들은, '言行 事跡의 채취에 輕重이 없을 정도로 졸렬하며 다만 朱熹의 原本에 附驥하여 읽힐 뿐이다'[31]라고 혹평하고 있다. 이유무의 저술 부분을 정독하면 이러한 평가가 지나치지 않다 할 정도로 그 저술의 粗惡함이 산견된다. 우선 事跡들 간에 시간의 순서가 뒤바뀐 예[32]가 허다하고, 기본적인 사실의 착오를 범하는 사례[33]도 빈출한다. 또 採錄의 과정에서 刪

---

30 朱熹의 注文 사용에 대해서는 葉建華, 앞서 든, 「朱熹『宋八朝名臣言行錄』初探」, 25·26쪽 참조.

31 『宋名臣言行錄』의 提要. 其所去取 不足以爲輕重 以原本附驥而行.

32 『別集 上』권12, 劉子羽의 第2條目(紹興 3년 4월)과 第3條目(建炎 4년 9월);『別集 上』권13, 胡銓의 第6條目 및 第7條目(高宗 年間의 事跡이 전후 孝宗 연간의 事跡 사이에 위치);『別集 下』권4, 葉夢得의 第6·7·8條目(南渡 以後)과 第9條目(方臘의 亂 관련 事跡);『別集 下』권12, 陳規의 第2條目(建炎 4년 6월)과 第3條目(建炎 2년 正月) 등. 심지어『別集 下』권11, 向子諲에서는 第1條目(孝宗 隆興 元年 5월)과 第2條目(高宗 建炎 3), 第4條目(유년 시절), 第5條目(建炎 2), 第6條目(紹興 10), 第7條目(紹興 5) 등 거의 모든 순서가 뒤죽박죽이다.

33 『別集 下』권5, 廖剛의 小傳에서 그의 沒年이 高宗 紹興 13년(1143)인데 이를 紹興 3년 (1133)이라 하는 것이라든가,『別集 下』권6, 杜莘老의 第1條目은 高宗 紹興 26년(1156)에 있었던 일(『宋史』권28, 高宗紀 8 紹興 26년 6월조 및『建炎以來繫年要錄』권173, 紹興 26년 6월 丁未 등 참조)임에도 불구하고 紹興 25년(1165)이라 적고 있는 것,『別集 下』권9, 吳璘의 第1條目에서 階州와 成州를 階城이라 誤記(『宋史』권366, 「吳玠傳」, 11410쪽 및『三朝北盟會編』권186, 四庫全書本, 4쪽의 앞 참조)하고 있는 것 등이 그러

節을 잘못하여 本義를 심각하게 훼손하는 경우[34]도 적지 않으며, 심지

한 예이다.

34 대표적인 사례 몇 개만 들면 다음과 같다. ①『別集 上』권3, 張浚의 第81條目에서 符離之師의 실패 직전에 관한 정황으로 朱熹가 지은 張浚의 行狀(『朱熹集』권95 下,「少師保信軍節度使魏國公致仕贈太保張公行狀」下)에서 節錄하며, "公自往臨之. 軍事利鈍難必 (恐或小跌 傷上有爲之心) 乞上以諸葛亮出師表奏之左右"란 대목에서 괄호 속을 刪去하고 採錄하고 있다. 이로써 혹시 敗戰하더라도 孝宗으로 하여금 有爲之心을 잃지 않도록 자극하였다는 本義가, 마치 張浚 자신 패전후 불리해질 수도 있는 상황에 대해 미리 사전조치를 해두었다는 의미로 변질되어 버렸다. ②『別集 下』권11, 陳規의 第1條目에서는, "公知安陸 祝進攻德安 守臣李公濟遁 父老請公攝府事. 公辟進士安陸韓之美及寓居十餘人爲屬官 見射士張立率民兵禦進 却之 人心稍固, 是日 王在遣人持檄諭公開門"이라 채록하고 있다. 이에 의거하는 한 마치 祝進이 물러가던 날 바로 뒤이어 王在가 사람을 보내온 것처럼 보인다. 하지만 '이 날(是日)'은 아마도 이 항목의 原出處였던 것으로 보이는『建炎以來繫年要錄』을 그대로 節錄하며 改變시킴 없이 부주의하게 그냥 놔둔 것이다.『建炎以來繫年要錄』에서 말하는 是日이란 당연히 매 항목의 虛頭에 제시된 날짜를 가리킨다. 실제로『建炎以來繫年要錄』에서는 祝進의 격퇴에 대해 '앞서(先是)'란 말을 써서 王在 집단의 도래와는 다른 시기의 일이었음을 분명히 밝히고 있다(『建炎以來繫年要錄』권1, 建炎 元年 正月 壬寅, 第1冊, 28쪽). ③『別集 下』권11, 陳規의 第4條目에서는, "公奏本鎭屯營田畫一事件. 自中原失守 諸重鎭多失 惟公與群盜屢戰 自楊進之徒 皆不能犯 由是德安獨存. 牢城卒方壽等嘗謀亂 公方會食 有告變者 公捕而詰之 問從謀者幾. 壽曰 一城之軍 公之左右皆是 今夕擧事矣. 公命誅壽 餘不問府皆復之"란 내용을 싣고 있다. 이 가운데 허두의 "公奏本鎭屯營田畫一事件"란 내용은 나머지 부분과 전연 상관이 없는 내용이며 오히려 다음 條目과 관련된 것이다. 이 역시『建炎以來繫年要錄』을 節錄하는 과정에서 오류를 범한 것이다.『建炎以來繫年要錄』에서는 본래 이 항목과 다른 항목이 동일한 날자에 함께 記述되어 있다. 맨 먼저 주요 내용을 한 문장으로 정리하여 제시한 후에 해당 날자와 관련된 사항들을 차례로 기록한 것이다. 그런데 이러한 구조를 무시하고 전체 내용을 두 부분으로 잘라 각각 독립 항목으로 배열하였던 관계로 이러한 부조화가 생겨난 것으로 보인다(『建炎以來繫年要錄』권49, 高宗 紹興 元年 11월 丁未, 第2冊, 875쪽 참조). ④『外集』권1, 周敦頤의 第35條目에는, "潘淸逸誌先生之墓 敍所著書 特以太極圖爲稱首. 然則此圖當爲先生書首不疑也. 然先生旣手以授二程 本因附書後 傳會見其如此 遂悟以圖爲書之卒章 不復釐正 使先生立象盡意之微持暗而不明 而驟讀通書者 亦復不知有所摠攝, 此則諸本之失也"란 대목이 나온다. 도중에 갑자기 版本의 善惡에 대한 평가가 나오는 것은 本書의 編者 李幼武의 부주의에서 기인한다. 본디 이 항목의 原典이라 할 수 있는 朱熹의「周子太極通書後序」에서는 그 序頭에서, "右周子之書一編 今春陵零陵九江皆有本 而互有同異. 長沙本最後出 乃熹所編定 視他本最詳密矣"(『朱熹集』권75, 第7冊, 3942쪽)라고 말하며『通書』諸版本과 비교하여 朱熹 자신이 編定한 長沙本의 장점을 설명하고 있다. 李幼武는 본 항목을 節錄하며 이 부분은 생략하였음에도 불구하고, 중반에 다시 등장하는 版本의 장단점에

어 동일한 내용을 중복하여 수록하는 경우[35]도 있다. 다음 章에서 서술하듯 『송명신언행록』의 출현 이후 시간이 흐르며 그와 관련한 논의가 적지 않게 행해졌다. 하지만 그 과정에서 거의 예외 없이 전집과 후집에 관해서만 언급되고 이유무 所撰 부분에 대해서 관심이 두어지지 않았던 것은, 주희와 이유무라는 撰者의 輕重뿐만 아니라 이러한 내용상의 심대한 편차 또한 상당한 작용을 미쳤을 것으로 여겨진다.

4. 『宋名臣言行錄』을 둘러싼 논란

앞서 2장과 3장을 통해서는 『송명신언행록』이 成書되는 과정과 두 판본의 형성, 그리고 그 체제와 구성에 대해 살펴보았다. 이를 통해 이유무의 所撰 부분(속집·별집·외집)은 주희의 『八朝名臣言行錄』(전집과 후집)을 계승하는 형식을 취하고 있고 이로 인해 兩人의 저술이 合刻되기에 이르는 것이지만, 그 편찬 내용은 주희의 저술과는 비교할 수 없을 정도로 자못 粗惡한 수준임을 고찰하였다. 이제 本章에서는 『송명신언행록』의 간행 이후 이를 둘러싼 논의가 어떻게 진행되었나 하는 것을

대한 朱熹의 평가는 미처 刪截하지 않아, 전후의 문맥이 매끄럽지 못한 결과를 초래하고 있는 것이다.

35 예컨대 『別集 上』 권11, 李顯忠의 第8條目에서는 金 海陵王의 僞詔에 대해 宋軍의 지휘자는 王權이 아닌 李顯忠이라고 答信을 보내는 내용이 重出하고 있고, 『別集 下』 권9, 吳玠의 第7條目과 『別集 下』 권9, 吳璘의 第1條目은 거의 동일한 내용이며, 마찬가지로 『別集 下』 권9, 吳玠의 第8條目과 『別集 下』 권9, 吳璘의 第2條目 역시 동일한 내용으로 되어 있다.

살펴보기로 한다.

『송명신언행록』은 발간 이후 주희의 명성을 배경으로 폭넓게 유포되어 갔으며,[36] 이와 더불어 그에 대한 毁譽의 논란도 다양히 제기되었다. 그 최초의 문제제기는 주희가『八朝名臣言行錄』을 펴낸 직후 발생하였다. 바로 그와 평생에 걸쳐 지우관계를 맺었으며 함께『近思錄』을 편찬하기도 했던 呂祖謙에 의해서였다. 呂祖謙은 주희에게 서신을 보내,

> 근래 麻沙에서 간행한『五朝名臣言行錄』이란 이름의 서적을 하나 보았는데 형식이『論孟精義』와 매우 유사했습니다. 이를 두고 귀하가 編定한 것이라는 말도 있던데 그 말이 맞는지요? 그 내용 중에는 수정과 재고를 요하는 부분이 적지 않았습니다. 만일 귀하가 펴냈다면 제게 그와 관련한 가르침을 주시기 바랍니다. 그렇지 않고 다른 사람이 펴낸 것이라면 오늘날 실로 여러 잡다한 책들이 어지럽게 나돌아 다니고 있으니 더 논의할 가치도 없을 것입니다.[37]

라고 말하고 있다. 정중하기는 하지만『五朝名臣言行錄』을 出處도 불분명하게 나도는 雜書와 비견할 정도로 심각하게 문제를 제기하고 있는 것이다. 呂祖謙은 이러한 서신을 보낸 후 다시 汪應辰이란 인물에게 보내는 서신에서, '주희가 편찬한『五朝名臣言行錄』에는 재검토가 필요한 부분이 많아 주희에게 편지를 통해 물어보았지만 答信이 아직 없다. 편찬 과정에서 근거한 기록 가운데는 오류도 많아 자료에 대한 비판이

---

36 이러한 정황에 대해 朱熹 자신, "言行錄流布甚廣"(『朱熹集』別集 권3,「林擇之」)이라 말하고 있다.

37 『東萊集』(四庫全書本), 別集 권8, 尺牘 2,「與朱侍講元晦」, 42쪽의 앞·뒤. 이 인용문 가운데『論孟精義』란 孝宗 乾道 8년(1172) 주희가『八朝名臣言行錄』을 편찬하기 직전 저술한 서적이다. 近麻沙印一書 曰五朝名臣言行錄 板樣頗與精義相似, 或傳五丈所編定 果否? 蓋期間頗多合考訂商量處. 若信然則續次往求教, 或出于他人則雜錄行世者固多 有所不暇辨也.

필요하다'고 말하고 있다.[38] 주희는 이러한 문제제기에 대해 그 후 答信을 보내, 『名臣言行錄』은 당시 조급히 서두르다보니 착오가 많았다. 잘못된 부분을 가르쳐주면 고맙겠다'고 답하고 있다.[39] 그러자 여조겸은 재차 汪應辰에게 서신을 보내, '朱熹로부터 추후 수정의 약속을 받았다. 나 역시 시간을 내어 오류를 정정해 보려 한다'고 적고 있다.[40] 이러한 呂祖謙과 주희 사이의 서신 왕래를 살펴보면, 일견 여조겸의 지적에 대해 주희도 겸허히 수용하는 자세를 취하는 듯이 보인다.

그런데 呂祖謙이 이처럼 『八朝名臣言行錄』에 대해 강력히 문제를 제기하고 나섰던 배경은 무엇이었을까? 그것은 그가 북송 仁宗代의 재상이었던 呂夷簡의 六代孫이라는 사실 때문이었다. 주희는 『五朝名臣言行錄』에 呂夷簡을 立傳하고 있지만, 그 편찬 과정에서 呂夷簡에게 불리한 기술도 적지 않게 採錄하였다. 특히 문제가 되었던 것은 권9之5, 孔道輔의 第2條目에 실려 있는 郭后의 廢位과 관련한 내용이었다.[41] 이 條目은 司馬光의 『涑水記聞』에서 採錄하였던 것으로, 거기에는 呂夷簡의 郭后 廢位 책동 및 그가 諫官들의 諫言을 가로막았던 일, 그리고 폐위후 郭后를 謀殺한 사실 등이 적혀 있다. 이에 대해 여이간의 후손들은 『속수

---

38 『東萊集』, 別集 권7, 尺牘 1, 「與汪端明聖錫」, 4쪽의 앞. 여기서 呂祖謙은, "近建寧刊一書 名五朝名臣言行錄 云是朱晦庵所編 其間當考訂處頗多. 近亦往問元晦 未報. 不知嘗過目否? 前輩言論 風旨日遠 記錄雜說 後出者往往失眞 此恐亦不得不爲之整頓也"라 말한다.

39 『朱熹集』 권33, 「答呂伯恭」, 第3冊, 1423쪽. 言行二書 亦當時草草爲之 其間自知尙多誤謬 編次亦無法 初不成文字. 因看得爲訂正示及爲幸. 王懋竑의 『朱熹年譜』에 의하면, 이 答信은 『八朝名臣言行錄』의 편찬 이듬해인 高宗 乾道 9년(1173)에 쓰여진 것이라고 한다(권1, 61쪽).

40 『東萊集』, 別集 권7, 尺牘 1, 「與汪端明聖錫」, 4쪽의 뒤. 言行錄或因翻閱 遇有訂正處 口授侍傍者抄出 似不爲煩 而于後學甚有益. 某少暇亦當試据所聞見考求 續當請敎. 近亦因書嘗語元晦 得報亦甚欲得討論也.

41 본서 1책, 243~249쪽 참조.

기문』이 사마광 자신의 손으로 쓰여진 것이 아니며 따라서 신뢰할 수 없다는 입장을 견지하였다. 여조겸이 제기한 문제의 핵심 또한 『속수기문』의 인용, 그리고 이에 의거하여 여이간의 극히 부정적인 측면을 아무 가감 없이 채록하였다는 데 있었다.

이러한 여조겸의 공박에 대해 주희는 정면으로 대응하지 않고 前述한 대로 겸허한 자세를 보였다. 하지만 그는 여러 경로를 통해 『涑水記聞』이 사마광의 친필 저작임을 이미 확인한 상태였다. 그가 훗날,

> 『涑水記聞』에 대해 呂氏家門의 자제들은 사마광의 저작이 아니라고 강력히 주장한다.[42] 하지만 나는 일찍이 范祖禹의 자손을 통해 그가 사마광이 적은 『속수기문』의 친필 원고를 직접 보았다는 얘기를 들었다. 그러니 어찌 사마광의 저작이 아닐 수 있겠는가! 내가 편찬한 『八朝言行錄』을 두고 呂祖謙 형제들이 문제를 제기한 바 있다. 이는 자손된 자로서 그럴 수 있는 일이나, 천하 사람들로 하여금 모두 자기들 주장에 따르라고 하는 것은 안 될 말이다.[43]

라고 술회하고 있다. 주희는 『八朝名臣言行錄』을 편찬하며 나름대로 엄밀한 자료비판을 행한 상태였다. 위 인용문에서는 말하듯 『속수기문』에 대해서도 마찬가지였다.[44] 따라서 여조겸의 문제제기에 대해서도 주희는 자신의 저술 및 인용에 문제가 없다고 확신하고 있었다. 여조겸에게 答信을 보낼 때 그의 비판을 수용하는 듯한 자세를 취했던 것은, 불필요한

---

42 原著에는 이 부분에 "蓋其中有記呂文靖公數事 如殺郭后 等"이란 原注가 붙여져 있다.

43 『朱子語類』 권130. 涑水記聞 呂家子弟力辨以爲非溫公書. 某嘗見范太史之孫某 說親收得溫公手寫稿本. 安得非溫公書? 某編八朝言行錄 呂伯恭兄弟亦來辨. 爲子孫者只得分雪 然必欲天下之人從己 則不能也.

44 『朱熹集』 권81 「書張氏所刻晉虛圖後」에는 高宗 紹興 19년(1149), 范祖禹의 자손으로서 司馬光의 후손을 妻로 맞이한 인물 范炳文을 만나 『涑水記聞』이 司馬光의 친필 저작임을 확인하였다는 사실이 기록되어 있다.

마찰을 피하기 위해 짐짓 그러했음에 불과했던 것이다.

『송명신언행록』을 둘러싼 논란은 이후 시간이 흐르며 더욱 다기롭게 전개되어 간다. 그러한 논의 가운데 후대에 대한 영향이 가장 컸던 것 두 가지, 즉 明代 楊愼의 비판과 淸代 四庫全書에서 드러난 입장에 대해 살펴보기로 하자. 宋代 이후 明初에 이르기까지도 『송명신언행록』에 대한 비판은 존재하였다.[45] 하지만 楊愼의 비판은 이전까지 일찍이 없을 정도로 극렬한 어조를 띤다.

> 朱晦庵이 지은 『宋名臣言行錄』에서는 王安石을 名臣으로 삼아 司馬光과 병렬시켰다. 무릇 사마광과 왕안석이 다투었던 것은 신법 때문이었다. 신법이 옳다면 신법을 저지하였던 것이 잘못이다. 따라서 安石이 명신이라면 사마광은 명신이 될 수 없는 것이다. (…중략…) 朱子의 저술은 天下 後世에 비록 어린 아이와 병졸 따위라도 그 누구 한 사람 동조할 수 없을 것이다.[46]

여기서 보는 楊愼의 비판은 呂祖謙이 제기한 문제점과는 성격이 다르다. 여조겸의 문제제기는 『속수기문』이라는 자료의 이용 방식에 관한 것이었다. 양신은 주희의 편찬태도, 즉 王安石을 名臣으로 채택한 것을 문제삼고 있는 것이다. 그러면서 주희의 찬술이 '어린 아이와 병졸' 따위의 식견에도 미치지 못한다고까지 말하고 있다.

이러한 양신의 극렬한 비판은 또다른 논란을 불러 일으켰다. 주희가 왕안석을 명신으로 선정한 것이 옳은가 하는 문제였다. 이에 대해 胡應

---

45 이에 대해서는 李偉國, 앞서 든, 「朱熹『名臣言行錄』八百年歷史公案」, 93~94쪽 참조.
46 楊愼, 『升庵集』(四庫全書本) 권49, 「黨籍碑」, 14쪽의 뒤. 朱晦庵作宋名臣言行錄 以王安石爲名臣 與司馬光竝列. 夫司馬光與安石所爭者 新法也 新法之行是 則諫沮新法者非. 安石爲名臣 則司馬光不得爲名臣矣. (…中略…) 公之特筆 而天下後世 雖兒童走卒未有一人之見同焉者也.

麟 등과 같은 인물은, '朱熹의 名臣 선정 기준은 매우 관대하여 다만 한시대 聲望이 높고 事跡이 중대한 인물일 따름이었다'고 말하기도 한다.[47] 淸代 果毅親王 允禮란 인물 역시 胡應麟과 비슷한 견지에서, '권선징악을 위해 도덕적으로 하자가 있는 인물도 실었다'고 말하고 있다.[48]

한편 淸代의 魏源은 楊愼의 논의 태도 자체에 대해 의문을 제기한다. 양신의 『송명신언행록』 비난이 기본적으로 주희에 대한 극단적 반감에 근거한 편견에 불과하다는 것이다. 魏源에 의하면 『송명신언행록』의 왕안석 관련 기술은 기본적으로 元祐 구법당 인사들의 비판적 논설을 다수 採錄하고 있을 정도로 결코 호의적인 것만은 아니었으며 전반적으로 매우 균형 잡힌 태도를 보이고 있다는 것이다. 그런 점에서 『송명신언행록』에서 왕안석과 사마광에 대해 옳고 그름을 뒤바꿔 놓았다고까지 말하는 양신의 공박은 온당치 않다는 주장이다.[49]

淸 중기 乾隆 年間에 간행된 四庫全書에서는 『송명신언행록』에 대해 명대의 楊愼 못지 아니한 비판적 자세를 보인다. 四庫의 館臣들은 우선 『송명신언행록』의 提要에서 다음과 같이 적고 있다.

---

47 胡應麟, 『丹鉛新錄』 권6. 蓋盡一代聲譽烜赫事迹關涉者 備錄于中. 其間碌碌甚重 如王介甫者 詎得而遺之哉.

48 『皇淸文穎』(四庫全書本) 권21, 「果毅親王允禮」, 「書朱子五朝名臣言行錄後」, 1쪽의 앞. 朱子所編五朝名臣言行錄 其事與辭皆取之竝世人所撰次 泛覽之若無以異人. 及究其所以勸懲之義 然後知非有道有德者莫能裁也.

49 魏源, 『古微堂文集』(上海 : 國學扶輪社, 1909, 木版本), 外集 권3, 「再書宋名臣言行錄後」, 15의 뒷면·16의 앞면. 여기서 魏源은, "(楊愼)至謂朱子列安石名臣言行錄 緇素易位 則尤不可辨. 朱子跋兩陳諫議 罪狀安石 纚纚三四千言 不啻九鼎鑄魑魅. 而玆錄安石十餘事 (…中略…) 皆取元祐諸君子攻安石語 (…中略…) 夫同一言行錄也 臨川人則曰誣謗安石 蜀人則又曰左袒安石 果仁者見仁 智者見智耶"라 말하고 있다. 이와 관련하여 蔡上翔과 같은 인물은, "(王安石)得謗于天下後世 固結而不可解者 尤莫甚于言行錄"(『王荊公年譜考略』, 雜錄 권2)이라고까지 말하고 있다.

그 가운데는 趙普와 같이 陰險한 사람, 王安石과 같이 乖僻스러운 사람, 또 呂惠卿 같은 간사한 사람도 韓琦나 范仲淹 같은 인물과 함께 名臣으로 병렬시키고 있으니 그 의도를 알 수 없다. (…중략…) (한편) 劉安世는 氣節이 凜然하여 日月과 더불어 빛을 다툴 정도이다. 그의 저서인 『盡言集』이나 『元城語錄』은 지금도 전해 지고 있으니 당시는 당연히 참고가 가능했을 것이나 그로부터는 단 한 글자도 採錄하지 않았다. 이러한 처사는 후세인들이 도저히 납득할 수 없는 바이다.[50]

이러한 견해는 당시 侍讀學士로서 사고전서의 總纂을 맡았던 紀昀에 의해 記述된 것이었다. 그는 도저히 명신이 될 수 없는 趙普·王安石· 呂惠卿 같은 인물들을 立傳하고 있는 것과, 劉安世의 저서들을 전연 인 용하지 않았다는 사실을 문제로 삼고 있다. 하지만 이후 수다의 논객들 에 의해 지적되었듯이, 이러한 紀昀의 비판은 그 자체 커다란 오류를 안 고 있는 것이기도 했다. 呂惠卿은 立傳되지도 않았을뿐더러 劉安世의 저작 또한 적지 않게 인용되고 있기 때문이다. 이 때문에 魏源과 같은 사람은, '紀昀이 보았던 판본이 어떤 것인지 모르겠도다'라고 말하고 있는 것이다.[51]

뿐만 아니라 四庫의 館臣들은 여타 서적의 提要에서도 기회 있을 때마 다 『송명신언록』을 공박한다. 이를테면 『名臣碑傳琬琰之集』의 提要 에서는, '비단 『名臣碑傳琬琰之集』에 그치지 않고 『송명신언록』이나 『名臣奏議』 등에서도 奸臣인 丁謂나 王安石·呂惠卿 등을 수록하고 있 는데, 이는 當世에 아직 恩怨이 남아 있어 공정함을 기할 수 없었기 때문이

---

50 編中所錄 如趙普之陰險 王安石之堅僻 呂惠卿之姦詐 與韓范諸人竝列 莫詳其旨. (…中 略…) 然劉安世氣節凜然 爭光日月 盡言集元城語錄今日尚傳 當日不容不見 乃不登一 字 則終非後人所能喩.
51 魏源, 『古微堂文集』, 外集 권3, 「書宋名臣言行錄後」, 14쪽의 앞.

다'라고 적고 있다.[52] 또 『盡言集』의 提要에서는, '『송명신언행록』에서는 왕안석·여혜경의 기록까지 이용하면서 유안세에 대해서는 그가 程子를 비난한 적이 있다 하여 그의 저작에서는 한 글자도 採錄하지 않았다'고 말하고 있다.[53]

이상과 같은 紀昀을 위시한 四庫 館臣들의 『송명신언행록』 비판에 대해서는 전술한 대로 魏源도 反論을 제기한 바 있거니와, 특히 近人 余嘉錫은 광범위한 분석과 검토를 통해 그것을 전면적으로 반박하고 있다.[54] 그는 다양한 자료들을 사용하여 四庫의 館臣, 특히 紀昀의 所論에 대해 반론을 제기하고 있지만, 그 반론의 요체는 역시 趙普와 王安石 등이 立傳될 수밖에 없는 이유의 설명, 그리고 劉安世의 저작들이 採錄된 정황에 대한 설명이 그 핵심을 이루고 있다.

하지만 四庫 館臣들은 『송명신언행록』에 대해 극히 부정적인 평가를 가하고 있으면서도 경우에 따라 그것에 의거하여 고증을 행하기도 한다. 특히 宋人들의 행적이라든가 어떠한 사안의 시점을 확인할 필요가 있을 경우, 四庫 館臣들은 『송명신언행록』에 의존하여 裁斷하는 예가 적지 않다. 이를테면 穆脩의 『穆參軍集』 提要에서 『송명신언행록』에 의거하여 尹洙가 穆脩로부터 古文을 배웠던 사실을 논증하는 것이라든가, 혹은 韓琦의 『安陽集』 提要에서 司馬光이 樞密副使를 사임할 당시 韓琦가 文彦博에게 서신을 보냈던 사실을 확인하는 것, 그리고 『龍川文集』의 提要에서 陳亮이 孝宗代 여섯 차례 상주문을 올려 시국관을 피력했던 사실

---

52 中如丁謂 王欽若 呂惠卿 章惇 曾布之類 皆當時所謂奸邪 而竝得預于名臣 其去取殊爲未當. 然朱子名臣言行錄趙汝愚名臣奏議 亦濫及于丁謂 王安石 呂惠卿諸人. 蓋時代旣近 恩怨猶存 其所甄別 自不及後世之工 此亦事理之恒 賢者有所不免

53 至朱子作名臣言行錄 于王安石 呂惠卿 皆有所採錄 獨以安世嘗劾程子之故 遂不載其一字.

54 余嘉錫, 『四庫提要辨證』(中華書局香港分局, 1974) 권6, 史部 4, 名臣言行錄前集十卷 後集十四卷, 323～332쪽.

을 확인하는 것 등이 그러한 예이다. 紀昀을 위시한 四庫 館臣들은 『송명신언행록』과 주희에 대해 분명한 반감을 노정하면서도 그 문헌 가치에 대해서는 인정하지 아니할 수 없었던 것이다.

『송명신언행록』은 그 발간 직후부터 많은 논란의 대상이 되었다. 처음 呂祖謙에 의해 제기된 문제는 이용 자료의 성격을 둘러싼 것이었으나, 시간이 흐르며 저술 자체에 대한 평가라든가 혹은 名臣 立傳의 타당성 여부 등 본질적 문제로 확대되어 갔다. 그리고 그러한 다각적 논란은 그 자체 『송명신언행록』의 사회적 유포 및 지식인 사회에 대한 영향의 정도를 잘 반영하는 것이기도 했다.

5. 맺음말

주희가 『八朝名臣言行錄』을 편찬했던 것은 남송 초 史學 著作의 흥성과 상당히 밀접한 관련이 있다. 당시 사대부들 사이에는 북송의 멸망과 宋室의 南渡로 말미암아 역사에 대한 관심이 제고되어 있었다. 북송 중엽 이래 지속된 당쟁과 그로 말미암은 官修國史의 굴절도 私撰 역사 서술을 자극하는 요인이었다. 또한 주희는 그 자신 역사학에 많은 관심을 지니고 있었고 실제로 역사학적 안목도 상당한 수준에 있었던 것으로 평가된다. 孝宗 乾道 8년(1182) 그가 편찬한 『八朝名臣言行錄』을 살펴보면, 그 저술 과정에서 얼마나 다양한 자료들을 이용했고 또 얼마나 신중하게 편찬에 임했는가 하는 사실이 잘 드러난다.

주희가 저술한『八朝名臣言行錄』은 북송 시대를 대상으로 한 것이었다. 이후 이 저작이 각처로 유포되며 다양한 판본이 형성되었는데 그중 점차 李衡의 校正本이 지배적인 지위를 점하기에 이른다. 이형의 교정본이 通用本으로 자리 잡는 데는 李幼武의 역할이 절대적이었다. 주희의 外孫이기도 했던 이유무는 남송 말기, 주희 저작의 속편을 저술하는 형식으로『皇朝名臣言行續錄』과『四朝名臣言行錄』·『皇朝道學名臣言行外錄』을 편찬하고, 이를 주희가 지은『八朝名臣言行錄』과 合刻하여『송명신언행록』이란 서명을 붙였다. 이 五集合刻本에서는 주희의 저술을 전집과 후집이라 명명하고, 자신의 저술을 각각 속집·별집·외집이라 불렀다. 이형의 교정본은 주희의 저술을 대폭 축약한 것이었다. 특히 주희는 이른바 '명신'들의 부정적인 측면도 적지 않게 採錄하였지만 이형은 가능한 한 嘉言懿行만 남기고 나머지는 삭제하고 있다.

　　이러한 두 판본, 즉 주희의 원본과 이형의 校正本 가운데 통상적으로는 주희의 원본이 훨씬 우수하다는 평가를 받아왔다. 축약으로 인해 이형의 교정본이 사료적 가치란 면에서 미흡하다는 사실은 분명하다. 하지만 이형의 교정본은 원문을 다소간 축약함으로써 사건 전개를 명확히 한다는 특장을 보이기도 한다. 특히 원문의 내용에 애매한 부분이 있을 경우라든가 혹은 蛇足과 같은 부연설명이 가해지는 경우 이들 부분을 삭제함으로써 정확성을 기하고 있는 사례도 적지 않다. 이형의 刪改는 그 나름대로 분명한 원칙과 이유에 의거하여 행해졌던 것이다. 이러한 면에서 일반적인 평가와는 달리 이형의 교정본 또한 상당히 양호한 판본이라 생각된다.

　　『송명신언행록』에는 북송과 남송을 통해 주요 정치적 현안에 참여한 인물들이 고르게 분포되어 있다. 그러한 의미에서『송명신언행록』은 名

臣이라는 중요인물을 중심으로 엮은 새로운 형식의 역사 서술이라 할 수 있다. 더욱이 여기에다가 續集에 수록된 對金 전쟁과 그 과정에서 드러나는 여러 臣僚들의 행태라든가, 혹은 外集에 수록된 송대를 대표하는 사상가들의 행적과 사상까지를 감안하면, 『송명신언행록』이 지닌 역사 기록으로서의 가치는 더욱 제고된다. 따라서 그 편찬 과정에서 역사 사건 인식 내지 인물평가가 반영되는 것은 불가피한 일이기도 했다. 그 대표적인 사례가 仁宗 연간의 慶曆新政과 신종 시대의 왕안석 신법이다. 이 유무가 저술한 부분에서도 마찬가지로 撰者의 시각이 분명히 감지된다.

『송명신언행록』은 발간 당시부터 민감한 반응을 불러일으켰다. 그 최초의 문제제기는 주희의 友人 가운데 하나였던 呂祖謙에 의해서였다. 여조겸은 자신의 6대조인 呂夷簡과 관련한 서술의 타당성을 문제로 삼았다. 그 논란 과정을 살펴보면 주희가 편찬에 임하여 상당히 엄정한 사료비판을 행하고 있음을 확인할 수 있다. 이후에도 논란은 그치지 않았다. 남송 후반기와 明代를 거치며 오히려 논란은 더욱 확대되어, 撰述의 원칙 및 名臣의 평가 기준과 관련한 것으로 발전하였다. 그러한 논란 가운데 가장 주목할 것이 명대 楊愼 및 청대 四庫 館臣들의 발언이다. 그들은 공히 『송명신언행록』의 名臣 立傳 태도를 공박하고 있다. 또 이러한 공박에 대해 한편으로는 『송명신언행록』의 입장을 두둔하는 논설도 제기되는 등 복잡한 토론의 양상을 보였다.

주희가 『팔조명신언행록』을 간행한 이후 그것은 사대부들 사이에 급속히 유포되어 갔다. 그러한 정황을 두고 주희 자신, '언행록이 심히 널리 유포되어 있다'고 말하고 있기도 한다.[55] 또 그 편찬 방식을 원용한 이

55　『朱熹集』別集 권3, 林擇之, 「言行錄流布甚廣」.

른바 言行錄體 역시 상당히 광범위하게 답습되어 이후 수많은 亞種의 저작이 간행되기도 한다.[56] 黃宗羲 같은 인물은, 言行錄體를 역사 서술의 새로운 형식이라고까지 말하고 있을 정도이다.[57] 주희의 명성과 함께 『송명신언행록』은 전근대 중국의 지식인 사회에 폭넓게 유포되어 다양한 영향을 주고 있었던 것이며, 『송명신언행록』을 둘러싼 여러 논란 또한 그러한 유포와 영향을 보이는 또 다른 단면의 하나라 하겠다.

---

56 葉建華의 집계에 의하면 주희 이후 言行錄을 모방한 史書는 도합 24종이나 저술된다고 한다(앞서 든, 「朱熹『宋八朝名臣言行錄』初探」, 28쪽 참조).

57 『南雷文定』後集 권1, 「明名臣言行錄序」.

송명신언행록 전집

宋名臣言行錄 前集

권1

趙普

趙普가 滁州의 判官으로 있을 때, 趙匡胤이 그와 더불어 이야기를 나누고 특별한 인재라 여겼다. 마침 그때 도적 100여 명이 잡혀 곧 사형에 처해지게 되었는데, 趙普는 그 가운데 억울한 자가 있을 것이라 판단하고 趙匡胤에게 아뢰어 다시 한번 신문하게 했다. 그리하여 생명을 건진 사람이 열에 일곱, 여덟이나 되었다.(范蜀公의『蒙求』)[1]

宋 太祖 趙匡胤이 宋朝를 개창하고 이어 李筠·李重進의 난[2]을 진압

---

[1] 朱熹는 이처럼『名臣言行錄』을 편찬하면서 매 항목마다 그 말미에 자신이 인용한 書名을 附記하고 있다.

[2] 960년에 발생한 유력 節度使들의 반란. 당시만 해도 아직 宋의 권력 기반은 불안정한 상태였으며, 특히 지방의 節度使들 가운데에는 宋朝 정부에 대해 공공연히 저항하는 자세를 보이는 자들도 적지 않았다. 李筠과 李重進은 그 대표적인 인물들이었다. 이들은 宋朝가 건립된 직후부터 反宋的인 태도를 보이다가 마침내 960년 4월

한 이후의 일이다. 태조가 어느 날 조보를 불러 이렇게 물었다.

"唐末 이래 불과 수십 년 동안 천하의 제왕만 무릇 10姓이나 바뀌었소. 전쟁이 그칠 날 없었고 백성의 생활은 도탄에 빠졌으니 그 까닭이 무엇이오? 나는 천하의 전란을 멈추게 하고 국가를 위한 장구한 방책을 세우고 싶소만, 그 방법이 없겠소?"

조보가 대답했다.

"폐하께서 그러한 말씀을 하시는 것을 보니 이는 천지신명이 우리에게 복을 내리시려는가 봅니다. 당말 이래로 전란이 멎지 아니하고 국가가 불안한 것은, 그 까닭이 다른 데 있는 것이 아닙니다. 바로 節度使[3]의 권한이 너무 커서, 군주는 약하고 신하는 강하기 때문입니다. 지금 이러한 병폐들을 다스리는 데 다른 무슨 특별한 계책이 필요하지 않습니다. 그저 절도사들의 권한을 삭감해가고 그 財源을 통제하며, 그 휘하의 정예 병사들을 중앙으로 거두어들이게 된다면, 천하는 저절로 평안해질 것입니다."

과 7월, 각각 반란을 일으켰다. 특히 五代 이래 中原王朝에 사사건건 저항하고 있던 北漢과도 기맥을 통하여, 처음에는 宋朝에 상당한 위협을 주었으나, 太祖의 신속한 조치로 말미암아 곧 진압되기에 이른다. 이들의 반란 및 그에 대한 신속한 진압은 이후 宋朝權力이 지방의 절도사들을 장악하는 데 있어 결정적인 계기가 된다.

3   唐 중엽 이래 등장하는 藩鎭의 首長. 번진이란 唐初의 이민족 대비체제였던 羈縻支配가 이완되어 가면서 나타나는 지방의 軍管區를 일컫는다. 절도사는 이러한 번진의 軍政權 뿐만 아니라 民政權 및 財政權까지 장악한, 해당 지역 내 절대적인 실력자로 군림했다. 그 권력의 배경이 되었던 것은 친위군인 牙軍(衙軍)이었는데, 때로는 아군세력이 강성해져서 절도사가 이들에 의해 廢立되는 경우도 있었다. 安祿山의 반란 이래 번진은 內地에도 설치되기에 이르고, 이후 이들의 발호가 극심해져서 唐朝 중앙정부의 통제를 받지 않는, 사실상의 독자적인 정치집단으로 발전하여 간다. 이와 같은 번진의 발호가 五代十國의 분열로 연결되었으며, 宋初에 이르러서도 한동안 절도사의 권력은 강력한 상태를 유지했다. 바로 이러한 국면에서 절도사로부터 군권을 회수하여 그 발호 가능성을 최종적으로 봉쇄한 조치가, 이 항목에서 전하고 있는 '杯酒釋兵權'이었다.

그의 말이 채 끝나기도 전에 태조가 말했다.

"아, 그 문제라면 내 이미 잘 알고 있소. 더 말하지 않아도 좋소이다."

얼마 후 태조는 朝會가 늦게 끝나자 옛 친구들인 石守信·王審琦 등과 더불어 술자리를 가졌다. 술이 오르자 태조는 주변 사람들을 물리치고 말했다.

"나는 그대들의 도움이 아니었다면 여기까지 올 수 없었을 게요. 그 은혜는 영원히 잊지 않으리다. 그런데 天子의 자리라는 게 여간 힘든 게 아니오. 節度使 시절의 즐거움과 비할 바가 아니외다. 나는 요즈음 저녁마다 마음 편안히 자본 적이 없소이다."

그러자 石守信 등이 모두, "그 까닭이 무엇입니까?"라고 물었다.

"그야 당연한 일이 아니오? 지금 이 자리에 있는 자 누구라도 천자가 되고 싶지 않은 이가 있겠소?"

태조가 이렇게 대답하자, 석수신 등이 모두 황망히 일어나 머리를 조아리며 말했다.

"폐하 어찌 그런 말씀을 하십니까? 지금 天命이 이미 정해졌는데 어느 누가 감히 다른 뜻을 품겠습니까?"

"그렇지 않소이다. 그대들은 혹시 다른 마음이 없을지 모르나, 그대들의 부하 가운데 부귀를 원하는 자들이 없을 수 있겠소? 그들이 일단 황제의 옷인 黃袍를 그대들에게 입히게 되면 그대들로서도 어쩔 수 없는 것 아니겠소?"

태조의 이 말에 모두 머리를 조아리며 울면서 말했다.

"臣들이 어리석어 미처 그것까지는 생각지 못했습니다. 폐하께서 부디 저희를 불쌍히 여기사 저희가 살 방도를 가르쳐 주옵소서."

태조가 대답했다.

"인생이란 白馬가 좁은 틈바구니를 지나는 것처럼 덧없는 게 아니오? 또 인간이 부귀를 얻고자 하는 까닭도, 재산을 모아서 한 평생 즐겁게 지내다가 자손에게 한 재산 물려주려 함이 아니겠소? 그럴진대 그대들은 어찌 兵權을 내놓고 물러나지 않는 것이오? 좋은 집과 논밭을 골라 산 다음 자손들을 위해 영원한 자산이 되도록 하고, 또 노래하고 춤추는 종들을 줄줄이 두고 날마다 먹고 마시며 즐기면서 天壽를 누리는 것이 어떠하오? 그렇게 한다면 君臣之間에 아무런 의심이 없어져 피차 안심할 수 있을 것이니 어찌 좋은 일이 아니오?"

모두 거듭 절하며 말했다.

"폐하께옵서 臣들을 이처럼 생각해 주시니 감격할 따름입니다. 실로 起死回生의 말씀을 해 주셨사옵나이다."

이튿날 이들은 모두 病이라 칭하며 軍權 반납을 奏請하였다. 태조는 이를 허락한 후, 모두 散官[4]만을 주어 자기 집에 머물게 했다. 그리고 慰撫의 의미로 많은 하사품을 내리고 그들과 인척관계를 맺기도 했다. 그들의 옛 자리에는 황제가 쉽게 통제할 수 있는 관료를 임명하여 親軍을 지휘하게 했다.[5]

그 후에는 또 轉運使[6]와 通判[7]을 두어 각 지방의 재정을 담당시켰으

---

4   실제의 職任을 가리키는 職事官 혹은 差遣에 대한 말로서, 담당 직무는 없고 俸祿의 등급 내지 예우의 의미만을 지니는 官僚職階. 俸祿이 부여되는 기준이란 의미에서 寄祿官이라고도 불린다.

5   이 과정이 유명한 '杯酒釋兵權'의 내용이다. 杯酒釋兵權은 송초 유력 功臣集團 및 節度使들의 세력을 약화시키고, 황제 중심의 集權官僚制를 수립하는 데 중요한 結節點이 되는 사건이었다.

6   唐 현종 시대 이래 등장하기 시작하여 송초 지방행정 장관으로 자리 잡는 관직. 당 중엽 최초 설립될 때에는 稅糧 및 錢幣의 轉運만을 관장했으나, 송초가 되면 단위 路內의 재정권을 위시하여 治安과 邊防 등 민정권의 일부까지 장악하게 된다. 전운 사는 통상 漕司라 칭해졌다. 그런데 유의할 것은 路에는 전운사 외에도, 군사를 관장하는 安撫使(帥司), 사법을 관장하는 提點刑獄(憲司), 救濟 및 전매 등을 관장하는

며, 천하의 정병을 뽑아서 禁軍으로 삼았다. 한편으로는 여러 공신들도 천수를 누리고 그 자손들 역시 부귀를 누리며 오늘날까지 이어져 내려온다. 일찍이 趙普의 深謀遠慮와 太祖의 聰明果斷이 아니었다면 천하가 어찌 태평을 구가할 수 있었을 것인가? 지금에 이르도록 백발의 노인들조차 전쟁을 겪지 아니했으니, 두 聖賢들의 慧眼이 어찌 심원하다 하지 않을 수 있으리오?

趙普는 그 사람됨이 음험하고, 政事를 처리함에 있어서도 작은 원한으로 인해 남을 중상하는 일이 매우 많았다. 그럼에도 불구하고 宋代 개국공신들 가운데에서도 드물게 볼만큼, 그 자손들이 지금에 이르도록 부귀영화를 누리고 있다. 이것은 바로 그의 계책으로 말미암아 천하가 평안하게 된 업적이 너무도 크기 때문이 아니겠는가?

太祖는 조보의 계책을 받아들인 후 각 지방으로 빈번하게 사자를 파견했다. 그리하여 精兵이거나 혹은 그 재주 및 기예가 남다른 자들은 모두 가려 뽑아서 禁軍에 소속시켰다. 이들을 수도에 집결시킴으로써 궁성 방위에 임하게 하고, 아울러 그 처우를 충실히 함으로써 각자가 알아서 항상 스스로 훈련하고 점검하도록 했다. 이들 禁軍 병사들은 이리하

提擧常平使(倉司) 등의 4監司가 속속 설치되어 각각 독자적인 직무를 관할하였다는 점이다. 이들 4監司 사이에는 상하 통속관계가 없었다.

7　당말 오대 藩鎭 발호의 폐단을 막기 위해 각 府州에 설치하는 관직. 通判 직위의 신설은 知府나 知州의 독단을 견제한다는 의미를 지니고 있었다. 通判의 지위 자체는 지부나 지주에 비해 下位였으나, 각종 정무를 지부 및 지주와 공동으로 결제하고 또 그들의 정무를 감찰하는 실권이 부여되어 있었다. 통판을 監州라고 일컬었던 것도 바로 이러한 직능 때문이었다. 『歸田錄』에서, "國朝自下湖南 始置諸州通判 旣非副貳 又非屬官. 故相與知州爭權 每云 '我是監郡 朝廷使我監汝.' 擧動爲其所制. 太祖聞而患之下詔書戒勵 使長吏協和. 凡文書非與長吏同簽書者 所在不得承受施行. 自此遂戢 然至今州縣往往與通判不和. 往時有錢昆少卿者 家世餘杭人也 杭人嗜蟹 昆嘗求補外郡 人問其所欲何州 昆曰. '但得有螃蟹無通判處則可矣.' 至今士人以爲口實"(권2)이라 적고 있는 것은 그러한 정황을 잘 보여준다.

여 일당백의 용사가 되었다. 반면 각 지방의 무장들은 그 병력이 도저히 중앙의 적수가 되지 못함을 잘 알아서, 감히 모반의 마음을 품지 않게 되었다. 이 모두 송 태조가 중앙을 강하게 하고 지방을 약하게 다스린 것, 그리고 일이 혼란에 빠지기 전에 미연에 방지해 갔던 방침에서 연유하는 것이었다.(『涑水記聞』)

宋 太祖가 처음 황제로 등극했을 때, 杜太后[8]는 아직 건강하여 항상 태조와 더불어 군사와 정무 등을 의논하였다. 그녀는 태연히 趙普를 '書記'라 불렀는데 언젠가는 조보를 격려하며,

"趙書記, 진심을 다해 일해 주게나, 내 아이인 황제가 아직 세상 일을 잘 모른다네"

라고 말하기도 했다.

태조 또한 조보를 신임하기를 자신의 손과 같이 여겼다. 어느 날 御史中丞[9]인 雷德驤이, 조보가 남의 집을 헐값에 강제로 사들이고 또 뇌물을 강요하며 치부한다고 탄핵했다. 이에 태조는 화를 내어 질책하며,

"가마솥일지라도 오히려 귀가 있을 게다, 너는 조보가 나의 社稷之臣이라는 것을 듣지 못했느냐?"

라고 말하고는 좌우의 侍從들에게 명하여 궁정 안을 몇 바퀴나 끌고 다니게 했다. 그런 다음에야 의관을 바로 갖추게 하고 앞에 불러들여서는,

"앞으로는 제대로 하도록 해라. 이번만은 너를 용서해줄 테니, 다른

---

8 송 태조 趙匡胤의 모친인 昭憲太后를 가리킨다. 두태후에게는 세 아들, 즉 송 태조 조광윤과 차남인 宋 太宗 趙光義, 그리고 3남인 秦王 趙廷美가 있었다. 그녀는 宋朝가 개창된 다음 해인 태조 建隆 2년(961) 60세로 사거하는데, 그 이전까지만 해도 國政에 깊숙이 간여하여 커다란 영향력을 미쳤다.

9 御史臺의 장관. 御史臺에서는 官員에 대한 감찰과 탄핵을 담당한다.

사람들이 이 일을 절대 알지 못하게 하여라"
라고 말했다.(『涑水記聞』)

　태조는 황제로 즉위한 초기, 자주 都城에 미행하며 세상 여론을 정찰
했다. 功臣의 집을 지나다가 불쑥 들어서기도 했다. 그래서 조보는 궁정
에서 퇴근하고 난 다음에도 衣冠을 갈아입지 못했다.
　어느 날 저녁 무렵 큰 눈이 내리자 그는, '이제 폐하께서 방문하지 않
으시겠지'라고 생각했다. 그런데 조금 있다 문을 두드리는 소리가 났
다. 조보가 황급히 나가보니 황제가 눈보라 속에 서 있는 것이 아닌가.
그가 황망히 맞아들이며 예를 갖추자 태조는,
　"아우인 晉王 光義와 여기서 만나기로 약속을 했소이다"
라고 말하며 들어섰다.
　얼마 후 趙光義가 도착하자 같이 조보의 집안에 들어가 술자리를 벌
였다. 방안에 요를 여러 겹 깐 다음 바닥에 앉아 석탄 불을 피우고 고기
를 구웠다. 조보의 아내가 곁에서 술시중을 들었는데 태조는 그녀를 형
수라고 불렀다.
　그렇게 한참이 지난 다음 조보가 조용히 태조에게 물었다.
　"폐하, 밤도 깊고 춥기까지 한데 어인 일로 납시셨습니까?"
　"내 자려 해도 도대체 잠이 오지 않는 구려. 자그마한 땅덩어리의 바
깥에는 모두 남의 집들이 아니오? 그래서 卿을 보러 왔소."
　태조가 이렇게 말하자 조보는,
　"폐하께서 우리 宋의 영역이 너무 좁다 여기시는 게지요, 바로 지금
이야말로 남북으로 정벌할 때입니다. 바라건대 생각하고 계신 바를 들
려주십시오"

라고 대답했다. 이에 태조는,

"나는 太原의 北漢을 정벌하고 싶소이다"

라고 말했다. 이 말에 조보는 한참이나 묵묵히 있다가 말했다.

"臣의 생각은 다릅니다."

"그래요? 좀 들어봅시다."

"太原은 서쪽과 북쪽으로 두 변방과 접해 있습니다. 그러한 太原을 정벌하면 두 방향으로부터 오는 거란의 압력을 우리가 홀로 맞서야만 합니다. 그곳은 짐짓 그냥 놔둔 채 나머지 나라들을 먼저 평정하는 것이 어떻겠습니까? 그렇게 한다면 새총 구슬이나 검은 사마귀처럼 작은 땅인 太原은 장차 견딜 도리가 없을 것입니다."

조보의 이와 같은 대답에 황제는 웃으며,

"내 뜻이 바로 그와 같소이다. 잠시 卿을 시험해 보려 했을 따름이오"

라고 말했다. 이렇게 하여 먼저 江南 지방을 평정하기로 결정되었다.

이어 태조가,

"王全斌이 蜀[10]을 평정하며 너무 많은 인명을 살상했소. 내 지금도 생각하면 잠이 오지 않을 지경이오. 王全斌을 쓰는 것은 아무래도 안 되겠소"

라고 말했다. 이에 조보는 曹彬을 추천하여 將軍으로 삼고 潘美를 추천하여 部將으로 삼도록 했다.(『邵氏聞見錄』)

태조가 符彦卿으로 하여금 軍事를 총괄토록 하려 했을 때의 일이다. 조보는 수차례나 諫言하며, '이미 符彦卿의 聲望과 자리가 너무 높은데

---

10 五代十國 시대 사천성 일대에 존재했던 정권. 王建에 의해 창건되었다가 後唐에 멸망되는 前蜀(891~925)과 孟知祥에 의해 건립되었다가 宋 태조에게 멸망되는 後蜀(930~965)으로 나뉜다. 이 가운데 위 항목에서 말하는 蜀이란 後蜀이다.

여기에 軍權까지 덧붙여 주어서는 안 된다'고 했다. 황제는 듣지 않았다.

황제의 詔書가 내려지자, 조보는 그것을 가슴에 품고 황제의 알현을 청하였다. 황제는 그를 맞으며,

"부언경의 일 때문에 온 것이 아니오?"

라고 물었다. 조보는,

"아닙니다"

라고 대답하고, 다른 일을 아뢰었다. 그런 다음 부언경에게 軍事를 총괄토록 명하는 詔書를 내밀었다. 이에 황제는,

"아니나 다를까, 바로 그 문제로군. 그런데 그 조서가 왜 卿에게 가 있소?"라고 말했다.

"臣이 조서의 내용 가운데 빠진 부분이 있다고 핑계 대고 다시 유예시켰습니다. 바라건대 폐하께옵서 심사숙고하셔서 훗날 후회하지 않도록 하십시오."

"卿이 부언경을 몹시 의심하는데 무슨 까닭이오? 朕이 부언경을 지극히 厚待하거늘, 그가 어찌 나를 배반하겠소?"

태조의 이러한 질문에 조보는,

"폐하께서는 어찌하여 後周의 世宗을 배반[11]하였던가요?"

라고 대답했다. 황제는 아무런 응답을 하지 못하고 마침내 부언경의 일

---

11 後周의 世宗은 임종 직전 여러 가지 사후대책을 세워두었다. 그 가운데 하나가 禁軍의 총사령관격인 殿前都點檢을 張永德으로부터 趙匡胤으로 교체한 것이었다. 이 조치는 張永德의 威勢가 너무 커서 불안하다 여겨서, 자신이 발탁하여 승진시킨 인물인 趙匡胤에게 군사권을 위임함으로써 후사를 부탁한 것이었다. 이러한 사정에 대해 『송사』에서는, "(顯德)六年 世宗北征 爲水陸都部署. 及莫州 先至瓦橋關 降其守將姚內斌 戰却數千騎 關南平. 世宗在道 閱四方文書 得韋囊 中有木三尺餘 題云點檢作天子異之. 時張永德爲點檢 世宗不豫 還京師 拜太祖檢校太傅殿前都點檢 以代永德"(권1「太祖本紀」1)이라 적고 있다. 하지만 後周 世宗이 사거하고 뒤이어 7세의 어린 황제 恭帝가 즉위하자, 趙匡胤은 불과 6개월 만에 後周를 멸망시키고 宋朝를 개창하게 된다.

을 중지시켰다.(『涑水記聞』)

태조가 어느 날 中書令 조보에게 幽燕[12] 땅의 지도를 보이며 그 지역들을 수복할 계책을 물었다.

"이 지도는 필시 曹翰[13]에게서 나왔겠지요?"

"그렇소. 曹翰이 이들 지역을 되찾을 수 있겠소 어떻겠소?"

"그가 되찾을 수 있을 겝니다. 그런데 누구로 하여금 지키게 할 생각이십니까?"

"조한으로 하여금 지키게 하려 하오."

"조한이 죽은 다음에는 누가 대신합니까?"

황제는 한동안 대답하지 못하다가 말했다.

"卿의 말은 실로 深謀遠慮라 할 것이오."

태조는 이후 燕雲 지방을 되찾는다는 말을 전연 입 밖에 꺼내지 않았다.

그러다 태종 시대에 들어서의 일이다. 태종은 河東을 평정[14]하고 난

---

12 만리장성 이남에 위치해 있으면서 거란에 의해 영유된 지역. 중국의 內地로서 농경민 거주 지역인 이 일대를 거란이 지배하게 된 것은 五代 왕조의 하나인 後晉 時代로까지 거슬러 올라간다. 後晉의 건국자 石敬瑭은 後唐을 멸망시키고 후진을 건국하는 과정에서 거란의 원조를 받았다. 그 원조의 대가로 이들 지역을 거란에 할양했던 것이다. 처음 거란에 할양될 때에는 燕州(현재의 北京)와 雲州(현재의 大同)를 위시한 16개주였는데, 後周 世宗이 2개주를 회복하고 다시 송대에 다른 하나를 빼앗겨, 북송 시대를 통해서는 15개주가 거란에 의해 영유된다. 이들 지역을 송초에는 幽燕, 燕薊 등으로 지칭했는데, 후대가 되면 燕雲十六州라 통칭되며, 한민족의 민족의식을 일깨우는 상징물로 자리 잡기에 이른다.

13 曹翰(924~992)은 大名府(오늘날의 河北省 大名縣) 출신으로서 젊어서는 郡小吏를 역임했다. 後周 太祖에 의해 발탁되어 樞密承旨까지 역임했다. 북송 시대에 들어서는 태조 조광윤을 따라 江南平定 과정에 공을 세웠다. 태종 시대에도 北漢의 정벌에 참여했으며 幽州 공격 시에도 상당한 武功을 세웠다.

14 太宗 太平興國 4년(979) 北漢을 평정한 것을 일컫는다. 北漢은 十國의 하나로서, 951년 郭威가 後漢을 멸하고 후주를 창건하였을 때, 후한의 건립자인 高祖 劉知遠의 동생 劉崇이 오늘날의 산서 일대를 근거지로 하여 세운 왕조이다. 十國 제왕조 가운

후, 그 여세를 몰아 燕雲 지방으로 진군하고자 했다. 당시 鄧州의 지방 관으로 있던 조보는 상소하여 그 不可함을 강력히 간언했다. 그의 憂國 愛君하는 衷情은 문장 속에 생생하게 드러나 있다. 조보의 통찰은 저 유명한 唐代 陸宣公[15]의 議論에 비교해도 전연 손색이 없었다 할 것이다.
(『邵氏聞見錄』)

언젠가 조보가 어떤 인물을 어느 관직에 추천하였는데, 태조의 뜻과 달라서 기용되지 못했다. 이튿날 조보는 다시 上奏하였으나 또 기용되지 못했다. 그 이튿날 또다시 상주했다. 그러자 태조는 화를 내며 그 상주문을 찢어 바닥에 던졌다. 조보는 안색도 변함없이 태연하게 그 상주문 조각들을 주운 다음, 집에 돌아가 기워 맞춰서 다음 날 다시 제출했다. 이에 태조는 하는 수 없이 그 인물을 기용했다. 훗날 그 인물은 과연 훌륭하게 그 職任을 수행했다.(『涑水記聞』)

태조 때의 일이다. 어느 臣僚가 공을 세워 승진대상에 올랐으나, 태조가 평소 그를 싫어하여 승진시키지 않았다. 이에 조보가 강력하게 반대하자 황제는 노하여,
"朕은 절대로 그를 승진시키지 않을 작정이오"
라고 말했다. 그러자 조보는,
"刑罰로 惡을 징벌하고 褒賞으로 공로를 보답해 주는 것은 古今의 常

데 최후까지 존속했다. 국력이 약한데다가 거란과 인접하고 있었기 때문에 그 전 시기를 통하여 거란에 크게 의존했다.

15 당 후반기의 정치가인 陸贄(754~805). 安史의 亂 이후 唐朝의 기강이 흔들리고 재정이 난맥상을 보이는 가운데, 탁월한 안목으로 당시 당조가 직면한 제반 문제에 대해 효과적인 대응방안을 제시했던 것으로 유명하다.

道입니다. 그리고 형벌과 포상은 天下의 것이지 폐하 개인의 것이 아닙니다. 어찌 사사로운 감정으로 형벌과 포상을 처리하십니까?"
라고 대답했다. 황제는 버럭 화를 내며 일어섰다. 조보 또한 일어나 그 뒤를 따라갔다. 황제가 內殿에 들어가 버리자, 그는 언제까지나 宮門에 서서 돌아가려 하지 않았다. 이에 태조도 어쩔 수 없이 그의 주장대로 따랐다. (『涑水記聞』)

宋朝 개국 초기 조보가 재상의 직위에 있었다. 그는 근무시 재상의 좌석을 두른 병풍 뒤에 커다란 항아리 두 개를 갖다 놓았다. 그리고는 사사로이 이권을 청탁하는 문서를 보게 되면 모두 그 속에 던졌다가, 가득 차면 꺼내서 큰 길거리에서 태워 없앴다.(『邵氏聞見錄』)

태조는 도량이 컸다. 송조를 세우고 천하를 얻은 후, 조보는 과거 곤궁했을 때 자신들에게 소홀히 했던 사람들을 빈번히 입에 올리며, 몰래 해를 입히고자 했다. 이에 태조는,
"그래서는 안 되오. 만일 그 어려웠을 때, 세상 사람들에게 우리가 훗날 천자나 재상될 사람이라 말했으면, 그들은 모두 곁을 떠나가 버렸을 것이오"라고 말했다.
그 이후 조보는 다시는 그 일을 감히 말하지 못했다.(『晉公談錄』)

開寶 年間(968~976) 조보가 아직 政事를 주도하고 있을 때의 일이다. 江南에 있는 南唐[16]의 황제가 銀 5만 냥을 그에게 보내왔다. 조보가 이를

---

16 十國王朝의 하나로서 徐知誥에 의해 창건됐다. 徐知誥는 마찬가지로 십국왕조의 하나인 吳의 실권자 徐溫의 양자였다. 서지고는 황제 즉위 후 大唐의 후계자를 자임하

태조에게 아뢰니 태조는,

"그것, 받아두지 않을 수 없겠소이다. 다만 答書로 사례하고 그것을 가져온 사신에게는 거마비를 조금 쥐어주는 것이 좋겠소"라고 말했다.

얼마 후 南唐의 황제가 자기의 동생 從善을 파견하여 入貢하였다. 태조는 그 답례로 통상적인 하사품 외에, 남당에서 조보에게 보냈던 수량(5만 냥) 만큼의 白金을 은밀히 더 보내주었다. 이에 남당의 君臣들이 태조의 도량에 대해 놀라워했다.(『楊文公談苑』)

어느 날 태조가 갑자기 조보의 집을 찾았다. 마침 그때 兩浙의 錢俶[17]이 使臣과 함께 조보에게 서신과 海物 10단지를 보내와서 막 처마 밑에 쌓아 둔 상태였다. 여기에 황제의 가마가 불시에 들이닥쳐서 미처 가릴 틈도 없었다. 태조는 돌아보고 무엇이냐고 물었고, 조보는 사실대로 대답하였다. 태조는,

"이 해물은 진귀한 것임에 틀림이 없으렷다"

라고 말하고, 열어보라고 명했다. 그런데 단지 안에 가득 담긴 것은 오이씨 형상을 한 극상품 황금이었다. 조보는 새파랗게 질려서 머리를 조아

고 중원회복을 이상으로 하여 화북의 五代王朝와 대립했다. 특히 국초부터 거란과 通好하여 남북에서 중원왕조를 협격하고자 했다. 그러나 제2대 황제인 元宗 시기 後周 世宗의 침공을 받아 江北 일대를 할양하고부터는 국력이 크게 쇠미해졌다. 이후 후주에 入貢 稱臣하다가 북송 태조시기인 975년(開寶8) 3대 38년 만에 멸망한다. 남당 시대에는 文運이 일어나 詩畵藝術이 꽃 피었으며 오대왕조와는 달리 文臣을 우대하여, 송대의 文臣官僚制에 커다란 영향을 미쳤다.

17 吳越은 十國의 하나로서 杭州에 定都하여 대략 오늘날의 江蘇省 동남부 일대와 浙江省 지역을 지배했던 왕조. 唐末의 동란기에 自衛團인 杭州八都를 배경으로 하여, 892년 鎭海軍과 鎭東軍 兩軍 節度使가 되었던 錢鏐가 907년 唐의 멸망과 함께 건립한 정권이다. 吳越王朝下에서는 역대 王들이 詩文을 즐기고 불교를 篤信한 관계로, 문예가 발달하고 불교문화가 꽃피게 된다. 978년 忠懿王 錢俶이 一族을 이끌고 宋太宗에게 항복함으로써 5대 72년 만에 멸망했다.

리며 변명했다.

"臣은 아직 서찰도 못 본 관계로 전연 몰랐습니다. 만일 사정을 알았더라면 마땅히 폐하께 上奏하고 되돌려 보냈을 것입니다."

이에 태조는,

"걱정 말고 받아두게나. 저들 吳越國에서는 우리의 國事가 모두 그대들 書生에 의해 좌우된다고 생각하는가 보구려"

라고 하고, 조보에게 그냥 받아두라고 명했다.(『涑水記聞』)

조보가 처음 재상에 임용되었을 때, 태조는 薛居正과 呂餘慶을 參知政事[18]로 삼아 조보를 돕게 했다. 그러나 모든 결재와 업무, 권한은 조보에 의해 독점되어 그들은 단지 황제의 조칙만을 받들 뿐이었다. 開寶 年間(968~976) 盧多遜이 그 잘못을 수차에 걸쳐 황제에게 아뢰었다. 또한 雷有鄰은 조보가 수뢰한 서리를 비호하고 있다고 공격했다. 이에 태종은 노하여 御史府[19]로 하여금 심문하여 그 서리를 처벌하게 했다. 또 조칙을 내려 참지정사가 제반 업무에 참여하고 재상과 더불어 그 권한을 나누어 갖도록 했다.(『涑水記聞』)

조보는 성품이 침착하고 엄한 반면 시기심이 많았다. 또 처음부터 吏道[20]로서 이름이 났을 뿐 학문은 얕았다. 그리하여 태조는 늘 그에게 독

18　副宰相으로서 통상 數人이 임명된다. 參政이라 약칭하기도 한다. 神宗 元豊 3년(1080)의 이른바 元豊 官制改革으로 폐지되어 門下侍郎·中書侍郎 및 尚書左丞·尚書右丞으로 代置되었다가, 남송 시대에는 다시 門下侍郎·中書侍郎을 參知政事란 명칭으로 복원시키고 尚書左丞·尚書右丞은 폐지한다.

19　감찰기관인 御史臺의 별칭. 휘하에 ①侍御史가 있는 臺院, ②殿中侍御史가 있는 殿院, ③監察御史가 있는 察院의 이른바 御史臺三院이 존재했다.

20　행정실무에 대한 지식. 吏事라고도 칭한다.

서를 권하였던 바, 만년에는 항상 책을 손에서 떼지 않을 정도로 노력했다. 재상이 되고 난 다음에는 天下事를 자신의 일로 여겼다. 침착하고 의연하며 과단성 있다는 점에서 당시에 견줄 상대가 없을 정도였다.(『涑水記聞』)

태조 趙匡胤의 모친인 昭憲太后는 총명하고 智度이 있었으며 태조의 국정운영에 깊숙이 간여했다. 만년에 그녀의 병세가 위중해지자 태조는 병상을 지키며 그 곁을 떠나지 않았다. 그러한 태조에게 그녀는,

"네가 天下를 얻을 수 있었던 까닭을 알고 있느냐?" 하고 물었다.

"모두 할아버지[21]와 太后의 陰德 때문이지요."

태후는 웃으며 말했다.

"그렇지 않다. 바로 柴氏[22]가 어린 아들을 황제로 세워 天下를 담당하게 했기 때문이다"라고 하고, 태조에게 훈계를 해나갔다.

"너는 죽은 다음 황제 자리를 반드시 두 동생들에게 전해야 한다. 그

---

21 名은 趙敬으로서 營州, 薊州, 涿州 등지의 刺史를 역임하며 趙氏 一門의 성장에 결정적으로 기여했다. 그 이전 조광윤의 선조들은 대략 縣令이라든가 藩鎭의 屬官 등의 활동을 보였으나, 趙敬의 시대에 이르러 지방의 守帥로 성장하게 된 것이다. 조광윤이 술회하듯 훗날 자신이 宋朝를 창건할 수 있는 실력의 기초가 실로 祖父인 趙敬의 시대에 닦였던 것이다.

22 後周 제2대 황제인 世宗 柴英(921∼959, 在位 954∼959)을 일컫는다. 오대 마지막 왕조인 후주정권의 건립자는 太祖 郭威(在位 951∼954)였는데 그의 實子들이 早死했던 관계로 양자인 柴英이 後嗣를 이었다. 시영은 본디 곽위의 황후인 柴氏의 조카였다. 황후 柴氏와 시영의 부친 柴守禮는 오누이 사이였다. 그런데 柴氏가 곽위와 결혼한 이후 조카 시영을 귀여워하여 유년 시에 자신의 양자로 삼았던 관계로 시영이 郭氏의 가문에 들어갔던 것이다. 이 시영이 바로 五代 최고의 황제라고 일컬어지는 後周의 世宗인 바, 그의 재위 5년여 동안에 통일이 기틀이 마련되었다는 평가를 받고 있다. 世宗은 959년 39세의 젊은 나이로 세상을 떠나고 뒤를 이어 불과 7세의 恭帝가 즉위했다. 당시 五代라는 난국에 7세의 황제가 너무 어리다는 중론이 돌았고, 마침내 이듬해인 960년 禁軍 총사령관인 趙匡胤을 황제로 옹립하는 쿠데타가 발생했던 것이다.

래야만 너의 자식들도 무사할 것이다."

태조는 머리를 조아리며 울며 대답했다.

"죄송하지만 어머니의 가르침대로 하지 못하겠습니다."

이에 태후는 조보를 불러 병상 앞에서 서약서를 작성토록 했다. 조보는 서약서의 말미에 서명하고 나서, '臣 趙普가 기록하였습니다'라고 적었다. 그는 이 서약서를 金匱에 보관하고 근실한 宮人으로 하여금 잘 간수하도록 했다.

太宗이 즉위한 이후 조보는 盧多遜의 譖言으로 말미암아 지방에 전출되어 河陽節度使가 되었다. 그는 이 무렵 날마다 혹시 어떤 불의의 명령이 내려지지는 않을까 전전긍긍하고 있었다.

그러던 어느 날 태종은 우연히 金匱를 열고 조보가 작성한 서약서를 읽게 되었다. 태종은 조보를 강등시킨 것을 크게 뉘우치고 그에게 사신을 파견하여 급히 소환했다. 조보는 이러한 조치에 아무 것도 모른 채 마침내 올 것이 왔다고 생각했다. 그는 遺書를 작성한 후 가족과 더불어 이별하고, 비장한 마음으로 수도에 올라왔다. 그리고 재차 재상에 임용되었다.(『涑水記聞』)

太平興國 年間(976~984)에 祖吉이란 官員이 지방관으로 근무하다가 瀆職이 발각되어 下獄되었다. 당시 郊禮[23]가 임박해 있었다. 태종은 그의 收略에 노하여, 執政[24]에게 지시해서 郊赦의 대상에서 특별히 그를

---

23 天子가 國都의 郊外에서 壇을 쌓아 두고 친히 天地에 祭祀하는 의식. 통상 수도의 南郊에서는 天을, 北郊에서는 地를 제사한다. 송대의 경우 3년마다 1회씩 南郊禮가 거행되었으며, 이때마다 百官에 대해 막대한 하사품을 내렸던 관계로 국가 재정에 큰 부담으로 작용하였다.
24 副宰相格의 지위에 대한 통칭. 中書의 參知政事 및 그 후신인 門下侍郞·中書侍郞·尙書左丞·尙書右丞, 그리고 樞密院의 장관(樞密使·知樞密院事) 및 차관(樞密副使·同

제외시키도록 했다. 이러한 조치에 대해 조보가 上奏하여,

"貪官汚吏를 처벌하여 형벌을 가하는 것은 올바른 처사입니다. 그렇지만 국가가 郊赦로써 하늘에 제사지내는 것은, 天地神明에게 천하의 태평함을 고하기 위해서입니다. 대체 祖吉이란 인물이 어떤 자입니까? 어찌 그로 말미암아 폐하의 경사스러운 郊禮 赦令을 어지럽힐 수 있겠습니까?"

라고 아뢰었다.

태종이 그 주장을 옳다고 여겨 자신의 지시를 거두어 들였다.(『沂公筆錄』)

曹彬

宋側에서 크게 군사를 내어 蜀[25]을 정벌하게 되었다. 太祖 趙匡胤은 劉光義를 歸州路行營前軍副部署[26]로 임명하고 曹彬을 都監[27]으로 삼았다. 정벌군은 三會寨와 巫山寨[28]를 점령하고 이어 夔州[29]와 遂州[30]를 정

知樞密院事)을 가리킨다. 송대에는 이들을 宰相과 합하여 宰執 혹은 宰輔라 칭했는데, 국가의 主要大事는 이들의 연석회의에서 결정되었다.

25 五代十國 시대 사천성 일대에 존재했던 後蜀 정권.

26 都部署란 一軍의 主帥, 副部署는 그 副帥이다. 行營都部署와 駐泊都部署의 兩種이 있다. 行營은 정벌 시의 부대를 지칭하고, 駐泊이란 지방에 주둔하는 군대를 말한다. 駐泊都部署는 數路를 통괄하는 경우도 있었고, 一路나 혹은 路內의 數州, 혹은 단 1州에 배치되는 경우도 있었다. 駐泊都部署는 常任이었으며 行營都部署는 정벌이 끝나면 없어지는 직위였다. 行營都部署는 주로 송초에 설치된다.

27 都監이란 명칭은 원래 唐 후반기 환관 출신의 監軍을 가리키는 것이었으나, 五代宋初가 되면 군대를 통합하는 都部署 내지 都總管의 副帥를 지칭하게 된다. 行營都監 혹은 行營兵馬都監이라 칭하기도 한다.

복했다. 당시 여러 장수들은 城을 屠戮하고 항복한 병사들을 살해함으로써 정벌군의 위세와 사나움을 나타내 보이려 했다. 다만 조빈만이 병사들을 단속하여 그 거친 행동을 금지하고 군법을 엄정히 시행하였다. 이로 말미암아 破竹之勢로 진군을 계속하여 칼날에 피를 묻히지도 않고 四川 일대를 모두 평정할 수 있었다.

조빈과 여러 장수들은 成都[31]에서 회합했다. 총사령관인 王全斌을 위시한 장수들은 밤낮으로 술을 마시며 軍務를 돌보지 않았다. 휘하의 여러 장교들 또한 거리낌 없이 재물 약취에만 열을 올렸다. 이로 인해 4,000의 백성들이 곤욕을 치뤘다. 조빈은 이에 군대를 수습하여 수도로 개선할 것을 王全斌 등에게 몇 차례나 권유하였으나 그들은 전연 아랑곳하지 않았다. 그러다 마침내 全師雄[32] 등의 반란을 일으키고 여기에다 각처 도적들의 봉기가 덧붙여져, 조빈과 崔彦進이 온 힘을 다해 진압해야만 했다.

王全斌 등이 귀환하여 입궐하자, 태조는 그들의 소행에 대한 보고서를 모두 입수하고 난 후 王仁瞻[33]을 직접 꾸짖으며 그 상세한 내막을 캐

---

28 三會寨와 巫山寨 공히 夔州路의 路治인 夔州에 위치.

29 夔州路의 路治. 오늘날의 湖北省 奉節縣.

30 梓州路의 북부에 위치. 오늘날의 四川省 遂寧縣.

31 成都府路의 路治. 오늘날의 四川省 成都市.

32 본디 後蜀 文州의 刺史로서 太祖乾德3년(965) 後蜀이 멸망한 후, 蜀兵을 이끌고 東京으로 향하다 반란을 일으켰다. 成都府路 彭州를 점령하고 나서 '興蜀大王'이라 自稱하며 官職을 설치하고 주변 지역으로 진군하였다. 한 때는 邛州·雅州·眔州·嘉州·渝州 등 17개 주 등지에서 그에 호응하여 군대를 일으킬 정도로 기세를 올렸으나, 이윽고 패전 후 병사했다. 반란군의 잔당 역시 이듬해까지는 모두 진압되기에 이른다.

33 王仁瞻(917~982)은 본문에는 등장하지 않으나, 太祖乾德2년(964) 당시 樞密副使로서 鳳州路行營前軍都監이란 직위로 王全斌 등과 함께 後蜀 정벌에 동참했다. 이때의 약탈과 掠取가 문제로 되어 좌천되었다. 이에 관하여 『宋史』에서는, "(乾德二年)七月 加左衛大將軍. 興師討蜀 命仁瞻爲鳳州路行營前軍都監. 蜀平 坐沒入生口財貨殺降兵致蜀土擾亂 責授右衛大將軍"(권257, 「王仁瞻傳」)이라 기록하고 있다. 太祖開寶9년(976)에

물었다. 왕인섬은 여러 장수들이 자행한 불법을 일일이 열거하면서 그 책임을 그들에게 돌리고 자신은 빠져나가려 했다. 그리고 '청렴하고 조신한 인물은 오직 曹彬 한 사람 뿐이었습니다'라고 덧붙였다. 태조는 대노하여 왕전빈 등을 모두 법대로 처벌하도록 하고, 그날로 조빈에게 宣徽南院使[34]의 직위를 주어 義成軍節度使에 임명하였다. 그러자 조빈은 간청하며 말했다.

"蜀 정벌에 참여했던 장수들이 모두 처벌을 받는데 臣만은 功도 없이 커다란 상을 받았습니다. 삼가 천하에 좋지 못한 영향을 줄까 두렵습니다."

태조는 이에 웃으며 말했다.

"卿은 큰 공을 세웠소. 게다가 그 공을 자랑하지도 않는구료. 만일 경에게 하찮은 허물이라도 있었다면 왕인섬 등이 어찌 그것을 들추어내지 않았겠소? 대저 惡行을 징벌하고 善行을 권하는 것이야말로 신하들을 격려하는 본래의 길이 아니겠소이까?"

조빈은 賞을 감히 거절하지 못하였다.(「行狀」)

태조가 後蜀을 평정하기 위해 王全斌 등을 파견하였는데, 왕전빈은 투항한 병사 3,000여 명을 몰살시켰다. 당시 조빈은 이에 가담하지 않고 관계문서들을 수합하여 두었다. 다만 여기에 서명만은 하지 않았다.

군대가 귀환하자 태조는 詔勅을 내려 中書로 하여금 사건의 진상을

判三司兼宣徽北院使에 오른다.

34 宣徽院은 宮城內의 諸司 및 殿前三班·內侍 등의 名籍·遷補·休暇·糾劾, 아울러 郊祀·朝會·宴會 등의 瑣事를 관장하는 기관. 宣徽南院과 宣徽北院으로 나뉘어져 있었으며 각각 장관으로 宣徽南院使와 宣徽北院使가 있었다. 南院과 北院의 職掌은 동일하나 南院의 格이 北院보다 높았다. 宣徽南院使와 宣徽北院使 공히 통상 執政의 직위에서 退位한 勳舊大臣이 임명되었으나, 때로 樞密副使가 겸직하기도 하였다. 三班院이 건립된 후에는 宣徽院이 점차 실권을 잃어갔으며 元豊改制 後 폐지된다.

규명하게 하였다. 그러자 주변의 臣僚들은 이렇게 말했다.

"장수들이 지금 막 서쪽으로 蜀을 정복하고 돌아왔습니다. 비록 항복한 병사들을 살해했다 하더라도 그 죄를 추궁하여 처벌하여서는 안 될 것입니다. 폐하께서는 앞으로 어떻게 사람을 부리려 하십니까?"

이에 태조는 다음과 같이 말했다.

"그렇지 않도다. 아직 河東[35]이나 江南[36]은 歸服하지 않은 상태이다. 만일 그 일을 문제삼지 않는다면 앞으로 정벌에 나선 武將들이 살상을 멋대로 할 것이다. 철저히 조사하도록 하라."

조사가 끝나자 왕전빈 등의 관련자들을 後殿[37]에 불러모았다. 그리고 준엄히 꾸짖었다.

"어찌하여 감히 멋대로 살상하였는가?"

그리고 조빈에게는,

"그대는 이 일과 관련 없으니 물러가도록 하라"고 말했다.

조빈은 물러가지 않고 머리를 조아리며 같이 처벌해줄 것을 청하였다.

"臣도 그 자리에서 함께 의논했었습니다. 臣의 죄 역시 죽어 마땅합니다."

태조는 마침내 모두 불문에 부치기로 하였다. 그 뒤의 어느 날 조빈과 潘美[38]를 불러 말했다.

---

35 五代十國의 하나인 北漢을 가리킨다. 950년 後漢이 2대 4년 만에 郭威에 의해 멸망되고 後周가 건립되자, 後漢 마지막 황제인 隱帝의 숙부 劉崇이 自立하여 太原에 세운 정권이다. 北漢은 거란과 긴밀한 관계를 유지하며 그 후원을 받아 後周 및 北宋과 대립하였으나 4대 29년 만인 北宋 太宗 太平興國 4년(979) 宋朝에 멸망한다.
36 五代十國의 하나인 南唐 정권을 가리킨다.
37 황제가 起居하는 공간. 後宮과 內官 등이 거처했다. 內宮·後庭·內廷이라고도 칭한다.
38 潘美(925~991)는 宋初의 武將으로서 李重進의 반란 진압, 그리고 南漢·南唐·北漢 등의 정벌 과정에서 커다란 공을 세웠다. 太宗 雍熙 3년(986) 燕雲十六州의 회복을 위해 출정하였다가, 중대한 실착을 범하여 楊業 등이 전사하는 단서를 제공했던

"그대들에게 江南의 정벌을 명하노라."

그리고 조빈을 돌아보며 말했다.

"지난번 사천 땅에서 했던 것처럼 멋대로 인명을 살상해서는 안 된다."

조빈은 조용히 아뢰었다.

"신이 아뢰지 않으면 폐하께서 종내 모르고 계실 것 같아 삼가 아룁니다. 지난번 사천에서 투항한 병사들을 살해했을 때, 臣 또한 의논 과정에 참여한 것은 사실이나 끝내 반대했었습니다. 신은 그때 서명하지는 않았으나 지금 그날의 회의 문서를 가지고 있사옵니다."

태조는 그 문서를 받아보고 나서 말했다.

"정녕 이러할진대 그때 어인 연유로 완강하게 처벌을 고집했는가?"

"신은 애당초 왕전빈 등과 함께 사천정벌의 임무를 부여받았습니다. 그런데 왕전빈 등은 모두 처벌을 받는데, 신만이 거기서 빠진다면 그것은 온당하다 할 수 없을 것입니다. 그래서 함께 처벌해 달라고 청하였던 것입니다."

"卿이 그처럼 스스로 처벌을 받을 생각이었다면 무엇 하러 이러한 문서를 남겨두었단 말이오?"

"신은 그때 폐하께서 필시 저희를 주살할 것이라 판단했습니다. 그래서 이 문서를 남겨두어 老母로 하여금 폐하게 바치게 하고, 그것을 통해 老母의 목숨을 구해 달라 할 심산이었습니다."

태조는 이후 조빈을 더욱 중용하게 되었다.(『晉公談錄』)

태조가 조빈과 潘美를 파견하여 강남을 정벌하게 했다. 이에 조빈은,

사실은 유명하다. 이를 계기로 좌천된다. 사후에 同平章事로 追贈되었다.

능력이 모자라므로 다른 유능한 臣僚를 뽑아 맡겨 달라고 固辭하였다. 반면 潘美는, 강남을 충분히 정복할 수 있다고 자신만만해 했다. 태조는 큰 소리로 조빈에게 일러 말했다.

"이른바 大將이란 그리 어려운 것이 아니오. 주제넘게 분수를 모르고 나서는 副將을 斬하기만 하면 되는 것이오."[39]

이 말을 듣고 반미는 식은 땀을 흘리고 감히 고개를 들지 못하였다.

조빈이 출정하기 직전, 태조는 밤 늦게 조빈을 궁중으로 불러들여 친히 그에게 술을 따라 주었다. 조빈이 취하자 後宮이 물을 그 얼굴에 끼얹었다. 그가 깨어나자 태조는 그 등을 쓸어주며 말했다.

"명심하기 바라오. 그들에게는 죄가 없소이다. 다만 내 그들을 복속시키기만 바랄 뿐이오."

태조는 恩德으로써 南唐을 신복시키고자 했던 것이다. 이런 까닭에 조빈의 重厚함과 정미의 과단성을 상호 보완시켜 엄정한 토벌작전을 구사하게 했다. 그리하여 일찍이 한 사람도 부질없이 살해되지 않고 강남이 평정되었다.(『邵氏聞見錄』)

조빈이 태조를 섬기게 되었다. 당시 金陵의 南唐을 점령하려고 하고 있었다. 남당의 後主[40]가 병을 핑계로 入朝하지 않은 죄를 추궁한다는

---

39 당시 曹彬은 西南路行營馬步軍戰櫂都部署, 潘美는 都監으로 임명된 상태였다. 즉 조빈이 主帥이고 반미는 副帥였다.

40 南唐의 제3대이자 마지막 황제인 李煜(937~978, 在位 961~975). 어려서부터 文章 및 書畵, 音律에 남다른 재주를 보였으며, 특히 詞에 뛰어났던 것으로 유명하다. 통상 南唐後主 혹은 李後主로 칭해지는 詞의 名家이다. 정치적으로는 송조의 압력이 가중되는 속에서도 政事를 돌보지 않고 聲色과 淫樂을 탐닉한 暗君이나, 문학사적으로는 특히 詞作을 통해 불후의 명성을 남기고 있다. 그의 詞는 전기의 경우 궁정의 사치를 그린 것이 많으며, 후대에는 亡國君主로서의 애통함이 주조를 이루고 있다. 비유를 통해 내면의 정서를 서정적으로 묘사했던 것으로 정평이 있다.

명분이었다. 태조는 조빈의 포용력을 높이 사서 그로 하여금 군대를 통할시켰다

조빈은 최후까지 金陵城을 배려하여 몇 차례나 남당 측에 사자를 보내, '대군이 11월 27일을 택하여 성을 공격할 것이다. 마땅히 그 전에 서둘러 투항하도록 하라'고 알렸다. 後主는 자신이 아끼는 아들인 清源郡公 李仲寓[41]를 파견하여 항복하기로 했는데, 11월도 하순에 접어들어 하루하루 기한이 닥쳐오건만 李仲寓는 출발하지 않았다. 조빈은 거듭 사자를 보내 재촉하며,

"자제가 우리 진영에 도착하면 즉각 공격을 중지하겠소이다"라고 말했다.

그러나 後主는 주변 사람들의 말에 미혹되어, '수비가 견고하고 天象에 變故도 없는데 어찌 기한을 정해 우리를 함락시킬 수 있으리오? 적들의 말은 믿을 게 못된다'고 판단했다. 그리고 다만 사자를 파견하여 다음과 같이 알렸다.

"아직 길 떠날 차비가 채 갖춰지지 않았고 궁중내의 송별연도 끝나지 않았다. 27일에 출발할 예정이다."

이를 접한 조빈은 사자에게,

"26일에 출발한다 해도 기한에는 맞출 수 없도다"라고 전하게 했다.

송군의 공세에 의해 정말로 27일에 金陵城은 함락되었다. 조빈의 군대가 질서정연하게 대오를 갖추어 궁성의 문으로 나아가자, 後主는 문을 열고 이를 맞아 항복의 문서를 올렸다. 조빈은 答拜를 하며 예의를 다하였다.

---

41 清源郡公은 南唐의 宗室爵位.

이에 앞서 後主는 궁중에 장작더미를 쌓아 두고,

"만일 사직을 지킬 수 없게 되면 血族들을 이끌고 불더미 속으로 뛰어들 것이다"라고 맹세하였다.

조빈은 後主를 만나 이렇게 말했다.

"우리 조정에 귀속되면 俸祿이나 下賜에 한도가 있고, 또 여러 가지로 드는 비용도 막대할 것입니다. 꼭 짐을 충분하게 꾸려서 떠나도록 하십시오. 관리의 손에 성이 접수되면 그 다음에는 어찌할 도리가 없게 될 것입니다."

그는 後主를 성 안으로 다시 돌려 보내서 차비를 갖추게 했다. 그러자 副將인 梁迥과 田欽祚가 강력히 제지하고 나섰다.

"만일 불의의 사태라도 벌어진다면 그 책임을 누가 진단 말입니까?"

조빈은 웃을 뿐 아무 대답을 하지 않았다. 梁迥 등이 거듭 강력하게 주장하자 그때야 대답을 했다.

"그것은 너희가 걱정할 바가 아니다. 내 李煜[42]의 배짱을 보건대 나약하기가 아녀자만도 못한 자로다. 어찌 자결을 할 수 있단 말인가?"

李煜에게는 아니나 다를까 아무 일도 없었다. 조빈은 병사 500명을 파견하여 짐꾸러미를 날라 배에 싣는 것을 도와 주었다. 그 가운데 병졸 하나가 바구니를 들고 도망가다 잡히자 조빈은 즉시 斬하도록 명하였다. 그러자 짐을 나르는 자들이 아무도 감히 딴 생각을 하지 않았다.

後主는 나라를 잃은 후 망연자실하여 家計를 돌볼 겨를이 없었다. 그

---

42 南唐의 後主(937~978). 中主璟의 여섯째 아들로서, 학문과 문예를 좋아하고 書畵에도 一家를 이루었다. 오대 말기의 급박한 정세에서 적극적인 대책을 수립하지 못하고 臣僚들과 酒宴 및 詩會에 빠져 國亡을 초래하였으며 그 자신 宋에 포로가 되었다가 살해되었다. 그의 詞作은 亡國 이전의 화려하고 唯美的인 작품과 宋의 포로가 된 이후의 침울한 抒情的 경향의 작품으로 대별된다. 詞를 서정시로 완성시키는 데 매우 중요한 역할을 한 인물로 평가되고 있다.

가 한번 배에 올라 군대를 따라 나서자, 즉각 관리들이 그 뒤를 따라 궁성에 들어갔으며, 이후 실내의 모든 가장집기들은 송 측에 접수되어 움직일 수 없게 되었다. 後主가 지니고 떠난 것은 극히 적을 따름이었다.

(『楊文公談苑』)

范質

後周[43]의 太祖가 鄴에서 거병하여 압박해 오자 수도가 크게 혼란해졌다. 范質은 민간에 숨었다.

하루는 封丘巷의 찻집(茶肆)에 앉아 있는데, 행색이 남루하고 용모가 괴이한 사람이 그의 앞으로 와서 예를 갖추며,

"승상께서는 놀라지 마십시오"라고 말했다.

때는 한여름이라서 범질은 부채를 쥐고 있었는데 거기에는, '大暑에 酷吏가 사라지고, 淸風에 옛 친구가 돌아오도다'라는 두 귀절이 적혀 있었다. 그 사람이 말을 이었다.

"세상의 酷吏로 말미암은 원통한 獄事의 아픔이 어찌 단지 大暑 정도에 비길 수 있겠습니까? 公께서는 다음에 반드시 이 폐단을 철저하게 개혁하여 주십시오. 부디 제 말을 잃어버리지 말기 바랍니다."

---

[43] 石敬瑭이 세운 後晉은 거란의 내습에 의해 멸망하고, 그 뒤를 이어 산서 지방의 절도사 劉知遠이 後漢(947~951)을 건국했다. 후한은 각지의 절도사 세력을 제거하려 기도하다가 오히려 산동 일대의 절도사였던 郭威에게 멸망하게 된다. 이 곽위가 건립하는 왕조가 바로 五代 최후의 정권이었던 後周(951~960)이고, 곽위의 廟號가 太祖이다.

범질은 이 말을 듣고 한참이나 憫然히 앉아 있었다.

그 후 祆廟[44]의 後門을 지나다가 거기서 우연히 흙과 나무로 만든 키 작은 귀신상을 보게 되었다. 그 형상이 전날 찻집에서 보았던 사람과 거의 같았다. 범질은 마음속으로, '참 이상한 일이구나' 하고 생각했다.

後周가 들어선 다음 혼란이 가라앉자, 후주 太祖는 범질을 여기저기로 수소문하여 찾아내어 重職을 부여했다. 그는 후주 태조를 만나서 무엇보다도 먼저, '법률이 번잡하여 그 공정한 법 적용을 기하기 어렵다. 그 틈을 타고 서리들이 奸計를 일삼는다'고 건의했다. 이에 후주 태조는 특명을 내려 법률 조문을 상세히 정비하도록 했다. 그리하여 만들어진 것이 刑統[45]이다.(『邵氏聞見錄』)

後周 恭帝의 시기에 右拾遺直史館 鄭起란 자가 재상 범질에게 글을 올려 가로되, '趙匡胤이 인망을 얻고 있으니 그로 하여금 禁軍을 지휘하게 해서는 안 됩니다'라고 했다.[46] 범질은 이를 듣지 않았다.

조광윤이 陳橋驛에서 수도로 입성[47]한 후 諸將들이 그를 받들어 明德

---

44 妖異한 鬼神을 섬기는 사당.

45 後周 世宗의 特命으로 范質에 의해 撰定되었다는 刑法典. 『周刑統』 혹은 『大周刑統』이라고도 한다. 오늘날에는 전하지 않으나 대략 『唐律疏議』와 대동소이했던 것으로 여겨진다. 훗날 竇儀 등이 북송 태조의 명을 받아 『宋刑統』을 찬술할 때 기본적인 의거자료가 되었다. 본문에서 태조 郭威의 명을 받아 저술되었다는 것은 오류이다.

46 실력자 조광윤에게 최정예군인 禁軍의 지휘권마저 부여하여 軍權을 장악하게 하면, 이를 바탕으로 그가 반역을 꾀할 가능성이 농후하므로, 사전에 그 가능성을 차단해야 된다고 주장한 것이다.

47 後周 顯德 6년(959) 6월 황제인 世宗이 病死하고 나이 어린 황제 恭帝가 뒤를 이었다. 이듬해 正月 초하루 北邊의 北漢과 거란이 연합하여 남침 중이란 급보가 전해져서, 당시 禁軍의 총사령관이었던 조광윤이 군대를 이끌고 출정했다. 조광윤은 그날로 陳橋驛에 이르러 숙영하는데, 여기서 훗날 宋 太宗이 되는 아우 趙匡義와 趙普 등의 주도로 군사들에 둘러싸여 황제의 공식복장인 黃袍를 강제로 입고 황제로 즉위하게 된다(이를 黃袍加身이라 한다). 이 사건을 陳橋驛의 變 혹은 陳橋兵變이라 하는데, 이 兵變은

門[48]에 오르도록 했다. 조광윤은 이에 군사들로 하여금 무장을 풀고 모두 막사로 돌아가게 했다. 자신도 관아로 돌아가 황제의 복장인 黃袍를 벗었다. 그리고 얼마 되지 않아 장병들이 범질과 王溥, 魏仁浦 등을 둘러싸고 들어왔다. 조광윤은 크게 울면서,

"내가 後周 世宗으로부터 큰 은혜를 입었소만, 이제 온 군대의 윽박을 받아 하루아침에 이 지경에까지 이르렀소이다. 그 하늘 같은 은혜를 저버렸으니 장차 어찌한단 말이오?"라고 말했다.

범질 등이 채 대답하기도 전에, 軍校 羅彦壞가 칼을 어루만지며 큰 소리를 질렀다.

"우리에게는 主君이 없다. 오늘 안에 반드시 天子를 세워야만 한다."
태조가 꾸짖었지만 그는 물러날 기색을 보이지 않았다.

범질은 준엄하게 조광윤을 질책하며 그가 제의하는 관직을 받으려 하지 않았다. 그러다가 王溥가 먼저 조광윤의 신하가 될 것을 약속했다. 범질도 어쩔 수 없이 뒤따르고 그를 위해, '황제폐하 만세'를 불렀다. 이어 범질은 조광윤에게, 百官을 소집하여 崇元殿[49]에 도열시킬 것을 요청했다. 그 직후 후주의 恭帝는 內殿에서 조광윤에게 帝位를 禪讓하겠다는 制書를 내렸다.

훗날 太宗 趙光義[50]는 황제로 즉위하고 난 다음, 맨 먼저 왕부를 물러나게 했다. 그 사람됨이 경박하다 여겼기 때문이다. 또한 태종은 범질에

조보 등에 의해 사전에 치밀히 계획된 것이었으며 北漢 등의 침범도 처음부터 없었다고 일컬어지기도 한다.

48 宮城의 7개 門 가운데 남방 정중앙에 위치한 門의 명칭. 여기서부터 東京府의 중심 가로라 할 수 있는 御街가 시작된다. 북송 시대에는 宣德門이라 칭해졌다.

49 宮城內의 正殿. 북송 시대에는 大慶殿이라 칭해진다.

50 그의 이름은 본디 趙匡義였으나 형인 趙匡胤이 황제가 된 직후 避諱하여 趙光義로 改名하게 된다.

대해서는 평소 그 어짊을 칭찬하여,

"애석하도다, 다만 후주 세종에게 죽음으로써 충절을 지키기만 했던들 더 바랄 게 없었을 것을……"이라고 말했었다.(『涑水記聞』)

舊制에서는 재상이 이른 아침에 궁전에 나아가, 황제 앞에 앉아 國家나 軍事 관계의 大事가 있으면 의논한 후, 유유히 황제가 내리는 茶를 마시고 물러났다. 그 나머지 관직의 임명이라든가 형벌과 포상, 號令, 제반 제도의 置廢 등은, 사안의 대소에 관계 없이 모두 재상이 독자적으로 결정하여 擬狀을 御前으로 올렸다. 황제는 다만 궁궐에서 결재만 하였다. 문서의 말미에 御印으로 그 상주에 대해 '可하다'고 승인해 주었다. 이를 印畫이라 불렀다. 그리고 황제는 그 시행만을 명령할 따름이었다. 이러한 제도는 唐代로부터 五代를 거치는 동안 변하지 않았다.

그런데 송초에 이르러 재상인 범질과 王溥, 魏仁浦 등이, 스스로 이전 왕조의 재상을 역임했다는 강박관념을 지니고 있었고 게다가 태조의 영민함을 꺼려서, 모든 정무를 上奏文 형식으로 아뢰어 황제의 면전에서 그 뜻을 확인한 다음, 조회에서 물러나면 재차 사안별로 문안을 작성하여 황제의 재가를 받았다. 황제의 재가가 나면 재상들은 그 문서에, '臣等도 같은 의견입니다'라고 적어 의견을 표시했다.

이후 재상이 황제에게 각종 정무를 상주문 형식으로 아뢰는 일이 많아져서 때로는 정오를 넘기는 일조차 있었다. 앉아서 茶를 마시는 예 또한 언젠가 폐지되었다. 이러한 방식이 오늘날에는 定式으로 자리 잡았다. (『沂公筆錄』)

竇儀

태조가 改元하기로 결심하고 재상에게 말했다.

"이제 年號를 바꿀 터인데 모름지기 古來로 쓰이지 않았던 명칭으로 정하라."

이에 당시 재상은 乾德이란 연호를 쓰도록 청하면서, '이는 前代에 없었습니다'라고 말하였다.

이 일이 있고 난 후인 乾德 3년(965) 正月 後蜀[51]을 평정하였는데, 그 후 촉의 後宮 가운데 태조의 掖庭[52]에 들어온 여인이 있었다. 어느 날 태조가 그 후궁의 화장상자를 살펴보는데, 뒷면에 '乾德 4년에 만들었다'고 적힌 거울을 보게 되었다. 태조는 깜짝 놀랐다.

"어떻게 건덕 4년에 만들 수 있단 말인가?"

태조는 이 거울을 재상들[53]에게 보이며 그 연유를 물었지만 아무도 대답하지 못했다. 이에 學士[54]인 陶穀과 竇儀에게 하문한 바, 이들은 이렇게 대답했다.

"前蜀의 少主[55]가 사용한 연호에 이 건덕이 있습니다. 필시 이 거울은

---

51 十國의 하나로서 孟知祥이 930년 사천 지방을 근거지로 하여 세운 왕조. 965년 2대 31년 만에 北宋 太祖에 의해 멸망한다.

52 궁중의 正殿 옆에 있는 後宮들의 거주처. 掖廷이라고도 한다.

53 송대 최고의 민정기관은 中書였으며 재상은 同中書門下平章事, 부재상은 參知政事였다. 同中書門下平章事는 통상 同平章事라 약칭되었다. 그런데 이들 재상 및 부재상의 직위에는 권한의 집중을 방지하기 위해 복수의 관료가 임용되었다.

54 宮中의 圖書를 관장하는 三館秘閣에서 근무하는 官員. 三館秘閣이란 昭文館 · 史館 · 集賢院 · 秘閣을 일컫는다.

55 前蜀은 十國王朝의 하나로서 王建이 907년 사천 지방을 근거지로 하여 세운 왕조. 925년 2대 18년 만에 後唐 莊宗 李存勗에 의해 멸망된다. 乾德이란 연호는 前蜀 제2대 황제인 少帝 연간에 6년 동안(919~924) 사용된다.

사천 땅에서 만들어졌을 것입니다."

태조는 크게 기뻐하며 말했다.

"재상은 모름지기 讀書人 출신이라야만 한다."

이로부터 儒臣들을 중용하기 시작했다.(『劉貢父詩話』)

開寶 年間(968~976) 竇儀는 翰林學士[56]의 지위에 있었는데, 당시 趙普가 막강한 권세를 휘두르고 있었다. 太祖는 이를 못마땅히 여겨서 조보의 허물을 듣고 싶어했다.

어느 날 태조는 두의를 불러 조보의 처사 가운데 법을 어기는 것이 많다고 지적하고, 또 한편으로 두의가 일찍부터 재능이 많다는 평판이 있으며 주변으로부터 人望도 얻고 있다고 칭찬했다. 그러한 태조에게 두의는 극력 조보가 개국의 공신인 데다가 공평하고 충직하며 성실한 국가의 주춧돌과 같은 존재라고 말했다. 태조는 싫은 기색이 역력했다.

두의는 집으로 돌아와 여러 동생들을 불러모아 술상을 차리게 하고는 이렇게 말했다.

"나는 필시 재상이 되지는 못할 것이다. 하지만 또 저 朱崖軍[57]과 같은 곳으로 유배가는 일도 없을 것이다. 우리 가문은 별 탈 없이 잘 보존될 것이야."

얼마 후 태조는 學士 盧多遜을 불렀다. 노다손은 평상시 조보를 못마땅하게 여기고 있었고 또 그 자신 출세를 원하고 있었기 때문에, 조보의 잘못을 거침없이 공박했다. 이로 인해 조보는 재상 직위에서 좌천되어

---

56 황제의 詔勅을 기초하는 소임을 담당하는 學士. 따라서 황제가 정책을 결정할 때 일종의 고문역할도 수행하게 된다. 이러한 관계로 송대에는 內相이라고도 칭해질 정도로 막중한 職任이었으며, 향후 宰執으로 승진하는 연결통로와 같은 위치에 있었다.

57 廣南西路의 朱崖軍. 오늘날의 海南省 崖縣.

河陽節度使[58]로 나갔다. 이 당시 조보는 매우 위태로운 처지에 빠졌으나 국가의 공신이라는 사실 때문에 禍를 면할 수 있었다. 노다손은 이후 參知政事를 거쳐 재상까지 역임했다.

그러다가 太宗 太平興國 7년(982) 조보가 재차 재상이 되자, 이제 노다손이 朱崖軍으로 유배를 갔다. 참으로 두의의 말이 정확했던 것이다.

(『楊文公談苑』)

呂蒙正

字는 聖功이고 河南의 출신이다. 進士의 甲科[59]에 급제했다. 太祖와 眞宗 시기 재상을 역임했다.

淳化 3년(992)의 어느 날, 태종이 재상들에게 말했다.

"治國의 요체는 너그러움과 엄격함의 조화를 이루는 데 있소. 너그러운즉 政令이 먹히지 않고, 엄격한즉 백성들이 어떻게 행동해야 할지 모르게 되오. 천하를 다스리는 자는 이를 명심해야 할 것이오."

이 말을 듣고 呂蒙正이 대답했다.

"老子가 말하기를, '大國을 다스리는 일은 작은 생선을 삶는 것과 같

---

58 河陽은 京西北路의 북부에 위치한 孟州의 州治. 오늘날의 河南省 孟縣

59 송대에는 唐制를 계승하여 과거합격자들을 성적에 따라 數等 혹은 數甲으로 나누었다. 이를 俗稱하여 제1등 혹은 제1갑의 경우 '甲科'라 불렀으며, 제2등 혹은 제2갑 이하를 '乙科', '丙科' 등으로 지칭했다.

다'고 했습니다. 무릇 생선이란 휘저으면 부스러져 버립니다. 근래 朝野에 제도의 개혁을 요청하는 상주문들이 심히 많습니다. 바라건대 폐하께서는 道家에서 말하는 淸靜無爲의 德化로 나아가도록 하십시오."

"짐은 言路를 막을 생각이 없소이다. 賢者라면 어리석은 자의 말 가운데에서도 들을 만한 것을 가려내야 하오. 이것이 自古以來의 교훈이오."

곁에 있던 趙昌言이 말했다.

"지금 조정에는 이렇다 할 문제가 없고 변경 또한 조용합니다. 지금이야말로 폐하의 은택을 베풀 좋은 때입니다." 이 말에 태종은 기뻐하며,

"짐은 종일토록 卿들과 더불어 정무의 방침에 대해 논하고 있소이다. 천하가 다스려지지 않을 까닭이 있겠소? 천하의 모든 지방관들이 이와 같은 마음자세를 갖고 있다면 형벌이 투명해지고 訟事가 사라질 것이오."(『楊文公談苑』)

언제인가 태종이 汴水[60]에서 공공물자를 수송하는 병졸 가운데 그 일부를 사사로이 빼돌린 자가 있다는 말을 듣고 侍臣[61]들에게 말했다.

"부정부패란 쥐 구멍과 같소이다. 어찌 가히 모조리 막을 수 있겠소? 단지 그중 정도가 심한 자만 처벌하면 되는 것이오. 또 뱃사람들 가운데 공공물자를 운반하며 조금씩 사적인 물품을 실어나르는 자가 있다고 들었소. 그들도 공무수행에 큰 지장을 주지 않는 한 세세히 추궁하지는 마시오. 조세의 운반만 차질 없이 이행되면 그것으로 족한 것 아니겠소?"

---

60 河南省 동북부에 있었던 河道. 상류는 오늘날의 鄭州 西北方에서 황하의 물을 끌어들였다. 이 하도를 개봉 인근에서는 汴河, 혹은 汴水라 불렀다. 광의의 汴水 내지 汴河는 황하와 泗水(淮水의 지류)를 잇는 하도 전체를 지칭하기도 한다. 五代와 宋代를 통해 수도 汴京 내지 東京으로 물자를 보급해 주는 데 있어 기간통로로서의 역할을 담당했다.
61 황제나 임금을 가까이서 보좌하는 신하.

이에 여몽정이,

"물이 너무 깨끗하면 물고기가 사라지고, 사람 역시 지나치게 엄격하면 주변에 아무도 없어지게 됩니다. 君子가 어찌 小人의 진심과 가식을 모를 리 있겠습니까? 하지만 큰 도량으로 만사를 무리 없이 처리해 가는 것이지요. 저 옛날 한나라의 曹參[62]이 刑獄과 市場에 대해 관대히 임했던 것도, 거기에 善과 惡이 공존하기 때문입니다. 이러한 방식이 오래 지속되어 성숙해지면, 간특한 존재들은 자연히 발붙일 곳이 없어지게 됩니다. 따라서 만사를 처리함에 있어 수선스럽지 않도록 유의해야 합니다. 폐하의 말씀이야말로 실로 黃老의 道[63]에 합치되는 것이라 하겠습니다."(『宋朝事實』)

어느 날 여몽정이 일족의 子弟들에게 물었다.

"내가 재상이었던 것을 世間에서는 무어라 평하고 있는가?"

"어르신께서 재상일 적에 사방에 큰 근심이 없었으며 또 주변의 이민족들은 모두 宋 조정에 信服했습니다. 심히 훌륭한 업적이라 여깁니다. 다만 업무 추진에 있어 권위가 없었던 관계로 여러 사람들에게 공박을 많이 받았던 것이 흠이라고들 합니다."

---

62 前漢 初의 武將이자 관료. 劉邦의 漢 건국 과정에서 커다란 활약을 한 개국공신의 하나이다. 漢 개국 후에는 이 공로로 인해 平陽侯에 봉해지고 丞相까지 역임한다. 특히 전란으로 피폐해진 민생의 안정에 주안점을 두는 정책을 주장했다. 漢初 淸淨無爲와 與民休息을 핵심 내용으로 하는 이른바 黃老術 내지 黃老政治를 주도한 대표적인 인물이다.

63 道家의 노선. 여기서 黃이란 道家에서 이상적인 帝王으로 설정해 두었던 黃帝를, 老란 老子를 가리킨다. 적극적인 作爲를 가하지 아니하고 기본적으로 민간의 활동을 방임하는 無爲의 정치를 말한다. 이러한 정치노선을 '黃老術' 혹은 '無爲之治'라 일컫는다. 漢 高祖 劉邦로부터 武帝 이전에 이르는, 前漢 초반기의 지배적인 통치방식이었던 것으로 유명하다.

"나는 진정 무능했지만 한 가지 쓸만한 것이 있었다면 인재를 잘 썼다는 점 뿐이다. 이것이야말로 진실로 재상의 본분이다."

여몽정의 호주머니 속에는 작은 책자가 하나 있었다. 그는 사방의 관료들이 근무교대를 위해 재상인 자신을 찾아올 때마다, 어디에 어떠한 인재가 있는지를 물었다가, 찾아온 이가 나가는 즉시 여기에 적고 자세히 분류해 두었다. 한 인물을 두고 몇 사람이 추천할 때에는 반드시 어진 인재일 터이므로, 조정에서 인재를 구할 때마다 바로 이 호주머니의 책자에서 얻었다. 그가 재상의 직위에 있을 때 文武百官들이 모두 맡은 바 직분에 적절한 인물들이었던 것도, 바로 이러한 까닭에서 연유한 것이었다.(『또史』)

권2

呂端

　保安軍[1]에서 李繼遷[2]의 모친을 사로잡았다고 上奏했다. 태종은 몹시 기뻐했다. 당시 寇準이 樞密副使[3]로 있었고 呂端은 재상이었다. 태종은 다만 구준만을 불러 대책을 논의했다. 구준은 물러나오며 재상의 사무실 앞을 지나쳤으나 들르지 않았다. 여단은 사람을 시켜서 구준을 사무

실로 부른 다음 이렇게 말했다.

"조금 전에 폐하께서 그대를 부른 것은 무엇 때문이오?"

"변경의 일을 의논하기 위해서였습니다."

"폐하께서 그대에게 나한테는 말하지 말라 이르셨소?"

"그건 아닙니다."

"만일 변경의 일상적인 일이었다면 樞密院⁴의 소관업무이고 따라서 나는 몰라도 될 것이오. 하지만 국가의 大計와 관련된 일이라면, 내 宰相의 직위에 있고, 따라서 내가 몰라서는 안 될 것이오."

그러자 구준은 이계천의 모친을 사로잡았던 일을 고하였다.

"그대는 어떻게 처리하자 하였소?"

"저는 保安軍의 北門 바깥에서 목을 베어 凶逆한 무리들에게 따끔하게 맛을 보여야 한다고 판단했습니다."

"폐하께서는 무어라 하시었소?"

"폐하께서도 그렇다 여기셨습니다. 이제 제가 추밀원을 통해 명령을 하달하는 일만 남았습니다."

"그거 올바른 처사가 아니올시다. 그 일의 처리를 잠시만 늦추고 명령의 하달을 서두르지 말아 주시오. 내 폐하께 다시 한번 아뢰어 보겠소이다."

여단은 즉시 閤門⁵의 서리를 불러, 재상인 여단이 뵙기를 청한다고 아뢰게 했다. 태종이 불러들였다. 여단은 구준과의 대화를 모두 아뢴 다

---

4 송대 최고의 군사기관. 民政을 관할하는 中書와 더불어 二府라고 칭해졌다. 장관은 樞密使 혹은 知樞密院事였으며 차관은 樞密副使 혹은 同知樞密院事였다. 추밀원의 장차관은 執政의 일원으로서 軍事 뿐만 아니라 민정에 관한 중요 정책의 결정 과정에도 참여했다.

5 궁중 便殿의 문.

음 이렇게 말했다.

"저 옛날 項羽가 太公⁶을 사로잡아 삶아 죽이겠다고 하자, 漢高祖는, '내게 그 국물이나 한 그릇 보내다오'라고 말했습니다. 무릇 큰 일을 도모하는 사람은 그 양친의 일을 돌아보지 않는 법입니다. 하물며 이계천은 悖逆한 오랑캐입니다. 또한 폐하께서 이제 그의 모친을 죽인다 한들 그를 사로잡을 수 있습니까? 한갓 원한만 심어서 그 반역의 마음을 더욱 굳게 할 따름입니다."

"그렇다면 어찌하면 좋겠소?"

"臣의 생각으로는 延州⁷에 살게 하고 그 생활을 잘 보살펴 줌으로써 이계천을 招撫하는 것이 좋을 듯싶습니다. 그렇게 하면 비록 이계천을 항복시킬 수는 없을지 모르지만 그의 마음을 붙잡아 둘 수는 있을 것입니다. 또 그 모친의 죽이고 살리는 결정권을 우리가 지니게 되는 셈입니다."

태종은 넙적다리를 어루만지며 참 좋은 판단이라 하며 말했다.

"卿이 아니었다면 일을 크게 그르칠 뻔했구료."

태종은 즉시 여단의 책략대로 했다.

훗날 이계천의 모친은 延州에서 병사했고, 이계천 역시 얼마 후 죽었다. 그리고 이계천의 아들은 송조에 귀순해 왔다.⁸(『涑水記聞』)

---

6 漢高祖 劉邦의 부친. 항우는 유방의 항복을 받아내기 위해 그 부친을 사로잡은 다음, 투항하지 않으면 태공을 삶아 죽이겠다고 위협했다.

7 永興軍路의 북부에 위치. 오늘날의 陝西省 延安市. 당시 保安軍은 탕구트족의 거주지 平夏 一帶와 바로 접하고 있는 반면 延州는 약간 내륙 쪽으로 떨어져 있었다. 또한 延州는 永興軍路의 북방 지역 중심도시의 하나였다.

8 이계천의 아들은 李德明(982~1032)으로서, 그는 송과 요 사이에 澶淵의 맹약이 체결된 이듬 해 송조에 귀순하여 신하의 예를 취한다. 이러한 양국 사이의 소강상태는 대략 20여 년간 지속된다. 그러다가 이덕명의 아들인 李元昊(1003~1048) 시대가 되면서 상황이 달라져서, 이원호는 제부족을 통합한 후 독립을 선포하고 宋에 대한 침공을 지속하게 된다.

太宗이 위중해졌다. 그러자 李太后[9]와 宣政使 王繼恩[10] 등은 太子가 英明한 것을 꺼려, 은밀히 參知政事 李昌齡과 殿前都指揮使 李繼勳, 知制誥[11] 胡旦 등과 더불어 음모를 꾸며 潞王 元佐[12]를 세우려 기도했다. 태종이 붕어하자 太后는 王繼恩을 시켜서 재상 呂端을 불러 오게 했다. 여단은 큰 변란이 있음을 직감하고, 왕계은을 건물 안에 가둔 후 사람을 시켜 그것을 지키게 했다.

여단이 들어서자 태후가 말했다.

"황제가 이미 붕어했소이다. 후임 황제는 마땅히 皇子 가운데 연장자를 시키는 것이 마땅할 것이라 생각되오. 어찌하면 좋겠소?"

"先帝께서 태자를 세운 것은 바로 오늘 같은 때를 대비해서입니다. 이제 선제께서 막 붕어하셨는데, 어찌 갑작스럽게 그 遺命을 거스려 다른 議論을 할 수 있겠습니까?"

이로 말미암아 태자를 맞아 황제로 즉위시켰다. 얼마 후 이계훈은 使

9　太宗의 明德李皇后. 淄州의 刺史였던 李處耘의 第2女이다. 태종에게는 본디 정부인으로 尹氏와 符氏가 있었으나 각각 후주 시기 및 태조 시기에 사거했다. 李皇后는 19세였던 太平興國 3년(978)에 入宮하여 雍熙 元年(984)에 皇后로 冊立되었다. 소생의 皇子는 없었다. 본문 중에 등장하는 元佐 및 眞宗은 李賢妃의 소생이다. 李賢妃는 진종의 즉위 후 황태후로 追尊된다. 이가 바로 元德李太后이다.

10　宣政使는 宦官에게 주어지던 加官(階官). 王繼恩(?~999)은 陝州 출신의 宦官. 太祖가 급작스럽게 死去했을 때(이른바 燭影斧聲), 宋皇后가 태조의 親子인 秦王 德芳을 불러오게 했으나, 그가 먼저 趙光義에게 알림으로써 태종의 즉위에 결정적인 역할을 했던 사실은 유명하다. 태종 시기에는 兩川招安使로 파견되어 사천 일대에서 발생했던 王小波 · 李順의 반란을 진압하는 데 주도적인 역할을 하고, 이 공적으로 말미암아 태종으로부터 특별히 宣政使라는 加官을 받게 된다.

11　翰林院에 소속되어 外制의 起草를 담당하는 職任. 外制란, 內制가 황제의 직접적인 詔를 지칭하는 것에 대하여, 宰相의 命에 의해 기초되는 황제의 명령(制)를 일컫는다. 즉 황제가 직접 명령하여 기초하게 하는 것이 內制, 中書 내지 宰相이 황제의 裁可를 획득하여 기초시키는 것이 外制이다. 內制를 담당하는 관원은 翰林學士이다.

12　太宗의 9子 가운데 長男. 소년시절에는 총명하고 무예도 출중했을 뿐더러 용모도 태종을 가장 많이 닮아 태종의 총애를 받았으나 얼마 후부터 發狂과 少愈를 거듭했다.

相[13]이란 칭호가 주어져 陳州[14]로 보내지고, 이창령은 忠武軍[15]의 行軍司馬[16]로 좌천되었으며, 왕계은은 右監門衛將軍[17]이란 칭호가 주어진 채均州[18]에 安置[19]되었고, 胡旦은 官位가 삭탈되어 潯州[20]로 유배되었다.
(『涑水記聞』)

錢若水

錢若水가 同州[21]의 推官[22]으로 근무할 때의 일이다. 어느 부잣집의 소녀 노비가 도망가서 자취를 감춰 버리자 그 부모가 同州 당국에 고발한 사건이 발생했다.

州 당국에서는 錄事參軍[23]으로 하여금 이 사건을 처리하도록 했다.

13　加官의 명칭. 宋初에는 節度使·樞密使·親王·留守·侍中·同平章事 등을 使相이라 칭하였으며, 元豊改制 후에는 開府儀同三司를 使相이라 칭했다.
14　京西南路의 남동부에 위치. 오늘날의 河南省 周口市 일대.
15　京西南路의 남동부에 위치. 오늘날의 河南省 淮陽縣 일대.
16　從8品의 散官. 節度行軍司馬의 簡稱.
17　從4品의 環衛官. 環衛官이란 左右金吾衛, 左右衛, 左右驍衛, 左右武衛, 左右領軍衛, 左右監門衛 등의 上將軍, 大將軍, 將軍, 中郎將, 郎將 등의 총칭으로서, 職事 없이 다만 宗室이나 任滿한 지방의 帥守, 혹은 武臣들에게 주어졌다.
18　京西南路의 북부에 위치. 오늘날의 湖北省 十堰市 일대.
19　宋代 범죄한 관원에 대한 처분의 하나. 이 처벌을 받으면 지정된 지역에서만 거주해야 했고 행동에도 일정한 제약이 가해졌다.
20　廣南西路의 동부에 위치. 오늘날의 廣西省 桂平縣 일대.
21　永興軍路의 중앙부에 위치. 오늘날의 陝西省 大荔縣 일대.
22　幕職官의 명칭. 州府의 屬官으로서 知州 및 知府를 보좌하는 역할을 한다.
23　각 州府에 배치된 曹官의 하나로서 관아의 庶務를 총괄한다.

그런데 錄事參軍은 일찍이 이 부호에게 돈을 빌려주었다가 떼인 적이 있었다. 그래서, '이 부호의 父子 몇이서 함께 노비를 죽이고서 그 시체를 물 속에 던져버렸다. 시체는 떠내려가서 사라졌다. 누구는 주모자이고 누구는 추종자로서 함께 살해했으나 죄는 모두 사형에 해당한다'고 몰아부쳤다. 그 부호는 매질에 못이겨 그렇다고 誣服(허위자백)했다.

사건은 이대로 주 당국에 상신되었다. 누구 한 사람 이에 대해 이의를 제기하는 사람이 없었으나, 전약수만은 무언가 석연치 않다고 생각하여 그 사안을 보류시켰다. 이런 상태로 며칠이 지나자, 錄事參軍이 전약수의 사무실로 와서 따졌다.

"당신이 그 부호의 돈을 먹고 사형을 면제해주려 하는 것이 아니오?"

전약수는 이에 대해 웃으며 말했다.

"지금 몇 사람이나 사형에 처해지려 하고 있소. 조금 시간이 늦어지더라도 사건 기록을 정확히 검토해야 하는 것이 아니겠소?"

이런 상태로 또 십여 일이 지났다. 知州[24]는 수차례나 사건의 확정을 다그쳤으나 전약수는 응하지 않았다. 모두들 의아해했다.

그러던 어느 날 아침 전약수가 知州를 찾았다. 그리고는 주변 사람들을 모두 물리치고,

"제가 이 사건을 오래도록 끈 것은 그동안 은밀히 사람을 시켜서 그 노비를 수소문했기 때문입니다. 이제야 그 노비를 찾았습니다"라고 말했다.

지주는 소스라치게 놀랐다.

"그 노비가 어디에 있소?"

---

24 州의 장관. 知州軍事의 약칭이다.

전약수는 사람을 시켜서 은밀히 지주에게로 보냈다. 지주는 그 노비의 부모를 불러 물었다.

"지금 너희 딸을 만난다면 알아 보겠느냐?"

"어찌 몰라볼 수 있겠습니까?"

지주는 주렴을 걷고 그 노비를 나오게 했다. 부모는 울면서 말했다.

"맞습니다."

부호의 父子들은 모두 풀려났다. 하지만 그들은 울면서 돌아가려 하지 않았다. 그리고 지주에게,

"나리의 은혜가 아니었던들 저희는 滅族되었을 것입니다"라고 말했다.

"다 推官의 은혜로다. 나 때문이 아니다."

그들은 전약수의 사무실로 몰려갔지만, 전약수는 문을 잠그고 만나주지 않았다.

"지주가 그 노비를 찾아낸 것이지 나하고는 아무 관련이 없다."

그들은 한동안이나 밖에서 울다가 돌아갔다. 그 후 그 부호는 큰 돈을 내어 승려들에게 시주하고 전약수를 위해 복을 빌어 달라 부탁했다.

한편 지주는 전약수가 원통하게 죽을 뻔한 사람의 목숨을 몇이나 살려냈기에, 중앙정부에 보고하여 포상을 상신하려 했다. 전약수는 이마저 고사하며,

"저는 다만 사건의 진상을 규명하여 사람들이 무고하게 죽지 않도록 했을 따름입니다. 공치사를 받는 것은 제 본심이 아닙니다. 더욱이 조정에서 만일 이 일로 해서 저를 포상한다면 錄事參軍에게는 당연히 문책이 가해지지 않겠습니까?"라고 말했다. 이에 지주는 탄복했다.

"내 거기까지는 미처 생각하지 못했소이다."

녹사참군은 전약수를 찾아와 머리를 조아리며 사례했다. 그러나 전

약수는,

"본디 형사 사건이란 그 진상을 알기 어려운 것이 아니오? 어쩌다 실수한 것을 가지고 뭐 그렇게까지 할 필요 없소이다."

이 소식을 듣고 누구나 칭찬해 마지않았다.

그 후 얼마되지 않아 太宗이 그 전말을 전해 듣고, 전약수를 파격적으로 승진시켰다. 幕職官[25] 생활 반년 만에 知制誥[26]로 발탁한 것이다. 그리고 다시 그 2년 후에는 樞密副使로 승진했다.(『涑水記聞』)

언젠가 전약수가 많은 무리들을 이끌고 황하를 건넜다. 이때 군대에 호령을 내리는 것이라든가 行列을 적절히 안배하는 것 등이 모두 엄격한 절도가 있었다. 이를 본 武將들도 탄복해 마지않았다.

이 소식을 전해 듣고 太宗은 좌우의 신하들에게 이렇게 말했다.

"여지껏 朕이 접해본 儒人들의 군사 문제에 대한 의론은, 연회석이나 공부하는 자리에서 자유분방하게 떠드는 것과 다를 바 없었다. 문장 가운데 『孫子』나 『吳子』를 인용하여 군대의 형세에 대해 언급하는 것도, 모두 한가로운 淸談 정도에 지나지 않았다. 따라서 그들에게 군사의 실무를 맡겨본 즉 실적을 올리는 자는 거의 없었다. 지금 전약수 또한 儒人인데 군사에 대해 이토록 밝으니 심히 가상한 일이로다."

당시 어떤 인물이, 綏州[27]에 城을 쌓고 군대를 배치하여 黨項族[28]을

---

25 지방장관인 知州나 知府, 知軍을 보좌하는 지방관원들의 총칭. 判官과 推官으로 구성된다. 幕官이나 職官이라 불리기도 한다.

26 翰林院에 소속된 官員. 天子의 명령 가운데 外制의 起草를 담당한다.

27 永興軍路의 東北端에 위치한 綏德軍. 오늘날의 陝西省 綏德縣 일대.

28 탕구트족. 원래 靑海의 산간 지방에 거주하는 민족이었으나 8세기 후반 티베트의 압박을 피하여 동쪽으로 이주, 甘肅 및 陝西의 북부 일대에 거주하게 된다. 唐末에는 그 일부족인 平夏部의 추장 拓跋思恭이 황소의 난 진압을 원조한 대가로 唐皇室

대비하자고 주장했다. 이에 조정에서는 전약수로 하여금 魏州로부터
신속하게 綏州로 가서 이 일을 담당하도록 했다. 전약수는 수주에 당도
하여 그 일이 적절치 않음을 상주했다. 당시의 여론 또한 전약수의 견해
가 타당하다 여겼다.(『玉壺清話』)

王旦

趙德明[29]이 관내에 기근이 있다는 명목으로 양식 100만 석의 賜與를
요청했다. 대신들은 모두, '그가 충성서약[30]을 한지 얼마 되지도 않아 감
히 이를 어겼습니다. 詔書를 내려 꾸짖어야 합니다'라고 말했다.

眞宗은 이 문제를 王旦에게 물어보았다. 그는, '粟 100만 석을 수도 東
京에 쌓아 두고 趙德明으로 하여금 와서 가져 가라 하십시오'라고 奏請

로부터 李姓을 사여받고 節度使에 임명되었다. 이후 대대로 절도사직을 계승하며
중원왕조에 복속하다가 宋初에 들어 일족 내부에 내분이 발생하고, 그 일부인 李繼
遷을 중심으로 한 무리들이 宋朝에 반기를 들며 宋 서북변에서 약탈과 침략을 거듭
하였다. 李繼遷의 손자가 李元昊로서, 마침내 그의 시대에 들어 宋으로부터 독립하
고 大夏를 자칭하게 된다. 이 大夏가 바로 송대의 史書에서 말하는 西夏이다.

29 趙德明(982~1032)은 李繼遷(963~1004)의 長子. 이계천은 시종 反宋的인 태도를 취
하다 만년 宋에 歸附하여 稱臣하고 宋朝로부터 趙姓을 사여받았다. 그의 아들 德明
역시 이러한 연유에서 宋側으로부터 趙德明이라 칭해졌던 것이다. 德明은 그의 통
치 시대를 통해 遼와 宋 양국에 대해 和好하는 자세를 견지했다.

30 李德明은 眞宗 景德 元年(1004) 23세의 나이로 李繼遷의 뒤를 이은 직후 宋側에 수차
례나 사신을 파견하여 稱臣의 의사를 밝혔다. 특히 景德 3년(1006)에는 부친 이계천
의 遺命이라며 誓表를 받들어 歸順을 청하였다. 宋朝는 이러한 요청을 받아들여 이
덕명을 西平王에 봉하게 된다. 본문에 등장하는, 이덕명이 境內의 기근을 이유로
송 측에 식량의 지급을 요청했던 것은 그 4년 후인 大中祥符 3년(1010)의 일이다.

했다. 이 말에 진종은 크게 기뻐하고 그대로 따랐다.

조덕명은 이러한 조치의 조서를 받고는, '宋朝의 조정에 인물이 있구나'라고 말했다.(「神道碑」)

거란이 일상적인 歲幣[31] 외에 별도로 錢幣(물자)를 빌려 달라고 요청했다. 진종이 왕단에게 물으니, 왕단은 이렇게 대답했다.

"泰山에서의 封禪[32]이 임박하여 얼마 후면 폐하께서 출발하셔야만 합니다. 이를 알고 저들이 조정의 태도를 떠보고 있는 것입니다."

"그럼 뭐라고 답장을 보내면 좋겠소?"

"약간의 재물로써 가볍게 처리해야만 할 것입니다."

조정에서는 왕단의 방략에 따라 세폐 30萬 가운데 은과 비단을 각각 3萬씩을 미리 지급하는 것으로 했다. 아울러 '내년도의 세폐 액수에서 控除할 것이다'라고 통지했다. 거란은 이를 받아들고 크게 부끄러워했다.

---

31 眞宗 景德 元年(1004) 거란 측의 군사적 위협에 굴복하여, 宋은 거란과 굴욕적인 강화조약을 체결했다. 그 내용은, ① 당시의 국경을 상호 인정하여 燕雲十六州는 거란의 영역으로 공인한다. ② 양국 사이에 宋을 兄, 遼를 아우로 하는 외교적 지위를 약속한다. ③ 遼가 남침하지 않는 대신 송 측이 매년 銀 10만 냥, 絹 20만 필의 歲幣를 지급한다는 것이었다. 이 강화조약을, 그것이 체결된 지방의 이름을 따서 '澶淵의 盟'이라 부른다.

32 天命을 받은 帝王이 泰山 및 태산 남변의 梁父山에서 天神 및 地神에게 제사하는 의식. 전통적으로 秦始皇이나 漢武帝, 後漢의 光武帝, 唐 玄宗 등과 같이 위업을 달성한 제왕들이 내외에 그 威光을 과시할 목적으로 거행하였다. 북송의 진종은 澶淵의 盟 이후 형식상 遼를 歸服시키고 중국의 안정과 태평성세를 구축했다는 명목으로 封禪을 거행하고자 하는 의도를 표명하게 된다. 이에 약간의 반대는 있었으나 王欽若을 위시한 대다수의 관료들이 영합하여 마침내 大中祥符 元年(1008) 封禪의 의식을 치렀다. 그 과정에서 이른바 天書라는 것을 위조하고 또 천하 각처에서 수많은 祥瑞를 진상하게 한 후, 大中祥符로 改元까지 했다. 진종 연간의 봉선의식은 송초 이래 비축된 막대한 재정잉여를 바탕으로 한 것이었지만, 850만 관이나 소요되어 그때까지의 재정여유분이 거의 탕진되고 이후 재정수지가 상당한 압박을 받게 되는 결정적인 계기가 되었다.

이듬해 거란 측에게, '작년에 요청하여 미리 지급했던 전폐 6만은 사소한 것이니 올해도 예년대로 30만을 모두 지급한다. 차후에는 이처럼 일부를 미리 지급하는 것이 없도록 한다'고 통고했다.(『金坡遺事』)

眞宗 大中祥符 연간(1008~1016) 천하에 큰 蝗害[33]가 발생했다. 진종이 사람을 시켜 들판에서 죽은 메뚜기를 가져오게 하여 대신들에게 보였다. 이튿날 어느 재상이 소맷부리 안에 죽은 메뚜기를 넣어가지고 와서 바치며 진종에게 말했다.

"메뚜기들이 이제 모두 죽어 버렸습니다. 이를 조정에 두루 보이고 百官과 더불어 慶賀하도록 하십시오."

왕단만은 '그렇지 않다'고 생각했다. 며칠 후 그러한 뜻을 상주했는데, 그 직후 메뚜기 떼들이 首都의 하늘을 뒤덮었다. 이에 진종이 왕단을 보며 말했다.

"百官과 더불어 막 蝗害가 가셨다고 경하했는데, 메뚜기 떼가 아직 이 지경이니 참으로 천하의 웃음거리가 되었구려."(「神道碑」)

환관 劉承規가 충직하고 근실하여 황제의 총애를 받았다. 만년에 그의 병이 깊어 임종이 임박하자 節度使의 자리를 청원하였다. 진종이 이 일을 왕단에게 말했다.

"승규가 이 직위의 하사를 기다려 눈을 감으려 하는가 보오."

왕단은 단연코 그리해서는 안 된다고 말했다.

"차후에 누군가 樞密使[34] 자리를 원하는 자가 있으면 어떡하시겠습

33　메뚜기(蝗) 떼가 대거 발생하여 작물에 커다란 피해를 입히는 것. 통상 가뭄 시에 蝗害가 병행한다.

니까?"

이 일로 인해 지금에 이르도록 환관들의 품계는 留後[35]를 넘지 않는
다.(「神道碑」)

中書[36]에서 업무상 어느 안건을 樞密院에 이첩했는데, 거기에 과거의
詔勅에 배치되는 내용이 있었다. 당시 추밀원의 장관인 樞密使는 寇準
이었다. 그는 이 일을 황제에게 아뢰어 중서의 책임자인 재상 왕단이 책
망을 받았다. 왕단은 과오를 인정하고 사죄하였다. 堂吏[37]들도 모두 견
책을 받았다.

그 얼마 후 이번에는 추밀원에서 중서로 보내온 안건 가운데 옛 조칙
에 위배되는 바가 있었다. 堂吏들이 이를 보고 기뻐하며 왕단에게 바쳤
다. 그러나 왕단은, '그냥 추밀원에 되돌려 보내라'고 말했다. 추밀원의
서리들이 寇準에게 이 일을 보고하니 그가 매우 부끄러워했다.

이튿날 구준이 왕단을 만나 말했다.

"그처럼 큰 도량을 베풀어 주시니 참 고맙소이다."

왕단은 대답하지 않았다.(『王文正公遺事』)

王欽若과 陳堯叟, 馬知節이 함께 樞密院이 있을 때의 일이다. 하루는

---

34 軍事를 관장하는 최고기관인 樞密院의 장관. 文官이 임용되며 樞密使는 차관인 樞
密副使와 더불어 執政이라 칭해졌다. 民政과 관련한 주요사안의 결정 과정에도 참
여한다.

35 武職의 寄祿階(正4品)로서 節度觀察留後의 略稱. 宗室이나 武臣, 宦官 등에게 수여된다.

36 중앙의 최고 민정기관. 그 장관이 宰相으로서 同中書門下平章事(同平章事)이며 차
관이 부재상인 參知政事이다. 同平章事와 參知政事 공히 평상시에는 2명, 많을 때
에는 3인이 임명되었다. 中書의 건물이 바로 政事堂이며 여기에 근무하는 서리를
堂後官 혹은 堂吏라 지칭했다.

37 中書의 서리. 堂後官이라 칭해지기도 한다.

御前에서 업무와 관련하여 분쟁이 생겼다. 진종이 왕단을 불러 도착하니 왕흠약이 큰 소란을 피우고 있었다. 마지절이 울면서 말했다.

"왕흠약와 함께 御史臺로 회부해 주십시오."

왕단은 왕흠약을 질타했다.

"왕흠약, 그대는 폐하를 앞에 모시고 어찌 이렇게까지 할 수 있소?"

진종은 大怒하여 그들을 下獄시키라 명했다. 그 후 왕단이 조용히 말했다.

"왕흠약 등이 폐하의 신임을 믿고 감히 수선을 피웠습니다. 마땅히 법도에 따라 벌을 받아야 할 것입니다. 다만 폐하의 심기가 편찮으시니, 오늘은 이만 집에 돌아갔다가 내일 폐하의 분부를 받들겠습니다."

진종이 그렇게 하라고 일렀다.

이튿날 진종이 그를 불러, 왕흠약 등의 일을 어떻게 처리하면 좋겠느냐고 물었다.

"왕흠약 등은 마땅히 좌천시켜야만 할 것입니다. 그렇지만 어떠한 죄목을 적용해야 할지 모르겠습니다."

"朕의 앞에서 감히 무례하게 분쟁하지 않았소?"

"폐하께서는 천하를 다스리고 계십니다. 그런데 만일 대신들에게 무례히 분쟁한 죄목을 씌운다면, 그것이 주변 夷狄들에게까지 알려져 폐하의 威望을 떨어뜨리게 되지 않을까 우려됩니다."

"卿의 뜻은 어떠하오?"

"원컨대 中書로 왕흠약 등을 소환하여, 폐하께서 그들의 과오를 용납하겠다고 敎示하고 엄하게 훈계하십시오. 그리고 조금 기다려 좌천시켜도 늦지 않습니다."

"卿이 아니었으면 짐이 진실로 노여움을 참지 못할 뻔 하였소."

그로부터 한 달여가 지난 후 왕흠약 등은 모두 좌천되었다.(『王文正公遺事』)

王曾과 張知白, 陳彭年 등이 宰執으로서 政事를 주관할 때의 일이다. 어느 날 이들이 재상인 왕단에게 말했다.

"臣僚들의 상주문 가운데 간혹 폐하께 보이지 않고, 公이 대신 批答하여 버리는 것들이 있군요. 남들이 그릇된 일이라 여길까 걱정됩니다."

이에 대해 왕단은 순순히 듣기만 했다.

그 후, 하루는 朝會가 끝나고 왕단은 물러갔는데 그들만 남았다. 진종이 놀라며 말했다.

"무슨 일이 있소이까? 어인 일로 왕단과 함께 오지 않았소?"

그들이 이전에 왕단에게 말했던 사안을 아뢰자, 진종이 대답했다.

"왕단은 朕의 곁에 있은지 몇 해째요. 朕이 보건대 그에게는 티끌만큼의 사사로움도 없소이다. 지난번 泰山에서의 封禪이 있고 난 후 짐은 그에게 사소한 일이라면 적절히 재량껏 처리하라 일러두었소. 卿들도 그리 알기 바라오."

그들은 물러나 부끄러이 여겼다. 이들에게 왕단이 말했다.

"전에 폐하로부터 재량권을 위임받았으나, 이를 스스로 말하기 거북하여 알리지 않았던 것이오. 하지만 앞으로는 가능한 한 諸公들과 협의하도록 하겠소이다."(『王文正公遺事』)

眞宗이 王欽若을 재상으로 삼고자 했다. 이에 왕단이 말했다.

"왕흠약은 폐하의 知遇를 입어 이미 받은 은혜가 심대합니다. 兩府[38]

---

38 송대 國政을 운영하는 최고의 중앙 정부기관은 中書와 樞密院이었다. 이 양대 부서를 병칭하여 兩府, 혹은 二府라고 칭했다.

는 동일하니 그로 하여금 그냥 樞密院에 있도록 하는 것이 좋을 듯 싶습니다.[39] 臣이 보건대 太祖 太宗 시기에 일찍이 남방 출신으로서 재상이 된 전례가 없습니다. 옛말에, '賢者를 등용하는 데 출신 지방은 문제가 되지 않는다'라고 했지만, 이는 아주 훌륭한 인재일 경우를 지칭한 것일 따름입니다. 臣은 재상이 된 이래 남의 앞길을 가로막아 본 적이 없습니다. 남방 출신이 재상이 되어서는 안 된다는 것은 公議입니다."

진종은 이 말을 듣고 마침내 생각을 바꾸었다. 그 후 왕단이 재상 직위에서 물러난 다음에야 비로소 왕흠약이 재상이 될 수 있었다. 왕흠약은 훗날 이렇게 말했다.

"왕단 때문에 재상으로 되는 것이 10년이나 늦어졌다."(『王文正公遺事』)

왕단은 도량이 지극히 커서 일찍이 노여움을 밖으로 드러내는 적이 없었다. 음식에 지저분한 것이 있어도 다만 먹지 않을 뿐이었다.

언젠가 가족들이 그 도량을 시험해 보려고 국 속에 약간의 재를 넣어두었다. 왕단은 잠자코 밥만 먹었다. 가족들은 왜 국을 먹지 않았느냐고 물었다.

"오늘은 웬 일인지 고기가 싫었어."

어느 날 이번에는 밥 속에 재를 넣어두었더니, 왕단은 이렇게 말했다.

"내 오늘은 밥이 싫구나, 죽을 쑤어 오너라."

또 어느 때 자녀들이 왕단에게 하소연했다.

"주방의 조리사들이 고기를 빼돌리기 때문에 우리에게 돌아오는 양이 적습니다. 어떻게 좀 혼내 주세요."

---

39   王欽若은 眞宗 大中祥符 元年(1017)에 宰相인 同平章事에 오른다. 그는 景德 3년(1006) 이래 樞密院의 장관인 知樞密院事의 직위에 있었다.

"원래 너희들에게 돌아가게 되어 있는 고기가 한 사람당 얼마이지?"

"원래는 한 근인데 지금은 반 근밖에 돌아오지 않아요. 나머지 반 근은 조리사들이 빼돌립니다."

"한 근씩만 다 돌아간다면 되겠느냐?"

"그렇게만 되면 충분하지요."

"그렇다면 앞으로는 한 사람당 한 근 반씩 배당하도록 하여라."

그가 남의 허물을 들추지 않는 것이 모두 이런 식이었다.

한 번은 어느 집의 문이 무너져, 그 집 주인은 집을 헐고 새로 지어야겠다고 생각하고, 임시로 처마 밑으로 쪽문을 내고 출입하였다. 왕단이 이 집에 찾아가게 되어 그 쪽문에 다다라 보니 문이 낮았다. 할 수 없이 안장에 바짝 엎드려서야 들어설 수 있었지만 아무 말도 하지 않았다. 그 후 새 정문이 완성되어 이제는 그 문으로 들어서게 되었지만, 이때에도 마찬가지로 아무런 말이 없었다.

또 한 번은 이런 일도 있었다. 왕단의 마부가 나이 들어 그만두어야 하겠다고 아뢰었다.

"자네가 얼마 동안이나 내 마부 노릇을 했는가?"

"5년입니다."

"내 너였는지를 모르겠구나."

그가 돌아서자 다시 불러 세웠다.

"네가 누구인지 아니냐?"

그리고는 많은 선물을 내려 주었다. 그가 매일 마부로서 말을 몰았으되 왕단은 그 뒷 모습만 보았을 뿐 얼굴을 본 적이 없었다. 그가 돌아서자 그 뒷 모습을 보고 비로소 알아챘던 것이다.(『夢溪筆談』)

李沆[40]이 재상 자리에 있을 때 왕단이 執政이 되어 政務에 參預하게 되었다. 하루는 便殿[41]에서 변경의 국방 문제를 논의하고 물러나오다 왕단이 말했다.

"언제나 변경에 근심이 가셔서 우리가 태평세월의 宰輔[42] 노릇을 할 수 있을는지……."

李沆은 아무런 대꾸를 하지 않았다. 그는 中書에 이르러서 왕단을 홀로 불러 일렀다.

"聖人만이 오직 內外로 근심거리가 없게 할 수 있을 뿐이오. 聖人이 아닌 바에야, 바깥에 근심이 사라지면 반드시 안으로 우환이 생기는 법이오. 사람의 질병으로 비유하자면, 병이 될 소지가 눈 앞에 보여야만 그것을 알고 스스로 조심하는 것과 같소. 내 죽거든 필시 그대가 재상이 될 것이오. 그리고 언제든 북방의 거란과 화친이 성립되면 하루아침에 변경의 근심이 사라져서, 폐하가 宴樂에 빠지거나 혹은 대대적인 토목 공사를 일으키는 일이 생기고 말 것이오. 유념하기 바라오."

大中祥符 연간(1008~1016)에 이르러 거란과의 講和[43]가 자리 잡아 가서 국방의 근심이 사라졌다. 그러자 眞宗의 측근 관료들이 泰山에서의 封禪[44]과 汾陰에서의 祭祀,[45] 玉淸昭應宮의 건축,[46] 天書의 崇奉[47] 등을 건의

---

40 李沆(947~1004)의 字는 太初로서 太平興國 5년(980)의 進士. 知制誥와 翰林學士를 거쳐 太宗 말년인 淳化 2년(991)에 參知政事가 되었으며, 咸平 元年(998) 眞宗이 즉위하며 재상인 同平章事로 승진하여 이후 7년간 宰相의 직위를 지켰다. 眞宗初年 祖宗의 法度 유지와 사치 경계를 주장한 것으로 유명하다.

41 正殿에 대한 別殿을 가리킨다. 황제의 휴식을 위해 설치된 御殿. 便室, 便坐라고도 칭한다.

42 宰相과 副宰相. 즉 宰執을 일컫는다.

43 眞宗 景德 元年(1004)에 체결된 거란과의 和約, 즉 澶淵의 盟을 가리킨다. 이때가 되면 이 和約으로 말미암은 양국 간의 평화관계가 점차 안정국면으로 접어들게 된다.

44 天命을 받은 帝王이 泰山 및 泰山南邊의 梁父山에서 天神·地神을 제사하는 의식. 전통적으로 秦始皇이나 漢武帝, 後漢의 光武帝, 唐 玄宗 등과 같이 偉業을 달성한 帝王들

하기 시작했다. 이에 따라 재정 지출도 비약적으로 증대되어 갔다.

　이러한 정황에 대해 왕단은 늘 근심스러워 전전긍긍했다. 자기 일신
만을 위해 무사안일로 세월을 보낸 것은 아니었다. '누가 국가를 위해
저 소인배들을 제압할 수 있을 것인가?'라고 늘 고심하고 있었다. 그리
하여 呂夷簡과 王曾 등 20여 인을 천거하여 조정에 포진시켰다. 이들로
말미암아 결국 소인들이 발호하지 못하게 된 것이다. 仁宗이 盛世를 이
룰 수 있었던 것도 바로 왕단의 功이라 할 것이다.(『呂氏家塾記』)

<hr/>

이 내외에 그 威光을 과시하는 목적으로 거행하여 왔다. 북송 眞宗은 전연의 盟 이후
형식상 遼를 진정시키고 중국의 안정과 태평성세를 구축했다는 명목으로 封禪을 거
행하였다. 그 과정에서 이른바 天書라는 것을 위조하고 또한 천하 각지에서 수많은
祥瑞를 진상하게 한 후 大中祥符로 改元까지 하였다. 진종 연간의 封禪儀式은 송초 이
래 비축된 막대한 재정잉여를 바탕으로 한 것이었지만, 850萬 貫이나 소요되어 그때
까지의 재정여유분이 거의 탕진되고 이후 재정수지가 심대한 압박을 받는 계기로 작
용하게 된다. 北宋 眞宗 大中祥符 元年(1008)의 封禪은 중국사상 최후의 사례이다.

45　眞宗 大中祥符 4년(1011) 2월 汾陰에서 后土를 제사지낸 일을 가리킨다. 后土란 토지신
을 가리키며 漢武帝時 后土祠를 汾陰에 세우고 后土에 제사지냈던 것을 본받아, 眞宗
은 大中祥符 元年(1008) 泰山에서의 封禪에 이어 이곳 汾陰에서 토지신에게 제사했던
것이다. 이 后土의 제사에 소요된 비용 또한 엄청나서 총 870萬貫이 투여되었다. 汾陰
은 永興軍路 東端의 河中府에 위치해 있으며, 오늘날의 山西省 萬榮縣 경내에 있다. 汾
陰은 汾水의 남방이란 의미의 지명이다.

46　大中祥符 元年(1008) 天書의 奉安을 위해 宮城의 서북 바깥쪽에 건립하기 시작하여 5년
여 만에 완성한 道觀. 최초의 명칭은 昭應宮이었으나 이듬해인 大中祥符 2년(1009)에
玉淸昭應宮으로 改名하였다. 당시 수도 東京에는 道觀을 위시한 수많은 대규모 건축
물들이 건립되었는데, 그중에서도 玉淸昭應宮은 가장 장대한 규모를 지니고 있었다.
완성될 당시 전체의 규모는 무려 2,600餘 間에 달했으며, 그 내부는 전국 각처에서 上
貢된 재료로 치장되었고, 온갖 예술품과 골동품 등으로 장식되어 있었다고 한다. 하
지만 이처럼 호화를 極한 玉淸昭應宮은 건립된 지 채 20년도 안 된 仁宗 天聖 7년(1029)
落雷로 全燒되고 만다.

47　眞宗은 景德 5년(1008) 正月初 神人을 夢見하고 天書인 『大中祥符』 3篇이 내릴 것이
라는 예언을 접하였다고 밝혔다. 그 직후 宰執인 王旦 및 王欽若 등과 더불어 天書
를 받는 의식을 거행한 후, 內侍를 옥상에 올려 미리 예치해 둔 天書를 취하였다. 그
리고 이어 大中祥符라 改元하고 泰山에서의 封禪 계획을 발표한다. 이를 전후하여
전국 각지에서는 臣僚들이 다투어 祥瑞物을 虛報하고 頌贊을 奉獻하였다. 이 天
書 『大中祥符』 3篇을 安置하기 위해 막심한 자원을 투여하여 건립하는 道觀이 바로
玉淸昭應宮이다.

거란이 盟約을 맺고 북으로 돌아간 후 寇準은 그 盟約을 주도했다 하여 매양 자부하는 기색이 역력했다. 眞宗 또한 맹약에 대해 대단히 만족해했다. 王欽若은 이러한 상황을 몹시 못마땅하게 여기다가 어느 날 조용히 진종에게 말했다.

"이 맹약은 사실상 『春秋』에서 말하는 城下之盟[48]입니다. 저 옛날 춘추 시대의 諸侯들조차 이러한 맹약을 부끄러이 여겼거늘, 폐하께서 이를 功業으로 여기시니 臣은 삼가 민망합니다."

진종은 정색하며 불쾌한 기색을 짓고 말했다.

"그러니 어쩌잔 말이오?"

왕흠약은 이미 진종이 전쟁을 싫어하는 것을 잘 알고 있었다. 그러면서도 그는 교활하게 이렇게 말했다.

"폐하께서 군대를 내어 進軍하여 幽와 燕을 되찾으신다면 그 치욕을 씻어버릴 수 있을 것입니다."

"河朔[49]의 인민들이 이제야 비로소 전쟁의 공포로부터 벗어나게 되었는데 내 어찌 그리할 수 있겠소? 그밖에 차선책은 없겠소?"

"泰山에서 封禪의 禮를 거행하는 방법이 있습니다. 이를 통해 천하를 호령하고 나아가 夷狄에게도 위엄을 과시할 수 있습니다. 그러나 自古로 봉선이란 것은, 하늘로부터 稀代의 絶倫한 祥瑞[50]를 얻은 연후에나

---

48 『左傳』「桓公 十二年條」 및 「宣公 十五年條」에 등장하는 용어. 大軍이 城下에 임하여 압박을 가하는 상태에서 체결하는 굴욕적인 강화를 지칭한다.

49 河北 일대의 별칭.

50 地上의 정치가 太平盛世를 구가할 때 하늘로부터 내려오는 襃揚의 상징. 白鹿과 麒麟, 甘露, 瑞首, 靈芝 등이 대표적인 상서물들이다. 반대로 현실 정치가 正道를 일탈하여 군주가 자의적인 통치를 일삼을 때에는 그 징벌로 災와 異가 출현한다고 한다. 이처럼 天의 의지가 지상의 정치에 긴밀히 간여하여 그 善惡을 襃貶한다는 관념을 天人合一觀이라 한다.

거행할 수 있는 일입니다.”

왕흠약은 잠시 후 이렇게 말을 이어갔다.

“하늘의 祥瑞는 어렵지 않게 얻을 수 있습니다. 前代에도 모두 人力으로 짐짓 상서를 만들어내었습니다. 다만 황제가 이를 깊이 믿고 떠받든 다음 천하에 선포하게 되면, 하늘로부터 내려온 상서와 다를 바가 없습니다.”

진종은 골똘히 생각하고 난 후 그것이 좋겠다고 결정했다. 다만 왕단이 재상이라는 사실이 마음에 걸렸다.

“왕단이 이에 반대하지 않겠소?”

“臣이 폐하의 뜻이라고 하며 그를 설득하면 그 역시 반대하지 않을 것입니다.”

왕흠약은 기회를 보아 왕단에게 진종의 의지를 알렸고, 왕단도 흔쾌히 그에 따르기로 했다. 그래도 진종의 마음에는 무언가 주저되는 바가 있었다. 그러한 진종의 망설임을 시원하게 풀어줄 계기가 있어야만 했다.

그러던 어느 날 진종은 밤 늦게 秘閣[51]에 행차했다. 秘閣에는 杜鎬란 인물이 숙직하고 있었다. 진종은 대뜸 물었다.

“옛날의 이른바 河圖洛書[52]란 것은 도대체 무엇이오?”

두호는 나이든 유생일 따름이었다. 진종이 이러한 질문을 하는 의도

---

51 太宗 端拱 元年(988)에 설치한 宮中의 박물관으로서 三館에 소장된 眞本 書籍 및 書畫를 보관하는 기능을 담당했다. 三館이란 修史 기능을 담당하는 史館, 藏書 기능을 담당하는 昭文館, 校書 기능을 담당하는 集賢院을 가리킨다. 秘閣에는 直閣, 校理 등의 官員이 배치되어 있었다.

52 伏羲氏의 시기 黃河로부터 易 八卦의 토대가 되는 圖가 龍馬의 등에서 나타나고, 禹의 때 洛水에 출현한 神龜의 등에 尙書 洪範의 토대가 되는 文字가 있었다고 한다. 『周易』 「繫辭傳」에 이와 관련한 記事가 실려 있다. 훗날 圖讖 및 數理說의 祖形을 이루게 되며, 또한 '河出圖'라든가 '洛出書' 등의 말은 吉祥의 조짐 내지 聖人 출현의 先兆, 태평성세의 지표 등의 의미를 지니게 된다. '河洛'이라 약칭되기도 한다.

를 알리 없었다. 그는 느릿느릿 대답했다.

"그것은 모두 옛 聖人들이 신화에 가탁해서 가르침을 편 것일 뿐입니다."

이 대답은 진종의 뜻에 딱 들어맞는 것이었다. 이로써 진종의 망설임
은 끝났다.

그 직후 진종은 內宮[53]으로 왕단을 불러 극히 호쾌히 술을 마셨다. 그
뒤에 술을 한 병 내리며 말했다.

"이 술은 극히 진귀한 것이오. 돌아가 처자와 더불어 마시도록 하오."

왕단이 돌아와 살펴보니 그 안에는 값비싼 구슬이 가득 들어 있었다.
이후 왕단은 天書와 封禪의 일 등에 대해 전연 이의를 제기하지 않았다.

당시 왕단은 재상의 직위에 있었고 그의 자질은 남다른 데가 있었으
나, 천서와 봉선 등의 일에 대해서는 아무런 간언을 올리지 않았다. 천
하의 선비들은 이러한 왕단을 두고 비판하여 마지않았다.

대저 王旦의 인물됨은 馮道[54]와 유사한 바가 있었다. 그들 모두 큰 재
상 감이었다. 馮道는 불행히도 五代라는 亂世에 태어나, 生死의 갈림길
을 만나면 자신을 숙이고 주견을 지키지 못했다. 왕단은 진종을 섬겨 그
의지를 따르며 재상의 자리에 안주했다. 왕단 또한 正道로써 시종일관
하지 못했던 것이다. 풍도와 다를 바 무엇이 있으랴?(『龍川別志』)

진종의 治世 만년, 內外에 근심이 없었다. 어느 날 진종이 여러 臣僚
들과 더불어 흉금 없이 이야기를 나누던 끝에, 어느 신하가 왕단에게 歌

---

53 황제가 가정생활을 하는 공간. 後庭 내지 後宮이라고도 일컫는다.
54 五代 後唐 정권 이래 後周에 이르도록 왕조 교체에도 불구하고 지속적으로 신정권에
    봉사한 재상. 심지어 遼가 남하하여 後晉을 멸망시키고 잠시 화북 일대를 통치할 때
    에조차 그는 遼 정권에 참여했다. 그의 이러한 사환행적을 두고 후대의 유생들은,
    '五朝 八姓 十一君을 섬겼다'고 조롱하며, 절개를 지키지 않은 지식인의 상징과 같이
    여겼다.

妓를 내려 즐기게 하면 어떻겠느냐고 아뢰었다. 왕단은 본디 성품이 검약하여 처음부터 첩을 두지 않고 있었으며, 다만 두 사람의 執事가 家計를 관리할 뿐이었다. 진종은 內東門司[55]에 지시하여, 그 두 執事를 불러 기한을 정해 왕단에게 妾을 사 바치도록 했다. 그리고 그 비용으로 銀 3,000냥을 하사했다.

두 집사는 돌아와 왕단에게 이 일을 아뢰었다. 왕단은 내키지 않았지만 그렇다고 황제의 명령을 거역할 수도 없는 노릇이어서 어쩔 수 없이 그에 따랐다.

왕단은 이로부터 눈에 띄게 쇠약해지기 시작했다. 그리고 몇 해 안 되어 作故했다.

그런데 이 일이 있기 전, 沈倫[56]의 가문이 몰락하여 그 자손들이 銀器를 내다 팔려고 했다. 그 銀器들은 옛날 錢塘의 錢氏[57]가 송조의 장군과 대신들에게 바친 것으로서, 花籃[58]이나 火筒[59] 등 모두 일반인들이 사용할 수 없는 것들이었다. 이에 왕단의 집사들이 沈氏네와 흥정해서 銀으로 사기로 하고, 이를 왕단에게 보고했다. 그러자 왕단은 눈살을 찌푸리며 말했다.

"우리 집안에서 어찌 이런 것들을 쓰겠나?"

그 후 妾이 생기자 왕단은 두 집사를 불러 물었다.

---

55 송대 內廷에 배치된 官司의 하나. 주로 궁중에서 소요되는 寶貨라든가 지방으로부터 황제에게 진상되는 貢獻物 등을 관리하는 업무를 관장했다.

56 沈倫(909~987)의 字는 順宜. 後周 世宗 顯德 초년에 趙匡胤의 幕府에 들어갔다. 태조 연간 樞密副使를 거쳐 開寶 6년(973) 재상에 올랐으며 태종 시기까지 재임했다. 『宋史』권 264에 傳이 있다.

57 五代十國의 하나인 吳越國의 錢氏. 錢塘, 즉 오늘날의 浙江省 杭州에 都邑하고 있었다.

58 美麗하게 장식된 손잡이 달린 바구니.

59 손에 들고 불어서 불을 일으키는 吹火用具.

"예전에 沈氏네가 판다던 집기들을 아직도 살 수 있겠나?"

"실은 저희들이 몰래 은으로 사두었습니다. 지금 모두 집안에 있습니다."

왕단은 기뻐하며 그것을 마치 처음부터 있었던 것 마냥 애용했다. 女色이 사람을 변화시키는 것이 다 이와 같다.(『龍川別志』)

권3

向敏中

向敏中이 西京의 知府로 근무할 때의 일이다. 어느 승려가 저녁 무렵 村의 民家를 지나다가 하룻밤 유숙을 청하였지만 집주인이 거절했다. 승려는 문 바깥에 있는 수레 창고에서 그냥 자고 가기로 했다.

그런데 얼마가 지나 한밤중에 그 집에 도둑이 들었다. 도둑은 어느 여인을 데리고 나와 포대에 넣은 다음 담장을 넘어 달아나 버렸다. 승려는 그때 마침 잠들지 않은 때여서 이를 다 볼 수 있었다. 그는 혼자서, '나는 주인이 거절했는데도 억지로 여기서 자고가려 했다. 지금 주인이 그 마누라와 재물을 도둑맞았으니, 날이 밝아 나를 찾아내면 필시 縣廳으로 끌고 갈 것이다'라고 생각했다. 그리고는 밤을 틈타 달아나다 길을 잃고 풀밭으로 잘못 접어들어 眢井[1]에 빠져 버렸다. 그런데 부인은 이미 도둑에게 살해되어 먼저 그 안에 내던져져 있었다.

이튿날 집주인은 잃어버린 재물과 며느리를 찾아 헤매다 우물 속에서 승려와 며느리의 시신을 발견하였다. 그는 승려를 잡아 縣廳으로 끌고 갔다. 승려는 매질을 견디다 못해, '며느리와 정을 통하다 꾀어내어 함께 도망가기로 했는데, 남에게 발각되어 죽여 버렸다. 시체를 우물 속에 던진 다음 밤중이라 잘못하여 발을 헛디디는 바람에 그 속에 같이 빠졌다. 훔친 물건은 우물 근처에서 잃어버렸다. 누가 가져갔는지 모른다'고 허위로 자백했다.

이렇게 사건경위가 꾸며져서 西京府로 보고되었다. 府廳에서는 아무도 의심하지 않았다. 하지만 상민중만은 훔친 재물이 없어졌다는 점이 어딘지 미심쩍었다. 그는 승려를 데려다 몇 차례 심문했으나 승려는 죄상을 모두 인정할 뿐이었다. 그러다가, "아마도 나는 전생에 이 사람한테 큰 빚이 있나 봅니다. 그러니 죽어도 아무 할 말이 없습니다"라고 말했다. 상민중이 더욱 의심스러워서 캐물으니 승려가 사실대로 대답했다. 상민중은 은밀히 서리를 시켜서 그 도둑을 수소문하게 했다.

그 서리가 어느 마을의 주막에 들르게 되었다. 주막의 주모는 단지 그가 府의 관아에서 나왔다는 사실만 알 뿐, 도둑을 찾아 나선 서리라는 것은 몰랐다. 주모가 물었다.

"그 무슨 승려라는 사람의 사건은 어떻게 되었소?"

서리는 슬쩍 돌려대었다.

"어제 이미 장바닥에서 笞刑을 받아 죽었다오."

주모는 탄식하며 말했다.

"지금 만일 진짜 범인을 잡는다면 어떻게 되오?"

---

1   사용하지 않아 물이 말라버린 우물. 空井, 廢井을 일컫는다.

"그렇게 되면 府廳에서 이미 사건을 잘못 처리해버린 셈이니, 진짜 범인을 잡는다 해도 부청에서는 그냥 내버려 둘 것이오."

"그렇다면 말해도 무방하겠군. 죽은 여인은 사실은 이 마을의 젊은이인 아무개가 살해한 것이라오."

"그가 어디에 사오?"

주모는 그 집을 가르쳐 주었다. 서리는 즉시 그 집으로 가서 그를 체포했다. 부청에서 심문한 결과 모두 사실이었다. 범인은 자백하고 훔친 재물의 소재도 모두 밝혔다.

부청에서는 모두 상민중을 두고 귀신같다고들 했다.(『涑水記聞』)

상민중이 柴氏[2]의 고발로 말미암아 재상의 직위에서 좌천되어 지방관으로 나가게 되었다. 당시 재상을 그만두고 지방관으로 나간 사람들은 대부분 행정업무에 신경을 쓰지 않았다. 이를테면 寇準은 비록 두터운 명망을 받고 있었으나, 이르는 곳마다 종일토록 유람하고 연회를 열 뿐이었다. 그러다 때로는 아끼는 樂師에게 좋은 가옥을 마련해주어 그가 난 데 없이 횡재하기도 했다. 하지만 사람들은 모두 그러한 처사에 대해 호의적이었고 아무도 비난하지 않았다. 張齊賢 역시 호방하기 이를 데 없어서, 때로 포획한 도둑을 풀어줘 버리기도 했다. 그리하여 그가 도임하는 지역 마다 정치가 어지러워졌다. 眞宗은 이러한 소식을 듣고 내심 못마땅하게 여기고 있었다.

---

2   太祖 시기 參知政事를 역임했으며 『舊五代史』를 奉勅하여 監修했던 薛居正(912~981)의 子婦를 말한다. 向敏中은 재상으로 재직할 때 薛居正의 舊宅을 典質하여 헐값으로 求得한 적이 있었다. 柴氏는 上書하여 이 일과 함께, 喪妻한 상민중이 자신을 부인으로 再娶하고자 했으나 거절했다고 고발하였다. 이로 인해 상민중은 재상의 직위로부터 좌천되기에 이른다.

그런데 상민중만은 정치에 열의를 보여서 가는 곳마다 훌륭한 평판을 받았다. 이에 진종은,

"大臣으로서 지방관이 되어 나간 사람들이 적지 않지만, 오직 상민중만이 정치에 열의를 다하고 있을 뿐이로다"라고 말했다. 이후 진종은 그를 재차 중용하려는 의지를 지니게 되었다.

이 무렵은 夏州[3] 李繼遷의 末年이었다. 그는 전쟁에서 지고 부상당한 다음, 세력이 고립되었을 뿐더러 자신의 임종도 임박했다고 판단했다. 그래서 그 아들 德明에게 반드시 宋朝에 투항하라고 부탁했다. 그는,

"한번 투항을 요청해서 받아들여지지 않으면 다시 요청하라. 설령 수백 번 요청해서 받아들여지지 않을지라도 그만 두어서는 안 된다"고 일렀다.

이계천이 죽고 이덕명이 조공을 서약했다. 진종 또한 그들과의 전쟁을 그만두고자 했다. 그래서 상민중을 知永興軍[4]으로부터 知延州[5]로 전임시켜 그 항복을 받게 했다. 그 일이 종료되자 다시 知河南府[6]로 옮기게 했다. 그리고 東封[7]의 때나 西祀[8]의 때에는 모두 상민중을 東京留守[9]에 임명했다. 西郊에서 還宮한 후에는 마침내 다시 그를 재상으로 삼았다. 그는 재상의 자리에서 作故했다.(『涑水記聞』)

3　永興軍路 북쪽에 위치한 탕구트족의 거점도시. 오늘날의 陝西省 橫山縣 서쪽에 위치.
4　江南西路 永興軍의 知軍. 永興軍은 오늘날의 湖北省 黃石市 일대.
5　永興軍路의 북부에 위치. 오늘날의 陝西省 延安市.
6　河南府는 북송의 西京이 위치했던 洛陽 일대에 대한 지칭이다.
7　東方의 泰山에서 封禪의 儀式을 거행했던 일.
8　西郊에서 天子가 壇을 쌓고 天地에 祭祀하는 것.
9　황제가 巡察이나 親征을 위해 수도를 비울 경우 설치되는 관직. 통상 宗室이나 大臣이 임명되었다. 東京留守는 宮城 및 수도의 방비 그리고 京畿地區의 民政과 財政, 軍政 등 일체의 정무를 관장했다. 이밖에 西京 河南府 및 南京 應天府, 北京 大名府에 常置된 留守가 있다. 이들 지역의 留守는 지부가 兼職하였다.

陳恕

陳恕가 三司使[10]로 근무할 때의 일이다. 茶法[11]을 제정하기 위해 茶商수십 명을 불러놓고 그 試案을 만들어보게 했다. 진서는 이들이 낸 방안을 검토하여 세 등급으로 순서를 매긴 다음 三司副使인 宋太初에게 말했다.

"내 보건대 上等의 시안은 이익을 너무 많이 내려 하고 있소이다. 이는 장사치들이라면 괜찮겠지만 조정에서는 도저히 시행할 수 없는 방안이오. 下等의 시안은 너무도 지리멸렬하여 취할 바가 없소. 오직 中等의 시안만이 정부나 민간이 두루 편리하겠소. 이 방안을 약간만 보완한다면 오래도록 시행할 만한 좋은 제도가 될 것 같소이다."

이렇게 하여 三說法[12]이 제정되었다. 이를 시행한지 몇 년이 되자 정부의 재정수익도 풍족해지고 민간도 윤택해졌다. 세간에서는 三司使의 재목으로 진서가 으뜸이라고들 칭찬하였다.

그 후 李諮가 三司使로 되어 三說法을 약간 변경하였다. 그러자 재정수익이 점차 줄어들었다. 그 뒤로도 수차례나 茶法이 바뀌었지만 진서가 제정한 舊法으로 복귀하지는 못했다.(『東軒筆錄』)

진서는 사무처리에 정통했으며 업무에 엄정했다. 반면 恩情이 적고

---

10 북송 최고의 재정기관인 三司의 장관. 차관은 三司副使이다. 三司는 鹽鐵, 戶部, 度支의 三部로 구성되어 있었으며 計省이라고도 칭해졌다.
11 茶의 전매제도.
12 西北의 沿邊地帶에 糧草를 入納하는 상인들에 대해 최초 東南 茶葉을 대가로 지급하던 것을, 茶葉의 부족에 직면하여 삼분지일은 現錢으로 또 삼분지일은 香藥과 象牙로, 나머지 삼분지일은 茶貨로 지급하도록 개정한 제도. 三分法이라고도 칭한다.

성품이 공평강직하여 남들이 감히 사사로운 부탁을 하지 못했다. 역사 서적을 두루 섭렵하여 典故에도 해박했다. 그는 전후 10여 년간 재정을 담당했는데, 그동안 강력하게 업무를 추진했으며 서리들도 畏服시켜 직책을 잘 수행했다는 평판을 받았다. 또 말 솜씨가 좋아서 듣는 사람들이 싫증을 내지 않았다.

그는 평소 불교에 대해 못마땅해 해서 일찍이 譯經院[13]의 폐지를 奏請한 적이 있었다. 그 논조는 매우 격렬한 것이었다. 이에 대해 眞宗이 대답했다.

"유교, 불교, 도교의 三敎는 오랜 역사를 지니고 있소이다. 前代에도 불교를 탄압한 적이 많았습니다만, 그냥 그대로 두고 다시 논의하지 않는 것이 좋겠소."(『乖崖語錄』)

張詠

張詠이 崇陽縣[14]의 縣令이었을 때 주민들이 茶를 주업으로 삼고 있었다. 그가 말했다.

"차의 이익이 많으므로 정부가 언젠가는 전매화할 것이다. 일찍 다른 작물로 바꾸는 것이 좋겠다."

---

13 북송 太宗 太平興國 7년(982)에 설치된 불경 번역을 담당하는 관청. 특히 眞宗 이후가 되면 宰相이 그 장관인 譯經潤文使를 겸직하게 된다.
14 荊湖北路 鄂州에 위치. 오늘날의 湖北省 崇陽縣.

그리고는 命을 내려 차나무를 뽑아버리고 뽕나무를 심게 했다. 당시 주민들은 매우 고통스러워했다. 그러나 그 후 차 전매제가 시행되었을 때, 다른 縣에서는 모두 생업을 잃어버렸으나 숭양현의 뽕나무만은 모두 자라서 비단을 산출해내고 있었다. 근래에는 해마다 비단 백만 필씩을 생산한다. 이러한 崇陽의 부유함은 지금에까지 이어지고 있다.

장영이 처음 차나무를 뽑아내라 명을 내렸을 때 오직 通□(원본에 缺字)이라는 鄕[15]만은 따르지 않았다. 그 후 이 鄕은 갈라져 다른 縣이 되었는데, 백성들 또한 가난해졌고 이는 지금까지도 마찬가지이다.(『後山談叢』)

張詠이 崇陽縣의 縣令으로 재직할 때의 일이다. 하루는 그가 성문 아래에 앉아 있는데 어느 촌민이 채소를 들고 지나가는 것을 보게 되었다. 장영은 어디서 얻었느냐고 물었다.

"시장에서 샀습니다."

장영은 노여워하며 말했다.

"너는 농촌에 살지 않느냐? 어찌 스스로 심어서 먹지 않고 게으름을 피우는 것이냐?"

장영은 그에게 매질을 가한 후 풀어줬다.(『後山談叢』)

太宗 淳化 4년(993) 겨울, 東西 兩川 地方[16]에 가뭄이 들어 백성들이 굶주리는데, 관리들이 구휼에 실패하여 반란이 크게 일어났다.

淳化 5년(994) 正月에는 반란군의 영수 李順[17]이 마침내 成都府를 함락

---

15 縣 아래의 행정 단위. 里正이 배치되어 租稅催納과 農桑의 課植 등을 담당한다.
16 東川과 西川, 즉 오늘날의 四川省 일대를 가리킨다. 兩蜀, 혹은 川蜀이라고도 칭한다.
17 북송 태종시기 사천 일대에서 발생했던 대농민반란의 영수. 이 반란은 본디 太宗 淳化 4년(993) 봄 王小波에 의해 주도되었으나, 이 해 12월 王小波가 官軍과의 전투에서

시켰다. 이에 조정에서는 昭宣使 王繼恩[18]을 파견하여 招安使로 삼고, 군대를 이끌고 가서 토벌하게 했다. 한편으로 장영을 知成都府事[19]로 임명했다.

5월, 왕계은이 반란군을 격파하고 성도부를 수복했다. 태종은 장영의 부임을 늦추다가 가을에 이르러서야 비로소 현지에 가게 했다. 당시 關中[20]의 주민들에게 兩川 일대에 파견된 진압군의 군량을 대게하는 부담을 지우고 있었는데, 이들의 군량을 나르는 행렬이 도로를 메우고 끊이지 않을 지경이었다.

장영이 성도부에 도착하여 알아보니, 城內에 주둔하는 병사가 무려 3만 명에 달하였으며 그 군량이 채 반 달분도 남아 있지 않은 상태였다. 그는 조사해본 결과, 전매 소금의 가격이 원래보다 높아서 많은 양이 창고에 팔리지 않은 채로 쌓여 있다는 사실을 알았다. 이에 그 가격을 낮추고 백성들로 하여금 미곡으로써 소금을 바꾸어 가도록 했다. 그러자 백성들이 다투어 찾아와서, 한 달이 되기도 전에 수십만 석의 미곡을 확보했다. 군대에서는 기뻐하며 이렇게 외쳤다.

사망하자, 무리들이 그의 처제인 李順을 영수로 추대하고 반란을 지속해갔다. 李順은 淳化 5년(994) 정월에는 成都府를 함락시키고, 스스로 大蜀王이라 칭했으며 관료 기구를 설치하고 應運이란 연호까지 제정했다. 이 무렵 반란군의 무리는 수십만에 달했다고 한다. 하지만 이 해 5월 정부군에 의해 成都가 탈환되었으며 이때 이순은 전사한다. 이후에도 반란군의 활동은 각처에서 계속되다가 至道 2년(996) 무렵 완전히 진압된다. 왕소파와 이순은 반란 당초부터 '均産'을 기치로 내세우는 등, 비교적 강렬한 계층적 자각을 지니고 있었다. 이 반란에 대해 중국학계에서는 '王小波李順起義'라 칭하며, 일본학계에서는 '均産一揆'라 부르기도 한다.

18 昭宣使는 內侍에게 수여하는 正六品의 加官(階官). 王繼恩(?~999)은 陝州 출신의 宦官. 태종 시기 兩川招安使로 파견되어 사천 일대에서 발생했던 王小波·李順의 반란을 진압하는 데 주도적인 역할을 하고, 이 공적으로 말미암아 태종으로부터 특별히 宣政使라는 加官을 받게 된다.

19 成都 知府의 공식적인 직함.

20 函谷關의 안쪽 지역. 대략 오늘날의 陝西省 일대를 지칭한다.

"이전에 지급되던 쌀은 모두 겨와 흙 부스러기가 섞여 있어서 먹을 수조차 없었는데, 지금은 쌀 한 톨 한 톨이 다 기름지도다. 이 양반이야 말로 진짜 나랏일을 제대로 처리하는 사람이로다."

장영은 이런 이야기를 듣고 기뻐하며 말했다.

"내가 명령을 세울 수 있겠구나."

당시 비록 성도부는 수복되었으나 여타 지역에는 반란군의 잔당이 가득한 상태였다. 하지만 王繼恩은 약간의 공을 세운 것을 믿고 방자히 굴며, 군대는 출동시키지 않고 오히려 날마다 연회를 벌이고 있었다. 군대의 기강도 흐트러져서 왕왕 백성들의 재물을 약탈하기까지 했다.

장영은 招安司[21]에서 사무를 보는 서리들을 모조리 府廳으로 잡아들였다. 그리고는 일일이 그 잘못들을 지적하며 전부 斬해 버리려 했다. 서리들은 벌벌 떨며 살려 달라 애원하였다.

"너희의 장군인 왕계은은 군대를 모아두고 반란군 앞에서 희롱하며 전쟁에 나서려 하지 않고 있다. 다 너희들 탓이다. 지금 즉시 너희 장군에게 말해서 군대를 출동시키도록 해라. 그러면 목숨을 살려 주겠다."

서리들이 대답했다.

"나으리께서 이르신 대로 하겠습니다. 군대가 출동하지 않으면 죽음을 달게 받겠습니다."

장영은 그들을 풀어주었고, 왕계은은 그 날 즉시 군대를 이끌고 이웃 지역으로 출동하는 한편, 수도로 복귀시켜야 할 자들은 모두 복귀시켰

---

21 반란 진압 차 출동한 招安使의 軍務 처리기구. 太宗 淳化 5년(994)에 처음 설치되었으며(『宋史』 권5 「太宗紀」 2), 남송 시대에는 폐지된다. "(太宗 淳化)五年加昭宣使勾當皇城司. 李順亂成都 命爲劍南兩川招安使 率兵討之. 軍事委其制置 不從中覆 管內諸州繫囚 非十惡正贓悉 得以便宜決遣"(『宋史』 권466, 「王繼恩傳」)이라 하듯, 招安을 명목으로 하여 반란 진압을 총괄하는 직책을 수행하였다. 조정의 재가 없이 군대를 지휘할 수 있었으며 관내 죄수의 處決에도 포괄적인 재량권이 부여되었다.

다. 이렇게 하여 며칠이 지나지 않아 성내에 있는 군사의 수효가 절반으로 줄었다.

그로부터 얼마 후, 진압군 측에서 말을 먹일 馬草와 粟의 지급을 요청하였다. 장영은 동전을 지급해주라고 명령했다. 왕계은은 불평했다.

"말들은 동전을 먹지 않아. 왜 동전을 지급해주는 거야?"

장영은 이 말을 듣고 그를 불렀다.

"지금 반란군의 잔당들이 도처에 깔려 있어서, 백성들이 감히 성 바깥으로 나가려 하지 않고 있소이다. 그런데도 초안사는 성내에 군대를 모아두고 토벌하지 않고 있소. 馬草와 粟은 백성들로부터 나오는 것이외다. 지금 성 바깥은 죄다 반란군들이오. 대체 어디서 얻는단 말이오?"

왕계은은 이 말을 듣고 두려워하며 즉시 반란군을 토벌하기 위해 성을 나섰다.

장영이 검토해보니 군량미가 2년분이나 비축되어 있었다. 그래서 섬서 일대로부터의 군량조달을 폐지시켜 달라고 奏請하였다. 이를 접하고 태종이 기뻐하며 말했다.

"과거 성도부에서는 날마다 군량이 부족하다고 上奏했었는데, 장영이 파견된지 이제 갓 한 달 남짓이 지났을 뿐인데도 벌써 2년분의 비축이 생겼다 하는구나. 이런 인물에게 무슨 일이 불가능하리오? 朕은 이제 아무 걱정이 없도다."

장영은 李順의 무리가 본시 다 良民이었는데 일순간에 반란군에 가담한 것일 뿐이라 판단했다. 더욱이 그중에는 곤궁한 나머지 어쩌다 반란의 무리에 낀 자도 있으므로, 마땅히 조정의 은혜를 보여서 스스로 개과천선할 수 있도록 허용해 주어야 한다고 생각했다. 그리하여 榜을 내걸고 그러한 취지를 알리자, 얼마되지 않아 자수하는 무리가 줄을 이었

다. 장영은 그들의 죄를 묻지 않고 모두 고향으로 되돌려 보냈다. 하루
는 왕계은이 반란군 수십 인을 묶어 놓고 그에게 처리를 요청하였다. 장
영이 조사해보니 전부 이전에 자수했던 자들이었다. 그가 재차 풀어주
자 왕계은이 화를 내며 따졌다. 장영은 이렇게 대답했다.

"과거 이순이 백성을 위협하여 반란군으로 만들었던 것을, 이제 내가
반란군을 백성으로 되돌리는 것이오. 어찌 안 될 이유가 있소이까?"

장영은 왕계은이 날로 횡포를 부려서 어떻게 막을 도리가 없다고 판
단했다. 그는 서둘러 상주문을 올려서, 충실하고 믿을 만한 인물을 뽑아
서 왕계은과 함께 일을 담당하도록 파견해 달라고 요청했다. 태종은 이
를 받아들여, 內侍省押班²² 衛紹欽을 同招安使로 임명하였다. 이후 왕계
은의 흉포함이 수그러들었다.

얼마 후 왕계은과 衛紹欽 두 사람 모두 수도로 소환되고, 그 뒤를 이
어 劍門關總管 上官正이 초안사가 되었다. 이순의 잔당들은, 장영이 안
으로 초무하고 上官正이 밖으로 토벌하여, 두 달만에 兩川은 모두 평정
되었다.(「神道碑」)

어느 행동거지가 수상한 승려가 있어 관헌이 붙잡고 장영에게 고하
였다. 장영은, '살인한 죄인을 심문하라'라는 죄목이 적힌 문서를 하달
하였다.

얼마 후 조사해보니 과연 일반인이었다. 승려와 함께 길을 가다가 살
해한 후 祠部²³의 戒牒²⁴과 승복을 빼앗고 스스로 삭발하고 나서 승려

---

22 宦官의 職階로 內侍省의 책임자. 左班押班과 右班狎班이 있었다. 元豊 新官制에서는
    正6品으로 규정되었다(『宋會要輯稿』 職官 36之14).
23 禮部에 소속된 중앙정부기관. 祠祭와 國忌, 그리고 승려와 道士의 名籍 및 度牒의
    발행 등을 관할했다.

행세를 한 것이었다. 屬僚들이 장영에게 어떻게 알아냈느냐고 물었다. 장영은 이렇게 대답했다.

"내 그 이마 위를 보니 아직 두건을 맨 흔적이 남아 있었기 때문이다."
(『涑水記聞』)

당시 민간에 유언비어가 나돌았다. '백발의 늙은이가 저녁에 아이들을 잡아먹는다'는 내용이었다. 이로 인해 成都府 일대의 민심이 흉흉해져서 날이 저물면 길에 행인이 사라졌다.

장영은 犀浦縣[25]의 知縣을 불러 말했다.

"근래 유언비어가 사람들을 미혹시키고 있소이다. 그대는 縣에 돌아가거든, 장터로 가서 읍내에서 제일 근심거리가 되는 자를 밝혀낸 다음, 그 사실을 주변에 큰 소리로 알리고 즉시 그를 체포해 오도록 하시오."

이튿날 서포현에서는 그의 말대로 惡漢을 하나 체포하여 성도부로 압송했다. 장영은 곧바로 시장으로 끌고가 목을 베었다. 그러자 그날로 온 관내가 진정되었다. 밤거리의 장터도 예전과 같아졌다. 장영은 이렇게 말했다.

"귀신 소동이나 유언비어가 나돌면 惡氣가 이를 타고 창궐한다. 귀신이라면 형체가 있고 유언비어라면 소리가 날 것이다. 유언비어를 중지시키는 방법은 識斷[26]에 있지 厭勝[27]에 있는 것이 아니다."(『乖崖語錄』)

장영이 成都府를 다스리면서 남긴 民生을 돌보았던 업적은 일일이

---

24 승려가 受戒後 취득하는 증명서. 度牒이라고도 칭한다.
25 成都府路 成都府에 위치. 오늘날의 四川省 成都市 서북방.
26 識見과 판단력.
27 呪術, 혹은 呪術로써 사람을 굴복시키는 것.

다 헤아리기조차 힘들 정도이다. 그 가운데 비교적 큰 일만 들면 다음과
같다.

그는 蜀 지방에 식량부족 문제가 심각하다고 판단했다. 이 지역은 본
디 경지가 협소하여 농사짓지 않는 사람들이 많은데다가, 王小波 · 李
順의 반란이 종식된 이후 인구가 날로 증가하였기 때문이다. 그리하여
약간이라도 홍수나 가뭄이 발생하면 주민들은 어김없이 식량부족을
겪게 되었던 것이다. 당시 米價는 대략 斗當 360文 정도였다. 장영은 미
곡 총 6만 석을 田稅의 비율에 따라 각지역에 할당하여 市價대로 매입
토록 했다. 그리고 봄이 되자 城內의 細民들을 파악한 다음, 식구수에
따라 증빙서를 주어 원가만 받고 미곡을 팔았다. 그는 조정에 상주하여
이러한 제도를 항상화해 주도록 요청하여 허가를 받았다. 그리하여 지
금까지 70여 년이 지나도록 때로 자연재해로 인해 기근이 발생할지라
도, 米價도 심하게 등귀하지 않았고 백성들도 굶주리지 않았다. 이는 모
두 장영의 덕택이다.

또 蜀 지방의 풍속은 사치를 즐기고 오락을 좋아한다. 장영은 이러한
습속을 그대로 따랐다. 그리하여 해마다 계절별로 유람하는 名所 및 장
만하는 음식 등을 정하여 관례화했다. 후임 관료들로서 이대로 따를 때
에는 성도부가 무리없이 잘 다스려졌지만, 이를 어기면 민심이 흉흉해
져서 도중에 파직되는 경우도 여러 차례나 되었다.(「神道碑」)

장영은 공사가 있을 때면 언제나 관하의 諸縣에 통지하여, 주민의 호
적 가운데 匠人으로 기록되어 있는 자들을 동원시켰다. 이들에게는 장
부를 지니고 오게 했는데, 네 집단으로 나누어 각각 10일씩 사역시키고
날짜를 다 채우면 돌아가게 했다. 여름에는 卯時[28]에 시작하여 정오에

한동안 쉬게 했다. 겨울에는 날이 저물면 일을 그쳤으며, 각각 장작 한 다발씩 지급하여 禦寒用으로 쓰게 했다. 그리하여 匠人들이 모두 좋아 했다. 언젠가 한 瓦匠[29]이 비가 오자 쉴 것을 청하였다. 이에 장영은, '날씨가 맑으면 기와를 올리고 비가 내리면 진흙을 이기도록 하라'라는 지침을 시달했다. 일이 아무리 미미한 것일지라도 그는 두루 이치를 꿰뚫고 있었던 것이다.(『匠史』)

成都府에서 과거 급제자를 배출하지 못한 것이 거의 20여 년이나 되었다. 학교 또한 쇠미해졌다. 장영은 성도부 사람인 張及과 李畋, 張逵 등이, 모두 學行도 있고 지역민들로부터 신망도 받고 있는 것을 알았다. 그래서 이들을 勸勉하여 예의를 익히고 힘써 노력하여 과거에 응시토록 하였다. 훗날 이 세 사람은 모두 과거에 합격하여 여러 重職을 거쳤다. 이로 인해 兩川 地方의 學者들이 학업에 정진하게 되었으며 文風도 크게 떨치게 되었다.(「神道碑」)

장영은 형사사건을 처리함에 있어, 정상은 가벼우나 처벌이 무거운 경우 및 정상은 무거우나 처벌이 가벼운 경우 반드시 판결문을 만들고 나서 읽어서 알려주었다. 蜀人들은 이를 책으로 간행하여 '백성을 깨우치는 책(戒民集)'이라 불렀다. 대략 그 내용은 풍속을 순화하고 효도와 의로움을 권장하는 것을 근본으로 하는 것이었다.(『湘山野錄』)

장영이 杭州의 知州로 있을 때의 일이다. 어느 해인가 흉년이 들자, 백

28 　대략 오전 7~9시 무렵.
29 　기와를 이는 匠人. 瓦工.

성들 가운데 禁令을 어기고 소금을 사사로이 판매하다 잡힌 자[30]들이 수백 명에 달하였다. 그는 모두 관대한 처벌을 내렸다. 그러자 휘하 관료들이 그래서는 안 된다고 집요하게 주장했다. 장영은 이렇게 응수했다.

"錢塘[31]은 戶數가 10만에 달한다. 지금 이처럼 굶주리고 있는데, 만일 소금의 금령을 더욱 엄하게 한다면 이들은 모여서 도적이 될 것이다. 그럴 경우 문제는 더욱 커진다. 추수가 끝난 다음에는 너희 말대로 강력하게 법을 시행하여 관내를 단속할 것이다."

이러한 조치로 말미암아 종내 기근에도 불구하고 아무런 소요가 없었다.(「神道碑」)

장영이 杭州의 知州로 근무할 때 발생한 일이다. 어느 부자가 병에 걸려 죽음을 목전에 두고 있었는데 아들은 이제 겨우 세 살이었다. 그리하여 사위에게 명하여 재산을 관리하게 하고 유서를 적어주었다. '훗날 재산을 나누려거든 열 가운데 셋은 아들에게 주고, 나머지 일곱을 사위에게 주라'는 것이었다.

그 아들이 장성하자 아니나 다를까, 재산을 둘러싸고 분쟁이 벌어졌다. 사위는 그 유서를 들고 관아에 호소했다. 원래의 약속대로 해줄 것을 청하였다. 장영은 그 문서를 본 후 술로써 땅에 제사지내고 말했다.

"돌아가신 그대의 장인은 참으로 지혜로운 분이로다. 그때 아들이 어렸던 까닭에 이렇게 적어 그대에게 부탁했던 것이다. 그렇지 않으면 그 아들은 그대의 손에 죽었을 것이다."

그리고는 그 재산의 셋을 사위에게 주고, 나머지 일곱을 아들에게 주

---

30   송대 소금은 전매 품목의 하나였다.
31   杭州의 古地名. 훗날에도 항주를 가리키는 대명사로 쓰인다.

었다. 사위나 아들 모두 울면서 사례하고 떠났다. 그의 현명한 결정에 이의가 없었던 것이다.(「神道碑」)

처음 장영이 成都 知府를 그만두고 돌아왔을 때 조정에서는 후임자로 諫議大夫[32] 牛冕을 임명했다. 장영은 이를 접하고,

"牛冕은 민심을 잘 慰撫할 만한 인물이 못된다. 그가 반란이 갓 지나간 성도부 일대를 잘 수습해낼 수 있을까?"라고 말했다.

그 후 일 년여가 지나자 과연 神衛大校 王均의 반란[33]이 발생해서 우면을 내쫓고 성도부를 점거했다. 이 반란은 얼마 후 진압되었지만 민심은 여전히 뒤숭숭했다. 그때 마침 馬知節이 성도 지부로부터 延州 知州로 옮겨갔다.

그러자 진종은 장영이 이전에 성도 지부로 있을 때 민심을 잘 수람하여 백성들에게 威惠를 지녔었던 사실을 생각해내고, 그를 樞密直學士로 삼았다가 얼마 후 刑部侍郎知益州事[34]로서 다시 성도부에 파견했다. 蜀民들은 이를 듣고 모두 춤을 추며 서로 기뻐했다. 그 모습이 마치 어린 아이가 오랫동안 부모를 잃었다가 다시 만난 듯했다고 한다. 그는 주민들이 자신을 신뢰한다는 사실을 알고 民政의 기조를 관대한 것으로 바꾸었다. 그러자 政令이 하나씩 내려질 때마다 민심이 그에 맞추어 진정되어 갔다. 이렇게 하여 얼마가 지나자 성도부 일대는 다시 크게 안정

---

32 元豊改制 이전에는 寄祿官. 이후에는 諫官으로서 朝政의 闕失, 官員 임용에 있어서의 부당성, 관서의 失誤 등을 糾諫하는 임무를 담당했다.

33 王均(?~1000)은 진종 시기 성도부의 神衛都虞侯로 재직. 咸平 3년(1000) 정월 군졸의 반란이 일어나자 이들에 의해 영수로 추대되어, 大蜀王을 칭하고 化順이란 연호를 제정했다. 이후 사방을 공략하다가 이 해 12월 雷有終이 지휘하는 진압군에 의해 평정되어 살해되었다.

34 刑部侍郎은 階官(寄祿官, 正四品下)이고 知益州事가 差遣으로서 실제 職任이다.

되었다.

成都府路 轉運使 黃觀은 이러한 治績을 조정에 보고했다. 조정에서는 詔를 내려 포상을 주고 지위를 吏部侍郎으로 격상[35]시켜 주었다. 얼마 후 謝濤를 蜀 일대의 巡撫使[36]로 임명하였다. 그때 인종은 謝濤를 보내 장영에게 이렇게 말하게 했다.

"卿이 蜀에 있음으로 해서 이제 朕은 서쪽을 돌아보아야 할 근심이 사라졌도다."

그리고는 덧붙여 詔를 내려 장영과 사도로 하여금 嘉州[37]와 邛州[38]에서 景德大鐵錢을 주조하도록 명했다. 그리고 그 하나를 小鐵錢 열 및 동전 하나에 맞먹게 했다. 이것으로 인해 지금에 이르도록 주민들이 편하게 여긴다.[39] (「神道碑」)

당시 金陵[40]에 화재가 많아서 주민들이 불안해했다. 장영은 은밀히 조사하여 모두 奸民들의 소행임을 밝혀내고, 그들을 다 잡아들였다. 그

---

35 吏部侍郎의 品位는 正四品上이었다.
36 임시의 差遣으로서 民間의 利病이나 官吏의 能否 등을 採訪하는 임무를 띤다. 軍民의 訴請을 청취하여 監司를 직접 처벌할 수 있는 권한이 부여되어 있었다. 이러한 巡撫使의 職任과 權限에 대해, 『續資治通鑑長編』에서는, "命龍圖閣學士陳堯咨爲鄜延邠寧環慶涇原儀渭秦州路巡撫使 皇城使劉永宗副之 所至犒設官吏將校 訪民間利害 官吏能否功過以聞 或有陳訴屈枉 經轉運提刑司區斷不當 卽按鞫詣實 杖已下亟決遣之 徒已上飛驛以聞 仍取繫囚 躬親錄問 催促論決"(권96, 眞宗 天禧 4年 閏12月 丁卯)이라 기록하고 있다.
37 오늘날의 四川省 峨眉市.
38 오늘날의 四川省 邛峽市.
39 이러한 景德大鐵錢 주조의 구체적 정황에 대해 『續資治通鑑長編』에서는, "先是益邛嘉眉等州 歲鑄錢五十餘萬貫 自李順作亂 遂罷鑄 民間錢益少 私以交子爲市 姦弊百出 獄訟滋多 乃詔知益州張詠與轉運使黃觀同議 於嘉邛二州鑄景德大鐵錢 如福州之制 每貫用鐵三十斤 取二十五斤八兩成 每錢直銅錢一 小鐵錢十 相兼行用 民甚便之"(권59, 眞宗 景德 2년 2월 庚辰)라 전하고 있다.
40 오늘날의 江蘇省 南京市.

리고 먼저 그 종아리를 꺾어버린 다음 斬首하여 관내에 두루 회람시켰다. 그러자 화재는 더 이상 발생하지 않았다.(「神道碑」)

范延貴란 인물이 殿直[41]이 되어 군사를 이끌고 金陵을 지나가게 되었다. 당시 장영이 금릉의 知府였다. 장영이 그를 만나 물어보았다.

"勅使[42]께서 이리로 올 적에 그 도중 혹시 유능한 관원을 본 적이 있습니까?"

范延貴가 대답했다.

"앞서 袁州[43]를 지나왔습니다. 그런데 내가 萍鄕縣[44]의 知縣 張希顔이란 인물을 직접 알지는 못합니다만, 아마도 그가 훌륭한 관원 같습니다."

"무얼로 알 수 있소이까?"

"縣의 경내로 들어서자 驛傳[45]과 橋道[46]가 모두 잘 보수되어 있었고, 농토는 잘 개간되어 있었으며 또 들판에는 게으른 농부가 없었습니다. 읍내에 이르러 살피니 장터에 도박판이 없었으며, 물건을 거래할 때 다투는 소리가 들리지 않았습니다. 또한 밤이 되어 숙소에 머무는데 更鼓[47] 소리가 분명히 들렸습니다. 이러한 것들로 해서 그 지현이 필시 善政을 베풀고 있구나 하는 것을 알았습니다."

이 말을 듣고 장영은 크게 웃었다.

---

41 고위직 환관의 職名. 『鐵圍山叢談』에서는 殿直에 대해, "內官之貴者 則有曰御侍 曰小殿直 此率親近供奉者也"(권1)라고 적고 있다.

42 勅命을 받고 가는 帝王의 使臣.

43 오늘날의 江西省 宜春市 일대.

44 오늘날의 江西省 萍鄕市.

45 驛站. 客舍와 驛馬를 설비하고 왕래하는 官員 및 군대에게 편의를 제공해주는 역할을 한다.

46 교량과 도로.

47 밤을 五更으로 나누어 각 更에 이를 때마다 시간을 알리기 위해 치는 북.

"張希顏은 참으로 좋은 관원입니다. 뿐만 아니라 勅使 역시 훌륭한 관원이외다."

장영과 범연귀는 이 날 즉시 둘이서 같이 장희안을 천거했다. 장희안은 훗날 發運使[48]가 되었으며, 범연귀 또한 閤門祗候[49]를 역임했다. 모두 유능한 관리라는 평판을 받았다.(『東軒筆錄』)

---

[48] 江淮兩浙荊湖 6路의 漕運과 이들 지역의 茶·鹽·財貨 관련 업무를 총괄하는 직책. 各路 轉運使의 상위직이었으며 통상 郎官이나 侍從官 이상이 임명되었다.

[49] 大使臣 직위의 하나로서 閤門司(官員의 朝參, 宴飮, 儀禮 등을 관장하는 기구)의 무관. 때로 무관이 外任을 나갈 때 帶行하는 직함이 되기도 한다.

권4

寇準

태종 통치기의 일이다. 어느 해 큰 가뭄이 들었다. 태종은 크게 걱정되어 館中[1]을 지나치다가 근무 중인 學士들에게 가뭄의 까닭에 대해 물었다. 모두 이렇게 대답했다.

"홍수나 가뭄은 자연현상입니다. 堯와 湯 같은 帝王이라 할지라도 어찌할 수 없습니다."

하지만 寇準만은 홀로 다르게 대답했다.

"조정의 형벌이 편파적이어서 하늘이 가뭄을 내리는 것입니다."

태종은 노하여 일어나 궁중으로 들어가 버렸다.

얼마 후 태종은 구준을 불러 형벌이 편파적인 상황을 아뢰라고 일렀

---

1   館閣에서 근무하는 諸學士들의 궁중 사무실.

다. 구준은 말했다.

"원컨대 兩府²의 대신들을 앞에 불러 주십시오. 그러면 아뢰겠습니다."

태종은 兩府의 대신들로 하여금 들어오라 명했다. 구준은 말을 해 나갔다.

"누구의 아들 누구는 수뢰 약간에 연루되었습니다. 아주 소액입니다. 그런데 사형에 처해졌습니다. 參知政事 王沔의 동생 王淮는 자기 관할의 재물 천만 관 이상을 빼돌렸지만 죽음을 면했습니다. 그럼에도 형벌이 편파적이지 않다 할 수 있겠습니까?"

태종은 王沔을 돌아보며 사실 여부를 묻자, 그는 머리를 조아리며 시인했다. 태종은 즉시 왕면을 파면했다.

이 일이 있고 그날 저녁으로 비가 내렸다. 태종은 크게 기뻐하며 구준을 중용함직하다 여기고 파격적으로 발탁했다.(劉貢父 撰, 『萊公傳』)

거란이 남침하여 급박하게 澶淵 일대를 공략하고 있었다. 위급함을 알리는 상주문이 하룻밤 새 다섯 통이나 올라왔다. 하지만 구준은 개봉도 하지 않은 채 태연자약하게 술을 마시며 즐겼다.

이튿날 동료 대신들이 이러한 정황을 진종에게 보고했다. 진종은 크게 놀라 상주문들을 개봉해보니 모두 위급함을 알리는 것들이었다. 진종은 두려워하며 구준에게 묻자, 그가 말했다.

"폐하께서는 이 일의 결말을 짓고 싶으십니까? 아니면 그렇지 않습니까?"

---

2   中書와 樞密院. 中書는 民政을, 추밀원은 軍事를 관장하였으며, 국가의 중요 정무는 兩部 대신들의 합의에 의해 결정되었다. 이에 兩府는 朝廷이라 칭해지기도 하였으며(『靖康要錄』 권3), 二府 · 兩司 · 廟堂이라 지칭되기도 하였다.

"나라의 위급함이 이 지경인데 어찌 오래 끌고 싶겠소?"

"폐하께서 하고자 하신다면 채 5일이 안 되어 일을 결말지을 수 있습니다."

구준의 이야기는 진종에게 전연으로의 親征을 요청하는 것이었다. 진종은 응답하지 않았다. 일부 대신들은 두려워 자리를 피하고자 했다. 그러자 왕단이 말했다.

"畢士安 등은 멈추시오. 폐하의 出征을 기다려 함께 모시고 북으로 갑시다."

진종은 親征이 두려워 內宮으로 들어가려 하자 왕단이 말했다.

"폐하께서 안으로 들어가시면 臣은 알현이 불가능해지고, 일은 돌이킬 수 없게 될 것입니다. 내궁으로 피하지 마시고 친정해 주십시오."

그리하여 마침내 진종의 친정이 결정되고, 六軍[3]과 百官도 뒤따라 나섰다.(『後山談叢』)

거란이 하북을 침공하여 冀州[4]에까지 다다랐다. 거란의 기병이 대단히 많아서 인근 지방은 두려워 떨고 있었다. 이러한 상황에서 진종의 親征軍은 澶州에 이르렀다. 거란의 기병대는 이미 魏府를 넘어선 상태였다.

진종은 두려워서 황하를 건너려 하지 않았다. 이로 말미암아 宋軍은 南澶州에 머물 수밖에 없었다. 구준은 진종에게 황하를 도하하여 북진할 것을 권유했다. 그럼으로써 군사들을 안정시키고 또 거란으로 하여금 승리의 여세를 타고 진군하지 못하도록 견제해야 한다고 말했다. 진

---

3 본디 唐末以來의 左右羽林軍과 左右龍武軍, 左右神武軍을 가리키지만, 송대가 되면 그보다는 오히려 禁軍의 총칭으로 사용된다.

4 오늘날의 河北省 冀州市.

종은 머뭇거리며 마음을 결정하지 못했다.

그때 陳堯叟가 진종에게 거란의 군대를 피해 四川 지방으로 갈 것을 권유했다. 왕흠약은 金陵[5]으로 피하자고 권유했다. 진종은 이러한 주장들을 구준에게 전했다. 구준은 버럭 소리를 질렀다.

"누가 폐하께 이런 계책을 말했습니까?"

"다만 그 계책들의 타당성만을 물었을 따름이오. 누가 말했는지는 묻지 마오."

"臣은 꼭 그 누구인지를 알고 싶습니다. 먼저 그 무리들을 참수한 다음 天下에 보여야만 합니다. 太祖 황제가 나라를 세우고 수도를 정한지 이제 50년이 지나, 천하의 財貨와 군사들은 모두 수도에 집중되어 있습니다. 종묘사직도 바로 수도에 세워져 있습니다. 만일 불행히 무슨 일이 있다면 폐하께서는 마땅히 臣等과 더불어 죽음으로써 수도를 지켜야 할 것입니다. 지금 하루아침에 수도를 버리게 되면 다시는 폐하의 소유가 되지 못할 것입니다. 만일 盜賊이 그 틈을 타고 일어나게 되면, 폐하께서는 어디로 돌아가시렵니까?"

진종은 아무 말도 하지 못했다.

구준은 다시 황하를 건널 것을 권유했지만, 진종은 마음을 결정하지 못했다. 진종은 옷을 갈아입으려 일어섰다. 구준도 일어나 황제의 숙소를 나섰다.

당시 高瓊이 殿前都指揮使[6]로서 진종의 숙소를 宿衛하고 있었다. 구준은 그런 고경을 보고 말했다.

"과연 어떻게 해야 하겠소? 高太尉는 어찌 한 마디도 말을 거들지 않소?"

---

5   오늘날의 江蘇省 南京市.
6   殿前司의 총사령관. 당시 中央禁軍은 殿前司와 侍衛親軍司로 나뉘어져 있었다.

"승상께서 조정에서 일을 처리하시는데 어찌 제가 끼어들겠습니까? 그런데 승상께서는 폐하께 무어라 아뢰셨습니까?"

"지금 바로 황하를 건너야 한다고 아뢰었소. 그리하면 하북 일대가 힘들이지 않고 진정될 것이지만, 그렇지 아니하면 거란의 기세가 더욱 드세어져서 민심도 흉흉해질 것이오. 만일 그렇게 된다면 아무리 智略이 있는 자라 할지라도 일을 바로잡을 수 없을 것이오."

이 말을 듣고 고경이 외치며 말했다.

"폐하께서는 구 재상의 말을 들으십시오. 구 재상의 말이 옳습니다."

이 외침에 진종이 돌아와서 오랫동안 그들과 이야기를 나누었다. 그리고 구준은 고경에게 눈짓하여 군대를 이끌고 먼저 황하를 도하하도록 했다. 또 직접 말을 이끌고 와서 진종에게 바쳤다. 진종이 그에 따랐다.

이렇게 하여 황하를 건너 澶州에 이르렀다. 진종은 城의 북문에 머물고 구준은 그 앞에 숙소를 차렸다. 진종은 군사 관련 사항 모두를 구준에게 맡겼다. 이러한 명령에 따라 구준은 제반 사항을 총체적으로 지휘했다. 명령이 엄정해졌으며 군사들은 기쁨에 넘쳤다.

이 직후 거란의 병사 수천기가 승세를 타고 성 아래로 몰려왔다. 송 측의 병사들이 맞서 싸워서 그 태반을 베었다. 거란군은 퇴각하여 재차 습격할 엄두를 내지 못했다.

이러한 상태에서 저녁이 되었다. 진종은 침소에 들며 구준으로 하여금 성에 머물게 했다. 그리고 얼마 후 진종이 사람을 시켜 구준이 무얼 하고 있는지 살피고 오게 한바,

"구 재상은 지금 술 마시며 즐기고 있습니다"라고 보고했다. 이 말에 진종 또한 두려움이 가라앉았다.

이와 같이 양측이 대치한 채로 십여 일이 지났다. 거란은 책략을 바꾸

어 병력을 철수시키고자 했다. 거란 측은 사신을 보내 강화를 요청하였고, 절충 끝에 마침내 양측 사이에 강화가 이루어졌다. 하지만 거란은 송 측을 기만하고자 군사들을 이끌고 거짓으로 垓字[7]를 메우는 체 했다. 송 측을 안심시켜 급습하려 했던 것이다. 그런데 해자를 메우는 거란 진영에 어디선가 화살이 날아와 장수를 맞추어 죽였다. 거란은 크게 놀라 강화조약을 굳게 지키게 되었다.

그렇지만 구준은 강화의 내용에 불만이었다. 거란 측의 사자들은 더욱 공손해졌으며 진종은 강화 내용을 재가하려 했다. 이에 구준은 거란을 압박하여 송조에 대해 신하라 칭하도록 하고 나아가 幽州 일대의 땅도 송에 반환시키려 했다. 하지만 당시 진종은 전쟁을 싫어하고 있었다. 여기에 덧붙여, '구준은 거란과 화평조약을 체결하려 하지 않습니다. 전쟁이 지속되기를 바라고, 이를 통해 자신의 권세를 유지하려 합니다'라고 하는 참소까지 있었다. 진종 역시 강화조약이 서둘러 체결되기를 바랐다. 이에 구준은 어쩔 수 없이 강화의 체결을 허용하였다.

당시 거란은 온 국력을 들어 송쪽으로 남침한 상태였다. 중국 깊숙이 1,000여 리나 들어온 까닭에 돌아가기 위해서는 10일 이상이 걸려야 했다. 그런데 거란이 남침하는 연변의 지방에서는 堅壁淸野[8]의 정책으로 맞서고 있었다. 그런 까닭에 거란 측은 兵馬가 기진맥진해져서 백만에 가까운 무리들이 싸우지도 못한 채 죽어가고 있었다. 거란의 군색함이 이처럼 심각한 상태였다. 따라서 진실로 조금만 강화를 늦추었다면 거란은 감히 稱臣하지 않을 수 없었으며 幽州의 땅도 반드시 되돌려 받을

수 있었을 것이다.(『萊公傳』)

진종이 澶州에 이르렀을 때 거란군은 아직 퇴각하지 않은 상태였다. 왕단이 말했다.

"우리 六軍의 사기는 모두 폐하 一身에 달려 있습니다. 지금 城에 오르시면 반드시 적을 물리칠 수 있을 것입니다."

이에 진종은 전주성의 북문에 머물렀다. 그러자 장수와 군사들이 黃屋[9]을 발견하고 모두 만세를 불렀다. 그 소리가 들판에 메아리쳤으며 이로 인해 사기가 크게 진작되었다.(『寇萊公遺事』)

거란의 군대가 퇴각을 결정하고 화친을 청해왔다. 송 측에서는 曹利用을 파견하여 강화조약을 절충하도록 했다. 당시 거란의 군대는 이미 피로해진 상태였으며 더욱이 鎭定府에 있는 송의 대군[10]이 그 퇴각로를 차단하지 않을까 두려워하고 있었다.

이런 차에 조이용이 다다르자 거란은 매우 기뻐했다. 구슬로 장식한 담비털 이불을 제공하리만치 호화롭게 대접했다.

거란의 황제는 강화의 조건으로 황하 이북의 할양을 요구했다. 이에

---

9 천자의 軍幕 및 수레, 日傘을 가리키는 지칭. 黃袍(황제의 예복인 곤룡포), 黃紙(황제의 勅諭을 적는 용지), 黃門(궁성의 문) 등의 예에서 보듯, 黃色은 황제의 상징이었다.

10 당시 거란의 남침에 대비하여 설비해 두고 있던 鎭州路·定州路·高陽關路 三路의 大軍을 가리킨다. 眞宗 咸平 5년(1002) 6월 총사령관격인 三路都部署에 임명된 王超는, 이때(1004년 윤9월)의 거란군 남침시 조정에 방침에 따라, "王超陣于唐河 執詔書按兵不出"(『續資治通鑑長編』권57, 眞宗 景德 元年 윤9월 癸酉)이라는 방침을 취하였다. 이로 인해 澶州에서 宋遼의 대군이 대치하고 있을 무렵 전혀 전력의 손상이 없이 북방에 존재했다. 거란 군대가 定州를 거쳐 남하한 이후 王超軍의 동향에 대해서는 宋側의 史書에 전연 기록이 존재하지 않는다. 전후의 사정에 비추어 본 항목에서 기록하고 있는 鎭定府의 대군은 바로 王超가 지휘하는 三路 대군이었을 것으로 여겨진다.

조이용은,

"그리하면 臣은 族滅[11]당할 것입니다. 도저히 그렇게 할 수는 없습니다"라고 말했다. 조이용은 대신 매년 銀과 비단 20萬을 지급하겠다고 제의했으나, 거란은 너무 적다고 하며 이를 수락하지 않았다.

조이용은 돌아와 이러한 절충의 경과를 보고했다. 진종은, '100만 이하라면 아무래도 좋으니 타결짓고 오라'고 했다. 이러한 지침을 받고 조이용이 다시 거란 측에 가려는데, 구준이 자신의 막사 안으로 그를 데리고 갔다.

"폐하께서는 그렇게 일렀지만, 너는 가서 30萬이 넘지 않도록 담판을 지으라. 만일 30萬이 넘으면 너는 다시는 나를 보지 못할 것이다. 내 너를 斬하고 말 것이다."

조이용은 이러한 구준의 말에 두려워 떨며 거란 측으로 향했다. 그리고는 과연 30萬으로 강화조건을 타결짓고 돌아왔다.(『涑水記聞』)

和議가 이루어지자 여러 장수들은 거란의 퇴로에 매복해 있다가 습격하여 그 군대가 돌아가지 못하도록 하자고 주장했다. 그렇지만 구준은 진종에게, 그렇게 해서는 안 되며 그들이 안전하게 돌아가게 해서 盟約을 착실히 지키도록 해야 한다고 권유했다.(『邵氏聞見錄』)

大中祥符 元年(1008) 정월, 天書[12]가 궁궐의 承天門에 내렸다. 이에 진종은 연호를 大中祥符로 바꾸었으며, 6월에는 天書가 다시 泰山에 내렸

---

11   一族의 몰살. 族殺.
12   景德 5년(1008) 正月 皇城 좌측의 承天門 지붕에서 발견된 『大中祥符』 三篇. 재상인 王欽若 등의 공작에 따라 조작된 것이었다. 이 天書를 奉安하기 위해 심혈을 기울여 건설된 道觀이 玉淸昭應宮(昭應宮)이다.

다. 이해 10월 泰山에서 封禪의 의식을 거행했다. 2년 후에는 汾陰에서 后土를 제사지냈다.[13] 진종은 천서를 지극하게 받들었다. 늘 玉輅[14]에 신도록 했으며, 천서가 지나갈 때면 감히 그 앞을 가로막지 않았다. 얼마 후에는 神이 延恩殿에 출현하여 '天尊'이라 호칭토록 했다. 진종은 직접 이 神을 목격하고 봉선과 제사 등의 일에 더욱 성심을 다해 받들어 모시게 되었다.

천서가 처음 내렸을 때 昭應宮을 축조했고, 그 후에 다시 會靈과 景靈[15] 등을 건설했으며 老子를 亳州에서 제사지냈다. 천하가 모두 제사와 귀신 등의 일로 가득찼던 것이다.

이 당시 구준은 지방관으로 좌천되어 있었는데 그는 처음부터 천서 등을 믿지 않았다. 이 때문에 진종은 그를 더욱 멀리했다. 구준이 知京兆府로 재임할 때의 일이다. 京兆府 都監[16]으로 있던 朱能이란 인물이 천서가 내렸다며 조정에 보고했다. 진종은 이 일을 王旦에게 상의하자 왕단이 대답했다.

"구준은 애초부터 천서란 것을 믿지 않았습니다. 그런데 지금 천서가 그의 임지에 내렸으니, 마땅히 그로 하여금 폐하께 바치게 해야 할 것입니다. 그리하면 백성들이 모두 따르게 되고, 천서 등을 불신했던 자들도

---

13 大中祥符 4년(1011) 2월 眞宗이 天書를 휴대하고 山西省 남단의 汾陰에서 토지신에게 제사를 드린 것을 말한다. 東封(封禪)과 西祀(后土 제사)에는 각각 850만 관, 870만 관의 재원이 소모되었다.

14 황제의 전용 수레, 玉路라고도 칭한다.

15 昭應宮(玉淸昭應宮)은 天書를 奉安하기 위해 大中祥符 7년(1014) 11월 6년여 간의 공사 끝에 완성된 道觀이며, 景靈宮은 大中祥符 5년(1012) 10월 延恩殿에 聖祖인 九天司命上卿保生天尊이 降臨한 것을 기념하기 위해 大中祥符 9년(1016) 3월에 완성한 道觀이다. 會靈觀은 泰山 封禪時 五岳에 尊號를 바치고 이어 帝號를 부여한 이후 五岳을 존숭하기 위해 건립한 道觀으로서 최초의 명칭은 五岳觀이었으나 얼마 후 개명하였다.

16 兵馬都監의 略稱. 州府에 배치되어 本城의 방어와 兵甲 등을 관할하였다.

모두 믿지 않을 수 없을 것입니다."

진종은 이 말을 듣고, 中貴人[17]으로 하여금 구준에게 그러한 방침을 통고하게 했다. 그런데 京兆府의 都監 주능은 평소 환관인 周懷政을 각별히 모시고 있었다. 또 구준의 사위인 王曙가 당시 조정에 있었는데 주회정과 사이가 좋았다. 왕서는 구준에게, 주능이 천서를 조정에 바치는 일에 동조하라고 권유했다. 구준은 처음에는 이 말을 들으려 하지 않았으나, 왕서가 집요하게 요청하자 마지 못해 그에 응했다. 이로 인해 구준은 다시 재상인 中書侍郞平章事가 되었다. 眞宗 天禧 3년(1019)의 일이었다.(『萊公傳』)

天禧 年間(1017~1021) 말년의 일이다. 진종이 와병하여 章獻太后[18]가 점차 政事에 간여하게 되었다. 진종은 이에 불만이었다.

구준은 이러한 의중을 알아채고, 장헌태후의 정치 간여를 종식시키고 仁宗을 등극시킨 다음 眞宗을 太上皇으로 높이고, 丁謂와 曹利用 등을 좌천시키고자 했다. 이를 위해 李迪과 楊億, 趙瑋, 盛度, 李遵勗 등을 끌어들여 이들과 협의하여 계획을 수립했다. 관직을 任免하는 詔令은 모두 楊億이 담당하기로 했다. 이렇게 하여 막 거사를 단행하려 할 때, 구준이 술에 취해 계획을 누설해버린 사건이 발생했다.

---

17 환관 가운데 특별히 황제의 총애를 받는 자. 明淸時代에는 환관의 범칭으로 쓰이게 된다.

18 眞宗의 皇后인 劉氏. 그녀는 최초 蜀人인 龔美(劉美)에게 出嫁하였으나, 眞宗이 襄王일 당시 龔美에 의해 潛邸에 바쳐졌다. 그 후 眞宗이 등극한지 15년 만인 大中祥符 5년(1012)에 皇后로 冊立되었다. 그녀는 英敏했을 뿐더러 經史에도 通曉하여 점차 眞宗의 양해 아래 外政에 간여하게 된다. 특히 진종 사후에는 仁宗이 12세의 나이로 즉위하자 이후 12년 동안 수렴청정을 하였다. 이를 宋史에서는 '章獻垂簾'이라 부른다. 그녀의 垂簾聽政 만년에는 외척과 환관들을 중용하여 이들이 중앙정치에 깊숙이 개입하기에 이른다.

이 말은 곧 丁謂에게 전해졌고, 정위는 그날 밤으로 수레를 타고 曹利用의 집에 가서 모의했다. 이튿날 조이용은 태후에게 구준이 중심이 된 거사계획을 다 고하였고, 마침내 태후의 주도로 詔令이 내려져 구준은 재상의 직위에서 파면되었다. 진종이 붕어한 후에는 구준에게 반역의 혐의가 씌워져 멀리 바닷가로 유배되었다.[19] 이 사태의 전말은 唐代 上官儀의 일[20]과 매우 흡사하여, 천하 사람들이 모두 원통해했다.

양억은 죽음을 앞두고 당시의 詔勅과 制誥 및 사태의 전말 등을 모아서 李遵勖에게 넘겨주었다. 그리고 章獻劉太后가 사거한 후 이준욱은 양억이 남겨준 자료들을 인종에게 바치고 사태의 시말을 아뢰었다. 인종은 당시의 정황을 모두 알아채고 나서 몇 번씩이나 한탄해 마지않았다. 인종은 그 즉시 그때의 원통함을 씻어주는 조칙을 내려, 구준을 中書令으로 追贈하고 忠愍公이란 시호를 내렸다. 또 양억에게는 禮部尚書를 추증하고 文公이란 시호를 내렸다. 구준의 모사에 관여했다 축출된 인물들 또한 조칙을 내려 모두 그 원통함을 풀어주었다.(『東軒筆錄』)

구준이 樞密使이고 曹利用이 樞密副使였을 때, 구준은 조이용이 무인 출신이라 하여 늘 업수이 여겼다. 논의하다가 의견이 맞지 않을라치면 불쑥불쑥 이렇게 말하였다.

"그대는 일개 무사일 뿐이오. 어찌 이러한 국가 대사를 이해할 수 있으리오?"

조이용은 이로 인해서 구준을 원망했다.

---

19 眞宗 天禧 4년(1020) 7월의 일이다. 『續資治通鑑長編』 권96, 眞宗 天禧 4년 7월 丁丑 참조.
20 唐高宗 麟德 元年(664) 上官儀(約608~664)가 太子와 모의하여 則天武后의 廢黜을 기도하였다가 獄死한 것을 가리킨다.

훗날 진종이 劉氏를 황후로 세우려 하자 구준과 王旦, 向敏中 등은, 劉氏가 미천한 출신[21]임을 이유로 들어서 반대하였다. 유황후가 들어선 다음에는, 황후의 일족 사람 하나가 사천 지방에서 발호하며 민간의 鹽井을 가로챈 사건이 발생했다. 진종은 유황후를 감안하여 이 사건을 묵과하려 했으나 구준은 법대로 처리해야 한다고 고집하였다.

이 무렵 진종은 병세가 중하여 政事를 직접 파악하지 못하고 後宮에서 처리되는 경우가 많았다. 이러한 상황에서 丁謂는 구준과 조이용의 관계가 원만하지 못한 것을 알고, 조이용과 공모하여 구준을 좌천시켰다. 구준은 추밀사로부터 太子少傅[22]로 강등되었다.

진종은 처음에는 이러한 사실을 모르다가 1년여 만에 문득 좌우를 돌아보며 물었다.

"구준이 오래도록 내 눈에 띄지 않는 것은 어찌된 것이냐?"

이 말을 들은 주변 사람들은 감히 대답할 수 없었다.

진종이 崩御하고 유태후가 섭정하면서 구준은 다시 雷州[23]로 좌천되었다. 그리고 그해에 丁謂 역시 죄를 얻어 좌천당했다.(『涑水記聞』)

구준이 廣南西路의 雷州로 좌천[24]될 때, 丁謂는 中使[25]를 파견하여 勅令[26]을 구준에게 전달하도록 했다. 이 中使에게는 비단으로 장식한 칼

---

21 劉皇后의 부친은 武官이었으나 早失父母하여 鍛銀業을 하는 가문에 의해 양육되었다. 이러한 사정에 대해 『宋史』에서는, "初 母龐夢月入懷 已而有娠 遂生后. 后在襁褓而孤 鞠於外氏. 善播鼗. 蜀人龔美者 以鍛銀爲業 携之入京師"(권242, 「章獻明肅劉皇后傳」)라고 전하고 있다.

22 송대의 太子少傅는 실제 직임이 없는 散官階일 뿐이었다. 寇準이 罷相되어 太子少傅가 되는 것은 天禧 4년(1020) 6월의 일이었다.

23 오늘날의 廣東省 海康縣. 海南島의 바로 북쪽에 위치해 있다.

24 寇準은 眞宗 乾興 元年(1022) 2월 雷州의 司戶參軍으로 강등된다.

25 환관 사자.

집에 검을 휴대시키고 이를 말머리에 달아 매고 행차하도록 했다.

　中使가 다다랐을 때 구준은 뇌주의 관원과 더불어 술잔치를 벌이고 있었다. 驛吏가 구준에게 다가와 中使가 도착했다고 알리자, 뇌주의 관원으로 하여금 나가 영접하도록 했다. 하지만 中使는 出迎한 관원을 피해 객사로 들어가 아무리 지나도 나오지 않았다. 뇌주로 온 까닭을 물어도 대답하지 않았다. 이렇게 되자 사람들이 모두 두려움에 질려서 어찌할 바를 몰랐다.

　그러나 구준은 이러한 정황을 전해 듣고도 태연자약하게 사람을 시켜 中使에게 말했다.

　"조정에서 만일 나에게 죽음을 내렸다면 그 勅書나 보여 주게나."

　중사는 어쩔 수 없이 칙령을 꺼내 주었다. 구준은 錄事參軍으로부터 푸른 베옷을 빌려 입었다.[27] 옷이 맞지 않아서 무릎이 나왔다. 이 차림으로 廳舍 마당으로 내려와 칙서를 받은 다음, 다시 계단을 올라가 술잔치를 계속하다가 저녁에 이르러서야 파했다.(『涑水記聞』)

　구준은 어렸을 적 예절을 잘 지키지도 않았을 뿐더러 매 사냥 등을 좋아하는 망나니였다. 그런데 모친이 엄하여 언젠가 노여움을 이기지 못하고 저울의 추를 집어들어 구준에게 던진 적이 있었다. 이것이 다리를 맞추어서 피가 흘렀다. 이 일이 있고 나서부터 구준은 마음을 바로잡고 공부를 시작하여 출세했다. 모친이 돌아가시고 난 다음, 구준은 다리에서 그 옛날의 흔적을 어루만지며 눈물을 흘리곤 했다고 한다.(『涑水記聞』)

26　구준을 道州(오늘날의 湖南省 道縣市)로부터 더 멀리 雷州(오늘날의 廣東省 雷州市)로 貶謫시킨다는 내용이었다. 이에 대해서는, 『續資治通鑑長編』 권98, 眞宗 乾興 元年 2월 戊辰條 참조.

27　푸른 베옷(綠衫)은 하급 관원의 朝服. 구준은 勅令을 받기 위해 朝服을 착용한 것이다.

구준이 처음 樞密直學士[28]로 승진되었을 때, 금은과 비단 등의 하사품이 매우 많았다. 乳母는 이를 보고 울며 말했다.

"마나님이 돌아가셨을 때는 집안이 가난하여 壽衣를 지을 비단 한 조각조차 없었지요. 오늘날의 富貴를 보면 그 때 생각이 납니다."

구준은 유모가 모친이 임종했을 때의 그 어려움을 말하는 것을 듣고, 슬픔을 이기지 못하고 목놓아 울었다. 그리고 금은과 비단을 모두 주변에 나누어 주었다. 이후에는 종신토록 재산을 모으지 않았다. 훗날 비록 몇 차례나 재상으로까지 승진하였지만, 지급되는 봉록은 주로 주변 사람들을 도와주는 데 썼다.

그는 겉으로는 사치스러웠지만 사실은 매우 검약했으며 女色을 가까이 하지도 않았다. 침실의 파란색 커튼은 20여 년이나 사용하여 군데군데 헤어졌으나 늘 기워쓰라고 지시했다. 이를 보고 누군가, '그 정도면 公孫弘[29]도 무색하겠소' 하고 놀렸다. 그는 웃으며 말했다.

"公孫弘의 일은 남의 눈을 속이는 것이었지만 나는 진심일세. 헤져서 기운 것인들 어떠한가? 이 커튼에 정이 들어서 아무리 헤졌다고 해도 차마 버릴 수 없네그려."(『寇萊公遺事』)

鄧州[30]의 花蠟燭이라 하면 그 명성이 천하에 자자했다. 수도 東京이라 해도 제조할 수 없는 명품이었다. 그런데 전해지는 말에 의하면 그것은 구준에 의해 만들어진 것이라고 한다.

구준은 일찍이 知鄧州로 근무한 적이 있었다. 그런데 젊었을 때부터

28   통상 侍從官이 外任의 守臣으로 나갈 때 주어지는 정3품의 帶職.
29   전한 무제시기의 인물로서 御史大夫와 丞相을 역임. 三公의 顯職에 있으면서도 대단히 검약하여 布衣를 입고 거친 음식을 먹었던 것으로 유명하다.
30   현재의 河南省 鄧縣.

이미 출세하여 냄새 나고 답답한 기름등을 사용하지 않았다. 더욱이 밤에 연회를 열고 호쾌히 술마시는 것을 즐겼다. 침실에도 새벽까지 촛불을 켜 놓았다. 구준의 임지가 변경되어 전근가고 난 다음, 그 뒤를 이어 후임자가 관사에 들어가보면, 그가 쓰던 측간에는 언제나 촛농이 흘러 쌓여 큰 덩어리가 되어 있었다고 한다.

이에 반해 杜衍은 청렴하고 검약한 성품을 지니고 있었다. 벼슬길에 있으면서도 일찍이 官의 초를 사용한 적이 없을 지경이었다. 늘 심지가 하나인 기름등을 켜놓고 그 불꽃이 꺼질 듯 하늘하늘하는 가운데 손님과 대좌하여 담소를 나누었다고 한다.

구준과 杜衍 두 사람 모두 名臣이었으되 사치스러움과 검약함은 이처럼 달랐던 것이다. 그런데 두연은 장수를 누리고 그 만년도 평탄했지만, 구준은 老境에 雷州로 좌천되는 고난을 겪고 결국 그곳에서 돌아오지 못하고 최후를 마쳤다. 비록 불행한 일이었다고는 해도 역시 鑑戒로 삼을 만하다 할 것이다.(『歸田錄』)

권5

王曾

    진종의 병세가 깊어지자 劉皇后는 宰相丁謂를 사주하여 垂簾聽政하
려 기도했다. 이에 朝野가 흉흉해졌음에도 감히 간언하는 자가 없었다.
당시 재상이었던 王曾은 皇后의 인척[1]이었던 錢惟演에게 말했다.

    "漢의 呂太后[2]와 唐의 則天武后[3]는 모두 올라서는 안 될 자리에 올랐

---

1   錢惟演의 누이가 劉皇后 오빠인 劉美의 부인이었다.

2   漢의 건립자 高祖 劉邦의 皇后. 高祖 사후 文帝가 즉위할 때까지 太后로서 사실상 제
반정무를 주도하게 된다. 그리하여 呂太后의 집권기를 통해 황실인 劉氏의 세력은
쇠미해지고 대신 呂氏 일족이 국정 전반을 장악하였다. 이러한 현상, 즉 呂氏의 득세
로 인해 漢朝 劉氏天下의 기강이 어지러워진 것을 두고, 전통시대 역사가들은 '呂氏
의 亂'이라 지칭했다. 司馬遷이 『史記』를 撰述함에 있어 한고조 유방의 「高祖本紀」에
뒤이어 「呂后本紀」를 설정했던 것도, 바로 이와 같은 여태후의 국정주도라는 실질
을 숭상하였기 때문이다.

3   唐의 제3대 황제인 高宗의 황후 武氏를 가리킨다. 武后는 고종의 치세 후반기 이래
中宗과 睿宗의 시기까지 垂簾聽政을 지속했다. 급기야는 자신의 아들인 睿宗마저
몰아내고 자신이 직접 황제위에 올랐으며, 國號도 唐으로부터 周로 바뀌게 된다.

다가 훗날 자손들이 모두 주살되어 목숨을 부지하지 못했소. 그대는 황후의 가까운 인척이오. 어찌 들어가 황후께 말하지 않는 것이오? 황제께서 崩御하시면 太子가 즉위하실 터이요, 그때 太后가 攝政하게 되면 어찌 劉氏의 福이 아니겠소? 만일 지금 수렴청정하고자 하여 천하의 의심을 사게 되면, 어찌 비단 유씨에게만 재앙이 미치겠소? 반드시 그대까지 화를 입게 될 것이오."

이 말을 듣고 錢惟演은 놀라 두려워하며 들어가 태후에게 아뢰었고, 마침내 수렴청정의 議論도 그치게 되었다.(『仁宗政要』)

처음 진종이 崩御하고 바깥으로는 아직 알려지지 않았을 때의 일이다. 中書와 樞密院의 대신들이 함께 들어가 황제의 안부를 묻자, 寢殿으로 인도되어 東面으로 커튼이 드리워져 있는 것을 보게 되었다. 劉皇后는 이들에게 진종의 遺命[4]을 전하였다. 황태자를 즉위시키고 황태후가 임시로(權) 국가와 군사의 大事를 결재한다는 것이었다. 대신들은 물러나와 진종의 붕어를 발표하였다.

王曾이 殿廬[5]에서 진종의 遺制[6]를 문안으로 가다듬고 있을 때, 丁謂가 와서 '임시로(權)'라는 글자를 삭제하려 했다. 또 淑妃[7]를 皇太妃로 높

이러한 則天武后의 집권은 전후 40여 년에 달하는데, 이를 두고 전통시대의 지식인들은, '女禍', '武周革命' 등으로 지칭했다. 그녀의 사후 朝臣들은 국호를 唐으로 복원시키게 된다.

4 유언으로 남긴 勅命.
5 宮中의 居喪所인 倚廬. 倚廬란 父母의 喪中에 喪主인 자식들이 거하는 천막을 가리킨다.
6 황제가 유언으로 남긴 制書.
7 眞宗의 후궁인 楊淑妃를 가리킨다. 楊淑妃와 劉太后 사이의 관계, 그리고 眞宗 사후 황태후로 晉昇되었던 것에 대해 『宋史』에서는, "妃通敏有智思 奉順章獻無所忤 章獻親愛之. 故妃雖貴幸 終不以爲已間 後加淑妃. 眞宗崩 遺制以爲皇太后"(권242,「楊淑妃傳」)라 기록하고 있다.

인다는 구절을 첨가하려 했다. 왕증이 강력히 제지하며 말했다.

"황제가 아직 유년이어서 태후가 섭정하는 것만도 이미 국가에는 불운이오. 그렇지만 여기에 '임시로(權)'란 말을 덧붙임으로써, 그나마 후대인들에게 임시방편임을 전하여 지금의 상황을 납득시킬 수 있을 것이오. 하물며 내가 先帝의 遺命이라 전해들은 말이 아직 귀에 생생하오. 어찌 고치란 말이오? 또한 制書를 增減하는 것은 法에 그 절차가 규정되어 있소. 어찌 천하의 모범이 되어야 할 지위에 있으면서 오히려 먼저 기강을 어지럽히려 하오? 그리고 또 어찌 皇太妃로 높인다는 구절을 덧붙이잔 말이오? 만일 淑妃에게 尊禮를 표하고자 한다면 先帝의 喪이 끝난 다음 의논하여야만 할 것이오."

이 말에 정위는 발끈하여 대답했다.

"아니 參知政事께서는 멋대로 遺制를 고치려 하시오?"

"내 조금 전에 寢殿에 있었소이다. 그대가 말하는 그러한 말들을 전혀 듣지 못하였소. 진실로 그러한 것이 있었다면 내 어찌 감히 고치려 하겠소?"

곁에 있던 대신들은 모두 정위를 두려워하여 왕증의 말을 거들지 못했다. 그리하여 두리뭉실하게 遺制가 작성되었지만, '임시로(權)'란 글자는 끝내 삭제되지 않았다. 이런 과정을 거쳐 정위의 기도가 좌절되고 왕증이 최초로 재상에 임용되었다.[8] (『王沂公言行錄』)

왕증이 洛陽의 留守[9]로 재직할 때 언젠가 흉년이 들었다. 곡식을 쌓

---

8 丁謂가 罷相되는 것은 仁宗 乾興 元年(1022) 6월이며, 이해 7월에 王曾이 재상으로 임용된다(徐自明,『宋宰輔編年錄校補』권4 참조).

9 西京 및 南京, 北京에 常設된 직위. 知府가 겸직하였다. 洛陽은 북송 시대를 통해 西京 河南府가 두어졌던 곳이다.

아둔 자가 있으면 주린 백성들이 무리지어 찾아가 강제로 곡식을 탈취했다. 이들에 대해 이웃 지방에서는 강도로 규정하여 사형에 처했다. 이로 인해 사형에 처해지는 자들이 매우 많았다. 반면 왕증은 단지 곤장으로만 다스리고 석방해 주었다. 이러한 조치를 각 지방에서 전해 듣고 그대로 따랐다. 그리하여 목숨을 건진 자들이 수천 명에 이르렀다.(『王沂公言行錄』)

王曾은 孫沖과 同榜[10]이다. 하루는 孫沖의 아들 孫京이 찾아왔다가 가겠다고 나섰다. 왕증은 그를 붙잡으며,

"요기나 하고 가게나"라고 말하고, 집안 사람들을 향해 일렀다.

"손경이 식사하고 가기로 했다. 만두를 준비하거라."

당시 만두라면 盛饌이었다. 식사를 마치자 왕증은 상자 속에 몇 두루마리의 편지를 담아 전해 달라 일렀다. 꺼내보니 모두 타인이 보낸 편지의 여백을 자른 종이들이었다. 그의 德望과 검약함이 이와 같았다.(『韓莊敏遺事』)

---

10 같은 해의 진사 합격자. 동시에 과거에 급제하여 진사 합격을 알리는 榜에 이름이 나란히 올랐던 데서 연유한다.

魯宗道

　仁宗이 東宮에 있을 때 魯宗道는 그 諭德[11]이었다. 그의 집은 宋門의 밖에 있었는데 사람들은 그 동네를 浴堂巷이라 불렀다. 그 근처에 '仁和'라는 이름의 술집이 있었다. 그 술맛이 동경에서도 유명했다. 魯宗道도 이따금 옷을 갈아입고 가만히 그 속에 들어가 술을 마셨다.

　어느 날 眞宗이 무언가 下問할 일이 있어 급하게 노종도를 찾았다. 그런데 사자가 당도해보니 그가 집안에 없었다. 한참이나 지나서야 그는 仁和란 술집에서 술 마시고 돌아왔다. 中使[12]가 서둘러 돌아가 진종에게 아뢰기로 하고 그에게 물었다.

　"폐하께서 公이 더디게 오는 것을 이상히 여기시면 무어라 둘러서 대답하리이까? 먼저 내게 일러 주십시오. 서로 간에 이야기가 다르지 않아야 되지 않겠습니까?"

　"그냥 사실대로 고하십시오."

　"그리하면 필시 죄를 받을 것입니다."

　"술 마시는 것은 人之常情이지만, 君主를 속이는 것은 신하로서 큰 죄를 짓는 것입니다. 사실대로 이야기하십시오."

　中使는 딱하다 탄식하며 돌아갔다. 진종은 아니나 다를까 늦은 이유를 캐물었다. 사자는 그가 말한 대로 대답했다.

　노종도가 들어서니 진종이 그에게 물었다.

11　東宮의 官屬으로 正4品下. 東宮의 제반 업무를 총괄하거나 혹은 講讀官을 대신하여 태자에게 經史를 講說하는 역할을 담당하였다.
12　환관 사자.

"무슨 연유로 사사로이 酒家에 출입했소이까?"

그는 사죄하며 대답했다.

"臣의 집안은 가난하여 이렇다 할 그릇이 없지만, 酒家에는 온갖 것들이 다 구비되어 있습니다. 그래서 손님들이 끊임없이 몰려듭니다. 오늘도 마침 같은 고향 출신의 가까운 손님이 멀리서부터 찾아와서, 酒家에 들어가 같이 술을 마셨습니다. 하지만 臣은 이미 옷을 갈아입고 있었고, 또 다른 손님들 가운데에도 臣을 알아보는 사람은 없었습니다."

이에 진종은 웃으며 말했다.

"그래도 卿은 宮臣[13]이외다. 御史[14]가 알면 탄핵할까 걱정이오."

하지만 이 일이 있고 난 이후, 진종은 그를 특별히 여겼으며 충실하여 크게 중용할 만하다고 생각했다. 또 진종은 만년이 되어, 章獻明肅太后[15]에게 群臣들 가운데 중용할 만한 인사로서 몇 사람을 지적하였는데, 노종도 역시 그 가운데 한 명이었다. 훗날 章獻太后는 그 인사들을 다 중용한 바 있다.(『歸田錄』)

노종도는 正言[16]으로 있으면서, 잘못된 일이 있으면 風聞을 통해 접한 것일지라도 上奏하여 탄핵했다. 진종은 이에 대해 점차 싫어하게 되었다. 어느 날 노종도는 진종 앞에서 스스로 해명을 했다.

---

13 東宮의 官屬 출신 臣僚. 宮官이라고도 칭한다.
14 御史臺 소속의 관원. 관료에 대한 탄핵과 감찰을 담당한다.
15 眞宗의 皇后인 劉氏. 眞宗이 등극한지 15년 만인 大中祥符 5년(1012)에 皇后로 冊立된다. 그녀는 英敏했을 뿐더러 經史에도 通曉하여 점차 眞宗의 양해 아래 外政에 간여하게 된다. 특히 진종 사후에는 仁宗이 12세의 나이로 즉위하자 이후 12년 동안 수렴청정을 하였다. 이를 『宋史』에서는 '章獻垂簾'이라 부른다.
16 諫官. 左右正言이 존재했다. 左右司諫과 더불어 朝政의 闕失 및 百官任用의 부당, 諸官署의 違失 등에 대해 糾諫하는 직임을 띠었다.

"臣은 諫官입니다. 따라서 간언을 하는 것은 신의 소임을 다하는 일입니다. 폐하께서 그 간언이 잦음을 못마땅해 하시는 것은, 어찌 간언을 받아들인다는 허명만을 좇는 것이 아니겠습니다. 또 신으로 하여금 尸位素餐[17]하며 구차하게 녹봉만 받아먹도록 하는 것이 아닙니까. 신은 삼가 부끄럽습니다. 원컨대 파직시켜 주십시오."

진종은 그 충직함을 어여삐 여기고 다독거려서 되돌려 보냈다. 진종은 훗날 그 말을 떠올리고 御筆로 內殿의 벽에 '魯直'이라 題하여 걸어두게 했다.(『聖宋掇遺』)

장헌태후가 垂簾聽政을 할 때[18] 노종도는 자주 獻替[19]했다. 태후가 물었다.

"唐의 則天武后[20]는 어떠한 君主였소이까?"

"唐朝의 죄인입니다. 하마터면 사직을 위태롭게 할 뻔 했습니다." 이 말을 듣고 태후는 가만히 있었다.

그때 劉氏의 七廟[21]를 세우자고 上言한 자가 있었다. 태후가 이를 輔

---

17 官位에 있을 뿐 직책을 다하지 않으면서 녹봉만 받아먹는 것.
18 章獻太后는 仁宗이 즉위한 이후 12년간 垂簾聽政을 한다. 仁宗 明道 2년(1033) 장헌태후가 64세의 나이로 死去하고나서 비로소 인종이 親政에 나선다. 당시 인종의 나이는 24세였다.
19 可한 것을 獻하고 否한 것을 만류하는 일. 獻은 進, 替는 廢. 군주를 보좌하는 것을 이른다.
20 唐高宗의 두 번째 皇后이자 중국 역사상 唯一無二했던 女帝인 武氏. 그녀는 이미 고종의 치세 후반기 國政에 강력한 영향력을 행사했으며, 고종의 사후에는 자신의 아들인 中宗과 睿宗을 황제로 옹립하고 실권을 장악한다. 그러다가 중종과 예종을 차례로 퇴위시키고 급기야 자신이 女帝로 등극한다. 자신의 황제등극과 더불어 國號도 唐에서 周로 개칭하게 된다. 이를 史書에서는 '武周革命'이라 칭한다. 또 그녀의 사후 中宗의 皇后로서 國政을 左之右之했던 韋氏의 존재와 더불어 '武韋之禍'라 칭하기도 한다.
21 七廟란 帝王의 宗廟 형식. 중앙에 太祖의 廟가 있고 左右에 각각 三廟(이른바 三昭와

臣들에게 물었으나 아무도 감히 대답하지 못했다. 그러자 노종도가 나서서,

"그래서는 아니됩니다"라고 말했다.

그는 물러나와서 同列의 宰執[22]들에게 말했다.

"만일 劉氏의 七廟를 세운다면 새로 즉위한 仁宗은 어떻게 되겠소?"

그 후 인종과 태후가 함께 慈孝寺[23]로 행차하는데, 황후의 수레인 大安輦을 황제보다 앞서 가려 했다. 이를 보고 노종도가 말했다.

"婦人에게는 '三從'이 있다. 出嫁하기 전에는 아비를 따르고, 시집가서는 남편을 따르며, 남편이 작고하면 자식을 따르는 것이다."

태후는 이에 수레를 乘輿[24]의 뒤에 가도록 명했다.

또 당시 任子制[25]에 따라 수많은 執政들의 자제들이 館閣[26]에 들어가 독서하고 있었다. 노종도가 말했다.

"館閣은 천하의 英才들을 기르는 곳이다. 어찌 고관의 자제들이 특혜

三穆)를 배치한다. 劉氏는 章獻太后의 姓. 따라서 劉氏의 七廟를 세우자는 것은, 수렴청정하고 있는 章獻太后의 가문을 天子의 그것에 준하는 것으로 예우하자는 의미이다.

22 동료 宰執. 同列이란 같은 班列 내지 지위를 의미한다.

23 仁宗 天聖 2년(1024) 眞宗의 神御를 奉安하기 위해 詔令에 의해 건립된 사찰. 周城, 『宋東京考』(北京:中華書局, 1988, 中國古代都城資料選刊), 258쪽 참조.

24 帝王의 수레.

25 蔭補制의 別稱. 世賞制라고도 稱한다. 中高級 文武官員들에게 官品에 따라 子孫 및 宗親·異姓親屬·門客 등을 추천하여 補官할 수 있도록 한 제도. 宋代에는 聖誕節 (황제탄신일)·大禮·致仕·遺表 등의 시기에 蔭補를 허용하였다. 蔭補를 통한 入仕는 과거를 현격히 초과하여 전체 관원의 6할 내지 7할을 점유하였다.

26 三館과 秘閣을 가리킨다. 宋初에는 唐制를 沿用하여 昭文館·史館·集賢院을 三館이라 하였는데, 太平興國 연간 이래 이를 崇文院이라 통칭하게 되었다. 端拱 元年 (988) 이후에는 秘閣이 崇文院內에 추가되었다. 직능은 禁中의 圖書를 관할하며 編書와 校書, 독서하는 것이었으나, 점차 名流와 賢俊을 집결시켜 제왕에 대한 咨訪에 응하는 직임으로 변모해 갔다. 이에 따라 館閣은 고위 관료로 승진하는 경로로 인식되기에 이른다.

를 받아 입학하여서야 되겠는가? 내 아들은 아직 어린데도 이미 京官[27]에 임명되어 있다. 하지만 國恩을 더럽히지는 않았도다.”

또 樞密使인 曹利用[28]이 권세를 믿고 방자히 횡포를 부리고 있었다. 그는 수차례나 仁宗의 面前에서 그 기세를 꺾었다. 그리하여 당시의 권세 있는 대신들 가운데 그를 꺼려하지 않는 자가 없었다. 당시 朝野에서는 그를 가리켜 ‘魚頭의 參政’이라 불렀다. 이는 그의 姓이 魯氏에서 딴 것이기도 하지만, 또 한편으로는 그가 강직하기가 생선의 머리와 같았기 때문이다.(『歸田錄』)

---

27 당대에는 宰相 이하 朝廷에 근무하는 모든 관료를 京官이라 칭하고, 그 가운데 常參者를 常參官, 未常參者를 未常參官이라 불렀다. 宋代에는 常參官을 朝官, 未常參官을 京官이라 부르게 된다.

28 曹利用(971~1029)은 眞宗, 仁宗代의 重臣. 특히 澶淵의 맹약 당시 거란과 담판 짓는 사자로 파견되어, 거란의 영토 할양요구를 물리치고 歲幣 만으로 和約을 체결했던 것으로 유명하다. 이후 樞密使 등을 거쳐 眞宗 天禧 3년(1019)에는 재상에 올랐으며, 仁宗의 즉위 후에도 오랫동안 재상을 역임하게 된다.

권6

呂夷簡

河北 일대에서는 五代 이래로 田鎛[1]에 대해 조세를 부과하고 있었다. 呂夷簡은 탄식하며 말했다.

"정치의 근본은 농사이다. 어찌 이러한 명목의 조세가 있단 말인가?"

그는 상주문을 올려 田鎛에 대한 조세 부과를 폐지해 주도록 요청했고, 조정에서는 이를 여타 지방에도 적용했다. 이로부터 농기구에 대해서는 조세가 없어지게 되었다.(李宗諤 撰, 「呂夷簡行狀」)

眞宗 大中祥符(1008~1016) 연간의 말엽, 王沂公(王曾)이 知制誥로 있으며 조정 내에서 그 聲望이 날로 무거워져 갈 때의 일이다. 어느 날 中書

---

1 괭이.

에 이르러 王文正公(王旦)을 뵙자,

"그대는 여이간이란 인물을 아는가?"라는 질문을 받았다.

왕증은,

"모릅니다"라고 대답했다.

왕증은 물러나 다른 사람에게 물어보았다. 당시 여이간은 太常博士로서 濱州의 通判으로 재직하고 있었는데 사람들 대부분 그 재능을 칭찬해 마지않았다.

그 뒤 왕증이 다시 왕단을 뵙고 다시 이전과 같은 질문을 받았다. 왕증은,

"公께서 이전에 그 사람에 대해 물어보셨기에 물러나 탐문하였습니다"라고 말하고 들은 대로 대답하였다. 이에 왕단이 말했다.

"훗날 이 인물은 王舍人[2]과 더불어 재상직을 담당하게 될 것이오."

"어떻게 그것을 아십니까?"

"나 역시 그를 모르오. 다만 그의 奏請을 읽은 바 있을 뿐이오."

왕증이 다시 물었다.

"어떤 일을 奏請했습니까?"

"농기구에 과세해서는 안 된다는 등의 몇 가지 일이었소."

당시 왕증은 자신감이 넘쳐 있을 때라서 왕단의 말을 듣고 믿지 않았다. 그래서 짐짓,

"알겠습니다"라고만 대답하였다.

얼마 후 여이간은 濱州通判職을 마치고 양절로의 提點刑獄으로 승진

---

2   당시 知制誥는 사실상 中書舍人의 職務를 수행하였던 관계로 '舍人'이라 簡稱되고 있었다. 歐陽脩가 仁宗 慶曆 3년(1043) 知制誥 직위에 올랐던 것(胡柯, 『盧陵歐陽文忠公年譜』, "慶曆三年十二月辛丑 以右正言知制誥 仍供諫職")에 대해, 『歸田錄』에서 "慶曆三年 余作舍人"(권1)이라 말하고 있는 것이 그러한 예이다.

하였고, 또 얼마 되지 않아 侍從이 되었다. 그리고 丁晉公(丁謂)이 좌천되자 왕증에 의해 執政으로 발탁되었으며, 그 뒤 마침내 왕증과 더불어 재상이 되었다. 그 후 어느 날 왕증은 여이간에게 조용히 왕단의 말을 전하였다. 두 사람은 그의 선견지명에 대해 凡人이 미치지 못할 바라고 탄복해 마지않았다.

후일 張方平이 이 일을 여이간으로부터 전해 듣고 神道碑에 대략적인 내용을 적었다.(『龍川志』)

거란이 송에 사자를 보내 군사를 빌어 고려를 정벌하겠다고 요청했다. 劉太后는 이에 응하려 했는데 여이간은 결코 그리해서는 안 된다고 고집했다. 유태후가 말했다.

"이미 거란의 사자에게 그리하겠다고 반 내락을 해두었소. 이제 와서 안 된다고 하면 거란 측에서 원한을 품을 터인데, 어찌하면 좋소?"

"그저 臣이 단연코 거부하더라고만 말하십시오."

얼마 후 유태후는 거란의 사자를 만나 이렇게 말했다.

"거란의 요청을 들어주고 싶지만 승상 여이간이 절대 안 된다고 고집하고 있소."

거란의 사자는 아무 말 없이 돌아갔다.

그 후 趙元昊[3]가 반란을 일으켜서 그에게 주었던 官爵을 모두 삭탈했

3　西夏의 창업 군주. 李德明(982~1032)의 아들로서 탕구트 제부족을 통합하고 주변 민족을 평정한 후 仁宗 寶元 元年(1038) 宋朝의 지배로부터 완전히 이탈하여 국호를 大夏라 칭하는 독립왕국을 세웠다. 宋人들이 西夏라 지칭하는 국가를 건설한 것이다. 李元昊는 수도를 興州(오늘날의 寧夏回族自治區의 省廳 소재지 銀川市)에 두고 이를 興慶이라 개칭하였다. 서하의 침공과 이에 대한 응전으로 말미암아 송조의 역사는 커다란 굴절을 맞게 된다. 李元昊는 祖父인 李繼遷(963~1004) 시기 宋朝로부터 趙를 賜姓받았기에 송 측으로부터 趙元昊라 칭해지기도 하였다.

다. 그리고 '趙元昊를 생포하거나 그 목을 베어오는 자에게는 節度使 직위를 하사하고 동전 萬貫[4]을 지급하겠다'는 포고령을 내렸다. 당시 여이간은 大名府[5]에 있었는데, 그러한 포고령이 내려졌다는 소식을 듣고 깜짝 놀랐다.

"잘못 되었도다."

그는 즉시 상주문을 올려 이렇게 말했다.

"唐代에 藩鎭들이 조정의 명령을 거역할 때 이와 같은 조칙이 수없이 내려졌으되 아무런 실효가 없었습니다. 변방의 오랑캐들을 이러한 방식으로는 다스릴 수 없습니다. 만일 이로 인해 저들이 불손한 언동이라도 하게 되면, 大國의 체면만 손상될 따름입니다."

조정에서는 곧 방침을 철회하였지만, 이미 趙元昊 쪽에서 송조를 비방했다는 소식이 전해졌다.(『呂氏家塾記』)

劉太后가 死去하고 仁宗이 비로소 친정을 하게 되었다.[6] 여이간은 정치의 근본이라 생각되는 것을 적어서 인종에게 아뢰었다. 거기에는, 조정의 기강을 바로잡을 것(正朝綱), 사악함에 대한 발본색원(塞邪徑), 뇌물수수의 금지(禁貨賂), 姦臣에 대한 분별(辨姦壬), 황후나 妃嬪 등의 정사간여 경계(絶女謁), 측근에 대한 경원(遠近習), 토목공사의 不興(罷力役), 재정지출의 절약(節冗費) 등의 조목이 있었는데 매우 소상히 기록되어 있었다.(「呂夷簡行狀」)

---

4 당시 物價는 米穀 1石에 2貫 안팎이었다.
5 현재의 河北省 大名縣. 宋朝는 수도 東京 開封府 외에 西京과 南京, 北京의 3경을 더 두고 있었다. 大名府는 그 가운데 北京의 소재지였다. 大名府에 북경을 두어 "以備巡幸"(『宋會輯稿』「方域」「北京」, 方域 2之2)한 것은 仁宗 慶曆 2년(1042) 5월의 일이었다.
6 劉太后가 臨終한 것은 仁宗이 즉위한지 12년 만인 仁宗 明道 2년(1033)의 일이었다. 당시 유태후의 나이는 64세, 인종의 나이는 24세였다.

천하의 학교가 오랫동안 스러져 없어진 상태였다. 여이간은 州마다 학교를 세우라는 조칙을 내릴 것을 주청했다.

당시까지만 해도 황실의 宗室들이 여기저기 흩어져 거주할 뿐 통일된 체계가 없었다. 여이간은 大宗正을 두어 종실을 관리할 것, 睦親宮의 건설, 종실 자제들을 교육시키는 教授官의 설치, 종실들에게 諸衛의 관직을 줄 것 등을 주청했다. 이로써 일반민과 구별할 수 있도록 한 것이다. (「呂夷簡行狀」)

寶元 年間(1038~1040)의 일이다. 御史府에 오랫동안 御史中丞이 결원인 상태였다. 어느 날 李淑이 仁宗을 알현하는데, 인종이 우연히 어사중승의 자리가 장기간 비어 있는 연유를 물었다. 이숙이 대답했다.

"呂夷簡이 그 자리에 蘇紳을 쓰고자 하여, 臣이 듣건대 이미 呂夷簡이 蘇紳에게 언질을 준 상태라 합니다."[7]

인종이 이 말을 듣고 괴이쩍게 여기다가, 그 후의 어느 날 여이간을 만나 물었다.

"어인 연유로 어사중승이 오랫동안 임명되지 않았소?"

"어사중승은 어사부의 장관으로서 재상 이하의 관료들을 모두 탄핵할 수 있는 막중한 자리입니다. 따라서 어사중승은 마땅히 폐하께서 판단하여 임명하셔야 합니다. 臣等이 어찌 감히 선임할 수 있겠습니까?"

이 말에 비로소 인종의 의혹이 풀렸다.(『東軒筆錄』)

---

[7] 呂夷簡은 仁宗의 신임을 바탕으로 天聖 7년(1030)부터 景祐 4년(1037)까지, 그리고 康定 元年(1040)부터 慶曆 3년(1043)까지 무려 12년간이나 재상의 직위에 있었다. 寶元 연간에는 王曾과의 갈등으로 인해 잠시 중앙에서 물러나 判許州로 재직하였다. 이에 대해서는, 『宋史』 권311 「呂夷簡傳」 참조.

처음 李元昊가 독립을 선포했을 때, 거란은 대군을 국경지대에 집결시켜두고 틈을 엿보고 있었다. 그러자 누군가, '洛陽에 성을 쌓아 두었다가 유사시에 그리로 천도하자'는 계책을 제시했다. 이에 대해 여이간은,

"저들은 壯大한즉 두려워하고 怯弱한즉 업수이 여기므로, 위엄으로써 어렵지 않게 다스릴 수 있다. 또 낙양의 山川은 비좁아서, 壯大함을 보이기에 부족할 뿐더러 위엄을 갖추기에도 마땅치 않다"고 말했다. 그리고,

"大名府에 도성을 건설함으로써 장차 거란에 대한 親征의 의지를 보여야만 합니다"라고 주청했다.

이에 대해 어떤 이들은, '허장성세에 불과하다. 낙양의 성곽을 증수하여 거란의 남침에 대비하는 것만 못하다'라고 말했다. 이러한 비판에 대해 여이간은 말했다.

"그러한 주장은 옛날 춘추 시대 子囊이 郢에 성을 쌓았던 것[8]과 다를 바 없는, 아무 실효가 없는 계책일 따름이다. 만일 거란이 남침한다면 아무리 성벽이 굳건해도 결국에는 버틸 수 없다."

그는 이렇게 말하며 이전의 주장을 거듭 되풀이했다.

얼마 후 거란은 關南 일대[9]를 할양해 줄 것을 요구하며 사자로 劉六符[10] 등을 파견하여 왔다. 사자들은 성미가 거칠어서, 요구가 받아들여

---

8 楚 共王 28년(기원전 562) 令尹인 子囊이 吳를 공격했다가 실패하고 죽으며 수도 郢에 築城하라고 유언했던 것을 가리킨다(『左傳』 襄公 10). 하지만 郢城의 築城은 거의 효력을 발휘하지 못하고 이후 楚는 平王, 昭王, 惠王 시기를 통해 吳의 압박에 지속적으로 시달렸다.

9 燕雲十六州 가운데 남으로 돌출된 益津關과 瓦橋關 이남 지역으로 瀛州와 莫州 2주를 가리킨다. 이 關南 일대는 959년 後周 世宗에 의해 수복된 지역이다. 太行山脈으로부터 東流하는 滹沱河와 漳河 등의 하천이 교차하는 곳으로서 동서 백수십 킬로에 이르는 광대한 습지이다. 따라서 거란 기마군단의 남침을 저지하는 데 있어 매우 중요한 전략적 요충지였다.

질 때까지 한사코 머물며 돌아가려 하지 않았다. 이에 여이간이 나서서 주청했다.

"궁전 바깥에 있는 거란 사자들이 묵는 幕舍에서 臣이 그들과 대면하겠습니다. 그리하여 술자리를 같이 하면서 그들의 기세를 꺾어 보겠습니다."

인종의 윤허로 여이간이 거란의 사자들을 만난 후, 그들은 태도가 돌변하였다. 그들은 館伴使[11]에게,

"재상이 이와 같으니 더 머물러봐야 아무런 소용이 없겠소"라고 말하고는 즉시 되돌아갔다. 양국 간의 평화도 예전과 달라지지 않았다.[12]

(「呂夷簡行狀」)

景祐 年間(1034~1038) 여이간이 재상으로 정무를 주도할 때, 范仲淹은 天章閣待制知開封府[13]로 재직하면서 수차에 걸쳐 여이간의 잘못을 공박했다. 이로 인해 범중엄은 知饒州로 좌천되었다가 康定 元年(1040)에야 옛 관직을 회복하여 知永興軍이 되었다. 그때 막 여이간은 知大名府로 있다가 다시 재상으로 복귀한 상태였다. 여이간은 인종에게 말했다.

---

10 慶曆 3년(1043) 蕭英과 함께 송에 사자로 온 인물.
11 거란 측의 사신이 수도에 도착했을 때, 그들의 滯留와 업무의 편의를 돌보아주는 관직. 이외에 거란 측 사신이 국경에 당도했을 때 수도까지 영접하거나 혹은 반대로 수도로부터 국경까지 돌아갈 때 送迎하는 업무를 담당하는 接伴使가 별도로 존재했다.
12 仁宗 慶曆 2년(1042) 宋과 遼는 절충을 거쳐 국경선을 이전처럼 유지하되, 송 측이 요에 지급하는 비단과 은의 액수를 각각 10만씩 증액하여 비단 30만 필, 은 20만 냥으로 하기로 결정하였다. 또 그 명칭도 '歲幣'로부터 '納幣'라 칭하기로 했다.
13 天章閣待制는 職, 知開封府는 差遣이다. 송대의 官稱에는 官과 職, 差遣이 並行되었다. 官이란 品等의 高下와 俸祿 수령의 수준을 보이는 지표로서 '寄祿官', '本官' 등으로 불렸으며, 差遣은 실제 담당하는 직무로서 '職事官'이라 불리기도 했다. 반면 職이란 館閣과 殿의 大學士·學士·直學士·待制·修撰·直閣 등으로서 고급 문관에게 주어지는 명예직이었다. 이 가운데 修撰과 直閣은 비교적 지위가 낮았으므로 貼職이라 칭해지기도 했으며 이에 대해 待制 이상은 侍從官이라 불렸다.

"범중엄은 賢者이고 언젠가는 조정에서 중용될 인물입니다. 어찌 단지 옛 관직만을 주었습니까?"

이에 인종은 범중엄을 龍圖閣直學士陝西經略安撫副使[14]로 임명했다.

이를 보고 인종은 여이간을 대범한 인물이라 여겼다. 천하의 지식인들 또한 여이간이 옛 감정에 구애되지 않는 큰 그릇이라 칭송했다. 범중엄은 여이간을 만나 사례했다.

"지난번 승상께 非禮를 범했음에도 불구하고, 뜻밖에도 이처럼 과분하게 발탁해 주시는군요."

"내 어찌 지난 일로 구애를 받겠습니까?"

그 후 범중엄은 知延州로 근무하게 되었다. 이때 범중엄은 李元昊에게 이리저리 회유하는 서신을 보냈다가 그로부터 답신을 받았다. 방자하기 이를 데 없는 어조였다. 범중엄은 조정에 그간의 정황만 보고하고, 그 답신은 보고하지 않은 채 불살라 버렸다.

당시 宋庠이 參知政事의 직위에 있었다. 그런데 이에 앞서 여이간이 재상으로 정무를 주도할 때, 여타 대신들은 다만 여이간의 의도대로 따르며 문서의 끝에 서명만 할 뿐, 감히 다른 의견을 제시하는 적이 없었다. 이러한 일에 대해 宋庠은 몇 차례나 따지고 들었다. 그리하여 여이간은 몹시 불쾌히 여겼었다.

그러한 두 사람이 어느 날 中書에서 마주 앉았다. 여이간이 조용히 말을 꺼냈다.

"신하된 자에게는 외교의 권한이 없소. 그런데 범중엄은 멋대로 이원호와 서신을 주고받았고, 더욱이 그 서신을 조정에 보고하지도 않고 불

---

14 이 가운데 龍圖閣直學士는 職이며, 陝西經略安撫副使가 실제 담당 직무인 差遣이다.

살라 없앴소. 다른 사람일 지라도 감히 이렇게 했겠소?"

송상은 여이간이 진심으로 범중엄을 엄벌하고자 한다고 생각했다.

조정은 범중엄에게 이 일에 대해 해명하라고 명령했다. 범중엄은 이렇게 상주문을 올렸다.

"臣은 처음 이원호에게 잘못을 사과할 의사가 있다고 들었습니다. 그래서 서신을 보내 회유했던 것입니다. 그런데 때마침 任福이 그들과의 전투에서 패하여 그들의 기세가 드세졌고,[15] 그 답신 역시 오만해졌습니다. 臣은 조정이 이러한 편지를 보고도 그들을 토벌하지 못한다면 조정의 수치가 될 것이라 판단하여 속관으로 하여금 불사르게 했습니다. 만일 처음부터 조정이 모르는 일이라면 그 수치는 오로지 臣에게만 있을 것이기 때문입니다. 이러한 연유로 그 답신을 조정에 아뢰지 않았던 것입니다."

상주문이 올려지자, 兩府[16]의 대신들이 인종의 어전에 모였다. 먼저 송상이 말을 꺼냈다.

"범중엄은 斬해야 마땅합니다."

당시 樞密副使는 杜衍이었는데, 이어 그가 말했다.

"범중엄의 뜻은 충성심에서 비롯된 것입니다. 또 조정을 위해 반란한 이원호 집단을 초무하려 했을 따름입니다. 어찌 중죄로 다스릴 수 있겠

15　仁宗 慶曆 元年(1041) 2월에 있었던 宋과 西夏 사이 好水川의 전투를 가리킨다. 서하가 秦鳳路의 渭州를 공격하려 하자 陝西安撫副使 韓琦는 任福에게 命하여 병력 18,000명을 이끌고 공격하게 한 바, 任福은 서하군의 전술에 말려들어 六盤山 인근까지 진군했다가 복병에 걸려들어 대패를 당하였고 그 자신도 전사하게 된다. 이 전투의 패인에 대해『長編』에서는, "任福所統 皆非素撫循之師 臨敵受命 法制不立 旣又分出趨利"라 지적하고 있다(권131, 仁宗 慶曆 元年 2月 己丑). 이 전투를 史書에서는 '好水川의 전투', 혹은 '鎭戎軍의 전투'라 稱한다.

16　中書와 樞密院. 二府라고도 칭한다. 국가의 대사는 이 兩府의 합동회의에서 결정된다.

습니까?"

이러한 논쟁이 팽팽히 맞섰다. 송상은 내심 여이간이 반드시 자기를 거들 것이라 생각했다. 하지만 한참이 지나도록 여이간은 아무 말 없이 묵묵히 앉아 있기만 했다. 마침내 인종이 여이간을 돌아보며 물었다.

"어찌하는 것이 좋겠소?"

"추밀부사 두연의 말이 옳습니다. 다만 가볍게 책망하는 것이 좋겠습니다."

결국 범중엄의 官爵을 한 등급 강등시켜 知耀州[17]로 전임시키기로 결정되었다. 이 일로 해서 세간에 이러쿵저러쿵 말들이 많았다. 하지만 송상은 여이간에게 속은 것이었으나 종내 이를 알아채지 못했다. 송상은 얼마 후 知揚州로 전출되었다.(『涑水記聞』)

王洙가 『經武聖略』을 저술하자, 인종은 이를 읽고 훌륭하다 여겨 呂夷簡에게 명하여 그에게 直龍圖閣의 관직을 수여하도록 했다. 이에 여이간이 말했다.

"이는 다만 會要 가운데 「邊防」이란 한 조목일 따름입니다. 賞을 내리기에 족하지 않습니다."

여이간은 御前에서 물러나와 王洙에게 이렇게 말했다.

"그대가 저술한 『經武聖略』을 보고 내 그대를 直龍圖閣에 천거했었소. 그런데 폐하께서 이르시기를, '이는 다만 회요 가운데 「변방」이란 한 조목일 따름이니 상을 내리기에 족하지 않소이다'라고 하여, 없던 일이 되었소."

---

17   耀州는 永興軍路의 중앙부에 위치. 오늘날의 陝西省 銅川市 일대.

그 후 왕수가 퇴근하여 귀가하자, 인종이 中人[18]을 파견하여 그를 격려했다. 덧붙여 그를 발탁하려 했으나 여이간이 반대했다는 사정을 일러주었다. 왕수는 붓과 종이를 꺼내 中人에게 인종의 傳言을 모두 적어 달라고 요청했다.

이튿날 왕수는 여이간에게로 가서 어제 자신에게 했던 말을 다시 한 번 말해 달라고 했다. 여이간이 어제와 똑같은 말을 다시 되풀이하자, 그는 중인이 기록한 것을 꺼내 보여주었다. 여이간은 겸연쩍어하며 일어나 笏[19]을 찾으며 말했다.

"폐하께서 엄무가 多忙하신 나머지 아마도 내가 한 말을 잊어버렸나 보구려."

그 후 왕수는 『朝宗故事』란 책을 편찬했다. 이에 당시 參知政事의 직위에 있던 范仲淹이, 왕수에게 直龍圖閣의 관직을 수여할 것을 주청했다. 인종이 이를 허락하자, 범중엄은 이어 이렇게 요청했다.

"宣諭[20]를 내리사 폐하의 뜻임을 밝혀 주십시오."

이에 진종은 정색을 하며 말했다.

"마땅히 임용할 만한 즉 임용하는 것이오. 어찌 반드시 朕의 의향임을 밝혀야만 하겠소? 지금 宣諭를 구함은 임용하기에 마땅치 않다고 생각하기 때문이 아니오?"

이리하여 왕수에게 直龍圖閣을 수여하기로 했던 것은 철회되고, 범중엄은 크게 부끄러워하며 물러 나왔다. 이러한 이야기는 왕수가 스스로 孫之翰[21]에게 말한 것이다.(『南豊雜識』)

---

18 宦官의 별칭.
19 臣僚가 帝王을 알현할 때 朝服에 갖추어 손에 쥐는 물건.
20 帝王의 의지를 밝히는 敎書. 宣旨라고도 한다.
21 河南 許州 출신인 孫甫(998~1057)로서 字는 之翰. 仁宗 天聖 年間에 進士에 급제하여

景祐 年間(1034~1037)의 말엽, 西夏가 전쟁을 도발하여 이 전투[22]에서 대장 劉平[23]이 전사했다. 이에,

'朝廷에서 宦官을 파견하여 監軍으로 삼기 때문에, 장수가 군대를 소신껏 지휘하지 못한다. 劉平이 실패한 까닭도 바로 여기에 있다'라는 여론이 일었다. 조정에서는 이 같은 여론에 따라 해당부대의 監軍 黃德和를 주살했다.

또 누군가 모든 부대에 배치된 감군을 폐지하자고 주청했다. 인종은 이 문제를 재상인 여이간에게 물었다. 여이간은 이렇게 대답했다.

"꼭 모두 폐지할 필요는 없습니다. 다만 근실하고 덕망 있는 인물을 선발하여 監軍으로 삼으면 될 것입니다."

인종은 감군의 선발을 여이간에게 위임했다. 이에 여이간은,

"臣은 宰相의 직무를 수행하고 있습니다. 中貴人[24]들과는 사적인 交往이 없습니다. 어찌 그들의 덕망 여부를 알겠습니까? 원컨대 都知와 押班[25]으로 하여금 保擧[26]시키고 문제가 있을 경우에는 연대책임을 지도록 하십시오"라고 말했다. 인종은 이 말에 따르기로 했다.

이튿날 都知가 머리를 조아리며 군대 내의 감군 직위를 모두 폐지해 줄 것을 奏請했다. 士大夫들은 呂夷簡의 지략에 대해 칭송해 마지않았다.(『涑水記聞』)

秘閣校理, 右正言, 兩浙轉運使, 三司度支副使 등을 역임. 인종에 대해 궁정생활의 사치를 비판하고 또 宋夏和議를 반대했던 것으로 유명하다.

22　仁宗 康定 元年(1040) 正月에 있었던 이른바 '三川口의 전투'를 가리킨다.

23　開封人. 進士에 급제한 후 인종 연간에 殿前都虞候, 環慶路馬步軍副總管 등을 역임. 康定 元年(1040) 西夏의 이원호 군대와 陝西東北의 요충인 延州에서 접전(三川口의 전투)을 벌이다 패배하여 전사한다.

24　환관 가운데 특별히 황제의 총애를 받는 자.

25　都知와 押班은 공히 고위 환관직의 簡稱.

26　관직 임명 시 고위관원으로 하여금 천거토록 하고, 해당 관원이 문제를 일으킬 경우 추천자에게 연대책임을 묻는 제도. 천거를 담당하는 상급 관원을 擧主라 칭한다. 保擧는 擧官·保任이라 칭해지기도 한다.

여이간이 간질에 걸렸다. 仁宗은 심히 근심하여 친히 조칙을 내려 司空平章軍國重事[27]란 관직을 주고, 사흘에 한번씩만 中書에 출근하도록 배려했다. 여이간은 固辭했다. 御府[28]에게는 최상의 약을 조제해주라고 했다. 또 인종은 자신의 콧수염을 잘라 여이간에게 내리며, 친히 조서를 적었다.

"예로부터 콧수염에는 질병 치료의 효험이 있다고 하였소. 비록 치유의 효과가 진정 있을지는 알 수 없으나 朕이 자른 이 콧수염을 나누어 湯藥에 합하도록 하시오. 이로써 짐의 성의를 표하는 바이오.

그리고 卿이 오랫동안 병들어 있다보니 中書와 樞密院 臣僚들이 업무를 제대로 처리하지 못해 정사가 적체되어 있소이다. 卿이 신뢰할 수 있는 신료 서너 사람을 추천해 주기 바라오. 또 調攝에 노력하여 짐의 뜻에 부응하기 바라오. 서북변에도 상당한 근심이 있는 바 이에 대해서도 자세히 상주해 주오."

여이간은 우선 서북변의 동태와 대처방안에 대해 상주를 올린 다음이어 范仲淹과 韓琦·文彦博·龐籍·梁適·曾公亮 등을 추천하였다. 이들은 훗날 모두 크게 중용되기에 이른다.(「呂夷簡行狀」)

여이간이 鄭州에서 사거했다. 부음의 소식이 전해지자 인종은 震悼[29]했다. 그리고 이후 執政을 대하다가 화제가 여이간에 이르게 되면 그때마다 눈물을 흘리며 말했다.

---

27 司空은 三公官의 하나로서 親王이나 재상·使相에게 부여되는 加官. 平章軍國重事는 재상의 格을 높여주는 貴官의 지칭. 원로 중신에 대한 처우로 명명된다. 통상 六日一朝하며 국가대사 및 고위 관직에 대한 人事를 자문하는 역할을 담당했다.
28 御藥院의 別稱. 皇室의 藥材를 관장하는 內廷의 官司.
29 황제가 신하의 죽음을 哀悼하는 것.

"國家事를 근심하여 자기자신을 잊고, 또 萬事를 다스리며 천하 구석 구석까지 놓치지 않고 배려하는 데 있어, 어찌 여이간과 같은 인물을 다시 얻을 수 있으리오?"(「呂夷簡行狀」)

陳堯佐

壽州[30] 知州로 근무할 때, 어느 해인가 큰 기근을 만났다. 陳堯佐는 스스로 미곡을 내어 죽을 만들어서 굶주리는 자들을 먹였다. 그러자 이를 보고 관리와 富民들이 다투어 미곡을 喜捨해서 수만 명을 살릴 수 있었다. 진요좌가 말했다.

"내 어찌 이러한 일을 두고서 사사로운 慈惠라 할 수 있겠는가? 무릇 명령으로써 남을 움직이는 것은, 몸소 앞장섬으로써 남들이 그 뒤를 따르게 하는 즐거움만 못한 것이라네."(「神道碑」)

河東 지역은 날씨가 춥고 주민들이 가난하였다. 이에 진요좌는 上奏하여 석탄세를 없애고 官冶의 鐵課를 감축시킴으로써, 매해 수십만貫의 부담을 줄여서 백성들을 편하게 했다. 그가 말했다.

"轉運使[31]는 국가의 財源을 확보하는 관원이다. 하지만 재원에는 本末

---

30 淮南西路의 중북부에 위치, 오늘날의 安徽省 淮南市 일대.
31 路 단위에 배치되는 지방장관. 一路의 財賦를 관장하며, 관리의 違法이나 民生의 疾苦를 朝廷에 보고하는 임무도 지고 있었다.

이 있다. 백성들에게 여유가 있은즉 국가도 풍족해진다. 내 어찌 俗吏 노릇이야 할 수 있겠는가?"(「神道碑」)

開封府 관아에서는 수도를 다스린다. 權知開封府[32]로 재직하고 있던 진요좌가 말했다.

"번잡함을 다스리는 요령은, 권위를 이용하여 강한 것을 치는 데 있다. 明察을 다하여 간사함을 막고자 하는 것은, 비유하자면 물을 휘저으면서 깨끗해지기를 바라는 것과 같다."

그리하여 그는 정사를 펼 때 정성과 믿음을 위주로 했다. 개봉에서는 매해 정월 보름 밤이 되면 집집마다 放燈[33]을 했다. 이때가 되면 관아에서 무뢰배들을 모두 색출하여 감금했다. 진요좌는 이들을 불러 말했다.

"내 너희를 惡人으로 대하면 너희가 어찌 선행을 할 수 있겠느냐? 또 내가 너희를 善人으로 대하는데 너희가 어찌 감히 惡行을 하겠느냐?"

그러고는 이들을 모두 풀어주었다. 이후 닷새 밤 동안 한 사람도 법을 어긴 자가 없었다.(「神道碑」)

太常博士[34] 陳詁가 知祥符縣[35]이 되자, 縣의 서리들이 그 明察함을 싫

---

32 임시의 開封 知府란 의미. 唐代 이래 試官이라든가 잠시 대리하는 관직에 대해 '權'자를 덧붙였다. 이러한 宋代 관제의 관행에 대해 『鼠璞』「權行守試」에서는, "本朝職事官, 并以寄祿官品高下爲權行守試, 侍郎, 尚書, 始必除權, 卽眞後始除試守行. 予考之漢, 試守卽權也(…中略…) 權字唐始用之. 韓愈權知國子博士, 三歲爲眞"이라 기록하고 있다.

33 정월 보름, 즉 上元의 밤에 花燈을 밝히고 遊賞하는 것. 이에 대해 江休復의 『江隣幾雜志』에서는, "京師上元 放燈三夕 錢氏納土進錢買兩夜 今十七十八兩夜燈 因錢氏而添之"라 기록하고 있다. 『宣和遺事』「前集」에서는, "每歲冬至後卽放燈 自東華以北 并不禁夜 從市民行鋪夾道以居 縱博群飲 至上元後乃罷"라 전하고 있다.

34 太常寺 소속의 官員. 元豐改制 이전에는 寄祿官이었으며, 改制後에는 儀式 및 諡號를 관장하는 업무를 수행했다.

35 祥符縣은 開封府 城內의 縣.

어하여 업무로써 그에게 해를 가하고자 했다. 하지만 陳詁가 공정하고 청렴했기 때문에 아무리 해도 어찌할 도리가 없었다. 그래서 기발한 일로 수도에서 소동을 벌이기로 했다. 錄事 이하의 서리들이 모두 일시에 縣衙를 비우고 도망가 버렸다. 수도에서는 과연 진고의 정치가 너무나 가혹하다는 여론이 돌았다. 당시는 章獻明肅太后가 아직 수렴청정하고 있었다. 태후는 노하여 진고에게 벌을 가하려 했다. 이때 陳堯佐는 樞密副使로 재직하고 있었는데, 강력히 진언하여 진고를 변호했다. 그리고 '진고를 벌하면 간사한 무리들의 계책에 넘어가서 유능한 관리의 기를 죽이게 될 것입니다'라고 말했다. 이로 인해 진고는 처벌을 면할 수 있었다.(「神道碑」)

晏殊

晏殊는 南京 應天府[36]의 留守로 재직하며, 크게 학교를 일으켜 諸生들을 교육시켰다. 五代 이래로 천하의 학교들이 다 스러져 있었는데 다시 흥하게 된 것은 그의 노력으로부터 비롯된 것이다.(「神道碑」)

章懿皇后 李氏[37]가 사거하자 李淑이 장례의식을 통할하고 안수가 墓誌銘을 적게 되었다. 안수는 묘지명에서, '딸을 하나 낳았으되 일찍 여

---

36 오늘날의 河南省 商丘市 일대.
37 仁宗의 生母인 李宸妃.

의었다. 아들은 없었다'고 적었다.

인종은 이를 보고 몹시 기분이 상했다. 親政하게 된 후, 인종은 그 문장을 재상들에 보이며 말했다.

"先皇后께서는 朕을 낳아 길렀소.[38] 안수는 그때 侍從[39]이었소이다. 어찌 그 사실을 몰랐겠소이까? 그럼에도, '公主 하나만 낳았다 일찍 잃었고 자식을 기르지 못했다'고 기록했소. 이를 어떻게 해야 하오?"

이에 대해 呂夷簡은 다음과 같이 말했다.

"안수는 진실로 죄가 없지 않습니다. 하지만 宮中의 일은 본디 밖에서 잘 알 수 없는 법입니다. 臣도 당시 재상의 직위에 있었으되, 그 일에 대해 대충만 알았을 뿐 그 상세한 내막은 몰랐습니다. 따라서 어쩌면 안수가 실제로 잘 몰랐을 수도 있습니다. 더욱이 그때는 章獻太后가 수렴청정하고 있었습니다. 만일 先太后께서 폐하를 낳아 기르셨다고 明言했으면 일이 어찌 되었겠습니까?"

이 말을 듣고 인종은 오랫동안 잠자코 있다가, 마침내 안수를 金陵[40]의 知府로 내보낸다는 명을 내렸다. 이튿날이 되자 인종은 다시 너무 멀다고 생각하여 南京 應天府의 知府로 변경하였다.

그 후 안수가 재상이 되었을 때의 일이다. 八大王인 趙元儼이 위중해져서 인종이 친히 문병하게 되었다. 八大王이 인종에게 말했다.

"숙부인 제가 오랫동안 폐하를 뵙지 못해 지금 누가 재상인지 모르겠습니다."

"안수입니다"라고 인종이 말했다.

---

38 仁宗은 李宸妃의 소생이었으되 일찍이 章獻皇后의 양자로 들어갔다.
39 殿閣學士·直學士·待制·翰林學士·給事中·六部尙書 및 侍郎 등의 총칭. 晏殊는 眞宗 시기 翰林學士를 역임했다.
40 오늘날의 江蘇省 南京市.

"그 이름은 圖讖書에 불길하다고 되어 있습니다. 어찌 그를 쓰고 있습니까?"

인종은 돌아와 도참서를 찾아 확인해 보았다. '안수'란 이름이 조정의 큰 해악을 끼친다고 되어 있었다. 여기에 덧붙여 예전의 墓誌銘 일이 생각나, 인종은 그를 다시 좌천시키고자 했다. 당시 宋祁가 學士로 있어서 그 조칙의 기초를 담당하게 되었는데, 그가 강력히 간언하여 지위를 두 단계만 강등시켜 知穎州[41]로 내보냈다. 그 制詞[42]에는 이렇게 적혀 있었다.

"토지를 지나치게 소유하여 큰 재산을 쌓았으며 병사들을 동원하여 이익을 거두었다."

전혀 다른 죄상으로 억지로 처벌한 셈이다. 안수가 큰 처벌을 받지 않았던 것은 宋祁의 힘 때문이었다.(『龍川別志』)

---

41 穎州는 京西北路 동남단에 위치, 오늘날의 安徽省 阜陽市 일대.
42 황제의 명령인 制의 문장. 制辭·詔書라고도 칭한다.

권7

杜衍

杜衍의 사무처리는 그의 사람 됨됨이 그대로였다. 獄訟을 처리함에 있어서는 천부적으로 명민한 데다가 철저하여 면밀히 조사하기를 잊지 않았다. 이런 까닭에 자주 애매모호한 사건을 여실히 파헤쳐내서, 사람들이 귀신같다고 여겼다. 장부의 출납을 점검할 때에는 사소한 셈까지 확인하며 아무리 시간이 지나도 지겨운 내색을 하지 않았다. 법규의 조목을 제정함에 있어서는 용의주도하게 입안하여 서리들이 행여 농간을 부릴 수 없도록 했다. 또 백성들에게 하달할 때에는 간단하고 쉽게 행할 수 있게 했다.

平遙縣[1]의 知縣이었을 때의 일이다. 언젠가 업무처리를 위해 이웃 지방에 출장가게 되었는데, 縣의 주민들 가운데 爭訟하는 자들이 다른 관원의 평결에 만족치 않고, 모두 그가 되돌아오기만을 기다렸다고 한다.

또 乾州² 知州일 때에는 이러한 일도 있었다. 乾州 지주의 임기가 만료되지 않았는데 安撫使³가 그 치적을 보고 감복하여, 그를 鳳翔府⁴의 임시 知府로 발탁했다. 그러자 두 지방의 백성들이 서로 다투며, 한 쪽에서는 '杜公은 우리의 知州인데 너희가 빼앗다'라고 하고, 또 다른 쪽에서는 '杜公은 이제 우리의 知府이다. 너희와는 아무 상관이 없다'라고 말하였다고 한다.(歐陽脩 撰, 「墓誌銘」)

吏部의 審官院⁵은 천하 서리들의 인사권을 관장하는 부서이다. 그런데 담당 관료들이 대부분 오래지 않아 다른 직위로 전출해 갔기 때문에 서리들이 농간을 부리고 있었다.

杜衍이 審官院의 업무를 담당하고 있을 때의 일이다. 어느 날 자리 하나를 두고 세 사람의 후보자가 경쟁하게 되었다. 두연이 서리에게 묻자, 그 서리는 丙으로부터 뇌물을 받고는, '마땅히 甲에게 그 자리를 주어야만 합니다'라고 대답했다. 乙은 경쟁이 안 되겠다 판단하고 다른 자리로 옮겨가 버렸다.

---

1 河東路의 중앙부에 있는 汾州에 所在. 오늘날의 山西省 平遙縣.
2 永興軍路의 남동부에 위치. 오늘날의 陝西省 乾縣.
3 宋代 재정을 관할하는 轉運使(漕司)·사법을 관할하는 提點刑獄(憲司)·구제 및 전매 등을 관할하는 提擧常平使(倉司) 등과 더불어 路 단위에 배치된 4 監司의 하나. 帥司라고도 일컬어졌으며 군사 및 치안을 담당했다. 여타 監司들과 마찬가지로 해당 路內 큰 州府의 知州 내지 知府가 겸임하는 것이 관례였으며, 馬步軍都總管이나 兵馬鈐轄을 겸직했다.
4 秦鳳路의 東南端에 위치. 永興軍路 乾州와 경계를 맞대고 있다. 오늘날의 陝西省 鳳翔縣, 扶風縣 일대.
5 6품 이하의 京朝官에 대해 업무평가(殿最)를 행하여 관직을 확정하는 부서. 황제의 인사명령은 대략 審官院의 초안에 근거하여 내려지게 된다. 太宗 淳化 4년(993)에 설치되었다.

며칠 후 서리는 丙을 부추겨서, '甲이 어떠한 일을 그르쳤는데 그 자리를 주는 것은 부당하다'고 고발하게 했다.

이렇게 되자 두연은 마침내 사태를 깨닫고, 乙을 불러 그 자리에의 취임 여부를 물어보았다. 하지만 乙은 사양하며 말했다.

"저는 이미 다른 자리를 얻었습니다. 丙과 경쟁하기를 원치 않습니다."

두연은 어쩔 수 없이 丙에게 주고는 웃으며 말했다.

"이는 서리의 죄가 아니다. 내가 아직 심관원의 인사관행을 알지 못했기 때문이다."

이 일을 거울 삼아 두연은 서리들에게 부서별로 각각 인사 규정과 절차를 빠짐없이 보고하게 했다. 두연이, '이것이 전부인가?'라고 묻자, '그것이 전부입니다'라고 대답했다.

이튿날부터 모든 서리들로 하여금 사무실 내부로 들어오지 못하도록 하고 다만 문서의 이송과 관리만을 담당하도록 했다. 이로 인해 서리들은 심관원의 인사 문제에 개입할 수 없게 되었다. 인사권은 철저히 두연에게 장악되었다. 그가 심관원에 재직할 동안, 뇌물을 주고 관직을 구하는 사람들이 있을 때마다, 서리들은 뇌물을 받지 못하고 거절하며,

"우리 나리는 유능하다는 평판이 있기 때문에 오래지 않아 높은 자리로 발탁되어 나갈 것이오. 조금만 기다리시오"라고 대답하였다고 한다.

(歐陽脩 撰, 「墓誌銘」)

慶曆 年間(1041~1049)의 초엽, 인종은 대서하전쟁의 장기 지속[6]과 그로

---

[6] 仁宗 明道 元年(1032) 부친인 李德明의 뒤를 이은 李元昊는 寶元 元年(1038) 황제를 칭하고 국호를 大夏라 정한 이후 宋과의 국교를 단절하고 전면적인 저항의 자세를 취했다. 이후 송과 서하는 인종 慶曆 4년(1044) 10월 和議가 체결될 때까지 7년간에 걸쳐 전쟁을 벌였다.

인한 민간의 피폐를 우려하여, 전격적으로 富弼과 韓琦, 范仲淹을 발탁하여 중용했다. 이 세 사람은 국정 전반을 대대적으로 개혁함으로써 기강을 바로잡으려 했다. 이에 대해 小人의 權倖者[7]들은 모두 불쾌히 여겼으나, 두연만은 그들과 뜻을 같이하여 도와주었다.

특히 두연은 약삭빠른 아첨배들의 차단에 진력했다. 황제가 內降[8]을 통해 恩澤을 베푸는 것에 대해서도 단호하게 반대하며 거절했다. 은택을 구하는 內降이 쌓여서 십수 매에 이르게 되면, 그때마다 모두 묶어 봉하여 당사자의 면전에서 되돌려 보냈다. 때로는 그 당사자를 힐책하여 慙恨으로 말미암아 울며 물러나게 한 적도 있었다.

이러한 정황을 두고 어느 날 인종은 諫官[9] 歐陽脩에게 말했다.

"바깥 사람들은 두연이 內降을 되돌려 보내는 것을 알고나 있소? 내 禁中[10]에 있다가 은택을 구하는 자가 있을 때마다, 두연이 不可하다고 告할 것이라며 물리치는 것이, 오히려 두연에 의해 되돌려 보내지는 것보다도 훨씬 많소. 두연이 나를 참으로 많이 도와주는 셈이오. 이는 아마도 바깥 사람이나 두연이 모르는 바일 것이오"

그러나 두연과 세 사람들은 마침내 모두 이러한 일들로 인해 좌천되기에 이른다.(歐陽脩 撰, 「墓誌銘」)

어느 門生[11]이 縣令으로 임용되자 두연은 이렇게 깨우쳐 말했다.

---

7   帝王에의 아첨을 통해 권력을 장악하고 있는 무리.
8   中書 등의 공식적인 정부기관을 통하지 않고 後宮이나 宦官을 통해 宮中에서 직접 內勅을 내리는 것.
9   匡正君主 및 諫爭得失을 임무로 하는 言官. 역대 諫言을 담당한 관원은 給事中 내지 諫議大夫였다. 송대에는 諫院이라는 독립된 기관이 설립되어 諫官의 업무가 재상권으로부터 독립하여 황제에게 직속되기에 이른다.
10 宮中. 禁內 혹은 禁裏라고도 일컫는다.

"그대의 재능과 그릇에 비추어 일개 현령은 너무나 작네그려. 하지만 꼭 겸손히 굴어야지 잘난 체하며 나서서는 절대로 안 되네. 모나지 않게 주변과 잘 어울리며, 늘 중간 정도의 위치에 합치되도록 노력해야 할 것이야. 그렇지 않으면 자네에게 아무 보탬이 없을 뿐만 아니라 오히려 禍를 불러일으킬 걸세."

"선생님께서는 평생토록 直諒과 忠信[12]으로써 천하의 명성과 지위를 얻었습니다. 이제 반대로 제게 그러한 말씀을 하시는 것은 무엇 때문입니까?"

"나는 역임한 관직도 다양하고 또 경력도 오래 되어서, 위로는 帝王의 신임을 받고 아래로는 朝野의 신뢰를 받고 있네. 이러한 까닭에 뜻을 펼 수 있는 것이네. 지금 자네는 막 현령이 되어서 卷舒와 休戚[13]이 모두 상관에게 매어 있지 않나? 훌륭한 지방장관이 된다는 것은 쉬운 일이 아니네. 만일 그대의 능력이 알려지지 않는다면, 어찌 뜻을 펼 수 있겠는가? 한갓 재앙만 불러일으킬 뿐이지. 내 그래서 그대에게, 모나지 않게 주변과 잘 어울려서 늘 중간 정도의 위치에 있도록 노력하라고 이르는 것일세."(『語錄』)

두연은 집안에서 식사할 때 다만 국수 한 그릇과 밥 한 그릇만을 차리게 했다. 누군가 그 검약함을 칭찬하자 그는 이렇게 말했다.

"나는 본시 가난한 書生일 따름이네. 官爵과 녹봉, 그리고 衣冠 등은 모두 국가의 것이야. 그래서 녹봉을 받아 남는 것들은 親族 가운데 가난

---

11 문하생.
12 直諒은 정직과 성실, 忠信은 忠直과 신의.
13 卷舒는 屈伸, 즉 前途가 막히는 것과 펼쳐지는 것. 休戚은 기쁨과 슬픔, 즉 禍福.

한 자들에게 주고, 사치스런 음식을 먹지 않도록 언제나 노력한다네. 어찌 감히 호사스런 음식을 먹을 수 있겠나? 이를테면 어느 때이고 국가에서 관작과 녹봉을 빼앗으면 나는 다시 서생이 되네. 그때가 되면 무슨 방법으로 호사스런 음식을 계속할 수 있겠나?"

또 언젠가는 門生에게 이렇게 일깨우기도 했다.

"천하 사람들은 지금 兩浙 출신을 두고서, 소견이 좁고 성급하며 쉽게 부회뇌동하고 나약하여 신뢰하기 힘들다고들 여기고 있네. 나 역시 幕職官[14] 시절부터 監司[15] 직위에 이르기까지 여전히 남들의 불신을 받았다네. 그러다 三司副使[16]가 되어, 폐하의 앞에서 여러 차례나 소견을 강력히 개진하며 남의 의견에 쉽게 좇지 않는 것을 보이고서야, 남들이 믿게 되었지. 도리어, '두연은 마치 양절 출신이 아닌 것 같다'라고들 말할 정도였다네. 천하가 우리(兩浙 출신들)를 가벼이 여기는 것이 이 정도라네.

내 그대를 보건대 견식도 훌륭하고 性情도 차분하여, 후일 언젠가는 크게 입신하여 鄕曲의 자랑거리가 될 듯하이. 결단코 뜻을 굽히며 시세에 따라 동요하지 않도록 유념하게나."(『語錄』)

---

14 지방장관인 知州나 知府, 知軍을 보좌하는 지방관원들의 총칭. 判官과 推官으로 구성되며, 幕職州縣官 혹은 幕官, 職官이라 불리기도 한다.

15 路의 지방장관. 路에는 轉運使(재정)·安撫司(군사)·提點刑獄(사법)·提擧常平使(구제 및 전매) 등의 4 監司가 설치되었다.

16 재정을 관할하는 중앙기관인 三司의 次官. 장관은 三司使이다.

范仲淹

范仲淹은 2세에 고아가 되었다.[17] 그 모친은 가난하고 의지할 데가 없어 長山의 朱氏에게 再嫁하였다. 범중엄은 장성하여 자신의 生家가 훌륭한 집안임을 알고 감격하여 울었다. 그리고 南京 應天府로 가서 학교에 들어갔다. 학교에서는 방안을 깨끗이 청소하고 낮과 밤을 가리지 않고 열심히 공부했다. 그가 기거하는 곳이나 음식 등은, 남들이라면 도저히 견디기 힘들 만큼 나빴다. 하지만 그는 스스로 채찍질하며 더욱 면학에 힘썼다. 이렇게 한지 5년이 되자 六經에 정통하게 되었으며 문장과 논설을 작성함에도 반드시 仁와 義에 기반하게 되었다.(歐陽脩 撰, 「神道碑」)

범중엄이 南京 應天府의 학교에 있을 때 밤낮으로 공부에 힘썼다. 5년 동안 단 한 차례도 옷을 벗고 잠자리에 들은 적이 없었다. 밤이 되어 혹시 졸리워지면 즉시 물로 얼굴을 씻었다. 때로 죽조차 충분히 먹지 못하여 해가 중천에 떠서야 비로소 무얼 먹는 경우도 있었다. 이를 보고 학교의 동료들이 간혹 좋은 음식을 주기도 했지만 그는 모두 거절하고 받지 아니했다.(『遺事』)

범중엄은 젊었을 때 繼父의 姓을 따라 朱姓을 冒稱하여 學究[18]에 응시했었다. 당시 그는 매우 약하고 여위어 있었다. 합격자들과 더불어 諫

---

17   生父를 여의었다는 의미.
18   科擧 가운데 諸科의 하나. 經典 하나만을 시험 치기 때문에 가장 용이한 과목이었다. 神宗 熙寧 연간 諸科가 폐지될 때 같이 폐지된다.

議大夫 姜遵을 뵈었는데, 강준은 평소 강직하고 엄하기로 널리 이름이 나 있었다. 남들에게 좀처럼 속내를 털어놓지도 않았다. 합격자들이 물러날 때, 강준은 범중엄 혼자에게만 남으라고 했다. 그리고 집안에 데리고 들어가 부인에게,

"朱學究는 나이는 비록 어리지만 특별한 인재이오. 장차 고위관료가 될 것은 물론이고, 반드시 세상에 훌륭한 이름을 남길 것이외다"라고 말했다. 이어 같이 자리에 앉아 술을 마시는데, 범중엄을 대하는 것이 마치 가까운 친척을 대하듯 했다. 그가 어떻게 범중엄을 알게 되었는지는 모른다.

그 후 범중엄은 나이 스무 살 남짓이 되어 과거 進士科로 바꾸어 응시했다.(『涑水記聞』)

범중엄은 進士로 出仕하여 廣德軍[19]의 司理參軍[20]으로 부임하였다. 그곳에서 그는 獄訟의 처리를 둘러싸고 날마다 知軍[21]과 의견의 대립을 보였다. 知軍은 그에게 몹시 화를 내었으나 그는 물러서지 않았다. 집에 돌아오면 언제나 지군과의 사이에 오고간 논쟁의 始末을 병풍 위에 기록해 두었다. 이곳을 떠나게 되었을 때 그에게는 아무런 재산이 없었으며 다만 한 필의 말 뿐이었다. 그는 이 말을 팔아 여비를 만들어 도보로 이곳을 떠났다.(王藻 撰, 「祠堂記」)

---

19 江南東路의 북부에 위치. 오늘날의 安徽省 廣德縣 일대.
20 송대 諸州府軍에 배치된 曹官의 하나로서 獄訟 및 형사사건의 감찰을 관장했다. 州府軍 단위에 배치된 曹官은, 錄事參軍(錄事, 관아의 행정과 戶婚의 獄訟을 담당)·司戶參軍 (司戶, 호적과 賦稅 등을 담당)·司法參軍(司法, 獄訟의 판결을 담당)·司理參軍(司理) 등이었다.
21 軍의 최고 지방장관.

通州[22]와 泰州,[23] 海州[24]는 모두 바닷가에 위치해 있어, 옛날에는 潮水가 바로 성 아래에까지 이르렀다. 따라서 토질에 염분이 많아 농경에 적합치 않았다. 범중엄은 西溪[25]의 鹽倉을 관할하고 있을 때 조정에 건의하여, 三州 일대에 바닷물을 막는 海堤 수백 리를 축조하여 바닷물로부터 民田을 보호해줄 것을 요청하였다. 조정에서는 그 건의를 받아들여 그를 泰州 興化縣[26]의 縣令으로 임명하고, 그 役事를 주도하도록 했다. 그는 通州・泰州・楚州[27]・海州 4주의 주민들을 동원하여 그 役事에 임했다. 이렇게 해서 海堤가 완성되었으며 이 일대 주민들은 지금까지 그 혜택을 누리고 있다. 심지어 興化縣의 주민들은 왕왕 范氏로 姓을 삼기도 할 지경이었다.(『涑水記聞』)

晏殊가 南京 留守로 재직하고 있을 때, 범중엄이 모친의 喪을 당해 南京 應天府의 城內에서 服喪했다. 그러한 범중엄에게 안수가 府學을 담당해줄 것을 요청하였다.

범중엄은 항상 府學內에 거주하며 학생들을 訓督했다. 그의 가르침에는 모두 법도가 있었으며, 부지런하고 삼가기를 솔선수범했다. 또 밤에도 학생들에게 독서하도록 규정했으며 寢食에 모두 시간을 정해 두었다. 때로 齋舍[28]에 가만히 들어가 살펴보기도 했다. 언젠가 일찍 잠자리에 든 사람이 있었다. 범중엄이 질책하니 그가 거짓으로,

---

22 淮南東路의 東南端으로 양자강 어귀에 위치해 있었다. 오늘날의 江蘇省 南通市 일원.
23 淮南東路 동남부, 通州의 북방에 접해 있었다. 오늘날의 江蘇省 泰州市 일원.
24 淮南東路의 東北端에 위치. 오늘날의 江蘇省 連雲港市 일대.
25 淮南東路 泰州의 동북 해안에 위치한 鎭의 명칭. 오늘날의 江蘇省 東臺縣 부근.
26 오늘날의 江蘇省 興化縣.
27 淮南東路 동북방에 위치. 泰州의 북쪽에 접해 있었다. 오늘날의 江蘇省 淮安縣 일대.
28 府學 등의 학교 내 기숙사.

"피곤하여 잠시 침상에 누웠을 따름입니다"라고 대답했다.

"그렇다면 눕기 전에 무슨 책을 보았는가?"

범중엄이 다그치자, 그 학생은 또 거짓으로 대답했다. 범중엄은 즉시 그 책을 집어들고 질문을 했다. 그 학생이 대답을 하지 못하자 벌을 주었다.

題目을 주고 학생들로 하여금 詩賦를 짓게 할 때도, 범중엄은 직접 먼저 지어보았다. 그렇게 함으로써 그 난이도를 점검하고, 나아가 마땅히 유의해야 할 바 등을 미리 알아본 다음 학생들에게 가르쳐 주었다.

이로 말미암아 南京 應天府의 府學에는 사방으로부터 학생들이 몰려왔다. 훗날 송대의 사람으로서 과거시험에서나 朝廷에서 문학으로 이름을 떨친 사람들 가운데, 범중엄으로부터 교육을 받은 바 있는 이들이 적지 않았다.(『涑水記聞』)

범중엄은 服喪中 재상에게 上書하여 정치의 득실과 민생의 현안에 관해 의견을 개진했다. 그 내용이 무릇 만여 자에 달하였다. 王曾은 이를 보고 범중엄을 높이 평가하게 되었다. 당시 晏殊 역시 중앙에 있었는데 어떤 인물을 館職[29]에 추천하였다. 이를 보고 왕증이 안수에게 말했다.

"그대는 범중엄을 알고 있지 않소이까? 그런데 그를 놔두고 다른 사람을 추천했단 말입니까? 내 잠시 그 일을 처리하지 않고 유예시켜 두었으니 범중엄으로 바꾸어 추천하도록 하시오." 안수는 그 말대로 했고 그리하여 범중엄은 館職에 除授되었다.

---

29   三館(史館·昭文館·集賢院) 및 秘閣, 集賢殿·龍圖閣 등에 배속된 관원들에 대한 총칭. 이들 館職은 당시의 관원들에게 있어, 향후 상위 요직으로의 진출이 거의 보장되어 있어 선망의 대상이 되었다.

얼마 후 冬至에 立丈[30]하게 되었다. 그런데 禮官이 의식의 결정에 당하여, 당시 수렴청정하고 있던 章獻太后에게 아부하고자, 天子가 百官을 거느리고 太后에게 獻壽[31]할 것을 요청하였다. 이에 범중엄은 上奏하여 그렇게 해서는 안 된다고 아뢰었다. 그러자 안수는 크게 놀라 범중엄을 불러 화를 내며 그가 미쳤다고 꾸짖었다. 범중엄은 정색을 하고 항의했다.

"저는 公의 知遇를 입어 항상 그에 어긋나지 않으려 노력해 왔습니다. 公에게 사람을 잘못 보았다는 누를 끼치지 않게 하기 위해서입니다. 그런데 오늘 뜻하지 않게 오히려 正論으로써 公에게 죄를 얻게 되었습니다."

안수는 부끄러워하며 응답하지 못했다.(『涑水記聞』)

범중엄은 上書하여 章獻太后의 聽政을 그치고 仁宗이 親政을 펼 것을 奏請하였다. 이 上奏는 받아들여지지 않았고 그는 河中府[32]의 通判으로 내보내졌다. 그 후 章獻太后가 死去하자 그는 중앙에 불려져 右司諫[33]으로 발탁되었다. 그 무렵 仁宗에게 잘 보이려, 太后 때의 정책을 지적하여 그 잘못을 비판하는 관원들이 적지 않았다. 그때 범중엄은 홀로,

"태후께서는 先帝의 부탁을 받아 폐하를 保佑하셨습니다. 마땅히 그 사소한 잘못을 덮어둠으로써 그 큰 은덕을 지켜야만 할 것입니다"라고 말했다.

---

30 殿下에 儀仗兵을 세워두고 朝會의 의식을 진행하는 것.
31 술잔을 올려 長壽를 祝願하는 일.
32 永興軍路의 동부에 위치. 오늘날의 山西省 永濟縣 일대.
33 左右正言 및 左司諫과 마찬가지로 寄祿官의 하나. 元豊改制 後에는 朝政의 闕失과 人事, 諸官署의 업무 등에 대한 糾諫을 담당하게 된다.

장헌태후는 임종 시에 楊太妃[34]를 세워 대신 太后로 삼으라 유언하였다. 이에 대해 범중엄은,

"太后는 직위가 아닙니다. 자고로 대신 세운 전례도 없습니다"라고 간언했다. 이로 말미암아 양태비를 태후로 세우는 冊命은 罷해졌다.(「神道碑」)

郭皇后[35]가 廢位되자, 범중엄은 諫官과 御史들을 이끌고 伏閤[36]하여 그 不可함을 諫言하였다. 이로 인해 그는 좌천되어 知睦州[37]로 나갔다가 얼마 후 知蘇州로 轉任되었다. 그러한지 일 년 여 만에 天章閣待制로 임명되어 중앙으로 불리워졌다. 범중엄은 이때에도 당시 정치의 폐단을 강력히 비판하여 大臣과 寵臣들로부터 집중적인 견제의 대상이 되었다. 그렇게 몇 달이 지나 그는 知開封府가 되었다.

개봉부는 평소 다스리기가 몹시 어렵다고 일컬어지고 있었다. 그런데 그가 知府를 맡고나서부터 그 정치가 훌륭하다는 평판이 자자해지고 개봉부 내에 사건들도 날로 줄어들었다. 그는 틈이 나면 인종을 위해 古今의 治亂과 安危[38] 등에 대한 요점을 정리하여 상주하였다. 또 百官의 배치도를 만들어 바치며,

---

34 楊太妃(984~1036)는 眞宗의 妃로서 大中祥符 7년(1014) 淑妃로 進封되었다. 仁宗이 乳褓에 있을 때의 성심을 다해 돌보았으며, 진종의 사후 遺制에 의해 皇太妃로 晉升되었다. 章憲太后 사후에는, 皇太后가 되어 인종과 더불어 軍國事를 同議하라는 遺誥가 있었으나 시행되지 못했다.

35 郭皇后(1012~1035)는 仁宗 天聖 2년(1024) 황후가 된 인물. 尙氏, 楊氏 두 美人과 자주 불화를 빚어 인종으로부터 경원시되었다가, 마침내 內官인 閻文應이 인종과 廢后를 모의하고 여기에 재상인 呂夷簡이 극력 동조하여 明道 2년(1033) 12월 無子를 이유로 廢后되었다. 얼마 후 인종이 후회하고 궁중으로 소환하려 할 무렵인 景祐 2년(1035) 내시에 의해 독살되었다.

36 內殿 앞에 엎드리는 것.

37 睦州는 兩浙路 중부에 위치. 오늘날의 桐廬縣, 建德縣 일대.

38 治亂이란 안정된 통치와 혼란, 安危는 안정과 위태로움을 의미한다.

"인재를 임용할 때에는 그 재능에 따라야 합니다. 그래야만 모든 직무가 올바르게 수행될 것입니다. 저 옛날 堯舜의 정치도 다름 아니라 바로 이것에 말미암은 것입니다"라고 아뢰었다.

또한 관료들을 승진시켰던 구체적인 예를 지적하며,

"이러한 예는 가히 공정하다 할 수 있으나, 저러한 예는 사사롭다 하지 않을 수 없습니다. 인재의 발탁과 승진은 신중히 고려하지 않으면 안 됩니다"라고 말했다. 이로 말미암아 呂夷簡은 노하여 인종의 앞에서 범중엄과 논쟁을 벌이기도 했다. 범중엄의 답변은 매우 논리정연하였다. 하지만 결국 이로 인해 좌천되어 知饒州[39]로 나갔다.(「神道碑」)

趙元昊가 河西에서 반란을 일으켰다.[40] 이에 인종은 呂夷簡을 다시 재상으로 부르는 한편, 범중엄을 龍圖閣直學士로 승진시켜 陝西經略安撫副使로 삼았다.[41] 그 얼마 전 전쟁에서 패하여 大將을 잃은[42] 까닭에 延州[43]가 위태로운 상태에 있었다. 범중엄은 스스로 延州와 鄜州[44] 지역을 담당하여 서하군을 막겠다고 요청하여 延州 知州로 임명되었다.

그러자 조원호는 사람을 파견하여 서신을 보내왔다. 범중엄과 和約을 맺기를 구하는 것이었다. 범중엄은,

---

39 饒州는 江南東路 동남부에 위치. 오늘날의 江西省 鄱陽縣 일대.
40 李元昊(1003~1048)가 탕구트 부족을 통합하고 주변의 제민족을 평정한 다음, 宋朝의 지배로부터 이탈하여 독립왕국을 건설한 것을 말한다. 그는 1038년 帝位에 올라 國號를 大夏라 선포하고 興州(오늘날의 寧夏 回族自治區의 수도인 銀川市)에 定都하여 이를 興慶이라 개칭했다. 이를 중국 측의 史書에서는 西夏라 칭한다.
41 康定 元年(1040) 8월의 일이었다.
42 仁宗 康定 元年(1040) 正月 이른바 三川口의 전투에서 宋側이 참패하고 主將이었던 劉平과 石元孫이 포로가 된 것을 말한다.
43 永興軍路의 북부에 위치. 오늘날의 陝西省 延安市.
44 永興軍路의 북부에 위치. 오늘날의 陝西省 富縣 일대.

"아무 까닭 없이 和約을 청하는 것이니 믿기 어렵다. 또 서신 가운데 멋대로 황제를 자칭하고 있으니 응할 수 없도다"라고 하고, 직접 서신을 적어 그들을 逆徒라 질책하였다. 그 서신의 내용은 매우 논리정연한 것이었다. 하지만 그는 이 일로 인해 독단적으로 賊과 서신을 주고받았다 하여, 한 등급을 내려 知耀州[45]로 좌천되었다.[46]

그 후 채 한 달이 지나지 않아 범중엄은 知慶州[47]로 옮겨졌다. 그로부터 얼마 후 조정에서는 서북 일대의 4個路에 새로이 監司를 임명하며 그를 環慶路經略安撫招討使로 삼았다. 그는 장군이 되어 경거망동하지 않았으며 작은 功이나 승리를 얻으려 서두르지도 않았다. 그는 우선 延州 境內에 靑澗城을 축조하고 營田[48]을 설치하였으며 承平寨와 永平寨 등의 廢寨를 복구했다. 또 송조에 귀순한 羌族[49] 수만호를 농경에 종사시켰다. 慶州 관내의 요충지인 大順에도 성을 쌓아 방비를 강화하고, 이에 의거하여 西夏의 땅을 빼앗아 경지로 삼았다. 細腰와 胡盧 등지에도 성을 쌓았다. 그러자 明珠와 滅藏 등의 주변 민족들이 조원호를 버리고 중국 측으로 귀순해 왔다. 당시 서북 일대에는 변경의 방어태세가 와해된 이래 병사와 장수가 서로를 알아보지 못하는 지경이었다. 범중엄은 延州의 병사들을 6개 부대로 나누어 각각 장수를 임명하고 체계적으로 훈련시켰다. 이 방법은 주변의 제로에서도 차례로 채택하여 모범으로 삼았다.

---

45 耀州는 永興軍路의 중앙부에 위치. 오늘날의 陝西省 銅川市 일대.
46 이 사건의 경위에 대해서는 본서의 呂夷簡條에 상세하다. 1책, 166~168쪽 참조.
47 永興軍路 慶州의 知州. 慶州는 오늘날의 甘肅省 慶陽縣 일대.
48 流民들을 불러 모아 가옥과 경지를 지급하여 농경에 임하게 하는 것. 국가적 규모의 소작제에 상당하는 것이라 할 수 있다.
49 북송 시대 西北邊 일대에 거주하던 이민족에 대한 총칭. 이들이 구체적으로 어떠한 민족이었는지, 토번족이나 당항족과의 관계는 어떠하였는지 하는 문제는 아직 불명확하다. 다만 당시 羌族이라 지칭되던 존재가 西夏를 건립했던 黨項族(탕구트족)을 中核으로 하고 있었던 것은 분명하다.

이렇게 범중엄이 방비태세를 갖추자 그의 관할 지역으로는 서하 측에서 감히 침범하지 못했다. 그럼에도 불구하고 사람들 가운데는 만일 서하와의 사이에 전쟁이 벌어지면 그가 잘 응적할 수 있을까 의심하는 무리가 있었다. 범중엄은 大順의 성이 완성되자 날을 택하여 군사를 이끌고 출격했다. 장수들도 어디로 향하는지 모르는 상태였다. 군대가 柔遠에 이르자 범중엄은 비로소 그 지점에 주둔하며 築城할 것을 명령했다. 軍中에서는 전연 모르고 있었지만, 版築[50]에 필요한 도구에 이르기까지 대소의 장구들이 이미 모두 갖추어진 상태였다.

그때 서하군이 騎兵 3만여를 동원하여 공격하여 왔다. 범중엄은, '싸우다가 적들이 후퇴할 지라도 황하를 건너 추격하지는 말라'고 諸將들에게 일렀다. 얼마 후 아니나 다를까, 서하군은 달아나기 시작했지만 추격하는 송군들은 황하를 건너지 않았다. 황하의 바깥에는 복병들이 도사리고 있었다. 서하군은 계책이 통하지 않자 군대를 이끌고 퇴각하였다. 이 일이 있고 난 후 諸將들은 그에게 전폭적으로 복종하였다. 범중엄은 副將이나 屬僚들을 대할 때 반드시 법을 지키고 자중하도록 일렀다. 조정으로부터의 하사품이 있으면, 天子의 배려임을 알리고 제장들에게 고루 나누어 주어, 스스로 조정에 대해 감사하는 마음을 갖도록 했다.

범중엄은 주변 이민족의 인질들에게도 출입을 자유롭게 하도록 허용하였다. 하지만 한 사람도 도망치는 자가 없었다. 이민족의 추장이 들어오면 자신의 침실로 불러들여, 주변의 사람들이나 호위병을 다 물리친 상태에서 만나면서 의심을 하지 않았다.

이렇게 서북 변경지대에 2년여를 머물자 병사들도 용감해지고 방어

---

50   성벽이나 제방을 쌓는 방법의 하나. 兩端에 板木을 세우고 그 사이에 흙을 공이로 다져넣으며 쌓는 방식이다.

태세도 든든해져서 인종의 신망이 매우 두텁게 되었다. 이에 범중엄은 결단을 내려서 橫山과 靈武의 탈환을 꾀하는 적극책으로 선회하였다. 그러자 조원호는 수차례 사신을 파견하여 송조에 대해 稱臣하며 和約을 청하였으며, 인종도 범중엄을 중앙으로 불러들였다.(「神道碑」)

仁宗 시기 서쪽 변방이 몹시 소란스러웠다. 經略招討副使였던 韓琦는 5路에서 일제히 군대를 내어 서하를 공략하고자 했다. 당시 범중엄은 知慶州로 있었는데 이에 대해 부정적인 태도를 견지했다. 어느 날 經略判官인 尹洙가 韓琦의 명령을 전달하러 慶州에 왔다. 범중엄에게 進兵을 요구하는 명령이었다. 이에 범중엄이 말했다.

"우리 군대가 패한 지 얼마 되지 않아 士卒들의 사기가 땅에 떨어져 있소. 마땅히 조심스레 지키면서 상황 변화를 살펴야만 할 것이오. 어찌 가볍게 군대를 내어 깊숙이 진군한단 말이오? 지금 상황이라면 패배할 가능성만 보일 뿐 승산은 거의 없소이다."

이러한 말에 윤수가 탄식하며 응답했다.

"公은 바로 이러한 점에서 韓公(한기)에 미치지 못하오. 韓公은, '무릇 전쟁을 벌임에 있어 승패에만 연연해서는 안 된다'고 얘기하였소이다. 그런데 지금 公은 소심하게도 지나치게 신중한 모습을 보이고 있소. 이것이 바로 韓公에게 미치지 못하는 바이외다."

"大軍이 한 번 움직이는 것은 만 명의 목숨이 달린 문제요. 그런데 그것에 연연하지 않는단 말이오? 내 그 말에 승복하기 어렵소이다."

윤수는 종내 범중엄과 합의에 이르지 못하자 급거 돌아가 버렸다. 그 직후 한기는 마침내 거병하여 서하의 경내로 들어가 好水川[51]에 주둔하였다. 그런데 李元昊가 복병을 매복시켜 송의 全軍을 궁지에 빠트렸다.

이 전투에서 대장 任福이 전사하였다. 한기가 패전하고 철수하는데 그 길의 절반 쯤에 이르러, 사망한 병사들의 부모와 처자 수천 명을 만나게 되었다. 그들은 군대행렬의 말머리에서 울부짖고 있었다. 그들은 각각 전사자의 의복과 紙錢[52]을 지니고 魂魄을 부르며 이렇게 통곡하였다.

"너는 전에 招討使를 따라 출정하였는데, 이제 초토사는 돌아온다만 너는 죽었구나. 네 혼이라도 초토사를 따라 돌아오는 것이냐?"

이와같은 애통해 하는 소리가 천지에 진동하였다. 한기 또한 비분을 이기지 못해 얼굴을 가리고 울면서, 말을 멈춘 채 몇 시간 동안이나 앞으로 나아가지 못하였다. 범중엄은 이 얘기를 전해 듣고 탄식하며 말했다.

"이러할진대 참으로 승패에 연연하지 않을 수 없는 것이로다."(『東軒 筆錄』)

범중엄과 한기가 협의하여 힘을 모아 반드시 靈夏와 橫山의 땅을 회복하고자 했다. 그러자 변경지대에는,

"軍中에 한씨 한 사람이 있으니 서쪽의 오랑캐가 듣고 정신이 오싹해지고, 軍中에 범씨 한 사람이 있으니 서쪽의 오랑태가 듣고 간담이 오그라 들도다"라는 노래가 돌았다. 이원호는 크게 두려워하여 마침내 稱臣하게 되었다.(『嘉祐名臣傳』)

처음 서쪽 邊方의 주민 가운데 등록시켜 鄕兵으로 삼은 자가 수만 명이나 되었다. 이들은 모두 얼마 후 黥面[53]하여 군사가 되었다. 다만 범중

---

51   秦鳳路 德順軍에 所在. 지금은 甛水河라 불리며, 甘肅省 隆德縣의 북방을 흐른다.
52   銅錢 모양으로 종이를 오래낸 것. 死者의 冥福을 빌기 위해 관 속에 넣거나 장례 시 불사른다.
53   이마에 군사라는 표시를 刺字하는 것. 송대 모든 병사들은 부대 이탈을 방지하기

엄이 관할하는 지역에서만은 손에 刺字하였다. 그렇기 때문에 훗날 서쪽 邊方에서 군대가 해체될 때 오직 그들만이 다시 농민으로 되돌아갈 수 있었다.

또 범중엄은 西北의 兩路[54]에서 귀순한 羌族民들을 이용하여 변경을 방어하게 했다. 그리고 대신 屯兵들을 옮겨서 內地로부터 군량을 조달받게 하고, 서쪽 변경의 주민들이 담당하던 군량보급의 부담을 덜어주었다. 이러한 조치는 지역 주민들로부터 큰 칭송을 받았으며 주변의 많은 관료들로부터 답습되는 바가 되었다. 그 방식은 지금에 이르기까지 적지 않은 곳에서 변함없이 시행되고 있다.(「神道碑」)

범중엄이 呂夷簡의 견제를 받아 좌천되자 관료들 사이에 이 두 사람에 대한 옳고 그름의 평가를 둘러싸고 양론이 생겼다. 여이간은 그것을 못마땅히 여겨서, 범중엄이 옳다고 하는 사람들을 가리켜 朋黨이라 공격하며 그 일부를 유배시키기까지 했다.

훗날 여이간이 다시 재상이 되었을 때 범중엄 또한 다시 重用되었다. 그리고 이 두 사람은 흔쾌히 과거를 털어버리고 서로 힘을 합하여 西夏를 평정하기로 약속했다. 天下의 선비들은 이를 보고 이 두 사람을 칭찬해 마지않았다. 하지만 朋黨의 議論[55]은 한번 일어난 후 다시 잠잠해지지 않았다. 仁宗은 이미 범중엄을 賢者라 여기고 있는 터여서, 여러 비난에도 아랑곳하지 않고 그를 重用하였다.(「神道碑」)

위해 黥面하고 있었다.
54 西夏와 접경하고 있던 秦鳳路와 永興軍路를 말한다.
55 呂夷簡 일파가 范仲淹・富弼 등을 朋黨이라 공박했던 것을 가리킨다. 歐陽脩가 유명한 「朋黨論」을 써서, "大凡君子與君子 以同道爲朋 小人與小人 以同利爲朋 (…中略…) 故爲人君者 但當退小人之僞朋 用君子之眞朋 則天下治矣"(『文忠集』 권17)라 말했던 것도 이 무렵의 일이다.

범중엄이 參知政事가 된 후,[56] 그가 알현할 때마다 인종은 매번 태평성세를 이룩해 달라고 다그쳤다. 범중엄은 한숨을 쉬며 말했다.

"폐하께서 나를 참으로 지극히 신임하시는도다. 하지만 일에는 先後가 있는 법이다. 또한 오랫동안 관례화된 弊政을 개혁하는 것은 一朝一夕에 이룰 수 없는 일이다."

얼마 후 인종은 거듭 手詔[57]를 내려 그에게 天下事에 대한 분석을 재촉하였다. 또 天章閣으로 그를 불러 자리에 앉게 한 다음 붓과 종이를 내리고 바로 그 자리에서 개혁의 방안을 적어가도록 재촉하였다. 그는 머리를 조아리며 물러나와서, 마땅히 먼저 조치해야 할 일 10여 가지를 정리하여 보고하였다.

천하에 詔勅을 내려 학교를 세울 것, 인재를 선발할 때 德行을 위주로 하고 문학적 재능만을 따져서는 안 된다는 것, 연공서열식이 아니라 능력 여부를 판별하여 승진시킬 것, 任子制의 인원을 줄여서 濫官 현상을 방지할 것, 농경의 실적으로써 지방관들의 업무수행을 考課할 것 등이었다.[58]

이러한 개혁이 단행되자 특히 근무 평가 및 任子制의 인원제한 등에 대해, 무사안일을 추구하는 자들이 못마땅하게 여겼다. 그들은 서로 무리지어 비난했다. 또 범중엄을 시기하는 자들은 그러한 비난이 나도는 것에 대해 즐거워하며 이를 조장하고 다녔다.

마침 그때 서북 변경지대로부터 긴박함을 알리는 보고가 들어왔다.

---

56 仁宗 慶曆 3년(1043) 8월의 일이다.
57 帝王이 직접 쓴 詔書. 手勅.
58 이것이 바로 范仲淹과 富弼, 歐陽脩 등이 중심이 되어 추진했던 개혁정치의 핵심 내용이었다. 이 개혁정치, 즉 이른바 慶曆의 新政은 呂夷簡을 위시한 반대파들의 공격으로 말미암아 불과 1년여 만에 종식되기에 이른다.

범중엄은 그곳으로의 파견을 주청하여 河東陜西宣撫使로 임명되었다.[59] 그는 현지에 도착한 후, 상주문을 올려 재차 변경방어에 임하고 싶다고 요청하였다. 이에 따라 그는 資政殿學士知汾州兼陜西四路安撫使로 임명되었다.[60] 그의 정치 주도는 불과 1년 만에 종식된 것이다.

그후 관료들은 입을 모아 그가 이전에 단행했던 정책들을 폐지하고 예전의 제도로 되돌아갈 것을 상주하였다. 또 言官들은 급기야 그에게 重罪를 씌우려 했지만, 인종은 그의 충성스러움을 알고 있기 때문에 그와 같은 주장들을 물리치고 듣지 않았다. 얼마 후 西夏는 宋에 대해 稱臣하게 되었고, 범중엄은 병을 이유로 知鄧州[61]로 갈 것을 요청하였다.(「神道碑」)

慶曆 4년(1044) 4월의 戊戌, 인종은 執政들과 더불어 朋黨의 일에 대해 논하게 되었다. 參知政事 범중엄이 대답하였다.

"같은 무리들은 서로 모이며 다른 무리들은 서로 나누어지는 법입니다. 自古로 올바른 자와 그릇된 자가 조정에 같이 있게 되면, 각각 한 朋黨씩을 이루는 것은 일찍이 막을 수 없었습니다. 오직 帝王의 밝은 판단으로 분별해야 할 따름입니다. 진실로 君子들로 하여금 서로 모여 朋黨을 이루고 善을 행하게 한다면 국가에 무슨 害가 되겠습니까?"(『涑水記聞』)

慶曆 年間에 張海란 도적이 나타나 여러 지방을 휩쓸고 다녔다. 그러다 高郵軍[62]을 지나려 했는데 知軍인 晁仲約은 그를 막아낼 수 없다고 판단하였다. 그래서 관내의 부호들에게 돈과 재물을 내도록 권유하여

---

59   慶曆 4년(1044) 6월의 일이다.『長編』권150, 仁宗 慶曆 4년 6월 壬子.
60   慶曆 5년(1045) 正月의 일이다.『長編』권154, 仁宗 慶曆 5년 正月 乙酉.
61   鄧州는 京西南路의 북부에 위치. 오늘날의 河南省 南陽市, 鄧州市 일대.
62   淮南東路의 동부에 위치. 오늘날의 江蘇省 高郵縣 일대.

쇠고기 안주와 술을 마련하고, 사람을 보내 張海를 정중히 맞아들이는 한편으로 그에게 막대한 재물을 쥐어주었다. 이를 흡족히 여겨 장해는 高郵軍을 그냥 지나치고 아무런 해를 입히지 않았다.

이러한 사실이 알려지자 朝廷에서는 大怒했다. 당시 범중엄은 參知政事로 있었으며 富弼은 樞密副使로 재직하고 있었다. 부필은, '晁仲約을 誅殺하여 法을 바로 세워야 한다'고 주장하였다. 반면 범중엄은 관대한 처벌을 가하고자 했다. 두 사람은 仁宗 앞에서 논쟁을 벌였다. 부필은 이렇게 말했다.

"盜賊이 공공연히 지나가는데 지방장관이 싸우지 않았습니다. 또 앞을 가로막기는커녕 백성들로부터 돈을 거두어 도적에게 보내주었습니다. 법대로 마땅히 주살해야 합니다. 주살하지 아니한즉 지방에서는 다시는 싸우려 하는 자가 없을 것입니다. 또 듣자하니 高郵軍의 백성들은 그를 미워하여, 그를 죽여 그 고기를 먹어야만 시원하겠다고 할 정도라 합니다. 처벌을 감하여서는 안 됩니다."

이에 대해 범중엄은 다음과 같이 말했다.

"지방의 郡縣에 군사와 병기가 갖추어져 있어 충분히 전투를 벌일만 함에도 불구하고, 도적을 만나 싸우지도 않고 또 재물을 보내주었다면, 이는 법대로 주살되어야만 할 것입니다. 하지만 高郵軍에는 군사도 병기도 없었습니다. 원칙대로 하자면 晁仲約은 마땅히 싸워서 지키려 했어야만 할 것입니다. 하지만 사정이 그러할진대 정상참작의 여지도 있습니다. 그를 주살하는 것은 생각건대 法의 참 뜻에서 벗어나는 것이라 여겨집니다. 또 주민들의 입장에서 보자면, 그들은 재물을 釀出함으로써 살륙과 약탈을 면할 수 있었으니 틀림없이 기뻐했을 것입니다. 그 고기를 먹어야만 시원하겠다는 얘기는 지나치게 과장되었을 것입니다."

인종은 범중엄의 말이 옳다 여기고 그의 주장에 따랐다. 조중약은 이로 인해 죽음을 면할 수 있었다.

그 후 부필은 화를 내며 말했다.

"참으로 법이 지켜지지 않는 것이 개탄스럽소이다. 내 법을 지키려 했으되 여러 가지 제지를 만났소. 그러니 어떻게 백성들을 다스릴 수 있겠소이까?"

이에 범중엄이 은밀히 말하였다.

"國初 이래로 일찍이 신하를 가벼이 주살한 전례가 없습니다. 이는 진실로 훌륭한 전통입니다. 어찌 가벼이 무너뜨리려 하십니까? 그리고 현재 나와 公은 同僚之間이올시다. 그밖에 뜻을 같이 하는 자들이 몇이나 됩니까? 더욱이 폐하의 마음 또한 어떻게 움직일지 알 수 없는 지경입니다. 그런데 섣불리 天子를 움직여 신하를 주살하게 했다가 그것에 거리끼지 않게 된다면, 그에 따라 훗날 혹시라도 우리 역시 스스로를 보호하지 못하게 될지도 모르는 것 아니겠소?"[63]

하지만 부필은 종내 범중엄의 말에 동의하지 않았다.

그 후 두 사람은 조정에서의 지위가 흔들려서, 범중엄은 陝西宣撫使로 나가고 부필은 河北宣撫使로 나갔다. 범중엄은 陝西에서 스스로 변경의 지방관을 청하였다. 한편 부필은 河北에서 돌아오다가 都城의 문에 이르렀는데 안으로 들어가는 것이 허락되지 않았다. 그는 朝廷의 뜻을 알 수 없어서 온 밤 동안 뒤척이며 잠을 이루지 못했다. 그러다 침상의 옆에서 탄식하며 말했다.

---

63 臣下를 가벼이 죽이는 일에 일단 前例가 생기고 또 그것이 거듭되어 신하 주살에 거리낌이 없어지게 되면, 장차 范仲淹·富弼 등도 개혁정치를 하다 실각할 경우 자신들도 혹시 誅殺의 대상이 될지도 모르지 않느냐는 의미이다.

"범중엄은 진정 聖人이로다."(『龍川別志』)

범중엄이 參知政事가 되어 韓琦 및 富弼의 두 樞密副使와 함께 천하의 政事에 진력하라는 황제의 명령을 받았다. 그는 무엇보다도 우선 각 지방의 監司[64]들에 대한 人事가 적절치 못하다고 판단하여, 監司를 杜杞 및 張昷之와 같은 사람들로 바꾸고자 했다. 그래서 관료들의 명부를 갖다놓고 무능한 監司를 가려내어 그 성명 위에 붓으로 표시를 해둔 다음 차례대로 바꾸어갔다.

부필은 평소 범중엄을 웃어른으로 모시고 있었다. 그가 범중엄에게 말하였다.

"十二丈[65]께서는 한 번 붓으로 표시하는 것이지만 이로 인해 한 집안이 통곡하게 되는 것을 아십니까?"

"한 집안이 통곡하는 것이 한 지방 전체가 통곡하는 것보다야 낫지 않겠소?"

범중엄은 이렇게 말하고 마침내 그 표시된 전원을 교체하였다.(『遺事』)

歐陽脩·余靖·蔡襄·王素가 諫官이 되었다. 당시인들은 이들을 가리켜 '四諫'이라 칭했다. 이들 네 사람은 강력하게 石介를 추천하였으며, 執政들도 이에 따르고자 하였다. 그때 범중엄이 參知政事로 있었는데 유독 그만이 반대하였다. 그는,

"石介가 강직하고 공정하다는 것은 천하가 다 아는 일이오. 하지만

---

64 路에 배치된 지방장관. 轉運使·提點刑獄·安撫使 등이 배치되어 있었다.
65 十二는 排行, 丈은 어른이란 의미로서, 十二丈은 범중엄을 경칭하여 부른 말이다. 鄧子勉, 『宋人行第考錄』(北京 : 中華書局, 2001), 154쪽 참조.

좀 특이한 것을 좋아하는 性情이 있소. 그러한 인물을 諫官으로 삼으면, 틀림없이 행하기 어려운 일을 가지고 천자에게 행하라 윽박지를 것이오. 또 조금이라도 그의 의견을 듣지 않으면, 天子의 옷자락을 잡아끌거나,[66] 궁전의 난간을 무너뜨리거나,[67] 머리를 부딪쳐 피를 흘리는 등,[68] 무슨 억지라도 부릴 것이오. 陛下의 春秋는 아직 어리고 失德도 없으시오. 조정의 政事 또한 원만히 처리되고 있소이다. 그런데 어찌 이와 같은 諫官을 임용할 필요가 있겠소?"

다들 이 말에 동조하고 그 논의를 끝냈다.(『東軒筆錄』)

仁宗 慶曆 연간에 차와 소금의 전매제도를 폐지하고 商稅를 경감시키자는 논의가 일어났다. 이에 대해 범중엄은 다음과 같이 판단했다.

"그렇게 해서는 안 된다. 차와 소금의 전매제도, 그리고 商稅의 수입은 다만 상인들의 이익을 약간 덜어내는 것일 뿐이다. 상인들에게도 큰 피해는 없다. 현재 국가의 지출은 줄어들지 않았는데 歲入만을 줄일 수는 없는 노릇이다. 歲入이란 山澤과 상인들에게서 거두지 않는다면 농민들에게서 거두어야만 하는 것이다. 그 피해란 점에 있어 상인과 농민들 중 누가 더 심각하겠는가? 당장의 대책으로서는 국가의 지출을 줄이는 것이 최선이다. 그리하여 국가의 재정에 여유가 생긴다면 마땅히 賦

---

66 三國 魏政權 시기 辛毗가 文帝에게 諫하다 받아들여지지 않자 그 옷자락을 잡아끌었다는 故事에서 연유. 후일 "朝有遺闕 君有小失 則正色直諫. 大則犯顔觸鱗 方諸古之 引裾斷鞅者 我無愧矣"(張齊賢, 『洛陽縉紳舊聞記』 「安中令大度」)라 하듯, 引裾가 人臣의 直諫을 가리키는 말로 사용된다.
67 前漢 成帝時期 朱雲이 간언하다가 황제의 노여움을 사서 斬刑에 처하기 위해 어사가 그를 끌어내리려 하자, 殿檻을 붙들어 그 난간이 부러졌다는 故事를 의미하는 것.
68 前漢의 成帝가 朱雲을 斬하려 하자 左將軍 辛慶忌가 叩頭하여 流血하도록 諫하여 막았다는 故事를 말하는 것.

役을 경감시켜야 하며, 그러한 연후에 상인들에 대한 배려로 눈을 돌려야 한다. 전매제도의 폐지는 시급하지 아니하다."

그 논의는 마침내 수그러들었다.(『夢溪筆談』)

皇祐 2년(1050) 吳[69] 일대에 큰 기근이 들었다. 굶어죽은 시체가 길에 주욱 늘어설 정도였다. 당시 범중엄은 知杭州[70]로 있었는데, 양곡을 풀고 주린 백성들을 구휼하는 등의 조치가 자못 주도면밀하였다. 吳의 주민들은 본디 競渡[71]를 즐기고 佛事에의 참여도 적극적이었다. 범중엄은 이에 착안하여 주민들에게 競渡를 장려하고 자신도 날마다 湖上에 나가 연회를 베풀었다. 그리하여 봄부터 여름에 이르기까지 주민들은 모두 이를 즐기기 위해 나서서 거리가 텅 빌 지경이었다. 범중엄은 또 한편으로 각 사찰의 주지들을 불러 다음과 같이 말했다.

"기근시에는 노임이 몹시 낮으니 큰 공사를 벌이기에 안성맞춤이오."

이에 따라 각 사찰들은 일제히 공사를 시작하였다. 덧붙여 杭州 당국에서도 식량창고와 관사를 신축하여 날마다 천여 명을 고용하였다.

이를 보고 兩浙路의 監司가 上奏하여 범중엄을 탄핵하였다. '杭州에서는 기근구제에 나서기는커녕 무절제하게 宴樂을 벌이고 公私間에 토목사업을 일으켜 民力을 상하게 하고 있다'는 것이었다.

범중엄은 이러한 주장에 대해 다음과 같이 반박하였다.

"宴樂과 놀이, 그리고 토목사업을 일으킨 것은 여유 있는 자들의 財貨를 밖으로 끌어내기 위함이었다. 이를 통해 가난한 자들에게 혜택이

---

69 오늘날의 江蘇省 남부 양자강 하류 일대.
70 杭州는 兩浙路의 路治. 오늘날의 浙江省 省都인 杭州市 일원.
71 배를 타고 먼저 건너기를 겨루는 놀이.

돌아가게 하고 음식을 나누어 먹게 할 수 있었다. 또 公私의 토목사업에 고용되어 먹을거리를 벌 수 있었던 사람이 날마다 무려 수만 명이나 되었다. 기근구제를 위한 조치로 이 만큼 효과가 큰 것이 없다."

이 해에 兩浙 일대에서 오직 항주만이 큰 혼란 없이 조용하였으며 백성들도 流亡하지 않았다. 모두 범중엄의 노력 때문이었다. 흉년이 들었을 때 당국에서 보유한 곡식을 풀고 백성들을 모아 공사를 일으키는 것은, 오늘날 마침내 관례화되었다. 주린 백성들을 보살피며 민간에게 이로운 일을 이루는 것, 이것은 옛 先王들이 베풀었던 훌륭한 조치였다. (『夢溪筆談』)

韓琦의 회고담이다. 범중엄이 언젠가 呂夷簡과 더불어 인물에 대해 논한 적이 있었다. 여이간이 말했다.

"내 지금껏 많은 사람들을 보아왔지만 節行이 있는 자를 보지 못했소이다."

이에 대해 범중엄은 다음과 같이 응답했다.

"천하에는 진실로 인재가 있는 법입니다. 다만 승상께서 알지 못할 따름이지요. 승상께서 그와 같은 생각을 가지고 천하의 선비들을 대하는 까닭에 節行을 갖춘 인물들이 오지 않는 것입니다."(『魏公別錄』)

범중엄이 말했다.

"나는 밤이 되어 잠자리에 누우면, 하룻 동안 먹고 사는 데 쓴 비용과 행한 일들을 잘 맞추어 본다. 그리하여 지출한 비용과 행한 일들이 서로 맞으면 코를 골며 잠에 떨어진다. 하지만 그렇지 아니할 때는 저녁내 잠들지 못하다가 이튿날 반드시 빠진 것을 찾아내고야 만다."(『邵氏聞見後錄』)

범중엄의 아들 范純仁이 장가들 때의 일이다. 며느리를 맞이하여 돌아오려는데 누군가 범중엄에게, '며느리가 비단으로 휘장을 만들었다'고 전해 주었다. 그는 이 말을 듣고 눈쌀을 찌푸리며 말했다.

"비단이 어찌 휘장이나 만드는 물건이란 말이냐? 우리는 본디 儉約한 집안이다. 그런데 어찌 이처럼 우리 집안의 법도를 어지럽힐 수 있는고? 만일 그 휘장을 가지고 우리 집안에 온다면 마당에 쌓아 두고 불살라 버릴 것이다."(「遺事」)

범중엄은 顯貴하게 되고 난 다음에도 늘 집안 사람들에게 검약할 것을 요구하였다. 언젠가는 여러 아들을 불러놓고 이렇게 말하였다.

"내가 가난했을 때 너희 어머니가 내 아버지를 봉양하며 직접 부지깽이를 들고 불을 지폈다. 하지만 한 번도 내 아버지께 입맛에 맞는 음식을 차려드린 적이 없었다. 이제 내가 많은 祿俸을 받고 있어서 아버지를 봉양하고자 해도 아버지는 계시지 않는다. 너의 어머니 또한 일찍 세상을 떠났다. 내가 가장 恨스럽게 여기는 것은, 너희들이 그냥 부귀를 누리도록 내버려 두는 일이다."(「遺事」)

범중엄이 知杭州로 근무할 때 그에게 은퇴할 뜻이 있음을 알고, 집안의 子弟들이 틈을 이용하여, 洛陽에 집을 사두고 정원을 가꾸어서 老境을 보낼 준비를 하는 게 어떻느냐고 권하였다. 그가 말했다.

"사람에게는 진실로 道義의 즐거움만 있을 따름이다. 육신을 돌보아서는 안 된다. 하물며 가옥이야 두 말할 나위가 있겠는가? 내 지금 나이가 60이 넘어 살 날도 많이 남지 않았다. 저택을 사고 정원을 가꾸었다가 언제 들어가 살 수 있으리오? 내가 걱정하는 것은 지위가 높아져서 은퇴

할 수 없게 되지는 않을까 하는 것이지, 물러나 거주할 집이 없을까 하는 것은 근심거리가 아니다. 더욱이 낙양에는 士大夫들의 정원이 주욱 늘어서 있어서 주인된 자들이 누구라도 맞아 함께 즐기려 한다. 그런데 그 뉘가 오직 내가 즐기는 것만을 가로막겠는가? 그 정원을 꼭 내가 소유해야만 즐길 수 있는 것은 아니다. 그러니 녹봉을 받고 남는 것이 있으면 마땅히 宗族들을 보살펴야 할 것이다. 너희가 내 말의 뜻을 알아들었다면 그런 데 신경 쓰지 말도록 해라."(「遺事」)

범중엄이 집안의 子弟들에게 말하였다.

"吳 일대에 우리 일족이 심히 많다. 이들이 비록 내게는 촌수란 면에서 親疏의 차별이 있지만, 우리의 조상들이 볼 때에는 모두 같은 자손들이고 親疏의 차이가 있을 리 없다. 내 어찌 그들의 춥고 배고픈 것을 돌보아주지 않을 수 있겠는가? 또한 조상들이 德 쌓기를 100여 년 만에 나의 시대에 이르러 비로소 고위 관작을 얻을 수 있었다. 그런데 만일 나 혼자만 그 부귀를 누리고 일족들을 돌보지 않는다면, 훗날 地下에서 어떻게 조상들을 만나볼 수 있으며, 또한 오늘날 무슨 얼굴로 사당에 들어갈 수 있으리오?"

그는 조정으로부터 특별 하사품이 있으면 항상 일족에게 나누어주고, 아울러 義田과 義宅을 설치하라고 일렀다.(「遺事」)

범중엄은 財物에 집착하지 않고 베풀기를 좋아했다. 특히 一族들에게 그러하였다. 그는 顯貴해지자 蘇州 부근에 良田 수천 畝를 사두고 義莊[72]

---

72 이것이 바로 유명한 范氏義莊이다. 范氏義莊은 이후 民國時代에 이르기까지 무려 천 년여 동안이나 존속하며 여러 義莊들 가운데 典範과 같은 역할을 하게 된다. 그 田産

으로 삼았다. 그리고 이로써 일족내 가난한 사람들을 돌보아주게 했다. 일족 가운데 나이도 많고 현명한 인물 하나를 뽑아서 義田 및 그 재산을 관리하게 했다. 한 사람당 매일 식량으로 쌀 한 되, 해마다 피복으로 縑[73] 한 필을 지급해 주었다. 혼인과 葬事의 때에도 모두 지원액을 정해두었다. 처음 義莊을 설치했을 때 일족의 숫자는 100명에 불과했다. 이제 범중엄이 작고하고 40년이 지났지만, 자손들은 지금까지 그가 정해둔 규정을 잘 지키고 있으며 감히 어지럽히려 하지 않는다.(『澠水燕談錄』)

범중엄이 조정에서 나와 蘇州에 이르렀다. 家廟[74]에서 제사를 지내고 창고를 점검해보니 다만 비단 3,000필이 있을 따름이었다. 그래서 家廟 관리자에게 일러서 친척 및 鄕里의 知人들을 어른과 아이 할 것 없이 모두 적게 한 후, 그 비단을 다 나누어 주었다. 그리고 이렇게 말했다.

"一族 및 鄕里 사람들은 내가 자라는 과정이라든가 어려서 학교에 들어갔다가 장성하여 仕宦하기까지를 주욱 지켜보았다. 또 여러모로 날 도와주기도 했다. 내 어찌 보답하지 않을 수 있겠는가?"(「遺事」)

범중엄은 朱氏에 의해 양육되었던 은혜에 대해 언제나 크게 보답하려 마음먹고 있었다. 그는 顯貴해진 후 南郊의 恩賜[75]가 있을 때 養父인

및 시혜인원도 시간의 경과와 더불어 확대되었다. 또 이러한 규모의 확대와 더불어 義莊의 관리 규정, 즉 『義莊規矩도 최초 범중엄에 의해 제정된 이래 수차에 걸쳐 개정되고 확충되기에 이른다.

73 합사 비단, 즉 약간 거친 비단.
74 일족의 사당.
75 南郊란 帝王이 행하는 祭天의 大禮, 『續資治通鑑長編』에서 "今因南郊大禮宜特推曠恩以示綏懷之意"(권134, 仁宗 慶曆 元年 10월 壬寅)라 하듯 南郊 이후에는 다양한 恩賜가 내려지는 것이 관례였다.

朱氏를 太常博士[76]로 追贈해줄 것을 요청하여 허락받았다. 또 범중엄의 여러 아들들은 이 朱氏를 장사 지내주고 해마다 따로 제사도 지내주었다. 朱氏의 다른 子弟들 가운데 범중엄에 의해 廕補된 자가 3명이나 되었다.(「遺事」)

범중엄은 睢陽에 있을 때 아들인 范純仁을 蘇州에 보내 麥 500석을 날라오게 한 적이 있다. 당시 범순인은 아직 젊을 때였다. 그는 돌아오는 길에 丹陽[77]에서 숙박하게 되었는데 여기서 친구인 石延年을 만났다.

"여기에 머문지 얼마나 되었나?" 범순인이 그에게 물었다.

"두 달일세. 喪을 당해 서둘러 모시고 북쪽의 고향으로 돌아가 정식으로 장사 지내려 하네만, 누구 한 사람 도와줄 이가 없다네."

범순인은 이 말을 듣고 싣고 가던 麥을 선박째 그에게 주어버렸다. 그리고 홀로 長蘆鎭[78]을 지나는 빠른 길로 해서 되돌아왔다. 그는 집에 도착하여 부친에게 절하고 일어나 오랫동안 곁에 서 있었다. 그런 모습을 보고 범중엄이 물었다.

"蘇州에 갔다 오는 길에 아는 이라도 만났느냐?"

"石延年을 만났습니다. 그가 喪을 치루지도 못하고 丹陽에 체류하고 있었습니다. 唐代의 郭震[79]처럼 하소연할 상대가 없었기 때문입니다."

"그렇다면 네가 운반하던 麥을 실은 선박이라도 주지 그랬느냐?"

---

76 寄祿官의 지칭. 品位는 從7品上이었다.
77 兩浙路의 北端에 위치한 潤州의 丹陽縣. 오늘날의 江蘇省 丹陽縣.
78 淮南東路의 南端인 眞州에 위치. 양자강 연안의 항구. 오늘날의 江蘇省 六合縣.
79 郭震(字가 元振)은 少時에 太學生으로 있을 때, 窮迫하여 葬事를 지내지 못하는 동료에게 흔쾌히 돈을 빌려 주었던 것으로 유명하다. 이에 대해 『新唐書』에서는, "(郭震)與薛稷趙彦昭同爲太學生. 家嘗送資錢四十萬 會有縗服者 叩門自言 五世未葬 願假以治喪. 元振擧與之 無少吝 一不質名氏"(권122, 「郭震傳」)라 전하고 있다.

"네, 이미 주고 왔습니다."(『冷齋夜話』)

범중엄이 邠州[80]의 知州로 근무할 때의 일이다. 어느 한가한 날 그는 屬僚들과 더불어 누각에 올라 술자리를 벌였다. 그리고 막 술잔을 들려 할 때, 헤진 絰[81]을 두른 사람 몇이서 장례도구를 만들고 있는 것이 보였다. 범중엄은 즉시 사람을 보내 그 까닭을 물어보았다. 그랬더니 寄居의 士人이 邠州에서 작고하여 근교에 내다 묻으려 하는데, 장사 지낼 수레는 물론이고 棺槨조차 없어 직접 만드는 중이라고 했다. 범중엄은 한동안 멍하니 있다가 즉시 술자리를 걷게 하고, 그들에게 적지 않은 돈을 주어 장사를 마치게 했다. 같이 자리에 앉아 있던 사람들은 모두 감탄해 마지않았으며, 그 가운데는 눈물을 흘리는 이조차 있었다.(『涑水記聞』)

晏殊가 南京 應天府의 知府일 당시 범중엄은 大理寺丞[82]으로서 服喪 중에 있으면서 임시로 西監[83]을 담당하고 있었다. 어느 날 안수가 범중엄에게 물었다.

"내게 혼기에 접어든 딸이 하나 있는데 그대가 날 위해 사윗감을 하나 골라주었으면 좋겠소."

"國子監 內에 富皐와 張爲善이란 이름의 두 擧子가 있습니다. 모두 학문이나 행실이 뛰어납니다. 훗날 모두 재상에 오를 인재들입니다. 두 사

80　永興軍路의 동부에 위치. 오늘날의 陝西省 彬縣.
81　喪服을 입을 때 천을 꼬아서 머리에 얹는 首絰과 허리에 두르는 腰絰.
82　差遣이 아닌 從6品 上의 寄祿官.
83　西京國子監의 약칭. 북송 시대에는 開封의 國子監 이외에 西京 河南府·南京 應天府·北京 大名府에 각각 국자감을 別置하여 府學을 대신하게 하였다. 이를 총칭하여 三京國子監이라 하였는데, 각각 判監官 1인을 두었으며, 神宗 熙寧 2년(1069) 12월에는 각각 同判監官 1인을 增置하였다(『宋會要輯稿』 職官 28之7).

람 모두 사윗감으로 충분할 듯합니다."

"그렇다면 누가 더 낫겠소?"

"富皐는 차분하고 신중하며 張爲善은 거칠고 당찹니다."

범중엄이 이렇게 대답하자 안수는,

"알겠소이다"라고 말하고, 富皐를 택하여 사위로 삼았다. 그가 바로 훗날 개명하여 富弼이란 이름을 갖게 되며, 張爲善 역시 훗날 개명하여 張方平이라 불린다.(『東軒筆錄』)

범중엄은 南京 應天府 사람인 朱某와 매우 친하였다. 그가 병이 깊어지자 범중엄이 찾아갔을 때, 주모가 말했다.

"내가 일찍이 어떤 奇人을 만나 水銀을 銀으로 변화시키는 비법을 배웠소이다. 내 아들이 아직 어려서 전해줄만 하지 않으니, 오늘 그대에게 전해 주리다."

이렇게 말하고 그는 그 비방과 약을 범중엄에게 건네주었다. 범중엄은 받지 않으려 했으나 하도 강권하다시피 하여 어쩔 수 없이 받았다. 그러나 이후 그것을 열어보지 않았다. 그의 아들이 자라자 범중엄은 교육을 시켜주면서 자신의 아들이나 진배 없이 대해 주었다. 그 아들이 마침내 과거에 급제하자, 범중엄은 봉해두었던 약과 그 비법을 그에게 돌려주었다.(「遺事」)

범중엄은 젊어서부터 큰 節介를 지니고 있어서 富貴나 貧賤, 그리고 남들의 평판 등에 대해 전연 개의치 않았다. 대신 天下에 대해 장대한 포부를 품고 항상,

"士大夫는 마땅히 먼저 天下의 근심에 앞서 근심하고, 天下의 즐거움

에 뒤미쳐 즐거워하여야 한다(士當先天下之憂而憂 後天下之樂而樂也)"[84]고 스스로 되뇌었다.

업무의 처리와 관련하여 남을 만날 때에도 철저히 자신의 판단에만 의거할 뿐, 이해관계에 따라 좌우되지 않았다. 해야 할 일이 생기면 그는 모든 노력을 다했다. 그는 이러한 자세에 관해 다음과 같이 말했다.

"나의 능력으로 완료할 수 있는 일이라면 마땅히 이렇게 전력을 기울여야 할 것이다. 반면 때로 그 成敗 여부가 나의 범위를 벗어난 것도 있을 수 있으리라. 이럴 경우에는 비록 聖人이라 할지라도 반드시 임무를 완수하지는 못할 것이다. 하물며 聖人이 아닌 내가 어찌 적당히 임할 수 있으리오?"(「神道碑」)

种世衡

仁宗 康定 元年(1040)의 봄과 여름, 처음 西夏가 延州[85] 일대를 침공했을 때 전황이 송 측에 매우 불리하였다. 宋 조정에서는 진지를 만들어 주민들을 보호하는 한편 수많은 군대를 이 일대로 파병하였다. 그러면서도 너무 멀어 지키기 힘든 지역은 포기하도록 지시하였다. 그 결과 서

---

84 天下에 장차 근심거리가 도래할 것 같으면 그에 앞서 사대부가 그것을 근심해야만 하고, 天下에 무언가 즐거움이 있으면 천하 사람들이 모두 그것을 누린 다음 마지막으로 사대부가 그것에 뒤따라야 한다는 의미. 「岳陽樓記」에 나오는 范仲淹의 이 유명한 말(先天下之憂而憂 後天下之樂而樂)은, 훗날 士大夫의 기개 내지 天下事에 대한 책임감을 대변하는 말로 人口에 膾炙된다.

85 永興軍路의 북부에 위치. 오늘날의 陝西省 延安市.

하 측은 사기가 높아지고 탐욕스러워져서 더욱 빈번히 송의 영역을 침범하였다. 백성들은 그로 말미암아 심각한 피해를 입었다.

种世衡은 당시 大理丞[86]의 직계를 지니고서 鄜州[87]判官으로 재직하고 있었다. 그는,

"延州의 동북 쪽으로 약 200리 지점에 옛날의 寬州란 곳이 있습니다. 이곳의 廢壘를 보수하여 군대를 주둔시킴으로써 서하군의 진격을 저지하도록 해 주십시오. 이곳은 왼쪽으로는 河東으로부터 군량을 조달받기에도 편하고, 오른쪽으로는 延州의 방비를 굳게 할 수 있으며, 북쪽으로는 서하에게 빼앗긴 銀州와 夏州[88]의 수복을 노릴 수 있다는, 세 가지의 이점이 있는 지점입니다"라고 上奏하였다.

조정에서는 그의 건의를 받아들여 그에게 役事를 주도하게 했다. 그는 담력과 용기가 남달라서 비록 서하의 영역 바로 직전까지 다가가면서도 전연 두려워하지 않았다. 그는 조정의 지시를 받고나서, 병사 및 주민들과 더불어 수개월이나 고생하며 한편으로 싸우고 또 한편으로는 성을 쌓아갔다. 그런데 지대가 높은 관계로 샘이 없으면 주둔할 수 없다는 주장이 제기되었다. 그래서 땅을 파 내려가기 시작했는데 150尺[89] 가량 팠을 때 암반이 나타났다. 인부들은 손을 놓으며 말했다.

"이러면 우물을 만들 수 없습니다."

"바위를 뚫고 내려가면 어찌 물이 없을 리 있겠느냐? 바위를 부수어 밖으로 퍼내도록 해라. 그 분량이 한 삼태기가 될 때마다 너희에게 百金

---

86 大理寺丞의 簡稱. 寺丞이라고도 한다.
87 永興軍路의 북부에 위치. 오늘날의 陝西省 富縣 일대.
88 銀州와 夏州 공히 永興軍路의 北邊에 위치한 곳으로서, 銀州는 오늘날의 陝西省 米脂縣의 동부 지역이며, 夏州는 오늘날의 陝西省 橫山縣의 서부 지역이다.
89 약 45m.

씩 상을 내리겠다"라고 그가 말했다.

이 말에 인부들은 다시 힘을 내기 시작했다. 그렇게 암반을 몇 겹이나 뚫으니 마침내 물이 솟구쳐 올랐다. 맛도 매우 좋았고 양도 충분했다. 모든 사람들이 환호하며 외쳤다.

"참으로 귀신같다. 이제 적병이 우리를 몇 겹으로 에워쌀지라도 물 때문에 곤란해질 염려가 없어졌도다."

이렇게 우물을 다시 몇 개나 더 팠다. 군대와 주민, 그리고 말들에 이르기까지 마시기에 충분한 양이 되었다. 이로부터 서쪽 변경지대의 진지 가운데 우물이 없어 근심하는 곳에서는 모두 이 방식을 본받아 큰 효과를 보았다. 얼마 후 조정에서는 옛 寬州 땅에 靑澗城을 설치하고 그를 內殿承制知城事[90]로 임명했다.(「墓誌銘」)

种世衡이 처음 靑澗城에 도입하였을 때, 그곳은 서하와의 경계에 인접해 있었으며 수비는 취약하고 馬草라든가 군량 등도 모두 부족한 상태였다. 이에 충세형은 官錢을 상인들에게 대부해주고 마초와 군량을 조달시키되 그 방법이나 실태에 대해서는 일체를 불문에 부쳤다. 그러자 얼마 지나지 않아 창고가 모두 가득 차게 되었다. 또 관리와 주민들에게 궁술을 익히게 했다. 승려나 道士,[91] 부인이라 할지라도 예외를 두지 않고 익히게 했으며, 銀으로 과녁을 만들어두고 활을 쏘아 맞추는 자에게 가져가라 했다. 얼마 되지 않아 맞추는 자가 많아지자, 銀의 중량은 예전과 똑같이 하되 과녁을 점차 조금씩 작고 두텁게 만들었다. 또한 요역의 輕重을 둘러싸고 분쟁이 일자, 그 명패에 활을 쏘게 하여 맞추는

---

90 內殿承制知靑澗城事의 略稱. 內殿承制는 7品의 大使臣에 속하는 武官 寄祿階.
91 도교의 승려.

자로 하여금 유리한 요역을 택하게 했다. 과실이 있을 경우에도 화살을 쏘게 하여 과녁에 맞추면 방면해 주었다. 이리하여 사람마다 모두 궁술에 능숙하게 되었다. 병사 가운데 病者가 생기면 그 아들로 하여금 보살피게 하고 낫지 않을 시에는 그 아들에게 매질을 했다. 한편으로 羌族[92]을 돌보아주며 때로는 그들의 집에 친히 들어가기도 하였다. 이렇게 환심을 산 결과 그들은 솔선하여 송 측에 도움을 주려 하였다. 西夏의 침공으로 인해 침탈을 당한 部落에 대해서는 마치 가족처럼 보살펴 주었다. 서하와의 전쟁에서 공을 세운 자에게는 자신이 두르고 있는 金帶[93]를 풀어주기도 하고 상 위에 있는 은 그릇을 집어주기도 하였다. 이렇게 몇 년이 지나자, 靑澗城은 延州에 있는 여러 寨들 가운데 경제적으로 가장 여유가 있으며 군사적으로도 가장 강력한 존재가 되었다. 또 유일하게 靑澗城만이 병사의 증파라든가 군량 및 마초의 지급을 요청하지 않게 되었다.(『涑水記聞』)

충세형이 靑澗城에 있을 때 휘하 서리에 의해 불법적인 일을 자행했다고 고발당하였던 적이 있다. 조사를 한 결과 사실임이 확인되었다. 그때 鄜延路經略使인 龐籍이 다음과 같이 上奏하였다.

"충세형은 참으로 荊棘과 같이 어려운 여건을 헤치고 청간성을 건설하였습니다. 만일 세세한 일을 따져서 법에 따라 구속한다면 변경지대의 武將들은 어떠한 일도 할 수 없게 될 것입니다."

이에 따라 충세형의 행위를 불문에 부치기로 했다.

---

92 북송 시대 서북변에 거주하던 이민족에 대한 총칭. 西夏를 건립하는 黨項族(탕구트족)이 그 중심을 이루고 있었다.
93 황금 장식이 있는 腰帶.

훗날 충세형이 還州[94] 知州로 전근가게 되어 龐籍을 만났다. 그는 절하고 또 울며 말하였다.

"저는 鐵石과 같은 심장을 가진 사람입니다만, 公의 은혜를 생각하니 지금 눈물이 흘러내립니다."(『涑水記聞』)

仁宗 慶曆 3년(1043) 봄, 范仲淹이 변경지대로 나오게 되어 環慶路經略使 兼 知環州[95]로 부임하였다. 당시 이 일대에 거주하는 羌族들은 대부분 叛心을 지니고 은밀히 西夏와 내통하고 있었다. 그래서 범중엄은, 种世衡이 평소 羌族들로부터 신뢰를 받고 있다는 점, 그리고 靑澗城의 방어태세가 이미 굳건해졌다는 점 등을 고려하여, 충세형을 環州 知州로 轉任시켜서 강족들을 鎭撫토록 해줄 것을 조정에 奏請하였다.

그 羌族 가운데 牛奴訛란 인물이 있었다. 그는 평소 송 측에 비협조적이어서 일찍이 州官衙에 나가본 적도 없는 자였다. 그런데 충세형이 부임해온다는 얘기를 듣고 멀리까지 나와 영접하였다. 충세형은 이튿날 그의 처소로 찾아가 관할 部落을 격려하기로 약속하였다. 그날 저녁 큰 눈이 내려 세 자나 쌓였다. 충세형의 副官들은,

"牛奴訛는 흉포하고 간사하여 믿을 수 없습니다. 더욱이 눈이 내려서 길이 험하니 가서는 안 됩니다"라고 말했다. 하지만 충세형은,

"내 이제야 이민족들과 신뢰를 쌓기에 이르렀는데 어찌 약속을 어길 수 있겠는가?"라고 말하고, 눈길의 위험을 무릅쓰고 헤쳐갔다.

도착해보니 牛奴訛는 아직 일어나기 전이었다. 충세형은 발로 차서

---

94 永興軍路의 西北端으로서 西夏와 바로 인접해 있었다. 오늘날의 甘肅省 環縣 일대.
95 環慶路는 仁宗 康定 2년(1041)에 신설. 路治는 慶州(오늘날의 甘肅省 慶陽縣 일대)에 두어졌다. 대략 오늘날의 陝西省 서부와 甘肅省 동부 일대에 상당한다.

일어나게 했다. 그는 깜짝 놀라며 말했다.

"우리는 대대로 이 산기슭에 살지만, 중국의 관리로서 감히 여기까지 왔던 사람이 없었습니다. 公께서는 우리를 이토록 의심하시지 않는군요."

그는 部落들을 이끌고 도열하여 절을 하였다. 이후 그들은 모두 감격하여 마음속으로부터 복속하였다.(『涑水記聞』)

처음 李元昊가 宋의 西北邊을 침공하였을 때 송의 군대는 패배를 거듭하였다. 이에 서하의 기세가 더욱 드높아져서 關中[96] 지역을 倂呑하려는 뜻까지 지니게 되었다. 그 장수 가운데 野利王이라 불리는 剛浪㖫란 인물과 天都王이라 불리는 또 다른 인물이 있었다. 이들은 각각 다른 지점에서 정병을 거느리고 있었는데 이원호는 이들을 크게 의지하여 心腹이라 여겼다. 서하가 송 측의 군대를 패퇴시킬 수 있었던 것도 바로 이 두 사람의 책략 때문이었다.

种世衡은 이 무렵 靑澗城을 갓 완성짓고 그 둘을 제거하기 위한 계책을 세웠다. 그는 靑澗의 승려인 王嵩이란 인물을 찾아냈다. 충세형은 그가 心地도 굳고 質朴하다는 것을 확인한 후 군대로 끌어들였다. 그리고 전투가 벌어져 출정하였을 때, 적의 首級 몇을 그에게 주어 經略司 관청에 보고하게 하고, 자신은 조정에 상신하여 三班借職[97]을 수여받도록 하였다. 왕숭은 이렇게 하여 經略司의 간부가 되었다. 한편으로 충세형은 그의 살림을 정성껏 보살펴주어 가옥에서부터 奴僕과 衣食에 이르기까지 모든 것을 대주었다. 이에 왕숭은 마음속 깊이 은혜에 감복하였다. 그러나 충세형은 짐짓 그에게 냉담히 굴어서 심지어 노복이나 가축

을 보듯 경멸하기도 했다. 한번은 매질한 후 刑具에 옭아매어 수일 동안이나 옥에 가두기까지 하였다. 왕숭은 비록 그 고초가 이루 형언할 수 없으리만치 고통스러웠지만 충세형에게 단 한 마디도 원망을 하지 않았다. 충세형은 그에게 일을 맡길만하다고 판단하였다.

그로부터 반년이 지나, 충세형은 왕숭을 불러 다음과 같이 말하였다.

"내 장차 너에게 임무를 하나 맡기려 하는데, 너는 절대로 그 일을 발설하지 말아야만 한다. 설령 예전에 옥에 갇히며 당한 것보다 더 심한 고초가 따른다 할지라도, 네가 날 위해 실토하지 않을 수 있겠느냐?"

왕숭은 울며 대답했다.

"저는 이루 말할 수 없이 빈천한 몸이온대, 장군님의 가르침과 은혜를 입어서 일신의 부귀영화를 누리고 있습니다. 항상 죽음으로써라도 그 은혜에 보답해야 한다고 맹세하고 있었으나 어떻게 해야 할지를 모르고 있었습니다. 하물며 고초 따위를 마다하겠습니까?"

이 말을 듣고 충세형은 野利王에게 보내는 편지를 써주었다. 편지의 내용은 대략 세간에서 통상적으로 안부를 묻는 것과 같은 것이었다. 이 밖에, '예전에 은밀히 맺었던 약속을 신속히 행하기 바란다'라는 몇 구절이 있는 비밀스런 내용의 편지를 하나 더 갖고 가게 했다. 이 비밀 편지는 一尺 정도의 흰 비단에 적어 밀랍을 먹인 다음 왕숭의 승복 속에 집어 넣고 은밀히 꿰맸다.

"이 편지는 거의 죽을 지경이 되지 않으면 내보이지 말도록 해라. 만일 이를 내보이게 되었을 때에는, 이제 나를 배반하여 일을 그르치게 되었다고 말해야만 한다."

충세형은 왕숭에게 이처럼 단단히 일렀다. 그리고 거북이 그림 하나와 나무로 깎은 대추 한 알을 사자의 信牌[98]로서 그에게 주고 野利王에게 가게 했다. 왕숭은 이러한 지침을 받고 野利王의 군영으로 가서, 충세형이 보내는 편지 및 信牌인 거북이 그림과 대추 조각을 바쳤다. 野利王은 거북이 및 대추가 모욕의 표시라는 것을 알고 웃으며 말했다.

"내 평소 种將軍을 특별한 인물이라 여겼는데, 이제 보니 어찌 고작 아녀자 따위의 견식을 지니고 있었단 말이냐?"

그는 왕숭이 다른 편지를 지니고 있을 것이라 생각하고 샅샅이 뒤지게 했다. 왕숭은 수색하는 주변 사람들을 보며, '이미 없노라고 대답했다'고 말했다. 野利王은 다른 편지를 찾지 못하자, 충세형이 자신에게 서신을 보내왔다는 사실을 숨길 수 없다고 판단하고, 그 서신을 봉하여 이원호에게 보고하였다.

며칠 후 이원호는 野利王과 왕숭을 불렀다. 둘은 서북 쪽으로 수백 리를 간 끝에 '興州'[99]란 이름의 큰 城에 도착했다. 왕숭은 먼저 '樞密院'이란 이름의 어느 관서로 보내졌다. 다음에는 '中書'란 관서로 가게 되었다. 거기에는 여러 명의 이민족 사람들이 野利王과 함께 앉아 있었다. 그들은 왕숭을 마당으로 부른 다음, 충세형의 다른 서신이 어디에 있느냐고 詰問하였다. 왕숭은 이전에 대답했던 대로 말했다. 그러자 그들은 巾櫛을 벗기고 온 몸을 묶은 다음 극히 고통스럽게 매질을 했다. 하지만 왕숭은 끝내 말을 바꾸지 않았다.

그로부터 또 며칠이 지났다. 왕숭은 또 어떤 관서로 불려 나갔다. 매우 넓고 우람한 건물이었다. 모두 대나무를 엮은 주렴이 드리워져 있었고

---

98 거북이 그림과 대추 조각을 信票로서 준 것은 상대방에 대한 모욕의 의미이다. 거북이는 위험에 봉착할 경우 外殼 안으로 四足과 머리를 집어 넣는다 하여 古來로 怯懦의 상징물이며, 대추란 婦人들이 타인의 집을 방문할 때 지참하는 禮物인 관계로 婦人과 같은 柔弱의 상징이다. 따라서 使者를 통해 거북이와 대추를 전달한 것은, 상대방이 卑怯하고 柔弱하다고 모욕하는 행위라 할 수 있다.

99 西夏의 수도인 興慶. 오늘날 寧夏回族自治區의 省都인 銀川市.

녹색 옷을 입은 작은 아이들이 좌우로 주욱 늘어서 있었다. 왕숭은, '이곳이 李元昊의 궁전이로구나' 하고 생각했다. 잠시 후 주렴 안에서 어떤 사람이 나오더니, 또다시 이전처럼 다른 서신이 어디 있느냐고 물었다.

"너는 속히 말하여라. 그렇지 않으면 죽이겠다." 그가 말하였다.

하지만 왕숭은 전과 같이, '그런 것은 없다'고 대답했다. 그러자 끌고 가 주살하라는 명령이 떨어졌다. 왕숭은 크게 울부짖으며 말했다.

"애초 种將軍은 나를 은밀히 野利王에게 보내 서신을 전달하게 하면서 절대로 말하지 말라 했었습니다. 그런데 이제 내가 장군을 저버리게 되었습니다."

이 말을 듣고 주렴 안으로부터 급히 사람이 나와 심문을 했다. 왕숭은 모두 밝힌 다음 옷을 벗고 서신을 꺼내어 바쳤다. 서신이 들어가고 한동안 시간이 흘렀다. 그리고 왕숭에게 객사로 돌아가란 명령이 내려졌다. 그는 거기서 아주 후한 대접을 받았다.

이원호는 野利王을 의심하게 되었다. 그래서 은밀히 愛將을 野利王의 사자라 속여서 충세형에게 파견했다. 충세형은 그 사자가 이원호로부터 파견되었을 것임을 눈치 채고, 즉시 만나지 않고 屬官에게 명하여 客館에 유숙시키게 했다. 이렇게 며칠 동안 지내게 하며 서하 일대의 山川과 지형에 대해 물어보았다. 그랬더니 興州 부근에 대해서는 소상히 알지만 野利王 주둔 지역에 대해서는 제대로 알지 못하는 것이었다. 또 당시 생포되어 있던 서하의 병사 몇 사람으로 하여금 몰래 살펴보게 한 결과 그들 가운데 사자를 알아보는 자가 있었다. 아니나 다를까, 이원호의 사자라는 사실이 분명해졌다. 충세형은 마음을 정하고 그를 불러 만났다. 충세형은 燕服[100]을 차려입고 탁자에 앉았으며, 속관들은 모두 정복을 입고 서류를 지닌 채 鳧雁[101]과 같이 좌우에 侍立하게 했다. 이곳에 사자를 인도하여 오게 한 다음 절하게 했다. 사자가 野利王의 말을 전하자, 충세형은 느릿느릿 이원호를 꾸짖고나서 野利王에게 투항할 의사가 있음을 칭찬하였다. 그리고나서 많은 재물을 주어 사자를 되돌려 보내며 말했다.

"나를 위해 너희 왕에게, 빨리 결단을 내리고 지체하지 말라고 전하라."

대략 사자가 돌아갔을 무렵이 되어 왕숭이 되돌아왔다. 그리고 野利王이 이미 죽었다는 소식이 전해졌다.

충세형은 野利王을 제거하기 위한 계책이 주효했음을 알고, 이제 이원호와 天都王 사이를 이간시키고자 했다. 충세형은 서하와의 접경지대에 祭壇을 만들고, 널빤지에 弔意를 표하는 문안을 새겨서 제사를 지냈다. 그 내용은, 野利王과 天都王이 서로 결탁하여 송조에 투항하려는 뜻이 있었는데, 그 일이 이루어지려는 찰나에 野利王이 죽었음을 애도하는 것이었다. 그 널빤지는 紙錢 속에 파묻혀 있었다. 이렇게 제사를 지내다 서하의 군대가 접근해오자 급히 불사르고 되돌아왔다. 하지만 널빤지는 쉽게 불타지 않아서 서하군이 습득하여 갖다가 이원호에게 바쳤다. 天都王 역시 이로 인해 죄를 얻어 사형에 처해졌다.

이원호는 이렇게 하여 두 장군을 잃었다. 그 후 한참이 지나서야 비로소 이원호는 충세형에게 속은 것을 알아챘다. 그리고 마침내 송 측에 강화를 청하기로 결정했다.

서변의 전쟁이 종료된 후 仁宗은 여러 장수들에게 논공행상을 하게 되었다. 그런데 經略司 관아에서는 충세형의 공을 감추고 조정에 보고

---

100 평상시 편하게 입는 간이복. 宋人인 李上交는『近事會元』에서, "燕服 蓋古之褻服也今亦謂之常服"(권1)이라 말하고 있다.
101 오리와 기러기처럼 정연하게 죽 늘어선 것을 의미.

하지 않았다. 그 또한 종신토록 스스로 나서서 공을 주장하지 않았다.

仁宗 嘉祐 元年(1056) 충세형의 아들인 种古가 조정에 충세형의 문서 상자를 바치며 再論을 호소하였다. 이 사안은 御史府에 배당되어 조사에 들어갔다. 그 결과 种古의 주장대로라는 것이 밝혀졌다. 조정에서는 이 사실을 史官에게 내려 기록하게 했다. 이로 인해 사대부들이 비로소 충세형의 공을 알게 되었다.

충세형은 실로 과단성과 결단력이 있는 인물이었다. 그리고 적의 의표를 찌르는 능란한 책략을 지니고 있었다. 그리하여 서북 일대의 사람들은 모두 지금까지 그를 칭찬하고 있다.(『呂與叔文集』)

권8

狄青

　廣源州[1]의 소수민족 출신 儂智高[2]가 그 무리들과 더불어 반란을 일으
켜, 남방에 방비가 허술했던 것을 틈타 邕州[3]와 賓州[4] 등 7개주를 깨트리
고 廣州[5]에 이르렀다. 그는 이르는 곳마다 관리와 주민들을 살상했으며

1　廣南西路 서남단에 위치. 오늘날의 베트남 廣淵.
2　廣源州 소수민족의 首領으로서 그 모친 阿儂과 더불어 廣源州 일대를 점거하고 있
　다가, 仁宗 慶曆 元年(1041) 儻猶州(오늘날 廣西省 靖西縣의 동쪽)를 점거하고 大曆國
　을 건립했다. 그 후 安德州(靖西縣의 서쪽)로 옮겨 南天國이라 개칭하고 景西라는
　연호를 사용했다. 仁宗 皇祐 4년(1052)이 되면 군사를 일으켜 宋을 공격하고, 邕州
　(오늘날의 廣西省 南寧市)를 점령하여 仁惠皇帝라 자칭한 다음 啓曆이라 改元하였
　다. 이후 송에 대한 공격을 계속하여 西江을 따라 남하하면서, 橫州 · 貴州 · 龔州 ·
　潯州 · 藤州 · 梧州 · 封州 · 康州 · 端州 등 9주를 점령하고 廣州를 위협하였다. 廣州
　공방전에서는 패하였다. 皇祐 5년(1053) 宋朝는 狄青을 宣撫使로 하고 余靖을 安撫
　使로 삼아 3만여 명을 파견하여 儂智高軍을 마침내 邕州에서 격파했다. 농지고는
　이후 大理國으로 도망가 종적을 감추고 반란도 진압되기에 이른다.
3　廣南西路 西南端에 위치. 오늘날의 廣西省 南寧市 일대.
4　廣南西路 중앙부에 위치. 오늘날의 廣西省 賓陽縣.

멋대로 약탈했다. 이로 인해 동남 일대에서는 큰 소동이 벌어졌다.

조정에서는 驍將[6] 張忠과 蔣偕를 파견하였다. 이들은 驛傳[7]들을 빠르게 통과하여 가능한 신속히 진압한다는 방침을 취했으나, 현지에 다다르자마자 모두 儂智高에 의해 패퇴하고 말았다. 다음으로는 楊畋과 孫沔, 余靖 등을 파견하여 招撫하고자 했으나 이들 모두 오래도록 공을 세우지 못했다.

仁宗은 이러한 상황에 근심하다가 마침내 樞密副使인 狄靑을 파견하기로 했다.[8] 그를 宣撫使로 임명하여 군대를 이끌고 토벌하라는 임무를 부여하였다. 그러자 翰林學士인 曾公亮이 狄靑에게 어떠한 方略을 취할 것이냐고 물었다. 그는 처음에는 말하려 하지 않다가, 曾公亮이 거듭 물으니 마침내 대답했다.

"근래 군대의 기율과 조직이 흐트러져 있고, 게다가 廣川에서 패배한 이래로 포상과 처벌 또한 명확치 않소이다. 이제 마땅히 군대의 기율과 제도를 세우고 포상과 처벌을 분명히 하는 일부터 시작할 작정이오. 다만 우려하는 바는, 반란군들이 내가 파견되는 것을 보고 조정에서 樞密副使라는 막중한 관원을 보내는 것에 겁을 집어먹고, 모두 달아나 버리지는 않을까 하는 것이오."

증공량은 이어서 또 물었다.

"반란군의 標牌軍[9]은 막강한 위력을 지니고 있다고 합니다. 어떻게

---

5   廣南東路의 路治 소재지. 오늘날의 廣東省 廣州市.

6   사납고 날랜 장수

7   驛站 내지 驛館. 驛馬와 숙소를 설비하고 官吏 및 군대의 이동시 그 편의를 제공하는 곳. 통상 교통의 요충지에 설치된다. 다량의 驛馬를 양육하며 통과하는 관리나 군대에게 交替馬를 제공해주는 한편 숙소를 제공하는 기능도 담당한다.

8   적청이 荊湖南北路宣撫使提擧廣南東西路經制賊盜事로 임명된 것은 仁宗 皇祐 4년 (1052) 9월 말의 일이었다(『續資治通鑑長編』 권173).

대비할 작정입니까?"

"그것은 쉽습니다. 標牌軍은 보병일 뿐이오. 騎兵을 만나면 標牌는 아무 쓸모가 없소."

처음 張忠과 蔣偕가 파견되었을 때 그들은 수도로부터 6, 7일 만에 마치 달리듯 廣州에 다다랐다. 또 변변히 병사들을 조직으로 편재하지도 않은 채, 반란군을 만나자마자 서둘러 전투를 벌였다. 게다가 蔣偕 등은 경계의 필요성조차 몰랐기 때문에 병사들은 반란군의 급습을 당하여 바람에 쓸리듯 패주했다. 그리하여 張忠은 軍陣 속에서, 그리고 蔣偕는 장막 안에서 잠을 자다가 반란군에 의해 사로잡혔다. 한편 楊畋과 余靖 등은 내부의 분란으로 말미암아 제대로 활동을 할 수 없었다. 孫沔의 경우는 청탁에 의해 흔들리고 있었다. 그를 따르는 幕僚들은 朱從道와 鄭 紓, 歐陽乾曜 등이었는데, 이들은 모두 음험하고 경박한 데다가 신뢰하기 힘든 자들이었다. 그들은 어려운 것은 회피하려 들면서 재물을 탐하기만 할 따름이었다. 孫沔은 이러한 자들의 주장대로 따르고 있었다. 그리하여 遠近의 사람들은 이러한 정황에 대해 탄식해 마지않았다. 孫沔은 潭州[10]에 이르러 병이 났다고 둘러대고 관망만 할 뿐 나아가려 하지 않았다.

적청에게 勅命이 내리자 그가 황제의 신망을 받고 있는 인물이기 때문에 따라 나서겠다고 하는 자들이 적지 않았다. 그는 이러한 자들을 불러서 말했다.

"그대가 날 따라 나서겠다고 하는데 그것은 나 역시 바라는 바이다. 그런데 儂智高는 작은 도적일 뿐이다. 그럼에도 나까지 파견하는 것은

---

9 標牌는 兵刃矢石을 막아내는 방패의 일종. 標牌로 무장한 병사가 바로 標牌軍이다.
10 荊湖南路의 路治. 오늘날의 湖南省 長沙市.

일이 그만큼 급박하게 돌아가기 때문이다. 만일 나를 따르는 인물들 가운데 도적을 토벌하는 데 공을 세운 이가 있다면, 조정에서 두터운 상을 내릴 터이요, 나 역시 마땅히 상을 주청해야만 할 것이다. 하지만 출정하여 도적을 물리치지 못한다면 엄정히 군법에 따라 처단해야 할 것이고 여기에 나는 사사로이 개입해서는 안 될 것이다. 그대는 심사숙고토록 하라. 그럼에도 나를 따라나서겠다 한다면 내 상주하여 그대를 데리고 가겠노라. 그대 뿐만이 아니라 그대의 친척이나 交友들에 이르기까지 내 말을 널리 알려주기 바란다. 진실로 동행하기를 원하는 자가 있으면 그것이야말로 내가 원하는 바이다."

이 말을 전해들은 자들은 모두 크게 놀라서 다시는 감히 따라가겠다고 나서지 못했다. 적청이 불러모은 자들은 모두 그가 평소에 같이 일을 도모할 만하다고 여긴 인물들 뿐이었다. 또 한결같이 남들로부터 인망을 받고 있는 인물들이었다.

적청은 군대를 이끌고 나서자 하루에 다만 驛傳 하나씩 나갔다. 그리고 州에 이르면 병사들을 하루씩 쉬게 했다. 이렇게 潭州에 이르러 그는 부대조직을 만들고 규율을 명확히 세웠다. 군대가 행군하고 멈춤에 모두 행렬을 짓도록 했으며, 물품을 나르고 식사를 담당하며 경계에 임하는 일에 이르기까지 모두 명확히 직무를 구획지어 주었다. 병사들 가운데 민간으로부터 채소 한 묶음이라도 약취한 자가 있으면 斬刑으로 다스렸다. 이리하여 군내의 기강이 엄정해지고 감히 큰소리 내는 자조차 없었다. 만여 명의 군사가 지나치는데 작은 소리도 나지 않을 정도였다.

적청은 驛傳에 머물 때마다 사방에 철저히 병사들을 배치하여 경계하도록 했으며, 또 문마다 각 부대로 하여금 2인의 보초를 세워서 한 사람도 멋대로 드나들지 못하게 했다. 적청 자신을 만나기 원하는 사람이 있으면 모두 즉시 만나 주었다. 야외에서 宿營을 할 때에는 반드시 軍幕 주변에 木柵을 세워 두었으며, 자신의 숙소에는 사방에 병기를 소지한 병사들을 몇 겹으로 배치하였다. 또 정예부대를 자신의 숙소 좌우에 배치하는 등, 방비와 경계태세를 매우 삼엄하게 했다.

적청이 도착하기 이전 현지의 장수들은 전투시마다 져서 으레 패배를 당연한 것으로 여기고 있었다. 그 무렵 知桂州[11]인 崇儀使 陳某와 知英州[12]인 供備庫使 蘇緘이 적과 전투를 벌였다가 예나 다름없이 다시 패주하여 왔다. 당시 적청은 賓州에 도착해 있었다. 그는 陳某와 그 부장 32인을 불러 죄상을 꾸짖은 다음 모두 軍法에 따라 斬刑에 처해 버렸다. 다만 蘇緘은 다른 곳에 있었기 때문에 刑具에 옭아매고 옥에 가두어 조정에 그 처벌을 주청하였다. 그러자 軍中에서는 사람마다 분발하여 목숨을 걸고 싸우겠다는 생각을 갖게 되었다.

이때 농지고는 邕州로 돌아가 지키고 있었다. 적청은 그가 험준한 崑崙關에 의거하여 방어에 임하는 것이 걱정스러웠다. 그래서 賓州에 軍令을 내려 병사들에게 각각 5일치의 식량을 지급하여 휴식을 취하게 했다. 반란군 측의 첩자들은 방비태세가 허술해졌음을 농지고의 본부에 통지하였다. 그날 저녁 비바람이 몰아쳤다. 적청은 이슥한 밤을 이용하여 부대를 이끌고 崑崙關을 넘었다. 崑崙關을 넘은 후 적청은 이렇게 말했다.

"반란군들이 오늘 우리를 막아세우지 못한 것은 어쩔 수 없는 일이었다. 저들은 밤도 깊었고 비바람이 몰아치므로 우리가 감히 올 것이라 여기지 못했던 것이다. 우리가 올 수 있었던 것은 저들의 허를 찔렀기 때

---

11 桂州는 廣南西路의 路治로서 廣南西路 北端에 위치. 오늘날의 廣西省 桂林市.
12 英州는 廣南東路 중앙부에 위치. 오늘날의 廣東省 英德縣.

문이다.”

적청의 군대가 邕州에 밀어닥친 다음에야 반란군들은 비로소 알아채고 歸仁浦로 물러나 반격태세를 취했다. 적청은 높은 산등성이에 올라 정황을 살폈다. 반란군들은 언덕바지 위에 진을 치고 진압군은 아래로부터 육박해 들어가다 부장인 孫節이 흐르는 화살에 맞아 전사했다. 적청은 부대로 하여금 서둘러 진격하도록 지시하였다. 병사들은 각각 용맹스럽게 싸웠다. 이보다 앞서 적청은 소수민족의 기병대 2,000여를 반란군의 배후에 배치해 두었었다. 이들에게도 습격을 명하여 반란군을 앞뒤로 협격토록 하였다. 반란군의 標牌軍은 기병대에게 짓밟혀 전열을 가다듬지 못했다. 군사들은 또 말 위에서 쇠도리깨로 반란군 병사들을 내리쳤다. 반란군은 마침내 무너져 전사한 시체들이 쌓일 정도였다. 이렇게 하여 적들은 대패하였고 농지고는 성에 불을 지르고 달아났다.[13]

적청은 앞서 曾公亮에게,

“군대의 기율과 조직을 세우고 포상과 처벌을 분명히 하면 반란군들은 패주할 것이고, 標牌는 騎兵을 당할 수 없소”라고 말한 바 있다. 실로 그가 판단한 대로였다. 적청은 이 공로로 인해 조정의 중신이 되었다.

수천 리 바깥의 일을 논함에 있어 그는 정확하고 간명한 정세 판단을 내렸다. 장황한 修辭도 없었다. 설령 저 옛날의 名將이라 할지라도 어찌 여기에 덧붙여지는 바가 있으리오? 그는 실로 갑자기 일어나 공을 세운, 일 순간의 무인이 결코 아니었도다.

慶曆 年間에 葛懷敏이 이원호와 廣川에서 전투를 벌인 바 있다. 여기

---

13 이처럼 仁宗 皇祐 5년(1053) 儂智高가 邕州로부터 敗走함으로써 반란은 종식되었다. 이후 儂智高는 大理로 들어갔다가 얼마 되지 않아 이곳에서 살해되었다. 大理에서의 사망 전후의 사정에 대해 『宋史全文』에서는, “儂智高母儂氏弟智光子繼宗繼隆伏誅, 智高亦自爲大理所殺 函其首至京師”(권9上, 至和 2년 6월 乙巳)라 기록하고 있다.

서 葛懷敏은 敗死하고 여러 부장들과 士卒들은 대부분 산골짜기로 도망해 숨어들었다. 당시 조정에서는 招撫에 급급하여 이들을 엄벌에 처하지 않고 가볍게 처벌하는 데 그쳤다. 이로부터 군대가 그 장수를 버렸으며 목숨을 걸고 싸우려 들지 않게 되었다. 이러한 까닭에 적청은, '廣川의 패전 이래로 포상과 처벌이 불분명해졌다'라고 말했던 것이다. 翰林學士 蔡襄 역시, '적청으로부터 그러한 이야기를 들었다'라고 말한 바 있다.(『南豊雜識』)

樞密副使 狄靑이 儂智高를 토벌하겠다고 自請하자 仁宗은 적청을 宣徽南院使·荊湖南北路宣撫使·都大提擧經制廣南東西路賊盜事[14]로 임명했다. 이때 諫官 韓絳이 上言하여, 적청은 武人이므로 全權을 부여해서는 안 되며, 따라서 近臣의 文官을 보좌관으로 임명하여야만 한다고 주장하였다. 인종은 이 문제를 執政에게 자문하였다. 당시 龐籍이 홀로 재상의 직위에 있었다. 그는 다음과 같이 말했다.

"근래 조정의 군대가 거듭 패한 까닭은 모두 大將의 권위가 가볍기 때문입니다. 이로 인해 副將들이 각각 독자적으로 판단하여, 적을 만나면 혹은 진군하고 혹은 물러서는 등 제멋대로여서 大將이 통제할 수 없었습니다. 지금 적청은 말단 병사 출신입니다. 만일 近臣으로 하여금 보좌관으로 삼는다면 그 近臣은 필시 적청을 아주 없수이 여길 것이고, 따라서 적청의 명령은 그대로 행해질 수 없을 것입니다. 이는 이전의 전철을 그대로 답습하는 것입니다. 적청은 평소 유능한 장수란 평판이 자자한 인물입니다. 더욱이 그는 현재 조정의 중추부서인 樞密院의 重臣으

---

14 이 직함 가운데 宣徽南院使는 加官으로서 品位는 樞密使보다는 낮고 樞密副使보다는 높았다.

로서 대병을 이끌고 반란군 토벌에 나서고 있습니다. 그런데도 그가 나서서 승리를 거두지 못한다면 嶺南 地方은 앞으로 폐하의 소유가 아니게 될 것입니다. 나아가 荊湖 地方과 江南 地方 역시 모두 위태로워질 것입니다. 禍難이 일어날 때 그 시작은 극히 미미하기 짝이 없습니다. 신중히 대처하지 않으면 안 됩니다. 적청은 예전에 鄜延에서 臣의 휘하에 있었습니다. 그는 침착하고 용맹스러우며 지략까지 겸비하고 있습니다. 만일 그에게 농지고 토벌에 대한 전권을 부여하여, 그로 하여금 먼저 군대에 권위를 세우고 그러한 연후에 그의 능력을 발휘하게 한다면, 그는 반드시 반란군을 평정할 것입니다. 바라건대 폐하께서는 근심하지 마옵소서.”

龐籍의 말에 인종은,

“좋다”라고 대답했다. 그리고 嶺南 일대에서의 군사 문제는 모두 적청의 지휘를 받게 하고 民事 관계는 孫沔 등과 더불어 처리하라는 조령을 내렸다.

당시 余靖은 賓州에 주둔하고 있었는데, 농지고의 군대가 그리로 진격해 올 것이라는 소식을 듣고는, 성과 군량 및 馬草 등을 죄다 버리고 달아나 邕州로 들어갔다. 농지고는 손쉽게 賓州를 함락시켰다. 그러자 余靖은 군대를 이끌고 邕州를 나서며 적을 맞아 싸운다고 말하고, 監押[15]을 남겨놓아 邕州를 지키게 했다. 잠시 후 監押도 달아나 버렸다. 농지고는 邕州 역시 손쉽게 함락시켰다.

11월, 적청은 湖南에 이르렀으며 여러 지역 출신들의 병사들도 모두 모였다. 장수들은 宣撫使가 곧 도착한다는 소식을 듣고, 다투어 먼저 공

---

15 諸州의 兵馬를 관할하는 武官인 兵馬監押의 簡稱.

을 세우려 하였다. 여정은 廣南西路鈐轄[16]인 陳某[17]에게 군사 만 명을 주어 농지고를 공격하게 했다. 陳某는 7개의 寨를 건설했을 뿐 여기에 머물며 나가 싸우려 하지 않았다.

11월 壬申의 저녁, 金城驛이란 곳에서 농지고와 陳某의 사이에 전투가 벌어졌다. 여기서 陳某가 패배하여 달아나 도망쳐왔다. 전사자만 무려 2,000여 명에 달하였으며 대소의 병기를 버려둔 것도 대단히 많았다. 이때 交趾王 李德政이 2만 명의 군대를 내어 농지고의 토벌을 돕겠다고 나섰다. 적청은 상주하여 官軍만으로 반란군을 진압하는 데 충분하며 交趾의 군대는 불필요하다고 말했다. 丁未, 交趾에게 출병하지 말라는 조서를 보냈다. 적청은 서쪽 변경지대로부터 이민족 병사 가운데 2,000명의 기병을 선발하여 지원해 달라고 요청하였다.

皇祐 5년(1053) 正月, 적청은 賓州에 도착했다. 여정과 패전한 陳某 등이 모두 나와 맞았다. 이 당시 보급물자는 아직 도착하지 않은 상태였다. 이에 적청은 먼저 5일 분량의 군량을 확보하라는 명을 내렸다가 이윽고 고쳐서 10일분의 군량을 확보하라고 일렀다. 농지고는 이 소식을 전해 듣고, 마음을 놓고 대비를 소홀히 하게 되었다. 그는 上元이 되자 燈을 밝히고 큰 연회를 베풀기까지 하였다.

이 무렵 副將들은 그 장군을 대하기를 마치 자신의 동료를 보듯 하였으며 두려워하고 조심하는 바가 없었다. 의논할 때에도 각각 자신의 견해를 고수하여 시끄러이 떠들며 장군의 명령을 받들지 아니했다. 己酉, 적청은 모든 부장들을 幕府[18]에 소집했다. 陳某는 마당에 세웠다. 그리

16　鈐轄은 兵馬鈐轄의 약칭으로서 지역의 임시 사령관. 그 지위는 都部署나 部署의 아래이자 都監 및 監押의 위였다.

17　陳曙를 가리킨다. 이에 대해서는 『續資治通鑑長編』 권173, 仁宗 皇祐 4년 12월 壬申條 참조.

고 그 패군의 죄목을 지적한 후 軍校 수십 명과 함께 모두 斬刑에 처했다. 여러 부장들은 이를 보고 두려워 떨며 감히 고개를 들어 적청을 마주보지 못했다. 이때 여정이 일어나 머리를 조아리며 말했다.[19]

"陳某가 패전한 데에는 제가 지휘를 잘못한 죄도 큽니다."

이에 대해 적청은,

"舍人은 文臣이올시다. 군대의 지휘는 그 소임이 아닙니다"라고 말했다.

그러한 연후 부대를 나누어 진군하였다. 보군과 기병을 합하여 2만 명이었다.

그때 누군가 儂智高에게 말하였다.

"騎兵은 평지에서나 이롭습니다. 마땅히 군대를 보내어 崑崙關을 지키게 하고 저들이 그 험한 곳을 넘어오지 못하도록 해야 합니다. 그런 다음에 병사가 피로해지고 양식이 떨어지기를 기다려 공격한다면 질래야 질 수가 없을 것입니다."

하지만 농지고는 번번이 승리한 터라서 官軍을 가벼이 여기고 그 말을 듣지 않았다. 한편 적청은 행군의 속도를 갑절이나 서둘러서 崑崙關을 넘었다. 그리고 곧장 邕州城을 향해 진격하였다. 농지고는 이 소식을 듣고는 황망히 군대를 내어 전투를 벌였다.

戊午, 양측의 군대는 歸仁浦에서 맞부딪혔다. 적청은 보병을 앞세우고 그 뒤에 기병을 숨겼다. 농지고 측에서는 날래고 강건한 자들에게 長

---

18 출정한 將帥의 천막지휘소. 후에는 軍政 담당 고관의 집무소를 가리키기도 했다.

19 당시 적청의 직함은 宣徽南院使荊湖南北路宣撫使都大提擧經制廣南東西路賊盜事였으며 여정은 廣南西路安撫使知桂州였으므로, 여정이 적청의 節制를 받는 위치였다. 制置使나 招討使・安撫使・轉運使・鎭撫使 등을 막론하고 공히 位階가 宣撫使의 下位였다. 이러한 선무사의 지위에 대해 『宋會要輯稿』에서는, "祖宗以來 所置使名莫重于宣撫 多以見任執政官充使"(「職官」 41之24)라 말하고 있다.

槍을 들게 하여 앞세우고 약한 자들은 모두 그 뒤에 세웠다. 그리하여 적청의 선봉장인 孫節은 싸우다 불리해져서 전사했다. 하지만 將卒들은 적청의 엄한 명령을 두려워하여 힘을 다해 싸우며 감히 물러서지 않았다. 적청은 이때 높은 등성이에 올라서서 五色 깃발을 들고 기병에게 출격하라는 신호를 보냈다. 기병대는 좌우 양 진영으로 나뉘어 長槍을 든 적군의 배후를 습격했다. 이로 인해 농지고의 군대는 셋으로 나뉘어졌고, 기병대가 재차 공격해 들어가자 창을 든 적병들은 속수무책으로 떨어져 나갔다. 이렇게 하여 농지고군은 대패했다. 반란군 가운데 3,000여 명이 죽거나 포로로 잡혔으며 포로 가운데에는 侍郎인 黃師宓 등도 있었다. 농지고는 패주하여 邕州城으로 들어갔다. 官軍은 이를 추격하여 성 아래에 軍營을 설치했다. 밤이 되자 軍營 안에서 커다란 소리가 울려퍼졌다. 반란군들은 이 소리를 듣자 관군이 또 공격한다고 여기고는 성을 버린 채 도망갔다. 이튿날 적청은 邕州城에 들어가, 副將을 파견하여 농지고를 추격하게 했다. 추격에 나선 부장은 田州[20]를 넘어서까지 뒤쫓았으나 끝내 따라잡지 못하고 되돌아왔다. 농지고는 大理國으로 도망해 들어갔다.

적청이 승전했다는 첩보가 전해지자 인종은 크게 기뻐하며 龐籍에게 말했다.

"卿이 그 주장을 강력하게 고집하지 아니했다면 嶺南은 평정되지 못했을 것이오. 오늘의 이 승리는 다 卿의 공이오."

적청이 돌아오자 인종은 그에게 樞密使兼同平章事의 직위를 내리려 했다. 이에 방적이 말했다.

---

20   廣南西路 邕州의 중앙부에 위치. 오늘날의 廣西省 田陽縣 부근.

"옛날 曹彬[21]이 江南을 평정했을 때 太祖는, '내 卿을 재상으로 삼고 싶소만 아직 사방에 복속되지 않은 적들이 많소이다. 그런데 卿을 재상으로 삼는다면, 훗날 어찌 卿이 짐을 위해 死力을 다할 수 있겠소?'라고 말하고는, 다만 錢 20萬緡을 내리는 것에 그쳤습니다. 지금 적청이 큰 공을 세운 것은 사실이지만 曹彬의 그것에 비할 바는 아닙니다. 만일 지금 이 관직을 상으로 준다면 부귀가 극에 달하게 됩니다. 훗날 다시 도적의 무리가 생겨서 적청이 또 공을 세운다면 그때는 어떤 관직을 상으로 주시렵니까? 그리고 적청은 武卒 출신으로서 조정의 중추부서인 樞密院의 次官에까지 올랐습니다. 이를 두고도 여러 가지 이야기들이 많습니다. 여지껏 국가에 이러한 전례가 없었기 때문입니다. 그런데 지금 다행히 그가 공을 세웠으므로 그러한 이야기들은 가라앉았지만, 만일 또 지나친 상을 내리게 되면 이는 적청으로 하여금 衆人들에게 다시 책망을 받게 하는 것이 됩니다. 적청에게 지나친 관직을 내리지 않는 것은 國體에도 도움이 될 뿐만 아니라 실로 적청을 위해서도 바람직스러운 일이라고 여겨집니다. 저 옛날 衛靑[22]이 大將軍이 되어 侯에 봉해졌습니다. 그리고 다시 공을 세우자 漢武帝는 그 자식들을 侯로 삼았습니다. 폐하께서 만일 포상이 미진하다 여기신다면 그 자식들에게 관직을 내리심이 마땅할 줄 아옵니다."

방적은 며칠 동안이나 이와같은 주장을 거듭하여 강력하게 제기하였다. 인종도 그렇게 하라고 허락하였다.

2월 癸未, 적청에게 護國軍節度使의 관작을 덧붙여 예전대로 樞密副使의 직위를 유지하도록 하였다. 그리고 그 아들들에게 관직을 주었다.

---

21 태조 시기의 명장. 본서 1책, 75~83쪽 참조.
22 漢 武帝 시기 흉노 정벌의 주역을 담당했던 명장.

그 얼마 후 적청에 대한 포상이 너무나 박하다는 여론이 일었다. 石全彬은 적청에 대한 포상의 재심을 中書에 요구하였다.

5월 乙巳, 마침내 적청을 樞密使로 삼았다.(『涑水記聞』)

包拯

包拯이 知天長縣[23]으로 재직할 때, 도둑이 소의 혀를 잘라갔다고 신고한 사람이 있었다. 포증은 돌아가 그 소를 도살하여 팔라고 했다. 얼마 후 사사로이 소를 잡았다고 고발[24]하는 사람이 나타났다. 포증은 그에게 이렇게 말했다.

"너는 어찌하여 남의 집 소의 혀를 잘랐다가, 이제 또 그 집에서 소를 잡았다고 고발하느냐?"

그 도둑은 놀라워하며 죄를 자백했다.

얼마 후 포증은 知端州[25]로 轉任을 갔다. 端州에서는 해마다 벼루를 貢物[26]로 중앙에 바쳤다. 前任 知州는 이 貢納 때마다 수십 갑절의 벼루를 징발하여 고관들에게 뇌물로 보냈다. 포증은 벼루 제조자들에게 명

---

23 天長縣은 淮南東路 揚州에 위치. 오늘날의 江蘇省 天長縣.
24 당시 농경의 보호를 위해 소의 도살은 원칙적으로 금지되어 있었으며, 불가피할 경우에도 반드시 관아의 허락을 받도록 되어 있었다.
25 端州는 廣南東路 서부에 위치, 오늘날의 肇慶市. 端溪硯이라는 이름으로 오늘날까지 명성이 자자한 벼루의 명산지.
26 송대 전국의 各州府에 1년에 한 차례씩 조정에 특산품을 헌상하도록 규정되어 있었다. 이를 貢物, 혹은 貢納이라 칭했다. 端溪硯의 경우 북송 중엽 그 수량은 年 10개였다.

하여 貢納의 수량만큼만 내게 하였으며, 임기가 만료되어 전근갈 때에
도 단 하나의 벼루도 지니지 않은 채 떠나갔다.(『臣史』)

포증은 言官[27]으로 재직하면서 현안 문제에 대해 적극적으로 의견을
개진하였다. 그 후 開封府 知府가 되었는데 그는 조정의 명령을 철저하
게 시행시켰다. 그래서 지금까지도 천하 사람들이 그를 '包待制'라고도
하며 혹은 '包家'라 부르기도 한다. 오늘날 市井의 서민들이나 농민들
은, 이기적이고 편파적인 사람을 가리켜, '너는 包家 같은 인물이구나'
라고 비꼬아 말한다. 또 탐욕스럽고 부정한 사람에게는, '너는 司馬家
같은 인물이구나'라고 말한다. '司馬家'란, 천하 사람들이 司馬光을 가
리켜 부르는 말이다.(『呂氏家塾記』)

포증이 개봉부 知府로 있을 때 明察로 이름이 높았다. 그때의 일이다.
어느 백성이 杖脊[28]에 해당되는 죄를 범하였는데, 서리가 뇌물을 받아먹
고 이렇게 계략을 꾸몄다.

"이제 내가 知府를 뵈면 틀림없이 나에게 杖刑의 시행을 맡길 것이
다. 杖刑을 받을 때 너는 다만 큰 소리를 지르며 변명만 하면 된다. 내가
너와 이 형벌을 나누어 받겠다. 너는 杖刑을 받고 나 역시 장형을 받을
것이다."

얼마 후 포증은 죄수를 데려오게 하여 심문하고 나서, 아닌게 아니라
그 서리에게 형벌의 집행을 맡겼다. 죄수는 서리의 말대로 소리소리 지

---

27 匡正君主 諫爭得失의 임무를 지닌 諫官을 가리킨다. 송대에는 諫院이란 독립관서
    가 개설되어 言官이 재상권으로부터 독립하여 황제에게 직속되었다.
28 杖刑의 한 가지로서 脊背에 杖을 가하는 벌을 가리킨다. 이밖에 臀部(둔부), 腿部에
    가하는 杖刑이 있다.

르며 변명을 해댔다. 그러자 서리는 큰 소리로 꾸짖으며,

"잔소리 말고 杖脊을 받고 썩 나가거라"라고 말했다.

이를 보고 포증은 서리가 멋대로 권세부린다 하여, 서리를 잡아다 17대의 杖刑에 처하였다. 그리고 죄수의 형량을 특별히 경감시켰다. 포증은 이로써 서리의 위세를 막으려 한 것이지만, 그가 오히려 서리에게 넘어갔다는 것은 알지 못했다. 이렇게 하여 서리는 마침내 계획대로 뜻을 이루었던 것이다. 小人들의 농간은 이와 같이 참으로 막기 어렵다.

포증은 천성이 엄하여 일찍이 웃는 모습을 보인 적이 없었다. 그래서 사람들은 그의 웃음을 비유하여 黃河가 깨끗해지는 것에 견주기까지 하였다.(『夢溪筆談』)

다음은 王珪의 이야기이다.

"포증이 知廬州[29]로 재직할 때의 일이다. 廬州는 포증의 고향이어서 많은 親知들이 있었다. 이들이 知州인 포증의 위세를 이용하여 적지 않게 관아를 어지럽혔다. 그러던 차에 外堂叔이 죄를 범하자 포증은 용서 없이 笞刑을 가했다. 그러자 이후 친지들은 모두 조심하게 되었다. 처음 포증은 과거에 급제하고 난 다음, 10년 가까이나 관직에 나아가지 않고 연로한 양친을 부양하였다. 사람들은 그 효성을 칭찬하여 마지않았다. 開封府 知府가 되고서는 사람됨이 강직하고 엄정하여 사사로운 청탁을 일체 받아주지 않았다. 그리하여 수도 東京의 사람들은 그를 가리켜, '청탁이 통하지 않는 염라대왕과 같은 포증 나리'라 불렀다. 모든 관리와 백성들이 존경하며 복종하였으며 원근 각처에서 칭송이 자자했다.

---

29   廬州는 淮南西路 서부에 위치. 오늘날의 安徽省 省都인 合肥市.

상관이나 동료들과 의견을 나눌 때에는 거침없이 남에게 면박을 주기
도 하였지만, 한편으로 상대방의 말이 이치에 합당할 때에는 전폭적으
로 그에 따르기도 했다. 그와 같이 강직하면서도 怪愎하지 않는 것, 이
는 참으로 어려운 일이다."(『涑水記聞』)

권9

王禹偁

王禹偁이 翰林學士로 근무할 때 夏州 李繼遷을 위한 內制[1]를 기초하게 되었다. 이에 따라 李繼遷이 潤筆物[2]을 보내왔는데 그것이 통상적인 것의 몇 배나 되었다. 또 같이 보내온 서신에도 일상적인 안부인사만이 적혀 있을 뿐이었다. 왕우칭은 그 潤筆物을 되돌려 보내고 받지 않았다. 꺼림칙한 뇌물이라 판단했기 때문이다.

오늘날 舍人院[3]에서 황제의 명령을 起草할 때에는 관행적으로 潤筆

---

1   황제의 직접 명령에 의거하여 起草되는 詔勅. 翰林學士가 起草를 담당한다. 반면 같은 詔勅이라도 宰相 내지 中書가 황제의 윤허를 받아 起草를 명하는 경우에는 外制라 칭한다. 이 外制의 起草를 담당하는 관서가 舍人院이다.

2   詩文이나 書畫에 대하여 주는 보수 내지 揮毫料. 翰林學士가 官銜授與의 內制를 起草하게 된 관계로 李繼遷은 답례품을 보내었던 것이다.

3   中書에 소속된 정부기관. 황제의 外制를 起草하며 휘하 관원으로 知制誥와 直舍人院이 있었다.

을 주고받는다. 심지어 조금 늦게 보내는 경우에는 舍人院의 서리를 보내 재촉하기까지 한다. 또 가끔 마땅히 보내야할 사람이 물정을 잘 몰라 潤筆을 보내지 않는 경우도 있어서, 점차 시간이 지나면서 윤필물의 수수가 관행이 되었다. 그리하여 보내는 사람이나 받는 사람 모두 아무 거리낌이나 죄책감을 느끼지 않게 되었다.(『歸田錄』)

태종 시대의 일이다. 왕우칭이 翰林學士로서 李繼遷에게 주는 內制를 起草하게 되었는데, 이계천 측에서 말 50필을 潤筆物로 보내왔다. 왕우칭은 동봉한 서신이 격식대로가 아니라는 핑계로 되돌려 보내고 받지 않았다.

이후 왕우칭은 滁州[4] 知州로 나갔다. 그때 복건 사람인 鄭褒가 멀리서부터 걸어서 그를 찾아왔다. 그는 鄭褒의 인품과 淸貧함을 어여삐 여겨 헤어질 때 말 한 마리를 사서 선물로 주었다. 그런데 누군가 그가 상인으로부터 헐값으로 말을 사들였다고 헐뜯었다. 이 말을 듣고 태종이 말했다.

"왕우칭은 이계천이 보내온 말 50마리를 물리쳤던 사람이다. 어찌 말 한 마리 따위를 헐 값에 살리 있겠는가?"

왕우칭이 죽은 후, 諫議大夫[5]인 戚綸은 다음과 같이 誄文[6]을 지었다.

"공무를 행함에는 邪僻[7]이 없었으며 평상시의 생활에서는 아첨에 빠지지 않았도다. 善을 행함에는 마치 자기 일처럼 돌보았으며 惡行은 마

---

4   淮南東路 南端에 위치. 오늘날의 安徽省 滁州市.
5   元豊改制 이전에는 寄祿官. 이후에는 諫官으로서 朝政의 闕失, 官員 임용에 있어서의 부당성, 관서의 失誤 등을 糾諫하는 임무를 담당했다.
6   死者를 弔喪하며 그 冥福을 비는 문장.
7   도리에 벗어나고 편벽됨, 사사로움에 치우치는 일.

치 원수를 보듯 지나쳤다." 사람들은 이에 대해 정확한 표현이라고 하였다.

훗날 眞宗이 龍圖閣[8]에서 책을 보다가 왕우칭의 상주문을 접하게 되었다. 진종은 그 엄정하고 강직함에 감복하여, 그의 자손들이 어떻게 되었느냐고 下問하였다. 이에 재상이 그 아들 王嘉言이 進士에 급제하여 江都縣[9]의 縣尉[10]로 재직하고 있다고 대답하자, 즉시 王嘉言을 불러들여 만나본 후 大理評事[11]에 除授했다.(『涑水記聞』)

李及

曹瑋[12]가 오랫동안 秦州[13]의 知州로 있었다. 그는 수차에 걸쳐 上奏하여 轉任시켜줄 것을 요청하였다. 진종은 이 일을 王旦에게 물어보았다.

"누가 가히 曹瑋를 대신할 수 있겠소?"

---

8 궁중도서관의 하나. 太宗의 御書와 御制文集, 기타 각종 典籍 및 書畵 등을 보관했다.
9 淮南東路 路治인 揚州에 위치. 揚州의 州治이다. 오늘날의 江蘇省 揚州市.
10 弓手와 병사를 지휘하며 縣內의 치안을 담당하는 관원. 品位는 縣의 등급에 따라 달라지나 대략 8품 내지 9품이었다.
11 獄訟의 覆審을 관장하는 大理寺의 속관, 실제의 職事가 없는 명의상의 관직으로서 從8品 下의 寄祿階였다.
12 曹瑋(973~1030)는 태조 시대의 개국공신이자 강남 정벌의 주역으로 활동했던 曹彬(931~999)의 아들. 부친인 曹彬의 蔭으로 入仕하여 진종 시대 주로 西邊 방어에 임하는 관원으로서 활동했다. 전후 40여 년간 군사를 통어하며 대서하 전쟁 및 방어선 구축에 커다란 공을 세웠다. 秦州 知州, 宣徽北院使 등을 거쳐 華州觀察使, 彰武軍節度使 등을 역임했다.
13 秦鳳路의 路治. 秦鳳路의 중앙부에 위치. 오늘날의 甘肅省 天水市.

왕단은 樞密直學士[14] 李及을 추천했다. 진종은 즉시 李及을 知秦州로 임명하였다. 그런데 사람들 사이에, '이급은 비록 근실하고 중후하며 節制가 있으나 邊防을 담당할 인재는 아니다. 조위를 잇기에는 적합치 않다'라고 하는 여론이 돌았다. 楊億이 이와 같은 여론을 왕단에게 알렸으나 왕단은 아무 대답을 하지 않았다.

이급이 秦州에 도임하자 장수와 관리들 사이에도 그를 얕잡아 보는 분위기가 팽배했다. 그때 마침 秦州에 주둔한 禁軍[15] 병사 하나가 白晝에 길거리에서 부인의 은비녀를 강탈한 사건이 발생했다. 서리가 그 범인을 붙잡고 보고하였다. 그 때 이급은 앉아 책을 보고 있었다. 그는 범인을 앞으로 데려오라 하고는 몇 마디 심문을 했다. 범인은 罪行을 다 인정했다. 그러자 이급은 사건을 다시 서리에게 맡기지 아니하고, 범인을 끌고가 즉시 斬刑에 처하라고 명령했다. 그리고 재차 아무렇지도 않게 책을 보기 시작했다. 이후 장수와 관리들은 놀라서 모두 이급에 순순히 복종하게 되었다.

며칠 후 이급에 대한 칭찬이 수도에까지 전해지게 되었다. 楊億은 이 소식을 듣고, 다시 왕단을 찾아뵌 다음 그 전말을 보고하였다. 그리고 이렇게 덧붙였다.

"지난번 승상께서 처음 이급을 쓰고자 하셨을 때, 바깥의 여론은 모두

---

[14] 황제에 대한 자문과 應對의 역할을 담당하는 임무를 띠었으나, 점차 侍從官이 外任의 守臣으로 나갈 때 帶職하는 것으로 변모하였다.

[15] 宋代의 정규군. 이밖에 지방군인 廂軍이 있으나 이는 사실상 지방관아의 노역을 담당하는 존재로서 거의 전투력을 보유하지 못했다. 원래 禁軍은 藩鎭 억제를 위해 그 휘하의 정예병들을 수도로 차출하여 만든 皇帝親衛軍이었으나, 점차 '屯駐' '駐泊', '就糧'의 명목으로 지방 각지에도 주둔하게 된다. 殿前司·侍衛親軍馬軍司·侍衛親軍步軍司의 3조직으로 나뉘어져 있었으며, 북송 중엽에 이르면 총인원이 80만 명을 상회하게 된다.

이급이 그 직임을 잘 수행하지 못할 것이라고 여겼습니다. 지금 그의 역량이 이와 같으니, 참으로 승상의 사람 보는 눈에 탄복하게 되었습니다."

이에 대해 왕단은 웃으며 대답했다.

"바깥의 여론이란 것은 어찌 그리 쉽게 바뀌는 것이오? 무릇 禁軍의 병사가 변경을 지키다가 白晝에 길바닥의 도둑이 되었다면, 그 장수가 그를 斬刑에 처하는 것은 당연한 처사라 할 것이오. 어찌 그것을 두고 남다른 업적이라 할만 하겠소? 내 이급을 秦州 知州로 쓴 것은 이런 일을 염두에 두었던 것은 아니오. 조위는 그간 7년 동안이나 秦州 지주로 재직했소이다. 그간 羌族[16]들도 적절히 제압하여 그들 모두 조정에 順服하게 되었소. 실로 변경의 일은 그가 원만히 대처하여 거의 완벽하게 처치를 해놓았다 할 것이오. 그런데 만일 다른 사람이 갔다면, 그는 자기의 능력을 뽐내어 그의 조치를 적지 않게 변경시키려 들었을 것이고, 그리하여 조위가 이룩해 놓은 것을 엉망으로 만들어 버렸을 게요. 내 이급을 쓴 까닭은, 그가 중후한 인물이므로 반드시 조위의 조치를 근실하게 지켜갈 것이라 판단했기 때문이오."

楊億은 이로부터 더욱 왕단의 식견과 도량을 흠모하게 되었다.(『涑水記聞』)

章獻太后[17]가 수렴청정할 당시 太后의 총애를 받는 內侍省都知 江德元의 권세[18]는 천하를 뒤덮고 있었다. 그런데 그 동생인 江德明이 使者로

---

16 당시 서북 변경지대에 거주하던 소수민족의 총칭. 대략 탕구트족이 중심을 이루고 있었다.

17 眞宗의 皇后인 劉氏. 진종 사후에는 仁宗이 12세의 나이로 즉위하자 이후 12년 동안 수렴청정을 하였다. 그녀의 垂簾聽政 만년에는 외척과 환관 들을 중용하여 이들이 중앙정치에 깊숙이 개입하기에 이른다.

18 이러한 사정에 대해 『東都事略』에서는, "(李及)出知杭州 于時內侍江德元居中用事 其弟

서 杭州를 경유하게 되었다. 그때 杭州의 知州는 이급이었다. 그는 江德明을 맞이하는 데 평상시의 환관 사자를 대하는 것과 매한가지로 하고, 아무 것도 덧붙이지 아니했다. 이를 보고 휘하의 관원들이 말했다.

"江使者의 형이 궁중에서 실권을 장악하고 있는데, 그 세력이 현재 누구와도 견줄 수 없을 정도로 막강합니다. 大臣들의 앞길을 좌우하는 것도 마치 손바닥 뒤집듯 한다고 합니다. 그리고 使者의 성미가 날카로워서 남의 아랫자리에 있으려 하지 않는데, 知州께서는 그를 범상히 대접하고 아무 격식을 갖추어주지 않고 있습니다. 知州께서는 비록 영달을 구하시지 않을 지라도, 禍를 당하는 것만은 피해야 되지 않겠습니까?"

이에 대해 이급은 다음과 같이 대답했다.

"내 江使者를 가볍게 대접하지 않았다. 또 감히 지나치게 대하려 하지도 않는다. 그리하면 충분한 것이다. 무얼 어떻게 덧붙인단 말인가?"

얼마 후 江德明은 이급의 휘하 관원들에게 말했다.

"지주인 李公은 나이도 연만한데, 어찌 작은 고을 하나를 청하여 그리로 가시지 않는가요? 이곳 항주는 번잡하기 그지 없는데 왜 오래도록 이곳에 계시려 한답니까? 필시 힘에 부치실 겁니다."

관원들은 이 말을 듣고 급히 이급에게 가서 말했다.

"使者의 말씀이 참으로 두렵기만 합니다."

이에 이급은 웃으며 대답했다.

"나는 이미 늙었소이다. 진실로 작은 고을 하나를 얻어서 노경을 편히 보낼 수 있다면 무엇이 나쁘겠소?"

이급은 이후에도 강덕명을 전과 다름없이 대하며 전연 덧붙이는 것

德明奉使過杭 及待之薄. 僚佐驚曰 江使者兄弟 榮枯大臣如反掌耳. 今公不加禮待之 公雖不求福 獨不畏其爲禍乎?'(권45,「李及傳」)라 적고 있다.

이 없었다. 훗날 강덕명 또한 이급에게 해를 가하지 못했다. 당시 사람들은 이급이 원칙을 지키는 것에 탄복해 마지않았다.(『涑水記聞』)

이급이 知杭州로 재직할 때, 그는 늘 林逋[19] 선생을 孤山으로 찾아가곤 했다. 산록 가까이 가면 언제나 시종들을 물리치고 혼자 걸어서 선생의 오두막을 찾아 들어갔다. 하루는 눈이 펑펑 쏟아지는데 교외로 나갔다. 그러자 사람들은, 이제 틀림없이 술자리를 마련하고 客들을 부를 것이라고 말했다. 하지만 그는 홀로 林逋를 대하며 淸談을 나누다 날이 저물자 돌아왔다. 임포가 죽자 그는 상복을 입고 哭을 하며 장례행렬을 뒤따랐으며, 묘에 절하고 되돌아왔다. 이로 인해 杭州 일대의 사람들은 그 풍속의 경박함을 부끄러이 여기게 되었다고 한다.(『晁以道集』)

---

19 林逋(968~1028)는 杭州 錢塘人으로 젊은 시절 江淮 일대를 유람하다, 40세 무렵 항주로 돌아와 이후 西湖의 孤山에서 은거했다. 평생 혼인하지 않은 채 매화와 학을 돌보며 살았다. 작고 후 和靖 先生이란 시호를 받았다. 그의 저작 가운데 특히 隱逸生活 및 湖上의 景物을 읊은 시가 뛰어난 것으로 정평이 있다.

孔道輔

　처음 莊獻太后[20]가 垂簾聽政을 할 때 郭皇后[21]는 太后의 위세를 믿고
자못 교만하게 행동했다.[22] 後宮들도 태후의 제지를 받아 황제의 承幸[23]
을 받을 수 없었다. 태후가 崩御하고난 다음에야 인종은 비로소 원하는
대로 後宮의 侍寢을 받을 수 있었다.

　그 후 後宮 가운데 美人[24] 尙氏가 총애를 받아 그 부친은 所由[25]로부
터 殿直[26]으로 승진하였으며 엄청난 賞賜를 받았다. 그 부친에 대한 恩
寵은 이루 비할 데 없을 정도였다. 郭皇后는 이를 妬忌하여 여러 차례나
尙氏와 말다툼을 벌이기도 했다. 그러다가 한 번은 尙氏가 仁宗 앞에서
황후를 헐뜯는 불손한 말을 하였다. 이에 황후는 분함을 이기지 못해 자
리에서 일어나 尙氏의 빰을 때렸다. 그러자 인종도 일어나 말리는데, 그

20　眞宗의 皇后인 劉太后. 처음에는 蜀人 龔美에게 출가하였으나, 眞宗의 즉위 이전 龔
　　美가 入京하여 潛邸의 眞宗에게 바쳤다. 진종의 즉위 이후인 大中祥符 5년(1012) 황
　　후로 책립되었다. 소생이 없어 李宸妃가 仁宗을 출산하자 劉太后는 자신의 아들로
　　삼아 양육하였으며 이후 인종은 유태후의 생전에는 자신의 생모가 李宸妃란 사실
　　을 알지 못했다. 天禧 4년(1020) 진종의 와병 이후 사실상 정무를 주도하다가, 乾興
　　元年(1022) 眞宗이 死去하고 인종이 즉위한 이후에는 11년간 臨朝稱帝하였다. 이를
　　史書에서는 '章獻垂簾'이라 부른다. 그녀에 대한 최초의 諡號는 莊獻明肅이었으나
　　仁宗 慶曆 4년(1044) 章獻明肅으로 改諡되었다.
21　郭皇后(1012~1035)는 仁宗의 皇后. 天聖 2년(1024) 13세의 나이로 황후가 되었으나
　　景祐 元年(1034) 廢黜되었으며 이듬해 내시에 의해 독살되었다. 사거한 다음 해인
　　景祐 3년(1036) 皇后로 追復되었다.
22　『宋史』에서는 郭皇后의 冊立 전후사정에 대해, "天聖二年 立爲皇后. 初帝寵張美人
　　欲以爲后 章獻太后難之. 后旣立 而頗見踈"(권242,「仁宗郭皇后傳」)라 전하고 있다.
23　後宮들이 황제를 侍寢하는 것. 召幸이라고도 稱한다.
24　후궁 직계의 하나. 正4品으로서 婕妤와 才人 사이에 위치한다.
25　서리. 所有는 節級과 더불어 오대 이래 胥吏的인 존재에 대한 汎稱으로 사용되었다.
26　武職으로서 三班의 小使臣에 속한다. 품위는 正9品.

와중에 황후가 잘못하여 그만 인종의 목을 할퀴게 되었다. 인종은 크게 화를 내었다. 그러자 宦官인 閻文應이 인종에게, 손톱 자국을 大臣에게 보이고 그 대책을 숙의해 보라 권하였다. 인종은 이 말에 따라 여이간에게 보여주고 그렇게 된 경위를 설명했다. 여이간은 이 말을 듣고 은밀히 황후를 폐위할 것을 권하였다. 인종이 처음 폐위에 대해서 회의적인 태도를 보이자, 여이간은 말을 이었다.

"光武帝는 漢의 영명한 군주였습니다. 그렇지만 그 황후인 郭氏를 다만 원망한다 하여 폐위시켰던 전례[27]가 있습니다. 하물며 天子에게 상처를 입힌 것이야 두말 할 나위가 있겠습니까? 폐위시킨다 해도 폐하께 누가 되지는 않을 것입니다."

그래도 인종은 동의하지 않았다.

그러는 사이 바깥의 사람들에게 소문이 자자하게 퍼져서 많은 사람들이 그 소식을 듣게 되었다. 이를 접하고 左司諫秘閣校理[28]인 범중엄이 입궐하여 폐위가 不可하다고 극력 간언하였다. 또한,

"마땅히 하루 빨리 폐위의 논의를 종식시켜서 얘기가 바깥으로 흘러가지 않도록 하십시오"라고 간언하였다.

여이간은 폐위를 관철시키기 위해, 담당 관원으로 하여금 臺諫[29]의 상주문을 접수하지 말도록 할 것을 주청하였다.

---

27 建武 17년(41) 陰貴人을 황후로 세운 일. 음귀인은 거병 이전의 젊은 劉秀를 설레게 한 여인이다. 당시 관직을 얻는다면 執金吾, 아내를 얻는다면 陰麗花라 칭해졌다고 한다. 광무제는 황제 즉위 직후 麗花를 貴人으로 삼았는데, 이후 郭皇后를 폐하며 그 소생인 황태자 彊도 폐하고 陰貴人 소생의 陽을 태자로 세웠다. 이때 책립된 陽이 훗날의 明帝이다.

28 이 직함 가운데 左司諫은 寄祿階이며, 秘閣校理가 差遣이다. 秘閣校理는 秘閣의 서적을 관리하는 館閣官. 주 임무는 황제에 대한 자문 역할이었다.

29 宋代 糾察과 諫言을 담당했던 御史 및 諫官에 대한 合稱. 臺는 御史臺를, 諫은 諫院을 가리킨다.

12월[30] 乙卯, 황후가 道敎에의 入道를 청했다는 명분으로 폐위하여, '淨妃'란 호칭을 내리고 別宮에 거주하게 했다. 그 무렵 右諫議大夫權御史中丞[31]인 孔道輔는 閤門[32]에서 章奏를 받아들이지 않는 것을 이상히 여겼다. 그래서 서리를 파견하여 그 연유를 탐지토록 한 후에야 비로소 저간의 경위를 알게 되었다. 그는 즉시 그 잘못됨을 奏請하였다. 그리고 그에 대한 답변의 詔書를 받지 못한 상태로 이튿날이 되었다. 다음 날인 丙辰, 그는 범중엄과 더불어 臺諫의 臣僚들을 이끌고 閤門에 나아가 인 종에게 알현을 청하였다. 하지만 閤門에서는 아무런 대응이 없었다. 그 러자 孔道輔 등은 이번에는 宣祐門 쪽으로 해서 內東門으로 들어가려 했다. 宣祐門의 담당자인 환관은 문을 걸어 잠그고 막았다. 공도보 등은 銅製 문고리를 잡아당기며 큰 소리로 외쳤다.

"황후를 폐위시키는 데 어찌하여 우리 臺諫들의 諫言을 듣지 않으십 니까?"

환관은 이 사실을 황제에게 아뢰었다. 잠시 후 인종의 勅旨가 내려왔다.

"臺諫들에게 하고 싶은 말이 있거든 中書로 나아가 함께 상주하라고 일러라"는 내용이었다. 이에 따라 공도보 등은 다같이 中書로 가서 시 끄럽게 爭論을 벌였다. 그러자 여이간이 말했다.

"황후의 폐위는 예로부터 전례가 있는 일이다."

이 말에 대해 범중엄이 반박하였다.

"승상께서는 결국 漢光武帝의 전례를 들어 폐하께 폐위를 권유한 것 이 아닙니까? 그 폐위란 것은 실로 漢光武帝의 큰 失德이었습니다. 어찌

---

30 仁宗 明道 2년(1033)의 일이다. 『續資治通鑑長編』 권113 참조.
31 右諫議大夫는 寄祿階이며 權御史中丞이 差遣이다. 御史中丞은 御史臺의 장관이며 權은 임시, 혹은 대행이란 의미.
32 궁중 便殿의 앞문.

그것을 본받을 수 있겠습니까? 그 이외의 폐위 사례들은 모두 暗君들이 행한 것일 뿐입니다. 지금 폐하께서는 堯舜과 같은 자질을 지니고 계신데, 승상이 오히려 暗君들의 소행을 본받도록 권유한 것입니다."

그러자 여이간은 두 손을 맞잡고 바로 서서 말했다.

"이 일은 내일 諸君들이 입궐하여 폐하께 직접 아뢰어 보게."

이 말을 듣고 공도보 등은 모두 물러나왔다. 그러자 여이간은 즉시 熟狀[33]을 만들어 공도보 등을 지방으로 좌천시켰다. 규정에 의하면 御史中丞을 파직시킬 때에는 반드시 告詞[34]가 있어야만 했다. 그런데 이때에는 다만 勅命만으로 해임시켰다. 공도보 등이 귀가한 지 얼마 후, 각각의 집으로 勅命이 내려오고 아울러 사람을 보내 都城 바깥으로 강제로 내보내도록 했다. 그리고는 詔命에 의하여 시행한다는 등등의 말을 덧붙였다.

그로부터 2년 후인 仁宗 景祐 2년(1035) 11월 戊子, 폐위된 皇后 郭氏가 사거했다. 郭皇后가 폐위된 것은 다만 인종의 한순간 노여움 때문이었다. 여기에 여이간과 閻文應의 부추김이 더하여져서 폐위에 이르게 된 것이지만, 인종은 얼마 후 후회하게 되었다. 곽황후는 폐위된 이래 瑤華宮[35]에 거주하였으며, 章惠太后[36]는 楊氏와 尙氏 두 美人도 축출하고 曹

---

33 당송 시대의 제도. 中書에서 업무를 처리함에 있어 宰相이 草案을 만들어 먼저 시행하고 그 연후에 皇帝의 裁可를 얻을 수 있게 한 것. 즉 통상적인 업무로서 긴급을 요하는 일이 발생한 경우, 宰相이 白紙에 起案하여 押字함으로써 專決하고, 사후에 황제에게 보고하는 것을 일컫는다. 이러한 熟狀에 대해, 宋敏求의 『春明退朝錄』에서는 "唐宰相奉朝請 卽退延英 止論政事大體 其進擬差除 但入熟狀畫可"(卷 하)라 하고 있으며, 沈括의 『夢溪筆談』에서는 "本朝要事對稟 常事擬進入 畫可然後施行 謂之熟狀"(「故事一」)이라 전하고 있다.
34 官員에 대한 인사명령, 즉 誥(혹은 官告·誥命·告命·告身이라고도 칭한다)에 부가되는 襃揚의 文詞. 통상 四六句의 文體를 사용한다.
35 道觀 安和院을 개칭한 것. 폐위된 郭皇后, 즉 淨妃가 거주하면서 개칭되었다. 이에 대해서는, 『續資治通鑑長編』 권115, 仁宗 景祐 元年 10월 癸酉 참조.

皇后[37]를 세웠다. 그로부터 한참이 지난 다음, 인종은 後園에서 노닐다가 곽황후가 예전에 사용하던 肩輿[38]를 보게 되었다. 인종은 오랫동안 슬프게 쳐다보다가 「慶金枝」란 詞를 지어 하급 黃門[39]을 보내 곽황후에게 건네주었다. 그리고 '반드시 그대를 다시 부르리라'고 말했다. 여이간과 염문응은 이 소식을 전해듣고 크게 두려워하였다. 그 얼마 후 마침 곽황후에게 작은 병이 생겼다. 그러자 염문응은 醫官을 보내 藥으로써 고의로 그 병이 깊어지게 하였다. 병세가 위중해지고 아직 절명하지는 않았을 때, 염문응은 이제 병세를 돌릴 수 없게 되었다고 上聞하고는, 서둘러 棺을 갖춘 다음 殞하여 버렸다. 당시 諫官인 王伯庸이 다음과 같이 上言하였다.

"곽황후가 운명하지도 않았는데 수일 전에 미리 棺器를 갖추어 두었습니다. 그 경위가 의심스러우니 바라건대 저간의 경과를 엄밀히 추궁하여 주십시오."

인종은 이를 듣지 않았다. 다만 황후의 예로써 佛寺에 장사 지냈을 뿐이었다.

한편 다음과 같은 이야기도 있다.

"章獻太后가 붕어했을 때 인종과 여이간은 같이 모의하여, 장헌태후의 黨與인 夏竦[40] 등을 모두 파직시키고자 했다. 인종이 內殿에 들어 곽황

---

36 眞宗의 妃인 楊淑妃(984~1036). 어려서 藩邸의 眞宗을 모시다가 大中祥符 7년(1014)에 淑妃로 進封되었다. 인종이 어렸을 때 매우 조심스레 撫育하여 인종과의 정의가 두터워, "仁宗嘗以母稱"(『宋史』 권109 「禮」 12 「后廟」)하였다고 한다. 진종 사후 遺制에 의해 皇太妃가 되었으며, 章獻太后의 사후에는 遺誥에 따라 皇太后가 되어 仁宗과 함께 軍國事를 결재하였다.

37 曹皇后(1018~1079)는 仁宗 景祐 元年(1034)에 皇后로 冊立된 인물. 英宗의 즉위 이후 병세가 깊어지자 수렴청정을 하다 治平 元年(1064) 5월 還政하게 된다.

38 두 사람이 앞뒤에서 메는 가마.

39 宮城의 門. 轉하여 宦官의 別稱으로 쓰인다.

후에게 이 사실을 말하니 곽황후는, '아니 여이간은 太后에게 附會하지 않았단 말인가요? 다만 그는 능란하여 시세변화에 잘 맞추는 것일 뿐입니다'라고 말했다. 이로 말미암아 여이간도 함께 파직되기에 이르렀다. 파직이 발표되던 당일, 여이간은 押班[41]을 담당하고 있다가 자신의 이름이 불리워지는 것을 듣고 깜짝 놀랐다. 하지만 그 까닭을 알지 못했다. 그는 평소 內侍省副都知[42]인 염문응과 긴밀한 사이였다. 그래서 염문응으로 하여금 그 내막을 탐지토록 한 결과, 일이 곽황후로부터 비롯되었음을 알 수 있었다. 여이간은 이때로부터 곽황후를 증오하게 되었다."[43](『涑水記聞』)

여이간의 손자인 中書舍人 呂本中은 일찍이 다음과 같이 말한 적이 있다.

"『溫公日錄』과 『涑水記聞』 중에는 洛陽의 子弟들이 덧붙인 부분이 적지 않다. 郭皇后의 폐위와 관련된 내용도 그러하다. 당시의 논자들은 다만 文靖公(여이간)이 폐위에 강력히 반대하지 않았던 사실 및 諫官들을 파직시켰던 점 등만을 잘못이라 여겼을 뿐이다. 또한 훗날 范蜀公이

40　夏竦(985~1051)은 江西 江州(오늘날의 九江市) 출신. 知制誥·知襄州 등을 거쳐, 인종 시대 翰林學士·樞密使·參知政事 등을 역임했다. 康定 年間(1040~1041) 陝西經略安撫使로 재직 중 西夏와의 전쟁이 벌어지자, 戰場을 피하기 위해 永興軍路의 後方에 위치한 知河中府를 자청했던 사실로 말미암아, 후일의 仕宦過程에서 많은 탄핵을 받기에 이른다. 당시로부터 貪婪하고 權謀術數에 능하다는 비판을 많이 받았다.
41　조정에서 百官이 着席하는 位次를 주관하는 職任.
42　入內內侍省의 2인자로서 副都知라고도 칭해졌다. '內臣極品'이라 칭해지는 入內內侍省都知(都都知) 다음의 직위이다. 都都知가 從5品임에 비해 副都知는 正6品이었다.
43　바로 이 조목으로 인해 呂夷簡의 六代孫인 呂祖謙은 朱熹의 『八朝名臣言行錄』이 간행된 직후 서신을 보내, "近麻沙印一書 曰五朝名臣言行錄 板樣頗與精義相似, 或傳五丈所編定 果否? 蓋期間頗多合考訂商量處. 若信然 則續次往求敎, 或出于他人 則雜錄行世者固多 有所不暇辨也"(『東萊集』, 「別集」, 권8 「尺牘」 2 「與朱侍講元晦」)라고 불만을 표명하게 된다.

나 劉原父, 呂縉叔 등[44]은 모두 文靖公에게 허물을 돌리지 않았다. 곽황후의 폐위가 실로 그럴 만한 이유가 있었으며 설혹 문정공이 강력히 제지하였다 한들 어쩔 수 없었으리라는 것을 알기 때문이다. 만일 『涑水記聞』의 기록과 같다면 文靖公은 大姦大惡이며 그 죄는 주살을 면키 어려울 것이다. 그러할진대 당시 公議가 분명한 상황에서 어찌 용납될 수 있었겠는가?"[45]

공도보가 거란에 使者로 파견되어 갔다. 거란 측에서 使者를 위해 연회를 베푸는데, 배우들이 文宣王[46]을 소재로 笑劇을 벌이는 것이었다. 공도보는 정색을 하고 말했다.

"中國과 北朝[47]는 通好하며 禮와 文으로써 서로 교류하고 있소이다. 그런데 지금 배우 무리들이 옛 聖人을 능멸하고 있음에도 불구하고 이를 금지하지 않는 것은 北朝의 큰 잘못입니다. 제가 어찌 이를 즐기고 있겠습니까?"

거란의 君臣들은 이에 아무 말도 하지 못했다.(「墓誌銘」)

---

44 각각 范鎭, 劉敞, 呂夏卿을 가리킨다.

45 이 條目은 本文이 아니라 이전 항목에 대한 雙行의 注文이다. 近人인 余嘉錫은 이 조목에 대해 아마 당초에는 없던 것으로서 呂夷簡의 6대손인 呂祖謙 등의 문제제기 이후 추가되었을 것이라 추정한다(『四庫提要辨證』권6, 「史部」4「名臣言行錄」).

46 孔子에 대한 諡號. 唐 玄宗 開院 27년(739)에 追贈하였다.

47 거란. 『涑水記聞』에서 "景德中 朝廷始與北虜通好 詔遣使將以'北朝'呼之"(「逸文」)라 하듯 澶淵의 盟 이래 거란에 대해 공식적으로는 北朝라 칭했다.

尹洙

　唐末 이래 문장이 날로 천박해지고 저속해져서 점차 큰 문제점을 노정하기 시작했다.[48] 宋朝에 이르러 柳開[49]가 나타나 비로소 漢以前의 古文으로 돌아갈 것을 제창하였으나 그 후로 계승되지 못하였다. 그러던 차 仁宗 天聖 年間(1023~1032)이 되어 尹洙와 穆脩[50]가 재차 古文을 주창하며 당시의 풍조를 바로잡고자 노력했다. 그 뒤를 이어 歐陽脩가 등장하여 강력한 영향력으로 고문운동을 확산시켰다. 이로 말미암아 後學들이 古文을 본받게 되어 文風이 一變하게 되었다.[51](「墓表」)

　尹洙는 『春秋』에 조예가 깊었다. 그리하여 그의 문장은 근엄하고 간결하면서도 논리가 정밀하였다. 尹洙의 章奏나 疏議를 보면 그러한 문장의 풍모가 잘 드러나 사대부들이 크게 흠모하였다.(范仲淹 撰, 『河南集』 「序」)

　宋朝의 고문운동은 柳開와 穆脩가 최초로 제창하고 尹洙 형제가 그

48　韓愈와 柳宗元에 의한 古文運動이 퇴색하고 재차 四六駢儷體가 유행한 것을 일컫는다.

49　柳開(947~1000)는 송대 고문운동을 제창한 첫 번째 인물. 어려서 韓愈와 柳宗元 문장을 애호하여 古道의 부흥과 經典의 述作을 필생의 임무라 생각하였다. 太祖 開寶 연간 과거에 합격하여 관직은 監察御使에까지 이르렀다. 저작으로 『河東先生集』이 있다.

50　穆脩(979~1032)는 眞宗 大中祥符 연간 과거에 합격하여 관직에 들어섰으나, 얼마 후 剛介한 성격과 時弊 비판을 좋아하는 것으로 인해 權貴의 견제를 받아 微官으로 전전하였다. 五代 이래 西崑體의 美麗한 文風에 반대하고 柳開의 뒤를 이어 韓愈와 柳宗元의 고문전통을 회복하고자 하였다. 그 자신 심지어 한유와 유종원 문집을 板刻하여 開封의 相國寺에서 팔기도 했다고 한다. 尹洙와 蘇舜欽, 歐陽脩 등에 커다란 영향을 미쳤으며, 저작으로는 『穆參軍集』이 남아 있다.

51　이러한 고문운동의 전개 과정과 성과에 대해 『宋史』 「文苑傳」에서는 "國初 楊億劉筠猶襲唐人聲律之體 柳開穆脩志欲變古而力不逮. 盧陵歐陽脩出 以古文倡 臨川王安石 眉山蘇軾南豊曾鞏起而和之 宋文日趨于古矣"라 총결하고 있다.

뒤를 계승한 것이다. 歐陽脩는 본디 四六騈儷文에 능했으나 河南 地方에서 관료생활[52]을 할 때 처음으로 윤수의 문장을 접하게 되었고, 이후 韓愈의 문장을 구해 고문을 공부하게 되었다. 구양수와 윤수는 비록 문장의 작품성은 다를지라도, 구양수가 고문을 짓게된 것은 윤수의 영향을 받은 것이라 할 수 있다.

또한 구양수는『新五代史』를 撰述할 때 윤수와 분담 편찬을 약속했었다. 그런데 그 후 윤수가 후사도 없이 죽었다. 오늘날 구양수의『신오대사』는 천하의 학교에 널리 유포되어 시대를 풍미하고 있다. 그 안에 과연 윤수의 문장이 포함되어 있는 것일까? 아마 모두 구양수의 문장일 것이다.

구양수는 윤수의 墓誌銘을 쓰면서 그 문장을 논하여 다음과 같이 말하고 있다.

"간결하면서도 法度가 있다."

또 그는 언젠가 남에게,

"공자의 六經 가운데, 윤수는 특히『춘추』를 본받아 그 法式을 잘 체현했다"

고 말한 바 있다. 그는 윤수를 상당히 존경하였던 것이다.

徽宗 崇寧 年間(1102~1106) 神宗의 正史를 改修하면서「구양수전」에서,

"같은 시기 윤수란 인물이 있었는데 또한 고문으로 문장을 지었다. 하지만 그 자질이 부족하여 구양수와 비교할 바가 못 된다"

라고 기록하였다. 당시의 史官들이 아직 학업이 얇은 소생들이어서 선배들 문장의 연원에 어떠한 내력이 있는지 몰랐던 것이다.(『邵氏聞見錄』)

---

[52] 仁宗 初 歐陽脩가 西京留守推官의 관직에 있었던 것을 가리킨다.

仁宗 天聖(1023~1032) 明道(1032~1033) 연간의 일이다. 錢文僖가 樞密院으로부터 西京留守로 나갔다. 당시 謝絳이 通判, 歐陽脩가 推官, 尹洙가 掌書記, 梅堯臣이 主簿의 직위에 있었다. 모두 天下의 선비들이었다. 그때 錢文僖가 관아에 雙桂樓란 건물을 짓고 西城에 臨園驛을 세우며 구양수와 윤수로 하여금 落成의 기념문을 쓰도록 하였다. 이에 구양수의 문장이 먼저 완성되었는데 대략 천여 자에 달하였다. 이를 보고 윤수는,

"나는 500자만 사용하면 그 사정을 충분히 기록할 수 있다"고 말했다.

윤수의 문장이 완성되매, 구양수는 그 간결하고 古風스러움에 탄복하였다. 구양수가 고문에 눈을 돌리게 된 것은 이로부터이다.(『邵氏聞見錄』)

余靖

范仲淹이 정치의 得失을 논하다가 大臣을 거스려 知饒州로 좌천되었다.[53] 하지만 諫官과 御史들은 모두 입을 다물고 禍가 자신들에게 미치는 것을 피하려들 뿐 아무도 감히 나서서 이의를 제기하는 자가 없었다.[54] 이러한 상황에서 余靖이 홀로 상서하여 다음과 같이 말했다.

"폐하께서 親政하신 이래 벌써 세 번이나 정치의 득실을 논한 臣僚를 내쳤습니다. 만일 이와같은 일이 빈번해지고 또 이에 대해 깊이 경계하

---

[53] 仁宗 景祐 3년(1036) 范仲淹이 人事의 부당함을 지적하다 宰相인 呂夷簡의 노여움을 사서 知饒州로 貶官된 사실을 가리킨다.
[54] 심지어 殿中侍御史 韓瀆은 呂夷簡에 영합하여, "請書仲淹朋黨 揭之朝堂"(『宋史』 권 314 「范仲淹傳」)이라고 말하였다.

지 않는다면, 천하 사람들의 입에 장차 재갈이 물리게 될 것입니다. 심히 유의해야만 할 것입니다."

이러한 상소문이 올라가자 그는 곧 監筠州酒稅로 좌천되었다. 이에 尹洙와 歐陽脩가 잇따라 상주하여 그 부당함을 지적하며 또 한편으로 諫官들을 힐책하였다. 윤수와 구양수 역시 이 일로 죄를 얻어 멀리 지방으로 좌천되었다. 당시 천하의 사대부들은 서로 모여 이들의 좌천을 안타까워하며, 범중엄까지를 포함하여 '四賢'이라 불렀다.(蘇台文 撰, 「行狀」)

仁宗 慶曆 4년(1044) 西夏의 李元昊가 誓約을 하고 和議를 청해 와서, 이에 응해 막 조약을 맺고 그를 西夏의 王으로 冊封하려 할 때였다. 거란이 군대를 국경 지역에 파견하고 사자를 보내, '중국을 위해 西夏軍을 토벌하려 한다'고 말해왔다. 또한 군사를 진격시킬 기일까지 알리고는 서하와 화의를 체결하지 말 것을 요청하였다.

이에 조정은 곤란에 빠졌다. 거란의 요청을 받아들여 서하와의 관계를 단절하자니 서하와 전쟁이 계속될 게 뻔했고, 거부하자니 이제 거란과의 사이에 문제가 생기게 된 것이다. 이래저래 대신들 사이에 논란이 계속되고 있었다. 이때 여정이 나서서 말했다.

"중국이 전쟁에 시달린 지가 오래인데 이는 거란이 원하는 바입니다. 어느 날 갑자기 우리에게 전쟁이 멎어 국력이 커진다면 그들에게 결코 이익이 아닙니다. 이런 까닭에 우리를 뒤흔드는 것입니다. 그들의 말을 들어서는 안 됩니다."

조정에서는 그의 말이 옳다 여겼으나, 서하와의 和約을 추진하지 못하고 책봉의 문서도 보내지 못하였다. 대신 여정을 임시로 諫議大夫에 임명하여 거란 측에 파견했다. 그는 10餘騎의 호위병과 함께 나서서 居庸關을 지나 九十九泉에서 거란 측과 만났다. 여정은 유유히 帳幕 속에 앉아 그들과 爭論하기를 수십 차례, 마침내 그들의 주장을 굽히고 돌아왔다.

이후 조정에서는 드디어 서하와의 화약을 추진하여 이원호를 臣屬시켰다. 이렇게 하여 서쪽 서하와의 접경 지역에서 전쟁상황을 종식시킬 수 있었고 동시에 거란과의 사이에서도 아무런 문제가 발생하지 않았다.(「神道碑」)

여정이 거란에 사자로 갔을 때 그는 거란어를 말할 줄 알았다. 이 때문에 거란인들이 매우 좋아했다. 그가 두 번째 사자로 가자 거란인들은 더욱 친밀히 대했다. 이에 여정이 거란어로 시를 지어주자, 거란의 황제는 크게 기뻐하며 大醉했다. 이 일로 인해 여정은 宋으로 돌아온 후 문책을 받아 좌천되었다.(『劉貢父詩話』)

廣南의 무역항 廣州는 종래 외국 선박들이 상품을 매입하여 선적할 때 언제나 세금을 부과했다. 여정은 上奏文을 올려, '조세 부과를 폐지함으로써 외국 상인들이 더 많이 올 수 있도록 하자'고 주장했다. 또 규정을 신설하여, 담당 관리들이 외국산 약재를 사들일 수 없도록 할 것을 奏請하였다.[55] 그가 廣州에서의 임기를 마치고 되돌아갈 때 그의 짐 속에는 외국 물품이 단 하나도 없었다고 한다.(「行狀」)

여정의 本名은 希古이고 廣南 韶州[56] 출신이다. 그는 일찍이 韶州에

---

[55] 북송 시대 廣州 무역의 발전과 관리들의 수탈 정황에 대해 『萍洲可談』에서는, "廣州市舶司 舊制 帥臣漕使領提舉市舶事 祖宗時謂之市舶使. 福建路泉州兩浙路明州杭州 皆傍海 亦有市舶司. 崇寧初 三路各置提舉市舶官 三方唯廣最盛. 官吏或侵魚 則商人就易處 故三方亦迭盛衰"(권2)라 전하고 있다.

서 과거에 응시하였으나 解試[57]에 합격하지는 못했다. 그 무렵 曲江縣[58]
의 主簿 王仝이 그를 잘 돌보아 주었다. 그때 소주 知州였던 인물이 制
科[59]에 응시했는데 主簿 왕동도 같이 制科에 응시했다. 지주는 이에 노
하여 왕동이 자신을 희롱했다고 여겨 그의 죄를 샅샅이 찾았지만 아무
것도 없고, 다만 余希古와 어울렸다는 것만을 찾았을 뿐이었다. 이를 엮
어 왕동은 규정위반으로 처리되어 停職되고 여희고는 杖臀[60] 20대에 처
해졌다. 얼마 후 왕동은 관직에서 물러나 虔州[61]에 거주하며 다시는 官
界에 나서려 하지 않았다.

한편 여희고는 余靖으로 改名하고 다른 州를 통해 解試에 응시하였
다. 이렇게 하여 과거에 급제한 후, 仁宗 景祐(1034~1038) 연간에 館職에
올랐다가 范仲淹에 대한 처벌의 부당함을 주장하다 좌천되었다. 이 일
이 있고부터 여정의 이름이 널리 알려졌다.

이후 범중엄이 執政이 되어 중앙관계로 나아가며 여정을 諫官으로
삼았다. 당시 秘書丞인 茹孝標가 服喪期間이 만료되지 않았음에도 불
구하고 京師에 들어와 새 관직을 위해 이리저리 줄을 대며 운동하고 있

---

56 廣南東路 北端에 위치. 오늘날의 廣東省 韶關市.
57 송대 과거의 첫 번째 시험. 唐代의 鄕貢(解試)에 해당한다. 송대의 解試는 州試(鄕試)와
    轉運司試(漕試), 學館試(太學)를 포괄한 지칭이었다. 공히 삼 년마다 한 번씩 시행되며
    그 합격자(擧人)는 州와 轉運司, 太學으로부터 규정된 인원수(解額)에 따라 선발되어
    禮部로 보내져(解送, 혹은 解發이라 지칭), 중앙의 시험인 省試에 응시하게 된다.
58 廣南東路 韶州의 州治.
59 과거 과목의 하나로서 賢科 또는 賢良이라고도 칭해졌다. 宋朝는 唐制를 계승하여,
    황제의 특명으로써 才識이 뛰어난 士人들을 발탁하는 특별 과거제도를 운용했다.
    이것이 바로 制科이다. 制科는 宋初 이래 시행되었으나 북송 후반 신법정치 시기에
    일시 폐지되었다가, 재차 부활되어 南宋末까지 이른다. 제과 합격자는 통상의 과
    거 출신보다 우대되었으며, 이로 인해 制科는 사대부들 사이에 '大科'라 칭해질 정
    도로 영예롭게 여겨졌다. 蘇軾과 蘇轍, 富弼 등이 제과 출신들이다.
60 둔부에 대한 杖刑.
61 江南西路의 南端에 위치. 오늘날의 江西省 贛州市 일원.

었다. 이를 보고 여정은,

"孝標는 服喪中임에도 관직을 구하고 다니니 불효를 범했습니다"
라고 上言했다. 이로 인해 여효표는 처벌을 받아 여정에게 크게 원한을
갖게 되었다.

얼마 후 여정은 龍圖閣直學士로 轉任었는데, 왕동이 몇 차례나 편지
를 보내 여정으로부터 재물을 얻으려 했다. 여정은 그 요청에 모두다 응
해줄 수 없었다. 그런데 공교롭게도 이 무렵 여효표는, 여정이 일찍이
刑을 받았다가 이를 교묘히 숨기고 과거에 응시했다는 사실을 알게 되
었다. 그는 직접 韶州로 가서 은밀히 탐문하여 그 내막을 알아내었다.
당시 錢明逸이 諫官으로 있었는데, 그는 범중엄과 가까운 인물들을 공
격하는 데 한창 열을 올리고 있었다. 여효표는 여정의 일을 그에게 가르
쳐 주었다. 그러자 錢明逸은 즉시 上聞하여, 虔州에 있는 왕동에게 사실
여부를 확인하라는 조칙이 내려지도록 했다. 이를 알고 여정은 은밀히
사람을 보내 다른 곳으로 피하라고 넌지시 일렀다. 하지만 왕동은 가난
해서 다른 곳으로 갈 수 없다며 거절하였다. 이에 여정은 차 광주리에
은 백 냥을 담아 다른 사람에게 부탁하여 전해주라고 했다. 그 부탁을
받은 사람은 광주리의 무게가 이상하여 열어보았다가 은이 담긴 것을
알고는, 은을 훔치고 대신 차를 넣어서 왕동에게 전해주었다. 왕동은 이
를 받고 몹시 화를 내었다. 그러던 차에 사실 여부를 확인하는 조칙이
당도하였다. 州의 관원은 왕동에게,

"그날 어울렸던 인물은 余希古인데 지금 어디에 있는지 모른다"
고 대답하도록 권하였다. 하지만 왕동은 이에 따르지 않고,

"여희고는 곧 여정이다"
라고 말해 버렸다. 여정은 이 일로 인해 分司[62]의 將軍職으로 옮겨졌다.

王質

王質이 蘇州의 通判으로 재직하고 있을 때의 일이다. 知州인 黃宗旦이 자신의 재능만을 믿고 자못 자만하며 新進이란 이유로 王質을 얕보았다. 만일 왕질이 어떠한 의견을 개진하면,

"어린 사람이 어른과 더불어 논쟁을 벌이려 든다"

고 말하곤 했다. 이에 대해 왕질은,

"저는 황제의 명을 받들고 知州를 보좌하고 있습니다. 문제가 있어 쟁론을 벌이는 것은 제 본분이라 할 수 있습니다"

라고 응수했다. 황종단은 비록 자신의 의사가 자주 거절되기는 하지만, 행정이 언제나 제대로 되고 잘못이 생기지 않는 것을 겪으며, 점차 왕질이 자신을 잘 도와준다고 여기고 그에게 예를 갖추게 되었다.

어느 날 황종단이 동전을 私鑄한 무리 100여 명을 체포하여 왕질에게 보내왔다. 왕질이 물었다.

"사건이 발생했으나 도대체 그 실마리를 찾을 수 없었는데 어떻게 이들을 잡을 수 있었습니까?"

"내 술수를 부려 그들을 옭아맸던 것이오."

왕질이 정색을 하며 말했다.

"술수로써 남을 사로잡아 죽음에 처하게 하고도 기뻐하는 것이, 어찌 어진 정치라 할 수 있겠습니까?"

---

62 唐代에서 연원한 官職. 唐代 東都 洛陽에도 京師와 동일한 官府를 분설하고 여기에 임용된 관원들을 分司라 칭했다. 分司는 實任이 없는 한직이었다. 宋代에도 이를 계승하여 北京 大名府와 西京 河南府, 南京 應天府의 三京에 御史臺, 國子監 등의 分司를 설치했다. 송대의 分司 역시 당대와 마찬가지로 實職이 없는 虛銜이었다.

이 말에 황종단은 부끄러이 여기며 그 사건을 관대히 처리하였다. 그리고 비로소 왕질을 크게 칭찬하며,

"진정 君子로소이다"

라고 말했다.(歐陽脩 撰, 「神道碑」)

왕질은 재상의 일족[63]이었지만 교만하거나 사치스럽지 않았으며, 빈한함을 오히려 귀히 여겼다. 훗날 재상이 되는 王旦은 知制誥일 때 집안이 곤궁한 관계로 아우들을 돌봐 주기 위해 늘 빚을 내어야만 했다. 그러다가 기한이 지나서도 돈이 만들어지지 않으면 타고 다니는 말을 팔아서 갚았다. 왕질은 집안 내의 藏書를 둘러보다가 그러한 문서들을 찾아내고는, 집안 사람들을 불러 보여주며 이렇게 말했다.

"이 문서는 선조들의 청빈한 생활을 보여주는 것이다. 그 정신을 우리 후손들이 지켜 잘 계승해 가야만 한다. 이 문서를 소중히 보관토록 하여라."

또 한번은 唐代의 顔眞卿이 尙書의 직위에 있을 때 李大夫란 인물로부터 쌀을 빌렸던 墨帖[64]을 손에 넣게 되었다. 왕질은 이를 돌에 새긴 후 탁본을 떠서 친족 및 友人들에게 두루 돌렸다. 이처럼 高雅하고 검약하였던 까닭에 평생 결코 빈한하지는 않았지만, 어느 곳에서든 검소하다는 평판을 들었던 것이다.(「墓誌銘」)

---

63 王質은 眞宗 연간 전후 11년간이나 재상을 역임한 文正公 王旦의 조카이다.
64 서예작품 내지 서예작품집. 書帖 혹은 墨跡이라고도 칭한다.

孫甫

孫甫가 益州交子務의 관리[65]로 재직할 때의 일이다. 사천 지방에서는 鐵錢을 사용하는 관계로 무겁기 때문[66]에 백성들이 휴대하거나 거래할 때 불편해했다. 그래서 손보는 종이에 적어 鐵錢을 대신케 하는 제도를 만들어 상거래의 편의를 도모하였다. 이에 대해 轉運使는 위조하여 법을 어기는 사람이 많다는 이유로 그 제도를 폐지하려 하였다. 이에 손보가 말했다.

"交子는 위조가 가능합니다. 하지만 동전 역시 사사로이 주조할 수 있습니다. 사사로이 동전을 주조한다 하여 동전 자체를 없앨 수 있겠습니까? 다만 엄하게 다스려야 할 뿐이지요. 작은 폐단 때문에 큰 이익을 버릴 수는 없습니다."

그 후 끝내 交子는 폐지되지 않았다.

杜衍이 樞密副使로 있을 때[67] 손보를 중앙에 추천하여 손보가 秘閣校理로 되었다. 당시 여러 장수들이 西夏를 공략하고 있었는데 오래도록

---

65 益州交子務는 仁宗 天聖 2년(1023) 1월에 개설되는 交子 관리기구. 仁宗 景祐 3년(1036) 監官 2인이 배치된다.

66 사천 지역에서는 五代 後蜀 정권시기 銅錢과 鐵錢을 並用하며 그 比價를 4 대 10으로 했다. 宋朝에 들어선 이래 동전의 비가가 높아져 14 대 1까지 되자, 송조는 太宗 淳化 5년(994) 동철전 비가를 10 대 1로 규정하였고 이것이 이후 정착되었다. 이러한 철전의 사용으로 말미암은 불편으로 민간에 交子가 도입되고, 이것이 폐단을 낳으면서 관아에 흡수되어 정식 지폐로 발전하게 되는 것이다.

67 杜衍은 仁宗 康定 元年(1040) 9월 樞密副使가 되었다가 4년 만인 慶曆 3년(1043) 樞密使로 승진한다. 이에 대해서는『續資治通鑑長編』권128, 仁宗 康定 元年 9월 戊辰 및 『宋史』권11,「仁宗紀」3, 仁宗 慶曆 3년 4월 乙卯 참조.

전황이 지지부진하였다. 이로 인해 천하가 어수선해져서, 여기저기서 도적들이 州縣의 성내로 쳐들어와 관리와 병졸들을 죽였다. 이러한 도적들의 횡행으로 수많은 서리들이 실직하고 백성들은 고초를 겪고 있었다.[68]

이에 인종은 분위기 일신을 위해 두세 명의 대신을 교체하고 명망 있는 인사를 精選하여 새로이 諫官으로 추가하였다. 그리고 이들로 하여금 정무의 폐단을 지적하게 하였다. 손보는 이때 右正言이 되어 諫院으로 들어갔다. 인종은 간언을 잘 받아들였으며 간언 때문에 파직되는 적이 없었다. 그렇다고 해도 궁중 내부의 일에 대해서는, 모든 간관이 직언을 하지 못하고 완곡하게 말할 따름이었다. 이러한 상태에서 손보만이 다음과 같이 말했다.

"말하자면 황후는 정실이고 그 나머지는 婢女로서 貴賤에 엄연한 차이가 있습니다. 후궁의 처우에 지나침이 있어서는 안 됩니다. 자고로 여색을 총애하면, 처음에는 그 여인을 제지하지 아니하다가 나중에는 제지할 수 없게 됩니다. 이렇게 되면 그로 말미암은 폐해를 돌이킬 수 없습니다."

이에 인종이 말하였다.

"후궁의 처우는 해당 관아에서 처리하오. 내 또 후궁으로 말미암은 문제들을 아쉽게도 모르고 있소이다."

"세간에서는 간관들을 두고 폐하의 눈과 귀가 되는 관원이라고 말합

---

68 이러한 도적 叢生의 정황에 대해 富弼은, "然今盜賊已起 乃是徧滿天下之漸 (…中略…) 若四方各有大盜 朝廷力不能制 漸逼都城 不知何以爲計, 臣每念及此 不寒而戰"(『續資治通鑑長編』 권143, 仁宗 慶曆 3年 9月 丁丑)이라 말하고 있으며, 심지어 歐陽脩와 같은 인물은 "百萬蒼生塗炭 而怨國家, 今盜賊 一年多如一年 一火强如一火 天下禍患 豈可不憂?"(『文忠集』 권100 「再論置兵禦賊箚子」)라 말하고 있을 정도이다.

니다. 폐하께서 모르시는 것들을 알려야 하기 때문이지요. 그리고 이른 바 이전 시대 후궁 문제에서 비롯된 재앙에 대해서는 여러 史書에 잘 기록되어 있습니다. 폐하께서 이를 통해 몸소 살펴보실 수 있을 것입니다.”

인종은 이 진언을 흔쾌히 받아들였다.

이런 일도 있었다. 保州에 兵變[69]이 일어나기 전 미리 밀고가 있었지만 대신들이 적절히 대처하지 못해 막지 못한 일이 발생했다. 손보는 樞密使와 副使를 처벌해야 한다고 강력히 주장하였다. 당시의 추밀사는 杜衍이었다.

또 한번은 변경의 장수인 劉滬가 渭州[70]에 水洛城을 쌓은 일이 있었다. 이에 대해 상관인 尹洙는 유호가 지휘에 따르지 않았다 하여 주살하고자 했다. 대신들은 대부분 윤수의 입장에 찬동하고 있었다. 손보는, ‘水洛은 秦州과 渭州를 잇는 곳으로서 국가이익에 매우 긴요하다. 유호를 처벌해서는 안 된다’고 말하였다. 이로 인해 윤수가 파면되고 유호는 풀려났다. 손보는 평생을 통해 윤수와 긴밀한 사이였다.

손보가 諫院에 있는 동안 그의 간언으로 말미암아 국가에 도움이 된 바가 매우 많았다.

위에 든 세 가지 가운데 그 첫 번째는 남들이 하기 어려운 말이었다. 나머지 둘은 보통 사람에 있어 그처럼 처신하기 힘든 일이었다.

그 후 그가 어떤 일로 재상을 마땅히 파면해야 한다고 간언하였다. 인종은 즉시 그의 말에 따라 재상을 교체하고 陳執中을 參知政事에 임명했다. 손보는 다시, ‘진집중을 중용해서는 안 된다’고 말했다. 이 일이 있

---

69 兵變이란 군대가 일으킨 반란. 保州(현재의 河北省 保定市)의 兵變은 仁宗 慶曆 4년 (1044) 8월 주둔군인 雲翼軍의 일부가 일으킨 것으로서 樞密副使 富弼이 河北宣撫使로 파견되어 21일 만에 진압하였다.
70 秦州와 渭州는 공히 秦鳳路 중동부에 위치.

고부터 인종은 손보를 멀리하기 시작했고, 손보는 마침내 사직을 요청하였다.(「墓誌」)

慶曆 年間(1041~1048) 손보와 蔡襄은 諫官으로 있으면서, '재상 晏殊가 사저를 짓는 데 官兵을 동원하였으며 무사안일만을 추구할 뿐 국가사에 대한 열정이 없다'고 탄핵하였다. 이에 따라 안수가 파직되자, 손보 등은 대신 富弼을 천거하였다. 仁宗은 노하여,

"재상을 임명하는 것은 천자의 소임이다. 신하가 가리켜 지목하여서는 안 된다"

라고 말하고, 陳執中을 재상으로 삼았다. 손보 등은, '진집중을 중용하여서는 안 된다'고 강력히 진언하였으나 받아들여지지 않았다. 그러자 다같이 사직하고 지방관으로 나가기를 희망하였다. 이것 또한 허용되지 않았다. 하지만 그들은 끝내 이런저런 구실을 들어 사직을 요청하였다. 인종이 말했다.

"卿들은 간언이 한 번 받아들여지지 않았다 해서 곧바로 사직을 청하고 있소이다. 이는 짐에게 간언한 사람을 내쫓았다는 말을 듣게 하는 것이오. 정히 사직을 원하거든 각자 구실을 둘러붙이도록 하는 것이 좋지 않겠소?"

이 말을 듣고 손보는 사사로운 사정을 들어 사직을 청하였고, 채양 또한 부모 봉양을 핑계로 들었다. 그런데 이에 앞서 채양은 고향인 莆田[71]에 가서 부모를 맞아 오겠다고 아뢴 적이 있었다. 부모는 그때까지도 수도에 오지 않은 상태였다. 이를 알고 있는 인종은,

---

71   福建路 중앙부에 위치한 興化軍의 莆田縣.

"경은 지난번에 부모를 모셔오겠다 했지만 부모가 아직 오지 않았나 보구려. 그렇다면 예전의 말처럼 그냥 이대로 있으면서 모셔와 봉양하는 것이 어떻겠소?"

라고 말했다. 채양은 황공해 하며 대답하지 못했다. 이를 보고 손보가 앞으로 나가 말했다.

"채양이 부모 곁을 멀리 떠나와서 폐하를 모시는 것은, 폐하께 조금이라도 도움이 되어드리고자 했던 것입니다. 지금 간언이 받아들여지지 않았으니 이제 어찌 돌아가지 않겠습니까?"

채양은 이 때문에 진짜로 고향에 돌아가 부모를 봉양가기로 작정할 수밖에 없었다.(『南豊雜識』)

다음은 손보의 말이다.

"慶曆 年間(1041~1048) 仁宗은 杜衍과 范仲淹, 富弼, 韓琦 등을 발탁하여 정무를 맡기는 한편 歐陽脩, 蔡襄 및 나(손보) 등을 諫官으로 삼아, 정치 일체를 개혁함으로써 태평성세를 이루고자 하였다. 범중엄 등 또한 모두 온 힘을 다하여 천자의 발탁에 부응하고자 하였다. 하지만 자기들과 입장이 같은 사람들만 좋아하고 나머지 사람들은 싫어하고 있었다. 남들에 대해 편견 없이 공정하게 대하지 못하였다.

언젠가 내가 집에 있을 때였다. 石介가 지나가다 들렀다.

'어디에서 오는 길이오?'

'막 富公(부필)의 집에서 오는 길이라오.'

'부공이 무얼 하고 있더이까?'

'부공이 이렇게 말하더이다. 滕宗諒이 慶州의 知州로 있으면서 公使錢[72]을 전용하여 법을 어겼는데, 杜公(두연)은 그에게 중벌을 내리자고

하며 그렇지 않을 경우 자신이 떠나겠다고 말하고 있고, 范公(범중엄)은 그 죄를 가볍게 처리하자고 하며 그렇게 되지 않으면 자기가 떠난다 한답니다. 부공으로서는 등종량에게 중벌을 내리면 범공을 거스리게 되는 것이 두렵고, 그렇다고 해서 그 죄를 가벼이 처리하면 두공을 거스리는 게 두려운 것이라오. 이러한 판이니 어찌 처리해야 좋을지 몰라 걱정하고 있더이다.'

이 말을 듣고 내가 말했다.

'石 선생께서는 어찌하라 말했소이까?'

'나 역시 아직 근심하고 있을 뿐이오.'

나는 탄식하며 말했다.

'법이라는 것은 천자의 권한에 속하는 것이오. 지금 부공이 등종량에게 중죄를 내린 즉 범공을 거스르는 것이 될까 근심하고, 반대로 그 죄를 가벼이 처리한 즉 두공을 거스르는 것이 될까 걱정한다니, 이는 법도가 있음을 알지 못하는 것이며 또 그 뜻이 일찍이 천자를 위하는 데 있지 않음을 보이는 것이외다. 석선생은 평생 議論을 좋아했고 스스로도 바르고 곧다고 자부하고 있소. 그런데 어찌 똑같은 말씀을 하신단 말이오? 내 어려서부터 학문을 좋아해서 스스로 판단하건대 필시 세상에서 쓰이기 힘들 것이라 생각했소. 그래서 물러나 唐史를 연구하고 있었소.

---

72 지방관아(州軍)에 설비되어 있는 독립 재정항목. 官員이 부임하거나 혹은 공무의 처리를 위해 왕래할 때 지방관아에서 맞아 宴請 및 餞送하는 용도로 사용하도록 되어 있었다. 公使錢의 액수는 官品의 高下 및 家屬의 多少에 다라 결정되었는데 모두 민간에서 징수되었다. 이와 더불어 公使庫도 병설되어 公使錢의 확보를 도모한다는 명목으로 저당과 酒精의 제조 등 온갖 상행위를 행하였다. 이러한 公使錢에 대해 范仲淹은, "切以國家逐處置公使錢者 蓋爲士大夫出入 及使命往還 有行役之勞 故令郡國釀以酒食 或加宴勞 蓋養賢之禮 不可廢也"(『范文正奏議』 권上 「奏乞將先減省諸州公用錢却令依舊」)라 말하고 있다.

그러다 내 생각을 적어 杜公이나 范公 등의 여러 분들께 보였는데, 그들이 이를 보고 천거하여 내가 諫官의 자리에 앉게 되었던 것이라오. 하지만 그때에도 일찍이 남들과 관직에 나아가는 것이 좋은지 상의하며 주저했었소이다. 그런데 다른 간관들을 만나보니 죄다 승진만을 바라는 사람들 뿐이어서, 비로소 내가 이 자리에 선 것이 잘못이었음을 알았소. 더욱이 지금 부공이나 범공, 두공의 말들이 그러하다면 내 다시 무엇을 바라겠소?'

나는 이로부터 수개월간이나 잠을 이루지 못하였다. 이후 慶曆 年間에 정치를 주도하던 사람들을 대부분 알게 되었는데, 그들의 허물을 알고서는 가까이 하지 않았다. 나와 생각이 같았던 사람은 한 사람도 없었다."

(『南豊雜識』)

권10

陳摶

陳摶은 後唐 明宗 長興 年間(930~933)의 말엽 進士科에 응시하였으나 급제하지 못하였다. 이후 武當山¹의 九室巖에 들어가 은거하며 20여 년간 곡물 섭취를 피하고 氣를 단련²했다. 그 다음에는 華山³의 雲臺觀에 거주하였는데 그동안 대부분 문을 닫아걸고 혼자 누워 있었다. 때로는 100여 일이 지나도록 일어나지 않기도 하였다. 이러한 말을 듣고 後周의 世宗이 궁궐로 불러들였다. 그리고는 그를 궁중의 방 안에 가둔 채 문을 걸어 잠그고 시험해 보았다. 한 달여가 지난 다음 비로소 열어보니

---

1 湖北省 丹江口市 남부에 위치한 산. 도교의 名山이자 武當派 拳術의 발원지이다.
2 道敎의 養生術 가운데 하나인 辟穀을 실천한 것이다. 辟穀이란 五穀을 섭취하지 않고 藥草를 생식하며 導引 등을 수행하는 것이다.
3 陝西省 華陰市 남부에 위치한 산. 五岳의 하나로서 西嶽이라 칭해졌다. 秦嶺의 동부에 위치하며 북으로 渭河平原에 닿고 있다. 太華山이라고도 불린다.

진단은 아무 일 없는 듯 숙면에 빠져 있었다. 세종은 심히 기이하게 여기고 黃白의 術[4]에 대해 물어 보았다. 이에 진단은,

"폐하께서는 천하의 군주이옵니다. 마땅히 백성의 생활을 근심하셔야지 어찌 황금에 마음을 둔단 말입니까?"

라고 말했다. 이 말에 세종은 불쾌히 여기고 그를 다시 山으로 돌려보내고는, 다만 지방관으로 하여금 절기에 따라 안부를 묻게 하였다.

송조가 건립되고 太宗이 즉위한 후 그는 재차 소환되었다. 태종은 그를 궁궐 주변에 수개월간 머물게 한 후 몇 차례나 궁성으로 불러들여 얘기를 나누었다. 그리고는 재상인 宋琪 등에게 이렇게 말했다.

"진단은 다만 자신의 몸만 돌볼 뿐 세상의 권세나 이익을 얻는 것에는 전연 관심이 없으니 진정한 方外의 士[5]이도다."

하루는 中使[6]를 보내 진단을 대동하여 中書에 가게 했다. 그를 보고 송기 등이 물었다.

"선생께서는 玄默修養의 이치[7]를 깨쳤으니 이를 세상 사람들에게 전수할 수 있으신지요?"

"내 山野에 은둔하여 살아와서 세상에 보탬이 되지 못합니다. 도가에서 말하는 練養의 일[8]에 대해서도 알지 못해서 전수할 수가 없습니다. 그렇지만 설사 백주에 하늘로 오를 수 있다 한들 다스림에 무슨 보탬이 있겠습니까? 지금 황제폐하께서는 龍顔도 범상치 않으셔서 천자로서의 표징도 분명하고 고금의 치세와 혼란에 대해서도 통찰을 지니고 계

4 　道士가 丹砂로 황금과 白銀을 만드는 술책.
5 　仙境, 혹은 通俗을 벗어난 僧道의 수행 세계를 일컫는다.
6 　宮中에서 파견된 사자, 대부분 宦官을 가리킨다.
7 　도가의 修行의 道. 玄默이란 淸靜無爲로서 玄嘿이라고도 한다.
8 　도가에서 丹藥과 道術을 수양하는 것.

십니다. 참으로 도리를 갖추신 어질고 성스러운 군주이십니다. 그러니 지금은 군신이 합심하여 천하를 다스리는 것에 진력할 때이지, 거기에 다가 도교에서 말하는 수행이나 단련 따위는 덧붙일 필요가 없습니다."

송기 등이 진단의 말을 태종에게 상주하니, 태종은 이를 보고 매우 기뻐하였다. 얼마 후 진단은 다시 산으로 되돌아갔다.(『談苑』)

진단은 『역경』을 읽기를 좋아하여 그 數理學을 穆脩에게 전해 주었으며, 목수는 李之才에게 전하였고, 이지재는 다시 康節 先生 邵雍에게 전하였다. 소옹은 象數學[9]을 种方[10]에게 전하였으며, 충방은 이를 廬江의 許堅에게 전하였고, 허견은 范諤昌에게 전해주었다. 이처럼 이 갈래의 학문은 남방 일대에 전해진 것이다. 세상에서는 이 학문을 두고 다만 신선술을 배우고 관상술을 익히는 것이라 생각하였을 뿐, 그 안에 심오한 이치가 담겨져 있음은 알지 못하였다.(『辨惑』)

种放은 字가 明逸이다. 終南山[11] 豹林谷에 은거하다가 希夷 先生 陳搏의 명성을 듣고 찾아가 뵈었다. 어느 날 希夷는 그에게 뜨락을 청소하라 이르면서 말했다.

"오늘 필시 귀한 손님이 오실 것이다."

9　邵雍의 상수학에 대해서는 본서 4책, 244쪽 주23 참조.
10　种放(956~1016)은 낙양 출신의 관료. 젊은 날 擧業을 버리고 은거하였으며, 朝廷의 수차에 걸친 발탁을 고사하다가 眞宗 咸平 5년(1002) 張齊賢의 천거로 召對하여 起身하였다. 이후로도 山林과 조정 사이를 수차에 걸쳐 往返하였는데 京師에 이를 때마다 수많은 生徒들이 그를 찾아 受學하였다고 한다. 만년에는 興服을 꾸미고 田産을 廣置하였으며 子弟를 풀어 不法을 恣行하여 時論의 지탄을 받았다.
11　秦嶺 主峰의 하나로서 道教의 名山이다. 陝西省 西安市의 남부에 위치하며 南山이라고도 불린다. 狹義의 秦嶺.

충방이 나뭇군 모습으로 뜰 아래에 대기하여 서자, 희이는 그를 이끌어 위에 오르게 하며 말했다.

"그대가 어찌 나뭇군이란 말이오? 20여 년 후에는 반드시 높은 관료가 되어 그 이름이 천하에 두루 퍼질 것이오."

"저는 道義를 찾아 배우러 온 것입니다. 부귀공명은 제가 구하는 바가 아닙니다."

이 말을 듣고 희이는 웃으며 말했다.

"사람이 귀하게 되고 천하게 되는 것은 본시 운명에 따라 정해진 것이오. 그대의 관상을 보건대 그러한 부귀가 드러나 있소이다. 그대가 비록 산림 속에 들어가 자취를 감출지라도 끝내 혼자만의 안일을 이루기는 힘들 것이오. 훗날이 되면 알게 될 것이오."

그 후 진종 시대가 되어 충방은 불려져 司諫에 발탁되었다. 진종은 그의 손을 붙잡고 龍圖閣[12]에 행차하여 천하사에 대해 논의하고자 하였다. 이에 그는 사직하고 다시 산으로 들어갔다. 하지만 이후 諫議大夫에 임용되었다가 工部侍郎의 직위에 올랐다.

언젠가 희이는 충방에게,

"그대는 장가들지 않아야만 中壽[13]를 누릴 수 있을 것이네"라고 말했다. 충방은 그대로 따라서, 60살이 되어 죽었다.

이에 앞서 희이는 충방을 위해서 豹林谷 아래에다 좋은 명당 자리를 골라두고 穴[14]은 정하지 않고 있었다. 충방의 사후 그를 장사 지내고 나

---

12 眞宗 시대에 건립되는 궁중도서관. 太宗의 御書 및 御製 文集, 각종 전적과 圖畵, 각종 祥瑞物, 宗正寺에서 바친 宗室의 名冊 및 譜牒 등을 보관했다. 學士, 直學士, 待制, 直閣 等의 官員이 배속되었다.
13 중간 정도의 수명.
14 관을 묻는 墓壙.

서, 희이는 묘지를 보고 말했다.

"땅은 진실로 좋고 혈은 조금 뒤미쳐 자리 잡았으니, 반드시 대대로 명장이 나오리라."

충방은 장가들지 않아서 아들이 없었다. 대신 그 자손 가운데 조카인 種世衡으로부터 남송 시대에 이르기까지 장수로 이름을 날린 자가 많이 배출되었다.(『邵氏聞見錄』)

胡瑗

胡瑗은 布衣의 시절 孫復 및 石介와 더불어 泰山에서 함께 공부하였다. 거친 음식을 먹으며 치열하게 공부하면서 밤 늦도록 잠자리에 들지 않았다. 한 번 공부를 작정한 다음 10년이 넘도록 집에 돌아가지 않았다. 집안으로부터 편지가 도착하면 위에 '平安'이라는 두 글자를 확인하고는 더 이상 펴서 읽지도 않은 채 그 즉시 골짜기에 던져 버렸다.(曾孫 胡滌의 기록)

師道가 사라진지 오래되었다. 仁宗 明道 年間(1032~1033)과 景祐 年間(1034~1038) 이래로 배우고자 하는 이들에게 스승이라 할 만한 사람으로는 오직 胡瑗, 그리고 泰山의 孫復과 石介 3인뿐이었다. 그중에서도 손복의 제자들이 가장 많았다. 湖州에 있는 호원의 서당은 드나드는 제자의 무리가 항상 수백 명이나 되었다. 그들은 각각 經典에 대해 가르침을 받은 바를 서로 전수하여 주는 등, 그 가르침의 체계가 잘 잡혀 있었다. 이러한 호원의 서당이 세워진지 수년이 지나자, 東南 地方의 선비들은 모두 仁義禮樂을 공부하지 않는 자가 없게 되었다.

慶曆 4년(1044), 인종은 天章閣[15]을 개설하고 대신과 더불어 천하의 정치에 대해 논의하였다. 이때 비로소 천하에 널리 조령을 반포하여 州縣마다 학교를 설립하게 했다.[16] 그리고 수도에는 太學을 설치[17]하였는데, 담당 관원의 청에 따라 湖州에 내려가 호원의 체계를 알아오게 한 다음, 이를 태학의 규정으로 삼았다. 그러한 태학의 규정은 변함없이 현재에까지 이르고 있다.(歐陽脩 撰, 「墓表」)

호원은 湖州에 있을 때 治道齋를 설립하고, 학생들 가운데 治道에 대해 배우고자 하는 사람이 있으면 거기서 가르쳤다. 군사, 민정, 水利, 算數 등이 교육과목이었다.

---

15 眞宗 天禧 4年(1020)에 건립되기기 시작하여 다음 해에 완성되는 궁중도서관. 龍圖閣의 북방에 위치했다. 仁宗의 즉위 이후 眞宗의 御製文集과 御書를 보관하는 곳으로 변모되었다. 學士와 直學士, 待制 등의 관원이 설치되었다. 南渡 후에는 臨安의 大內 뒤편 萬松嶺에 天章閣을 건립하였다.

16 "自五代以來 天下學廢"(『長編』 권105, 仁宗 天聖 5년 正月 庚申)라 하듯, 唐末 五代를 통해 州縣學은 쇠미해진 상태였고 이러한 정황이 송초로 이어졌다. 州縣學이 각처에 설립되기 시작하는 것은 仁宗 연간에 들어선 이후였다. "自明道景祐間 累詔州郡立學 賜田及書 學校相繼而興"이라 하는 『宋會要輯稿』의 기록(「崇儒」 2之2·3)이 그것을 말해준다. 그러나 이때의 조치는 大郡에만 미치는 것이었고 小郡에는 대부분 州縣學이 설립되지 않았다. 州縣學의 광범위한 興置는 慶曆新政 기간 동안 范仲淹이 각지의 학교 설립을 적극 추진하는 것에서 시작된다. 당시, "慶曆詔諸路州府軍監 各令立學 學者二百人以上 許更置縣學"(『宋會要輯稿』 「崇儒」 2之3)이라는 조치가 취해졌고, 이로 말미암아 이윽고 "州郡不置學者鮮矣"(『文獻通考』 권46 「學校考」 7)와 같이 되었다. 이러한 慶曆 연간의 州縣學 興置를 '慶曆興學'이라 부른다.

17 仁宗 慶曆 4년(1044) 4월 太學이 설립되기 이전에도 國子監은 존재했다. 당시 國子監의 상황에 대해 『長編』에서는, "國子監纔二百楹 制度狹小不足以容學者"(권148, 仁宗 慶曆 4년 4월 壬子)라 기록하고 있다. 이 국자감의 生徒를 때로 太學生이라 부르기도 했다. 또한 太學 설립 이후 太學生을 國子監生이라 칭하기도 했다.

언젠가 호원은, '劉彝가 수리에 대해 조예가 깊다'고 말한 적이 있다. 훗날 유이는 여러 관직을 역임하였는데 특히 수리 방면에 큰 공적을 남겼다.(『程氏遺書』)

호원은 수당 이래로 과거시험에서 문학 능력만을 중시할 뿐 경전에 대한 이해를 소홀히 하고 또 학자들이 부귀공명만을 쫓는 세태에 대해 크게 근심하였다. 그래서 蘇州와 湖州의 敎授가 되자, 학교의 규칙을 엄히 정해두고 자신이 솔선수범하였다. 이를테면 아무리 더울지라도 종일토록 반드시 公服을 입고 학생들을 대했다. 사제간의 예의도 엄격히 규정하였다. 경전을 가르치다가 중요한 부분에 이르면, '자기자신을 수양한 연후에 백성을 다스린다'는 것을 학생들에게 정성을 다해 인식시키고자 하였다. 학생수는 천 명을 헤아릴 정도가 되었으며 그들은 공부에 매진하였다. 또 문장을 작성할 때에는 그 안에 반드시 경전의 정신을 우선적으로 담아내도록 하였다. 학생들은 스승인 호원의 가르침을 믿고 따르며 바른 행실을 갖추고자 하였다. 훗날 太學의 선생이 되고 난 다음에는 사방으로부터 학생들이 찾아들어서 학교의 공간이 부족하게 되었다. 그래서 곁에 있던 步軍의 관사를 개조하여 공간을 넓혔다.[18] 호원의 가르침 가운데 五經에 대한 異說이 나오면, 제자들은 이를 기록하여 '胡氏의 구술 강의'라 하였다.(蔡襄 撰, 「墓誌」)

다음은 누군가 전해준 얘기이다.
호원이 國子監의 선생으로 있던 어느 날, 廣東 番禺[19]의 대상인 하나

---

18 이러한 정황에 대해 趙抃은, "瑗旣居太學 其徒益衆 太學至不能容 取旁官舍處之"(『歷代名臣奏議』권114「乞給還太學田土房緝狀」)라 전하고 있다.

가 자식을 보내 국자감에 입학시켰다. 그 자식은 재주가 있으되 방탕하여 千金이나 되는 돈을 소지하고 있었다. 그런데 병세가 있어 매우 마른 데다가 먼 길의 여행에 지쳐 마치 금세라도 숨이 끊어질 듯이 보였다. 이따금 그 아버지가 수도에 들어오면 그 허약함이 안쓰러워 학업의 부진을 책망하지도 못했다.

그러다가 그 아버지가 자식을 이끌고 호원 선생을 찾아와 어찌해야 좋을지를 물었다.

"우선 그 마음 자세를 바로잡고 나서 그 다음에 道理로써 이끌어야만 합니다."

호원은 이렇게 말하고, 한 질의 서적을 건네주었다.

"너는 이것을 읽도록 하여라. 이 책을 통해 養生術이 무언지 알 수 있을 것이다. 건강을 보살핀 다음에야 비로소 학문에 정진할 수 있느니라."

그 아들이 책을 보니 黃帝가 지었다 하는 『素問』[20]이었다. 이를 붙들고 채 마저 읽기도 전에, 벌벌 떨며 女色으로 말미암아 건강을 해친 것을 두려워하게 되었다. 그리하여 깊이 뉘우치고 자책함으로써 새 출발을 기약할 수 있는 상태에 이르렀다. 호원은 그가 이처럼 반성한 것을 알고, 그를 불러 타일렀다.

"자기 몸을 아낄 수 있게 되어야만 가히 修身을 할 수 있다. 지금부터는 마음을 깨끗이 하고 학업에만 정진토록 하라. 성현의 책들을 들고 우선 차근차근 읽어라. 그 의미를 깨치게 되면 그 다음에 비로소 문장을 짓도록 하라. 그렇게 한다면 너는 장차 이름을 날릴 수 있을 것이다. 성인은 허물이 없음을 귀히 여기는 것이 아니라 허물을 고친 것을 더 귀히

---

19   廣南東路의 路治인 廣州 番禺縣. 현재의 廣州市.
20   『黃帝內經』의 전반부, 生理·病理·위생 등 기초이론이 기록되어 있다.

여기느니라. 예전의 잘못은 가슴에 담아두지 말고 오직 학업에만 전념토록 하여라."

그 사람 또한 영민하여서 2, 3년 동안 학업에 정진한 끝에 마침내 우수한 성적으로 과거에 합격하여 고향에 돌아갔다.(李鷹의 記)

孫復

孫復은 젊었을 때 과거에 응시하였다가 낙방한 후 물러나 泰山의 남쪽에 거주하였다. 그리고 『춘추』를 공부하여 『尊王發微』를 저술하였다. 산동 일대에는 본디 학생들이 많았는데 그중에서도 가장 명석하고 도리를 갖춘 인물이 石介였다. 그러한 석개를 위시한 산동 일대의 학생들이 모두 손복의 제자가 되었다.

당시 손복의 나이는 이미 40을 넘기고 있었지만 家勢가 빈한하여 결혼을 하지 못한 상태였다. 이를 알고 승상 李迪[21]이 자기 동생의 딸을 손복의 아내로 제의하였다. 손복이 이를 의아히 여기자 석개를 비롯한 여러 제자들이 말했다.

"조정의 대관들이 士人을 가벼이 여기지 않게 된 지 오래입니다. 지

---

21 李迪(971~1047)은 眞宗과 仁宗 시기 재상을 역임한 인물. 眞宗 景德 2년(1005) 35세의 나이로 진사과에 장원급제한 후 陝西都轉運使 등을 거쳐 天禧 元年(1017) 參知政事에 올랐다가 이윽고 寇準의 뒤를 이어 재상이 되었다. 그 후 丁謂와의 不和로 인해 知鄲州로 좌천되었다. 仁宗이 즉위하고 劉太后가 聽政하게 되자, 일찍이 劉氏를 皇后로 冊立하는 데 반대한 바 있어 재차 貶官되었다. 仁宗의 親政 이후 재상직에 복귀하였다가 呂夷簡과 대립하여 재차 罷出되었다.

금 승상이 선생님을 빈천하다 여기지 않고 조카딸을 맡기려 하고 있습니다. 이는 선생님의 행실과 道義를 우러러 보고 있기 때문입니다. 선생님께서는 그 제의를 받아들이시고 그럼으로써 아울러 승상이 어질다는 명성을 만들어 주셔야 합니다."

이 말을 듣고 손복은 마침내 그 제의를 수락하였다.

또 給事孔道輔[22]는 사람됨이 강직하고 엄정하여 일찍이 남에게 허망하게 하지 않았다. 그러한 공도보가 손복의 명성을 듣고 찾아왔다. 석개는 손복의 곁에서 지팡이와 신을 들고 모시고 서 있었다. 손복이 앉은 연후에도 여전히 서 있었으며 오르내리며 인사를 나눌 때에는 부축해 드렸다. 공도보가 돌아가기 위해 인사를 나눌 때에도 똑같이 그렇게 하였다. 산동 사람들은 당시 이미 손복과 석개 두 사람을 깊이 존경하고 있는 상태였다. 그런데 이러한 모습을 보고 비로소 사제지간의 예의에 대해 알게 되어 탄식해 마지않았다. 또 이 일로 해서 승상 이적과 급사 공도보에 대해서도 사대부들 사이에서 칭송이 자자했다.(歐陽脩 撰,「墓誌」)

范仲淹이 睢陽에서 學官으로 있을 때의 일이다. 孫秀才란 인물이 있었는데 어느 날 돈을 구해 돌아다니다가 찾아왔다. 범중엄은 그에게 1貫[23]을 주었다. 이듬해 그 손씨 성의 사람은 다시 수양을 지나다 범중엄을 찾아왔다. 범중엄은 또 10貫을 주며 물어보았다.

"어인 일로 그렇게 바삐 길을 나다니는가?"

손씨 성의 그 사람은 안색이 달라지며 슬피 말했다.

---

22   中書門下給事中의 簡稱. 給事中이라 칭해지기도 한다. 差遣이 아닌 正5品上의 寄祿階이다.
23   1貫은 1,000錢. 당시의 쌀 1石의 가격은 대략 3貫 전후였다.

"어머니가 늙으셨는데 제대로 봉양할 수가 없습니다. 만일 하루에 100전만 얻을 수 있다면 어머니의 식사비를 댈 수 있습니다."

이 말을 듣고 범중엄이 다시 말했다.

"내 그대의 말투를 보니 결코 걸인은 아니오. 2년 동안 그 조금을 얻겠다고 쏘다니다가 학업을 얼마나 많이 소홀히 하였소? 내 지금 그대에게 學職을 주겠소. 그러면 한 달에 3관 정도 벌 수 있을 것이니 그것으로 봉양토록 하시오. 그러면 그대는 안심하고 학업에 전념할 수 있겠소?"

손씨 성의 사람은 크게 기뻐하였다. 이에 범중엄은 그에게 『춘추』를 가르치니 그는 밤낮을 가리지 않고 공부에 매진하였다. 뿐만 아니라 행실도 반듯하고 조심스러워 범중엄은 그를 매우 아꼈다.

그러다가 이듬해 범중엄은 수양을 떠났고 손씨 성의 사람도 그만두고 돌아갔다. 그로부터 10여 년이 지나, 태산 아래에 孫明復[24] 선생이란 인물이 있어 『춘추』를 학생들에게 가르치며 도덕도 고매하다는 소문이 널리 퍼졌다. 그리하여 조정에서 부르게 되었는데, 그가 와서 보니 옛날에 돈을 구하러 이리저리 돌아다니던 孫秀才였다.(『東軒筆錄』)

---

24 明復은 손복의 字이다.

石介

인종 天聖 年間(1023~1032) 이래로 穆脩와 尹洙, 蘇舜欽,[25] 歐陽脩 등이 古文 사용을 주창하기 시작하여 西崑體[26] 일색의 풍조를 바꾸어갔다. 여타 선비들도 여기에 흔쾌히 따랐다. 여전히 楊億이나 劉筠 등을 본받아 서곤체를 고집하는 사람들에 대해서는, '그 잘난 문체를 西崑이라 하지 말고 차라리 太崑이라 하지 그래?'라고 비꼬기도 하였다. 특히 石介는 서곤체를 몹시 싫어하여, '儒家에 커다란 해악이다'고 생각하였다. 그래서 『怪說』 2편을 지어, 上篇에서는 불교와 도교를 배척하고 下篇에서는 양억을 배척하였다. 이로 말미암아 신진의 후학들은 더 이상 감히 양억과 유균의 문체를 본받거나 혹은 불교나 노장을 말하려 하지 않았다. 반면 훗날이 되어 구양수나 소순흠은 오히려 양억의 문체로 되돌아갔다.(『呂氏家塾記』)

석개가 죽고난 후의 일이다. 夏竦이 인종에게 말했다.

---

25 蘇舜欽(1008~1049)은 仁宗 景祐 元年(1034)의 進士 출신. 慶曆新政 직후 范仲淹 등과의 친분으로 인해 除名되어 蘇州에 寓居하며 詩文 창작과 독서에 몰두하였다. 慶曆 8년(1048) 復官되었으나 얼마 되지 않아 작고했다. 詩文에 능하여 當代의 文人인 歐陽脩 및 梅堯臣 등과 唱和하기도 했다. 詩文의 風格은 豪健激昻하다는 평을 받고 있으며 時政을 논하고 抱負를 피력한 작품이 많다.

26 宋詩 流派의 이름. 崑體라고도 부른다. 북송 초기 楊億·劉筠·錢惟演 등이 文名을 날리며 仁宗 시기 함께 館閣에 들어가 문단을 주도하였다. 楊億이 이러한 詩作 가운데 17인의 酬唱을 편집하여 『西崑酬唱集』이라 題하였다. 西崑派란 명칭은 여기서 유래한다. 이들의 詩作은 晩唐의 李商隱을 모범으로 삼았으며 宮廷事나 戀情을 읊고 咏物한 것이 대부분이었다. 또 典故를 복잡하게 얽고 華絶한 풍격을 지니며 工巧한 對句와 聲律의 諧和를 추구하였다. 이러한 유파가 송초 40여 년을 풍미하다가 歐陽脩 및 梅堯臣 등이 등장하며 변화를 맞이하게 된다.

"석개는 실은 죽지 않았고 북쪽 거란으로 달아난 것입니다."

이에 따라 얼마 후 어명이 내려져 석개의 처자를 江淮 地方으로 編管[27]시켰다. 아울러 中使를 파견하여 京東의 部刺史[28]와 더불어 석개의 관을 파헤쳐서 그 죽음이 사실인지를 확인하게 했다. 당시 呂居簡은 京東轉運使로 있었는데, 그가 중사에게 말했다.

"만일 관을 파헤쳤는데 다행히 비어 있다면 석개는 정말로 북쪽으로 달아난 것이고, 그렇다면 孥戮[29]도 결코 가혹한 처사는 아닐 것이오. 하지만 그 속에서 석개의 시신이 발견되어 적에게 달아난 것이 아니라는 사실이 밝혀진다면, 조정은 아무 까닭 없이 남의 분묘를 파헤친 꼴이 될 것이오. 그렇게 되면 후세에 어떻게 비치겠소?"

"정말이지 監司의 말씀 그대로입니다. 그런즉 어명에 대해 어떻게 하면 좋겠습니까?"

"석개를 장사 지낼 때 필시 殮襲하고 입관시킨 사람이 있을 것입니다. 그리고 내외의 친족이라든가 문상하러 모였던 제자들까지 합하면 또 수백 명은 족히 될 것입니다. 운구하고 하관하는 데 있어서도 반드시 凶肆[30]의 사람들을 썼을 것입니다. 이러한 모든 사람들을 불러모아 심문한 다음, 석개의 죽음을 의심할 만한 발언이 없으면 모두 軍令의 문서 형식으로 보증시키도록 하십시오. 이렇게 한다면 족히 천자의 명령에 부응한 것이 될 수 있을 것입니다."

중사는 참으로 그렇다고 여기고, 석개의 친척으로부터 姜潛을 위시

---

27 먼 곳의 州郡에 유배 보내 해당 지방의 호적에 편입시킨 다음 지방관으로 하여금 檢束하게 하는 것.
28 發運使 · 轉運使 · 提點刑獄 · 提擧常平使 등 路의 監司에 대한 汎稱.
29 죄인의 妻子까지 함께 誅殺하는 것.
30 오늘날의 葬儀社.

한 門人들, 그리고 凶肆의 사람들 및 염습하고 입관했던 사람들, 운구했던 사람들까지 도합 수백 명을 불러모았다. 그러한 연후 문서를 만들어 거짓이 있을 경우 처벌된다는 내용으로 보증시켰다. 중사는 이것을 지니고 들어가 인종에게 아뢰었다. 인종은 이를 보고 하송이 참언하였음을 깨달았다. 그리하여 얼마 후 다시 어명이 내려져서 석개의 처자를 석방하여 고향으로 되돌아가게 하였으며, 세인들은 여거간을 두고 큰 인물이라 하였다.(『東軒筆錄』)

蘇洵

職方君[31]에게는 蘇洵을 포함하여 세 아들이 있었다. 나머지 둘은 蘇澹과 蘇渙이었는데 모두 문학으로 진사과에 합격하였으되 소순만은 어려서부터 공부하기를 즐겨하지 않았다. 소순은 장성하여서도 글을 읽지 못하였다. 하지만 직방군은 그냥 놔두고 질책하지 않았다. 이를 두고 향리의 친척들은 모두 괴이히 여겼다. 누군가 그 까닭을 물으면 직방군은 다만 웃기만 할 뿐 대답하지 않았다. 소순 역시 태연자약했다.

그러다 그의 나이 27살이 되어 비로소 발분하여, 평소 어울려 다니던 사람들을 멀리하고 문을 닫아건 다음 글을 읽고 문장을 지었다. 그런지

---

31 蘇洵의 부친. 일찍이 尙書職方員外郞을 역임하여 職方君이라 칭해졌다. 『名臣碑傳琬琰之集』에서는 蘇洵의 祖先에 대해, "曾祖諱某 祖諱某 父諱某贈尙書職方員外郞 三世皆不顯"(中, 卷40「老蘇先生洵墓誌銘」)이라 적고 있다.

일 년여 후 진사과에 응시하였으나 낙방하였다. 다음에는 다시 茂材異等科에 응시하였으나 또 낙방하였다. 그는 돌아와 탄식하였다.

"科擧는 내 학문이 될 수 없는가 보다."

그리고는 자신이 지은 문장 수백 편을 모두 모아 불살라 버렸다. 이후 더욱 굳게 문을 닫아걸고 독서에 매진하였다. 하지만 絶筆하고 다시는 문장을 짓지 않았다. 이러한지 5, 6년, 그 공부가 쌓여갔으되 억누르고 드러내지 않았다. 다시 그렇게 한참이 지나서 분연히 말하였다.

"이제 되었다."

이로부터 붓을 들기 시작하였는데, 잠깐 동안에 수천 마디의 글을 지었으며, 그 문장은 시대를 종횡하고 기백에 가득 찼으며 또 심오한 의미를 갖춘 연후에야 비로소 끝을 맺었다. 대저 天稟이 두터웠기에 그 피어남이 늦었던 것이다. 또 그 의지가 신중하였기 때문에 그 이룬 것이 더욱 정밀하였다.

그가 京師에 오고난 다음부터, 후학들은 일시에 그 학식을 존경하게 되었으며 그 문장을 배워 法式으로 여기게 되었다. 그리하여 그 父子가 모두 명성을 얻게 된 까닭에 소순을 老蘇라 칭하여 구분하였다.(歐陽脩 撰,「墓誌」)

인종 嘉祐 年間(1056~1063)의 초엽 王安石의 명성이 드날리기 시작하였다. 그를 흠모하는 무리들이 한 시대의 대세를 이룰 정도였다. 歐陽脩 또한 왕안석을 훌륭히 여겨서 소순에게 그와 교유할 것을 권유하였다. 왕안석도 소순과 교유하기를 바라고 있었다. 하지만 소순은 이렇게 말했다.

"내 그 사람됨을 익히 알고 있다. 그는 사람된 기본적인 情理를 갖추지 않은 자이다. 필시 훗날 천하의 우환거리가 될 것이다."

그후 왕안석의 모친이 사망하였을 때 사대부들은 모두 조문을 하였지만 소순만은 홀로 가지 않았다. 그리고 「辨姦論」이란 문장을 지었다. 소순이 죽은지 3년이 지나 왕안석은 집권하였고, 소순의 말대로 되었다.(「墓表」)

「辨姦論」[32]에서는 대략 다음과 같이 말하고 있다.

"羊叔子[33]는 王衍[34]을 보고, '천하의 백성을 잘못되게 할 자는 필시 이 사람일 것이다'라고 말했다. 또 郭汾陽[35]은 盧杞[36]를 보고, '이 사람이 뜻을 얻게 되면 내 자손은 씨가 마를 것이다'라고 말했다.[37]

지금에 와서 이 말들을 보건대 참으로 옳은 것이었다. 하지만 내 살펴보건대 王衍의 사람됨은, 용모나 언어가 진실로 세상을 속여 명예를 훔칠만하였다. 하지만 晉朝에 惠帝가 없었다면 왕연과 같은 인물이 백 명,

---

32 王安石을 姦人이라 규정하고 장차 그로 말미암은 禍亂이 닥칠 것임을 경계하는 문장이다. 張方平은 蘇洵의 「辨姦論」에 대해, "嘉祐初 王安石名始盛 黨友傾一時. 其命相制日 生民以來 數人而已. 造作言語 至以爲幾於聖人. 歐陽脩亦善之 勸先生與之游. 而安石亦願交於先生. 先生日 吾知其人矣 是不近人情者 鮮不爲天下患. 安石之母死 士大夫皆弔之 先生獨不往 作辨姦一篇. (…中略…) 當時見者 多不謂然 日嘻 其甚矣! 先生旣沒三年 而安石用事 其言乃信"(『樂全集』권39)이라 기록하고 있다.

33 三國魏末 西晉初의 인물인 羊祜(221~278), 字가 叔子이다. 尙書左僕射와 征南大將軍을 역임하였으며 南城侯에 봉해졌다.

34 王衍(256~311)은 서진 시대의 인물로 관직이 尙書令과 太尉에 이르렀다. 盛才와 美貌를 지니고 있어 당세에 명성이 떨쳤으며, 玄言을 좋아하고 『老子』과 『莊子』를 즐겨 입에 올리다 논리가 궁해지면 곧바로 말을 바꾸었다고 한다. 최고의 관직에 올랐으나 經國에는 관심이 없고 自保만을 일삼았다는 평판을 받고 있다. 元帥가 되어 石勒의 군대와 전투를 벌여 대패하고 피살되었다.

35 郭汾陽은 郭子儀(697~781). 安史의 亂 때 朔方節度使로서 그 진압에 절대적인 공을 세워 司空의 지위에 올랐다. 후일 汾陽郡王에 봉해졌기에 郭汾陽이라 칭해진다.

36 盧杞는 唐代宗, 德宗 시기의 인물로 口才가 있으되 鬼貌에 안색이 藍色에 가까웠으며 惡衣菲食한 것으로 유명하다. 御史中丞으로부터 門下侍郎을 거쳐 同中書門下平章事에 이르러 顯貴의 지위에 오르자 陰險하고 私憾한 기질을 드러내기 시작하였다.

37 郭子儀가 臥病하였을 때의 발언이다. 이 발언 전후의 사정에 대해 『舊唐書』에서는, "子儀病 百官造問 皆不屛姬侍 及聞杞至子儀悉令屛去 獨隱几以待之. 杞去 家人問其故. 子儀日 杞形陋而心險 左右見之必笑 若此人得權 卽吾族無類矣"라고 기록하고 있다 (권135 「盧杞傳」).

천 명 있었다 한들 어떻게 천하를 어지럽힐 수 있었겠는가? 또한 盧杞의
간사함은 진실로 나라를 패망으로 이끌 만했다. 하지만 不學無文이었
기에 暗愚한 德宗이 아니었다면 어찌 그가 발탁될 수 있었겠는가? 따라
서 羊叔子와 郭汾陽 두 사람이 왕연과 노기에 대해 판단한 것은 다소 미
흡한 점이 없지 않다.

지금 한 사람이 있으니, 입으로는 孔子와 老子의 말을 외우고 몸으로
는 伯夷 叔弟의 행실을 따른다 하며 이름나기를 좋아하는 사람들과 失
意한 사람들을 불러 모으고 있다. 그리하여 서로 말을 지어내고 사사로
이 소문을 퍼트려 顔淵과 孟子가 다시 세상에 났다고 말한다. 그런데 그
사람은 실상 음험하고 교활하며 보통 사람과 다른 취향을 지니고 있으
니, 왕연과 노기를 한 데 합한 것과 같다. 그러니 그로 말미암은 재앙을
어찌 다 말할 수 있으리오?

대저 얼굴이 더러우면 씻고자 하는 것은 사람으로 타고난 性情이다.
이 사람은 그렇지 아니하니 오랑캐와 같은 옷을 입고 개 · 돼지나 먹을
음식을 먹으며 옥에 갇힌 罪囚의 머리에 장사 치르는 얼굴을 하고서,
『詩經』과 『書經』에 대해 논하고 다닌다. 이 어찌 사람으로서 이럴 수 있
는가! 무릇 사람의 本性과 가깝지 아니한 것으로서 간사하고 사특하지
않은 것은 드물다.

그는 지금 명예가 세상을 뒤덮고 있고, 그것으로 인해 그의 속에 내재
된 惡이 가려져 있다. 그러니 治世를 이루고자 하는 군주나 賢者를 등용
코자 하는 재상은, 당연히 그를 등용코자 할 것이다. 그런즉 그는 장차
천하의 재앙이 될 것이며, 왕연이나 노기의 비할 바가 아닐 것이다."

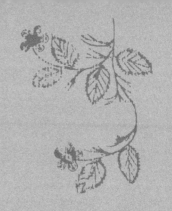

송명신언행록 후집

宋名臣言行錄 後集

권1

韓琦

韓琦가 左藏庫[1]를 관할할 때의 일이다. 당시에는 과거의 상위 합격자들을 우대하여 곧바로 요직에 임용하는 것이 통례였다. 그런데 한기만은 창고 관리직이라는 한직에 배치되어 공정하지 않다는 여론이 지배적이었다.[2] 하지만 정작 한기 자신은 태연히 근무하며 불만스러워하지 않았다. 업무의 처리 또한 그럭저럭하지 않았다.

그 무렵 궁중에서 물자를 공출해 갈 때에는 모두 환관이 다만 황제의 명령이라 하며 창고에 하달할 뿐이어서, 확인할 수 있는 인장이나 문서 등이 전연 덧붙여지지 않았다. 이에 한기는 상주하여 말했다.

"일찍이 眞宗 天禧 年間(1017~1021)에 傳宣合同司라는 기구가 두어져

---

1   각지의 財賦 收入을 收藏하였다가 관리 및 군병의 俸祿을 지급하는 國庫.
2   한기는 仁宗 天聖 5년(1027) 進士科에 榜眼으로 급제하였다.

물자의 취급이 매우 엄격하였습니다. 모든 물자는 이 전선합동사의 증명서 없이는 지급되지 않았습니다. 그러다 차츰차츰 느슨해져서 이 제도가 없어지고 행해지지 않게 되었습니다. 원컨대 이 예전의 제도로 되돌려 주십시오."

이 주청이 받아들여져서 그대로 시행하라는 조령이 내려졌다.

또 과거에는 물자의 수량을 확인하는 환관이 하나 배치되어서, 지방으로부터 물자가 도착하면 반드시 그 수량을 확인받아야만 수납시킬 수 있었다. 그런데 왕왕 담당 환관이 며칠이고 오지 않아서 물자가 처마 밑에 그대로 방치되기도 하였다. 또 멀리서 온 衙校[3]들은 이 지체로 말미암아 막심한 피해를 입었다. 한기는 상주하여 이 제도를 폐지해 달라고 요청하였다.

그리고 재해를 입은 지방에서 올라온 물자라 해도 그 규정량에 차지 아니하면 부족분을 보충시키는 것이 관례였다. 한기는 이러한 지방에 대한 물자 공납의 경감을 요청하였다.(「家傳」)

右司諫으로 재직할 때의 일이다. 한기는 仁宗에게 권하여, 옳고 그름을 명확히 하고 조정의 기강을 엄정히 하며 충직한 관료를 가까이 하고 간사하고 아첨하는 무리들을 멀리 할 것을 말하였다. 또 그 무렵 재해가 자주 발생하고 있었다. 그는 재해가 빈번히 발생하는 것은 執政者들의 역량이 부족하기 때문이라고 주장했다. 이처럼 수차례나 인종에게 상주하였으나 받아들여지지 않았다.

한기는 또 상주하여 말했다.

---

3   하급 무관.

"폐하께서는 보필하는 신하들을 택함에 있어 어찌 사람을 잘못 보십니까? 杜衍, 范仲淹, 孔道輔, 宋郊, 胥偃과 같은 인물들은 사람들이 다 충직하고 바른 신하라 여깁니다. 이들을 발탁하여 중용하셔야 합니다. 만일 그렇지 않더라도 이전에 중용하였던 인물들, 예컨대 王曾, 呂夷簡, 蔡齊, 宋綬 등 또한 사람들의 인망을 얻는 인물들입니다."

이러한 상주문이 열 차례나 올려졌으되 받아들여지지 않았다. 한기는 이에 불만을 토로하는 상주문을 올리며 지방관으로의 전출을 요청하였다. 이 상주문이 中書에 시달되어 御史臺로 하여금 모든 중신들을 불러 모아 회의하라는 어명이 내려왔다. 그리고 이에 의거하여 인종은 재상 王隨와 陳堯佐, 參知政事 韓億과 石中立 등 4인을 해임시켰다.(「家傳」)

민간에서 다시 도금한 장식품을 만들었다. 한기는 眞宗時代의 구제도에 따라 그 금지를 요청하였다. 이에 금지의 조령이 내려졌다. 그 얼마 후 이를 어긴 자가 생겼다. 開封府에서는 아직 관계규정이 명확하지 않다는 이유로 審刑院[4]에 문의하였다. 그런데 논의의 끝에 다만 유배 3년에 처하기로 결정하였다. 한기는 상주하여, 진종 大中祥符 8년(1015)의 詔勅에 의하면 도금금지를 위반한 자는 참수하도록 되어 있으니 그것을 다시 부활하자고 요청하였다.(「家傳」)

---

4   太宗 淳化 2년(991) 설립되는 중앙의 獄訟 覆審 기구. 중앙에 상주되는 안건은 審刑院에 접수된 후 大理寺에 넘겨져 판결하고 이를 刑部에서 覆審하게 된다. 刑部는 이를 審刑院에 이관하여 그 評議의 當否를 심의하였다. 심형원에서는 그 결과를 황제에게 보고하여 최종 裁定을 하였다. 이러한 구조에 대해 『宋史』「職官志」에서는, "淳化二年 增置審刑院 知院事一人 以郎官以上至兩省充 詳議官以京朝官充 掌詳讞大理所斷案牘而奏之 凡獄具上 先經大理 斷讞旣定 報審刑 然後知院與詳議官定成文草 奏記上中書 中書以奏天子論決"(「職官志」3)이라 적고 있다.

成都府路와 利州路에 기근이 발생하여 한기가 體量安撫使로 파견되었다. 한기는 도임한 즉시 감세조치를 취하고 부호들에게 구제용 식량 제공을 독려하였다. 또 강장한 자들을 모집하여 등급을 나눈 다음 入墨[5]하여 廂軍이나 禁軍으로 삼았다. 한 사람이 군대에 들어오게 되면 몇 식구의 가족이 모두 굶주림에서 벗어날 수 있었다. 한편 劍門關에 榜文을 내붙여 기근으로 인해 流亡하여 동쪽으로 들어오려는 백성들을 막지 못하게 하였다. 簡州[6] 일대의 식량부족이 매우 심하였기 때문이다.

그에 앞서 인종 明道 年間(1032~1033) 기근이 발생하여 부호들에게 구제용 식량 제공을 권유했다. 그때 그 식량을 팔아서 확보한 16만여 전을 常平倉 재원으로 돌린 바 있었다. 한기는,

"이 돈은 구제에 쓰고 남은 것이므로 官의 자금이 아니다"

라고 말하고, 그 재원을 모두 4등 이하의 下戶에게 지급하였다.

그리고 무능하고 탐욕스러운 서리를 내쫓고 불필요한 役人 760명을 줄였다. 또 죽을 쑤어서 주린 사람 190여만 명을 살려내었다. 사천 사람들은, '使者 한기가 옴으로써 우리가 다시 살아났다'고 말했다.(「家傳」)

康定 元年(1040) 5월 인종은 夏竦을 都護西師로 한기를 經略安撫副使로 삼았다. 얼마 후에는 學士 晁宗愨과 內侍 王守忠을 보내 出兵을 독려하여 西夏를 공격하게 했다. 한기가 말했다.

"詔令대로 공격하는 것이 좋다. 그렇지 아니하면 李元昊는 군대를 모아 불의에 우리를 습격할 것이다. 오히려 우리가 갑자기 적을 공격하면

---

5   송대 모든 병사들은 부대 이탈을 방지하기 위해 黥面하고 있었다. 다만 義勇의 경우에는, "今若給一色銀絹 折充例物犒設起發 召募人作義勇 止於右臂上刺字 依禁軍例物支衣糧料錢"(『宋史』「兵志」7)이라 하듯 팔에 刺字하는 것으로 바뀐다.
6   成都府路의 중서부에 위치. 오늘날의 四川省 簡陽縣.

반드시 승리할 것이다."

이에 대해 다른 사람들이 한 목소리로 반박했다.

"우리는 오랫동안 태평세월을 누려서 전쟁을 모르는 터에 西夏가 갑자기 일어났다. 지금 훈련이 되어 있지 않은 군대를 이끌고 어찌 적진에 깊숙이 들어가 싸운단 말인가? 조심스레 성채 등의 요충지를 지키다보면 세월이 지나 잠잠해질 것이다."

이리하여 한기의 주장은 쓰이지 않았다. 그는 자신의 견해를 중앙에 상주하였다. 그러던 차에 이원호가 鎭戎軍[7]을 공략해 와서, 偏將 劉繼宗이 맞아 싸웠는데 결과가 매우 좋지 않았다. 조정에서는 엄하게 책망하고, 이후 군대를 진격시킬 때에는 미리 그 날짜를 중앙에 보고하게 했다.

이에 모두 모여 다시 회의를 열었다. 여기서,

"군사 작전에는 여러 방책이 있을 수 있고 또 상황에 따라 대처할 수도 있으나, 역시 큰 원칙은 세워두어야만 한다"

라고 결정되어, 공격과 방어 양 방책을 정한 다음 조정에서 판단해 줄 것을 요청하기로 했다. 한기는 이를 신속히 역참을 경유하여 조정에 보고하였다. 인종은 이 가운데 적극적인 공격을 허용하였으나, 얼마 후 執政들이 그렇게 해서는 곤란하다고 주장했다. 한기는 어쩔 수 없이 단독으로 상주문을 올렸다.

"이원호는 몇 개 州를 장악하고 있어 精兵이라 봐야 4, 5만을 넘지 않습니다. 그 나머지는 모두 부녀자와 노약자들로서 온 일족을 모두 들어 전쟁에 나서고 있는 것입니다. 반면 우리 4개 路의 군사들은 결코 적은 숫자가 아니되 수십 개의 성채를 나누어 지키고 있습니다. 저들은 군대

---

7   秦鳳路의 북동부에 위치. 오늘날의 寧夏回族自治區 固原縣.

를 모두 모아 공격해오는 까닭에 항상 숫자가 많고 우리는 흩어져 있는 까닭에 항상 숫자가 적어서, 마주칠 때마다 적수가 되지 못하는 것입니다. 이렇기 때문에 이원호가 몇 차례나 승리를 거둘 수 있었습니다. 지금 이러한 잘못을 돌보지 않고 다만 적을 기다리기만 하는 것은 큰 잘못입니다. 20만의 重兵으로써 벌벌 떨며 앉아서 국경의 界濠[8]만 지키면서 감히 저들과 싸우려 하지 않는 것을 臣은 참으로 원통해 마지않습니다. 바라건대 近臣들로 하여금 다시 적의 빈 틈을 살피도록 하십시오. 필시 적극적으로 나가 싸우는 것이 최선이라 할 것입니다. 신의 말을 귀담아 들어주기시 바랍니다."

이 상주문에 대해 비록 응답은 없었지만 군사를 아는 사람들은 모두 그의 주장이 옳다고 여겼다.(「行狀」)

처음 京師로부터 파견한 戍兵들은 허약한데다가 훈련도 안 되어 적들이 항상 얕잡아보며, 이들을 가리켜 '東軍'이라 불렀다. 반면 土兵들은 용맹스럽고 전투에도 능하였다. 그래서 한기는 상주하여, 토병을 늘려서 적에 대항하는 대신 戍兵을 점차 줄여 경사로 되돌려 보냄으로써 경사방비를 튼튼히 할 것을 주장하였다. 또 요충지에 위치한 籠竿城에 德順軍을 설치[9]하여 蕭關[10]과 鳴沙[11] 사이의 길을 차단할 것을 요청하였다.

이렇게 한기가 도입하여 변방을 담당하고 나서부터 시간이 흐르면서 방비가 충실해졌다. 병기도 확충되었으며 여러 성들의 방비도 튼튼

---

8   접경 지역에 방어를 목적으로 파놓은 垓字.
9   仁宗 慶曆 3년(1043) 正月에 설치되었다. 『宋史』권11, 「仁宗紀」 3을 참조.
10 關中으로부터 塞北으로 통하는 요충지. 현재의 寧夏回族自治區 固原縣의 동남부에 위치한다.
11 서하의 영역으로 오늘날의 寧夏回族自治區 中衛縣.

해졌다. 軍中의 상벌체계도 확립되었다. 장수들 또한 전투에 능숙해져서 그 형세를 이해할 수 있게 되었다. 그리하여 싸울 때마다 공을 세우곤 하였다. 사기도 처음에 비해 배가되었다.

이 무렵 한기는 조정에 다음과 같은 방략을 제시하였다.

"鄜州, 慶州, 渭州의 三州[12]에 각각 土兵 3만 명씩을 배치하여 1軍으로 삼고, 그 각각의 軍마다 따로따로 주둔하되 늘 하나와 같이 상황을 주고받게 합니다. 그리하여 적들의 약점을 간파한 다음 같이 출격하여 공격함으로써, 저들의 和市[13]를 깨트리고 그 부족들을 도륙하는 것입니다. 이렇게 하여 그 나라를 곤경에 빠트리고 이어 橫山에 거주하는 토민들을 우리 쪽으로 돌아세웁니다. 횡산만 우리가 확보하게 되면 平夏[14] 일대의 군대는 본디 약하기 때문에 필시 더 견딜 수 없을 것입니다. 그렇게 되면 우리는 興州와 靈州[15]를 굴 속의 토끼와 같이 굽어볼 수 있을 것입니다."

이러한 상주문을 올리고 나서 또 범중엄과 협의하여 방비태세를 더욱 굳건히 하였다.[16] 그러자 간교한 이원호는 더 이상 대적할 수 없음을 알고

---

12 각각 永興軍路(鄜州와 慶州)와 秦鳳路(渭州)의 중북부에 위치.
13 본래의 의미는 互市 혹은 邊市라고도 불리는 중국과 이민족 사이의 공인무역장. 하지만 송과 서하 사이의 和市는 李元昊의 稱帝 및 대송 공격과 더불어 단절되었다가, 慶曆 4년(1044) 10월의 和議 성립시 保安軍 및 高平寨 두 곳이 榷場으로 지정되며 재개되었다. 따라서 여기서 말하는 和市란 서하 내부의 시장을 의미하는 것으로 보인다.
14 송과 접경하고 있는 서하의 동남부 지역.
15 興州는 서하의 수도인 興慶府로서 현재의 寧夏回族自治區 省會인 銀川市. 靈州는 翔慶府로서 현재의 寧夏回族自治區 吳忠市.
16 송 측은 康定 元年(1040) 正月의 三川口 전투, 慶曆 元年(1041) 2월의 好水川 전투에서 참패를 당한 이후 전략을 바꾸었다. 즉 范仲淹의 주장에 따라 進攻 대신 防守를 중심으로 하는 방향으로 선회하여, 접경 지역에 城寨를 쌓고 군대를 주둔시켜 방어하는 淸野固守의 방책을 선택한 것이다. 이러한 조치로 宋과 西夏 간 전선은 교착상태에 빠지고, 물자부족에 직면한 서하가 宋側의 제의를 받아들여 慶曆 4년(1044) 10월 양국 간 和議가 체결되기에 이른다.

군대를 거두어들인 채 감히 성채 가까이 접근하려 들지 않았다.(「行狀」)

한기와 범중엄이 파견되어 방비에 임한지 오래 되었다. 이후 두 사람의 명망이 널리 퍼졌으며, 주민들 또한 깊이 신뢰하여 흔쾌히 두 사람을 위해 일하려 하였다. 조정에서도 이들에게 크게 의지하고 있었다. 그리하여 천하에서 '韓范'이라 칭하였다.

인종은 한기가 오래도록 지방관 생활을 하고 있는 것을 알고 사신을 보내 은밀히 일렀다.

"卿이 혼자일 뿐더러 추천하고 이끌어 줄만한 다른 고관과의 관계도 없다는 사실을 짐이 잘 알고 있소이다. 장차 경을 중앙으로 불러들이겠소."

이듬 해 봄, 한기와 범중엄은 같이 중앙으로 불려져 樞密副使에 임명되었다. 하지만 한기는 그냥 남아서 적을 막겠다고 요청하였다. 이러한 주장의 상주문을 다섯 차례나 올렸으나 모두 받아들여지지 않았다. 조정에서 재차 중앙으로의 부임을 명하는 독촉이 있자, 한기는 범중엄과 함께 이전의 뜻을 다시 한번 피력하였다. 그리고 함께 인종을 향하여 방책을 올려서, 군대를 내어 반드시 이원호를 멸망시키겠다고 기약하였다.

그런데 그 직후 서하가 투항하여 조공을 바치기로 약조하여서, 한기 등의 계획은 실현되지 못하였다. 범중엄은 이때 일이 조정과 어긋나서 공을 세우지 못한 것을 늘 한스러워하였다.(「行狀」)

당시 인종은 천하에 여러 문제가 많아서 그 안정을 구하기 위해 서두르고 있었다. 어느 날 인종은 재상인 杜衍에게 손수 詔書를 써서 내렸다.

"짐이 한기와 범중엄, 부필 등을 발탁하였는데 이들은 모두 내외의 인망을 받고 있는 인물들이오. 잘 협의하여 필요한 조치들이 있으면 언제든 올리도록 하시오."

또 天章閣을 개설하여 이들을 자리에 앉힌 다음 시급한 정무에 대해 자문을 구하였다. 한기는 9개의 사안을 조목조목 상주하였다. 그 대략적인 내용은, 서북 변경 지방의 방비를 굳건히 할 것, 장수를 가려 뽑을 것, 감찰을 명확히 할 것, 재정을 풍부히 할 것, 아첨하는 무리를 물리칠 것, 유능한 인재를 등용할 것, 무능한 인물들을 물러나게 할 것, 불필요한 낭비를 삭감할 것, 관리 등용을 신중히 할 것 등이었다. 한기는 이어서 7가지 일과 관련한 상주문을 올렸다. 이러한 의견이 점차 채택되어 가자 소인들이 시새워하며 불안해했다.

中書와 樞密院 二府가 합석하여 정무를 협의할 때에도 한기는 언제나 자신의 의견을 거침없이 밝혔다. 사안이 비록 중서에 속할지라도 한기는 추밀원의 추밀부사이지만 인종에게 그 일에 대하여 소상히 자신의 주장을 말하였다. 이에 대해 동료들은 매우 불쾌히 여겼다. 하지만 인종만은 한기를 잘 아는지라,

"한기는 성품이 강직하도다"라고 말하였다.(「行狀」)

蘇舜欽 무리가 進奏院에서 일으킨 사건[17]이 발각되었다. 인종은 讒言에 미혹되어 한밤중에 中使를 파견하였다. 이들은 대신들의 집안에 들이닥친 후 같이 술 마신 자들을 잡아갔다. 이튿날 한기가 인종에게 아뢰었다.

"어제 저녁 환관들을 파견하여 이리저리 京師를 휘집고 돌아다니면서 館職의 신하들을 잡아들이게 하였다고 들었습니다. 이 무슨 소동입

---

17   進奏院의 故紙를 팔아 술을 마신 일.

니까? 이런 일이라면 관할 부서에 맡기면 알아서 처리할 것입니다. 폐하께서는 즉위 이래 이처럼 일을 처리한 적이 없으십니다. 어인 까닭에 갑자기 이렇게 하시는 것입니까?"

인종을 이 말을 듣고 한참이나 후회하는 기색을 보였다.(『別錄』)

사람들은 進奏院 사건을 기화로 正黨[18]을 무너뜨리려 하였다. 재상 章得象과 晏殊는 이렇다 저렇다 말이 없었다. 參政 賈昌朝가 은밀히 일을 주도하고 있었다. 張方平, 宋祁, 王拱辰 등은 모두 힘을 합하여 正黨을 몰아내려 하였다. 그들은 심지어 연명으로 상주하여, '王益柔가 방자한 시가를 지었다. 주살의 죄로 다스려야만 한다'고 주장하였다.

당시 한기는 右府[19]에 있어 이 일에 간여하지 않고 있었다. 그러다 二府[20]가 합석하여 회의하는 자리에서,

"王益柔의 정신 나간 말 따위가 어찌 커다란 논쟁거리가 될 수 있단 말이오? 장방평 등은 모두 폐하의 近臣입니다. 지금 서쪽 변경에서 서하와 전쟁이 벌어졌는데 이 얼마나 엄청난 큰 일입니까? 이 문제의 대처를 위해 폐하께 대책을 제시하기는커녕 왕익유 한 사람을 공박하기 위해 연명으로 상주하였다니 참으로 한심스러운 일입니다"

라고 말하였다. 이 말을 듣고 인종 또한 수긍하였다.(『別錄』)

---

18 范仲淹·富弼·歐陽脩·蔡襄·王素·余靖 등 慶曆新政을 주도한 일군의 관료들, 즉 呂夷簡 일파로부터 朋黨이라 論劾되었던 개혁파 관료를 일컫는다. 正黨은 그들 자신의 지칭이었다. 進奏院 사건이 개혁파에 대한 공격으로 이어진 것은, 그 중심에 있던 蘇舜欽이 范仲淹의 추천에 의해 集賢教理監進奏院에 임용되었기 때문이다. 이에 대해서는 『宋史』 권442, 「蘇舜欽傳」을 참고.
19 추밀원의 簡稱.
20 中書門下(中書)와 추밀원의 合稱. 兩司라고도 부른다.

中書에서는 과거의 폐습에 타성이 젖어 모든 일 처리에 있어 반드시 전례가 필요하였다. 그런데 五房[21]의 서리들이 그 전례를 손 안에 쥐고서 이익만을 바라보며 하고 싶은 대로 모든 일을 처리하였다. 하고자 하는 일이 있으면 아무 전례나 들이대었으며, 반대로 하고 싶지 않은 일에 대해서는 선례를 숨기고 보이지 않기도 하였다.

한기는 五房의 전례 및 刑房의 사건 처리 판례를 정리하게 한 다음, 그 가운데 불필요한 군더더기나 오류를 삭제하고 목차를 붙여 순서대로 분류하였다. 그리고 이것을 잘 간직하고 있다가 전례의 확인이 필요할 때마다 직접 들추어 보았다. 이로부터 사람들은 비로소 상벌의 판단이 재상에 의해 결정되며 五房의 서리들은 그 과정에 영향을 미치지 못한다는 사실을 알게 되었다.

또한 樞密院처럼 中書의 기밀을 편찬시켰으며, 천하의 서리들에 대해 감찰을 시행하였다. 특히 중앙의 부서에서 근무하는 서리들에 대해서는 감찰을 더욱 엄하게 하여, 무능한 자라든가 혹은 고관의 위세를 믿고 멋대로 하는 자들을 가려내었다. 나아가 범죄에 대해서는 반드시 처벌함으로써 해이해지는 기풍을 바로잡았으며, 환관들의 권한에 대해서도 은밀히 제약을 가하였다. 그밖에 皇族에 대해 시험을 부과하여 지방관으로 임용코자 했던 일, 적극적인 학교의 개설, 과거제도의 개혁, 화북 5路의 貢士에 대한 특별 시험의 실시 등은 비록 곧바로 시행되지는 않았으나, 훗날 대부분 그의 주장대로 되었다.(「行狀」)

인종의 나이가 연로함에도 아직 후계가 세워지지 않아서 천하가 우

---

21 中書 휘하 서리들의 업무처리 기구. 孔目房·吏房·戶房·兵禮房·刑房으로 구성되었다.

려하고 있었다. 간혹 이에 관해 말하는 사람도 있었으나 대신들은 누구도 이 문제를 먼저 제기하려 하지 않았다. 하지만 한기는 몇 차례 틈을 보아 조심스레 皇子를 가려서 세우자고 아뢰었다. 이에 인종은,

"後宮 몇이 태기가 있소이다. 너무 서두르지 마시오"라고 말했다. 그런데 그 후 출생한 것은 모두 皇女뿐이었다.

어느 날 한기는 『한서』의 「孔光傳」을 들고 들어가 아뢰었다.

"한의 成帝는 즉위한지 25년이 되도록 뒤를 이을 아들이 없었습니다. 그래서 그 동생의 아들인 定陶王을 황태자로 세우기로 결정한 바 있습니다. 성제는 나을 것도 없는 보통 재능의 군주였지만 이렇게 결정하였습니다. 하물며 聖德을 지니신 폐하께서야 이런 일을 능히 못하실 리 없습니다. 또 太祖께서는 천하를 위한 중대한 결정²²을 내리셨기 때문에 그 은택이 지금까지 흐르고 있습니다. 바라건대 폐하께서 태조황제의 마음을 헤아려 주신다면, 못하실 일이 없을 것입니다."

이에 인종도 마음을 정하여, 비로소 英宗을 判宗正寺로 삼았다.²³ 하지만 영종도 끝내 고사하였고, 환관이나 후궁들도 모두 불편해 하였다. 그 밖의 사람들도 모두 이 조치에 대해 섣부르다고 여겼다.

한기는 다시 아뢰었다.

---

22 太祖 趙匡胤이 太宗에게 帝位를 계승한 것을 일컫는다. 開寶 9년(976) 10월 태조의 사망과 태종의 즉위를 둘러싸고 많은 의문이 제기되어, '千古의 疑案'이라고까지 칭해졌다. 태조가 臥病하고 그 寢殿에 태조와 태종 양인만 있는 상태에서 태조가 급사했기 때문이다. "上聞其言 卽夜召晉王 屬以後事. 左右皆不得聞 但遙見燭影下晉王時或離席 若有所遜避之狀 旣而上引柱斧戳地 大聲謂晉王曰 好爲之"라고 하는 史籍의 기재(『長編』권17, 개보 9년 10월 壬子 및 文瑩,『湘山野錄』「續錄」 등)는 이러한 의혹을 더욱 증폭시키고 있다. 『遼史』의 경우는 太宗의 즉위 전후에 대해, "宋主匡胤殂 其弟炅自立 遣使來告"(권8, 「景宗紀」1)라고 기록하고 있다. 이러한 관계로 오늘날 적지 않은 학자들이 태종에 의한 태조의 피살 가능성에 동조하고 있다.
23 嘉祐 6년(1061) 10월의 일이었으며 당시 仁宗의 나이는 52세였다.『長編』권195, 嘉祐 6년 10월 壬申 참조.

"폐하께서 (영종에게) 대임을 맡겼지만 이에 나아가지 않으려 하는 것은, 무릇 그 사람됨이 신중하고 진중하며 견식이 뛰어나다는 뜻이지 다른 것이 아닙니다. 만일 일을 머뭇거리며 결정짓지 아니하면 이러저러한 말들이 끼어들고 또 변고가 생길지도 모릅니다. 그리고 정확한 지위가 확정되지 아니하면 또 이를 이유로 사양할 수도 있습니다. 지위와 명칭이 한번 정해지면, 폐하와의 사이에 부자간의 명분도 분명해지고 이로 말미암아 구구한 의론도 다시는 생기지 않을 것입니다."

인종은 이 말을 흔연히 받아들이며 대답했다.

"그렇다면 明堂[24]에 올라 大禮[25]를 지내기 전에 서둘러 皇子로 세워야 되겠소이다."

그리고는 추밀원의 대신을 불러 이 사실을 알렸다. 대신들 가운데는 놀라서,

"이는 국가의 대사입니다. 너무 서두르지 마십시오"라고 말하는 사람도 있었다. 하지만 인종은 이렇게 말했다.

"짐의 뜻은 이미 결정되었소."

"참으로 그러하시다면 臣은 천하를 위해 경하드립니다"라고 동의하

---

24 고전적 의미는 周代 天子가 政教를 펼치던 궁전. 宋代에는 昊天上帝를 제사지내면서 祖考를 配享하는 용도의 건물을 지칭하였다. 宋初부터 明堂의 儀禮가 거행되었으나, 仁宗 皇祐 2년(1050) 황제가 親祠하면서 正殿인 大慶殿을 明堂으로 지정하였다(『宋史』권12, 「仁宗紀」4). 이후 徽宗은 大慶殿을 明堂으로 삼는 것이 古禮에 부합되지 않는다는 이유로 政和 7년(1117) 따로 明堂을 건설하고 이곳에서 親祠하였다(『宋史』권21, 「徽宗紀」3). 남송 시대가 되면 明堂을 별도로 건립하지 않고 常御殿에 위패를 모시고 禮를 행하였다.

25 明堂의 大禮란 天神과 地祇에 대해 제사지내며 동시에 先帝 혹은 朝宗에 皇考를 더하여 配享하는 것을 가리킨다. 송대 明堂의 제사는 秋九月 辛日에 거행되었으며, 仁宗 皇祐 2년(1050) 이래 황제가 직접 主持하였다. 명당의 親祠는 南郊에 다음 가는 성대한 典禮였다. 또 大禮가 종료된 이후에는 南郊北郊와 마찬가지로 大赦令과 獎賞令이 내려지는 것이 관례였다. 陳戌國, 『中國禮制史 宋遼金夏卷』(長沙, 湖南教育出版社, 2001), 79~85쪽 참조.

였다.

이어 學士를 불러 황태자 책립의 조서를 짓도록 하였다. 학사 또한 알현을 청하여 인종의 의지를 확인한 연후에 조서의 초고를 바쳤다.

영종은 황자가 된 다음[26]에도 여전히 조심스러워했다. 이에 한기가 상주하여 말했다

"영종은 이미 폐하의 아들이 되었습니다. 무슨 허물이 있을 수 있겠습니까? 바라건대 모든 후궁들에게 폐하의 뜻을 알리고 황궁에 있는 모든 종실들에게도 이를 주지시켜 주십시오."

인종은 이 요청을 받아들였다. 그리하여 영종은 비로소 慶寧宮으로 옮겨갔다.

그 후 인종이 승하하자 그 새벽에 바로 대신들이 회합하고 영종이 황제에 올랐다. 궁성의 문이 서서히 열리고 백관이 모두 제자리에 도열한 자리에서 인종의 遺制가 선포되었다. 근위의 병사들이 무장한 채 호위하였으며 부서별로 廊下에 천막을 치고 국상을 다스렸다. 모든 분위기가 숙연하였다. 그날 정오가 되도록 京師의 저잣거리에는 아직 이 사실을 모르는 사람이 있었다.

한기는 성품이 중후하여 이러한 영종 즉위 과정에서의 공적을 일찍이 드러내어 자랑하지 않았다. 간혹 그 門人이라든가 親族들이 모인 연회의 자리에서 어쩌다 황태자 定策[27]에 관한 일이 화제가 되면 정색을 하고 말하였다.

"이 일은 聖德을 갖추셨던 인종황제께서 천하를 위해 내리신 결단이

---

26 英宗은 嘉祐7년(1062) 8월 皇子로 세워진다. 인종의 叔父인 商王 趙元份의 손자였다. 親父는 濮安懿王 趙允讓이었다.

27 황제를 세우는 일. 定冊이라고도 한다. 古時에 天子를 세울 때 簡策에 적어 宗廟에 고했기 때문에 大臣 등이 天子를 謀立하는 것을 일컬어 定策이라 했다.

었고 황태후께서도 거들어주신 결과이다. 그래서 조정 대신들 사이에 서는 오래 전부터 그렇게 결정되었던 일이다."

이러한 까닭에 그 자세한 내막에 대해 대부분의 사람들은 잘 알지 못 했던 것이다.(「行狀」)

영종은 최초 걱정과 근심으로 병을 얻었다가[28] 조금 낫는 듯하더니 만 그 병이 다시 도졌다. 그러다 종적을 감추고 어디론가 숨어버렸다. 찾아가보니 마치 병자와 같이 벽을 향해 돌아누워 있었다. 약도 받아 마 시려 하지 않았다. 한기는 날마다 동료와 더불어 찾아가 스스로 약사발 을 들고 바쳤다. 그가 머리를 숙이고 간곡하게 고하면, 영종은 때로 그 를 지긋이 보며 아무 말이 없기도 하고, 때로는 돌아보지도 않은 채 약 사발을 들어 한기의 옷에 쏟아 버리기도 하였다. 한기는 때로 마루 위에 하염없이 꿇어앉아 있기도 하고 또 때로는 병상 아래에서 대기하기도 하였다. 이러기를 수도 없이 하였다. 이를 보고 태후가 한기를 위로하며 말했다.

"승상도 천자를 이기지 못하는구려. 大王,[29] 그대가 한번 권해 보시게나."

大王이 권해도 마찬가지로 돌아보지 않았다. 그래도 한기는 끝내 읍

---

28 英宗의 즉위 전후 曹太后는 강렬한 권력욕을 지니고 일부 朝臣과 환관의 부추김 속에 英宗을 廢黜하려는 기도를 보였기 때문이다. 이로 인해 英宗의 병세는 더욱 심해져 말조차 어눌해지고 왕왕 태후를 觸忤하는 일도 발생하여 "兩宮遂成隙" 하였다고 한 다. 이러한 정황에서 司馬光과 歐陽脩·富弼·韓琦 등이 英宗을 비호하며 紛紛히 太 后에게 上書함으로써 英宗의 廢黜을 막았다. 특히 재상인 韓琦는 '出危言' 하여, "臣等 只在外見得官家 內中保護 全在太后. 若官家有失照管 太后亦未安穩"이라 발언하며 태 후를 압박하자, 태후는 大驚하여 "相公是何言! 自家更切用心"이라 답하였다. 이에 韓 琦는 더욱 강하게, "太后照管 則衆人自然照管矣"라고 말하였으며, 이러한 대화를 듣는 사람들은 놀라서, "同列爲縮頸流汗" 하였다고 한다(『長編』 권198, 嘉祐 8년 6월 癸巳).
29 仁宗 嘉祐 8년(1063) 淮陽郡王으로 봉해진 훗날의 神宗.

박지르다시피 하여 영종으로 하여금 약을 마시게 하였다.(『別錄』)

한기가 가만히 살펴보니 영종이 이미 병이 나았는데도 曹太后[30]는 垂簾聽政을 그치고 還政할 의사가 없었다. 그래서 먼저 영종에게 건의하였다.

"한번 밖으로 나가서서 비가 오도록 하는 기도를 드림으로써 천하의 사람들로 하여금 폐하가 나으셨음을 알게 하는 것이 좋겠습니다."

영종도 그러하다고 생각하여 태후에게 아뢰었다. 태후는 노하여 말했다.

"왜 내게 먼저 그것을 말하지 않았나? 아직 낫지 않았으니 나갈 수 없을 듯하오."

곁에 있던 한기가 거들었다.

"나가실 수 있습니다."

이 말을 듣고 태후가 말했다.

"천자가 행차하는 데 예의를 갖추지 않으면 안 되오. 지금 喪을 치루는 중[31]이어서 간소한 儀仗도 갖추기 어렵소이다."

"그것은 간단한 일입니다. 조정에서 지시만 하면 곧 준비가 될 것입니다."

이렇게 하여 며칠이 지나지 않아 素仗이 완성되었고 영종은 相國寺[32]로 행차하였다. 그리하여 京師 사람들의 의심도 풀어져서 태후는 얼마

---

30 仁宗 天聖 2년(1024) 郭皇后의 廢黜 이후 皇后에 冊立된 曹皇后(1018~1079). 曹皇后의 垂簾聽政은 英宗의 즉위(嘉祐 8년 4월) 직후부터 이듬해인 治平 元年(1064) 5월까지 지속된다.
31 인종의 喪을 말한다.
32 開封에 있었던 대사찰. 주변에 대규모 시장과 종합 공연장인 瓦子가 분포했던 것으로 유명하다.

되지 않아 영종에게 還政하였다.(『別錄』)

처음 曹太后가 還政을 하지 않았을 때 한기는 故事를 들어가며 말했다.

"이전 시대 母后들을 살펴보면 총명한 사람들이 많았지만, 권세에 집착하게 되면 그 명성과 덕망을 그르치지 않은 적이 없었습니다. 만일 태후께서 주저함 없이 환정하신다면 이는 천고에 일찍이 없던 덕을 보이시는 것입니다. 청컨대 史書들을 살펴보시면 상세히 아실 것입니다."

태후가 대답하였다.

"내 어찌 감히 현인이 되기를 바랄 수 있겠습니까?"

한기는 태후의 뜻이 돌아섰음을 알고 그 환정의 의사를 부추겨 더욱 굳어지게 만들었다. 그 며칠 후 태후가 다음과 같은 뜻을 알렸다.

"아무 날에는 大殿에 나가 정무를 주재하지 않겠다."

한기는 즉시 주렴을 걷고 태후의 자리도 없애라 명했다. 그리고 영종에게 가서 그 사실을 아뢰었다. 영종이 말했다.

"아직 확실하지는 않은 것 아니오?"

"이미 태후의 親詔가 내려졌습니다."

이 말을 듣고 영종은 비로소 의심이 사라졌다.(『別錄』)

처음 영종이 藩邸에 있을 때[33] 조심스럽고 검소하며 학문을 좋아하고 스승과 벗에게 겸손히 예의를 갖추어서 자못 명망을 얻고 있었다. 嘉祐 年間(1056~1063)의 말엽 인종이 와병하자 대신들은 宗室의 자제 가운데 後嗣를 골라 세울 것을 의논하였다. 인종은 그 대다수의 뜻을 좇아서

---

33 藩邸는 藩王의 邸宅. 英宗이 皇子로 冊立되기 이전 生父인 濮王의 저택에 거주할 때를 가리킨다.

영종을 후사로 삼았다. 하지만 황제 신변의 사람들 가운데는 많은 수가 이를 달가워하지 않았다. 영종 또한 이를 두려워하여 오래도록 황태자의 자리를 사양하고 피했었다. 그 후 인종이 붕어하고 영종이 즉위했는데, 근심과 두려움으로 말미암아 가슴에 병을 얻었다. 이에 대신들은 의논 끝에 慈聖太后[34]에게 수렴청정을 청하였다.

영종은 병이 깊을 때 태후에게 불손스러운 말을 한 적이 있었다. 태후는 이를 몹시 불쾌해했다. 또 대신들 가운데 영종을 황태자로 세우는 과정에 참여하지 못했던 사람들은 은밀히 폐위의 음모를 꾸미기도 하였다. 다만 재상 한기는 확연히 뜻을 바꾸지 않았으며, 參知政事 구양수도 그러한 한기의 뜻을 힘껏 도왔다.

언젠가 자성태후가 정무를 주재하다가 눈물을 흘리며 그 불손스러웠던 상황을 자세히 말했다. 이를 듣고 한기가 말했다.

"그것은 병 때문입니다. 병이 낫게 되면 반드시 그런 일은 없을 것입니다. 자식이 아픈데 어머니로서 무언들 용납하지 못하겠습니까?"

자성태후가 기분이 상해서 말했다.

"황족들이 모두 웃으며 이렇게 말합니다. '태후가 아마 옛 굴에서 토끼를 찾으려 할 것이다'[35]라고요"

이 말을 듣고 모두 놀라서 몇 걸음씩 뒤로 물러났다. 하지만 한기만은 움직이지 않으며 말했다.

"태후께서는 쓸 데 없이 이런저런 걱정을 하실 필요 없으십니다."

조금 뒤 구양수가 나아와 말했다.

"태후께서는 인종을 수십 년간이나 모셨습니다. 그때의 어질었던 덕

---

34 仁宗의 두 번째 황후인 曹太后를 가리킨다. 慈聖은 諡號이다.
35 宗室 중에서 고분고분한 새 황제를 물색할 것이라는 의미.

을 천하 사람들이 다 알고 있습니다. 무릇 부인들의 천성은 妬忌가 심합니다. 그런데 과거 인종이 溫成[36]을 그토록 총애함에도 불구하고 태후께서는 유연하게 처신하신 바 있습니다. 그런 도량을 가지신 분이 무엇을 용납하시지 못하겠습니까? 지금 영종의 일은 하물며 모자지간인데 도리어 참지 못할 까닭이 있겠습니까?"

"그대로부터 참 좋은 말을 듣는구려."

구양수가 말했다.

"이 일은 臣 등만이 알고 있는 것이 아닙니다. 내외의 사람들 모두 모르는 이가 없습니다."

태후의 노여움이 점차 가라앉았다. 구양수는 다시 말했다.

"인종은 오래도록 재위에 계셨고 그 은택이 여러 사람에 미쳐 사람마다 모두 信服하였습니다. 그런 까닭에 하루아침에 붕어하셨을 때, 천하가 그 遺命을 받들어 영종을 세우고 단 한 사람도 감히 다른 말을 하지 않았던 것입니다. 지금 태후는 일개 婦人이며 신 등은 5, 6명의 서생에 지나지 않음에도 천하의 정무를 결정하고 있습니다. 인종의 遺命이 아니라면 천하 사람 가운데 누가 따르려 했겠습니까?"

태후는 한참 동안이나 묵묵히 있다가 자리를 파했다.

그 뒤로부터 며칠 후 한기는 홀로 영종을 뵈었다. 영종이 먼저 말을 꺼냈다.

"태후가 나를 대하는 것이 너무 냉랭합니다."

"자고로 훌륭한 제왕은 적지 않았습니다. 하지만 그 가운데 舜 임금만

36　仁宗의 妃인 張貴妃(1024~1054). 溫成은 諡號. 어려서 고아가 되어 8세에 入宮하였으며 장성하며 인종의 총애를 받았다. 英敏하고 承迎에 능하여 權勢가 한 시기를 풍미하였다. 康定 元年(1041) 才人이 되었다가 慶曆 8년(1048)에는 貴妃로 책봉되었으며 사후에는 皇后로 追尊된다.

이 큰 효자라 칭해집니다.[37] 어찌 그 나머지가 모두 불효했겠습니까? 부모가 자애로워 자식이 효도를 바치는 것, 이것은 범상한 일이어서 특별히 언급할 필요가 없습니다. 다만 부모가 자애롭지 않음에도 자식이 효성을 잃지 않았기에 칭송을 받는 것입니다. 폐하께서는 오직 정성을 다해 섬기도록 하십시오. 부모로서 어찌 자애롭지 않은 사람이 있겠습니까?"

황제는 크게 깨닫고 이후 다시는 태후를 흠잡지 않았다.

신종 熙寧 年間(1068~1077) 구양수가 조정에서 물러나 潁州에 거주할 때 蘇轍이 가서 뵌 적이 있었다. 이런저런 이야기 끝에 이 문제가 화제로 올랐을 때 구양수가 말했다.

"참으로 한기야말로 예로부터 말하는 社稷의 신하에 가까웠던 게요."

(『龍川略志』)

영종이 즉위한 후 그 生父인 濮安懿王[38]은 당연히 改封해야만 되었다. 하지만 영종은 매우 조심스러워 서두르려 하지 않았다. 인종의 大祥[39]이 지난 후에야 비로소 兩制[40]에 詔를 내려 그 禮의 형식을 의논하라 일렀다.

---

37 舜은 일찍이 생모를 여의고 계모의 손에서 자랐다. 계모는 포악한 성격의 여자로서 舜의 부친인 瞽叟 및 자신의 아들인 象과 모의하여 舜을 여러 차례 죽이고자 하였으나 天佑神助로 위기에서 벗어났다. 그럼에도 불구하고 舜은 부모를 원망하지 아니하고 극진히 孝順을 다하였다. 이러한 효행이 널리 알려져 堯에 의해 후계자로 발탁되었다.

38 趙允讓(995~1059). 太宗의 손자로서 眞宗代 悼獻太子 祐가 사망하자 대신 禁中으로 맞아들여 후임 太子로 양육하려 했다. 하지만 얼마 후 仁宗이 태어나자 본가로 송환되었다. 知大宗正事를 역임할 때 宗子가 畏服하였다고 한다. 仁宗 慶曆 4년(1044) 汝南郡王에 봉해졌으며 사후 濮王으로 追封되었다. 安懿는 諡號이다.

39 부모 사후 2주년의 제사. 이에 대해 매년의 제사는 小祥이라 한다.

40 內制와 外制의 合稱. 송대의 翰林學士는 모두 知制誥의 官銜이 덧붙여져서 황제에 대한 자문 뿐만 아니라 制·誥·詔·令·敕書·德音 등을 기초하였다. 이를 內制라 한다. 이에 대해 翰林學士가 아닌 다른 관직에 知制誥의 官銜이 덧붙여질 경우 外制라 칭했다.

兩制에서는, '마땅히 大國에 봉하고 皇伯이라 칭해야 한다'[41]고 말했다. 이에 대해 中書에서는, '생부를 皇伯이라 칭하는 것은 경전에 전거가 없다. 또 封爵에는 모름지기 誥가 내려져야만 한다. 다만 명칭만 바꾸는 것은 올바른 조치가 아니다'고 논박하였다. 이에 이 문제를 三省에 내려 보내 다시 의논하게 했는데, 영종은 다시 詔를 내려 논의를 중단시켰다.

이후 臺諫의 관료들이 들고 일어나 특히 구양수를 지목하여 中書를 공박해 마지않았다. 이에 중서의 다른 사람들은 물러나 변명하기에 급급하였다. 하지만 한기만은 남들에게 이렇게 말했다.

"이는 중서의 일이며 다같이 의논한 것이다. 어찌 구양수에게만 죄를 물을 수 있겠는가?"

이를 보고 사대부들은 공정하고 곧으며 신의가 도타운 것, 그리고 비방을 남에게 떠넘기려 하지 않음을 찬탄해 마지않았다.[42]('行狀」)

처음 영종이 오랫동안 臥病하였을 때의 일이다. 어느 날 한기가 영종의 안부를 묻고 물러나려 하는데, 神宗이 寢門[43]에 나와 근심이 가득한 낯으로 그에게 말했다.

41　濮보다 비중이 큰 國名을 붙인 王에 봉해져야 한다는 의미. 皇伯은 황제의 백부. 英宗이 仁宗의 양자가 되었고 濮王은 仁宗의 從兄이므로, 명분상 영종에게 濮王은 伯父라는 주장이다.

42　이것이 바로 濮議, 즉 英宗의 生父인 濮王을 예법상 어떻게 처우할 것인가를 둘러싸고 전개되었던 논쟁이다. 논쟁은 英宗이 仁宗의 양자로 들어와 황태자가 되었기 때문에 典禮上 生父를 皇伯이라 해야 한다고 주장하는 측(司馬光 范純仁 등)과, 實父를 伯이라 부른 전례가 없으므로 皇考라 해야 한다는 측(歐陽脩, 韓琦 등)의 주장이 팽팽히 맞섰다. 이로 인해 조정은 완전히 두 개의 진영으로 나뉘어 3년간이나 논쟁을 계속했으며, 인종 연간 呂夷簡 등을 小人의 黨이라 몰아세우며 스스로 君子의 黨 내지 正黨이라 자칭했던 인물들 사이에 당쟁이 일어남으로써, 당시의 사대부들을 심각하게 곤혹스럽게 만들었다. 결국 이 濮議는 양측 간의 절충이 이루어져 濮王을 단지 親이라 지칭하는 것으로 결속되기에 이른다.

43　寢殿의 門.

"어떻게 해야 좋을지 모르겠소."

"大王[44]께서는 늘 폐하의 곁을 떠나지 말고 지키십시오."

"그거야 자식으로서 당연한 일 아니오?"

"단지 그것만 말하는 것은 아닙니다."

이 말에 신종은 그 말 뜻을 깨닫고 갔다. 영종은 병이 낫더라도 더 이상 말하기 힘들 거라 생각하고, 정무의 처리에 대해 모두 종이에 적어 신종에게 주었다.

治平 3년(1066) 12월 영종의 병세가 조금 호전되어 二府에서는 더 이상 병문안하는 것을 그만두었다. 이때 한기가 상주문을 올려 말했다.

"폐하께서 오랫동안 朝會를 주재하지 못하실 때 내외에서는 모두 근심스러워 하였습니다. 마땅히 서둘러 태자를 세움으로써 사람들을 안심시키는 것이 좋을 듯합니다."

영종이 이에 동조하자, 한기는 친필로 그 뜻을 적어 달라 요청하였다. 그러자 영종은 붓을 들어, '大王을 세워 황태자로 삼는다'라고 적었다. 이를 보고 한기가 말했다.

"대왕이란 바로 潁王[45]입니다. 번거로우시지만 폐하께서 다시 그것을 친필로 적어 주십시오."

영종은 다시 그 뒤에, '大王은 潁王 아무개이다'라고 적었다. 한기가 다시 말했다.

"오늘 저녁에 바로 翰林學士들을 불러 조직을 내려주시기 바랍니다."

영종이 고개를 끄덕였다. 한기는 御藥[46] 高居簡을 불러 御札을 주며

---

44 훗날의 神宗.
45 神宗은 嘉祐 8년(1063) 淮陽郡王에 封해졌다가 治平 元年(1064) 潁王으로 改封되었다.
46 御藥院을 총괄하는 관직인 勾當御藥院의 총책임자. 內侍省의 환관이 充用된다. 勾當御藥院은 宮中의 약품 관리뿐만 아니라 황제의 공적 개인적 생활을 보살피는 임

말했다.

"지금 막 폐하의 뜻을 받았다. 오늘 저녁으로 학사들에게 명하여 이에 의거해 制[47]를 만들도록 하라."

그 즉시 기밀의 유지를 위해 內殿의 문을 걸어 잠갔다. 그때 신종은 영종의 옆에서 모시고 있다가 이 명령을 듣고 침상 앞에서 오래도록 사양해 마지않았으나, 制가 내려지고 東宮의 官屬들이 설치되었다. 이로 말미암아 국가의 근본이 정해진 것이다.

영종은 태자의 책립을 허락하고 관련 조치가 완료되자, 안색이 凄然해져서 한탄하며 눈물을 흘렸다. 이를 보고 文彦博이 물러나와 한기에게 말했다.

"승상도 폐하의 안색이 바뀌는 것을 보시었소? 사람이란 이렇게 될 때에는 부자지간이라도 마음이 약해지기 마련인가 보오."

한기가 대답했다.

"국가의 장래는 이로써 아무 걱정이 없게 되었소이다."(「家傳」)

한기가 永興軍에서 잠시 조정에 들어왔을 때 신종이 물었다.

"卿과 王安石의 의론은 늘 서로 다른데 무슨 까닭이오?"

"인종이 先帝인 영종을 세워 황태자로 삼고자 하셨을 때 왕안석은 이를 반대하였습니다. 신과 생각이 달랐기 때문입니다."

신종은 이 얘기를 왕안석에게 물어보니, 왕안석이 대답하였다.

"인종께서 선제를 세워 황태자로 삼으시려 할 때 인종은 아직 나이가 많지 않았습니다. 만일 인종에게 아들이 생기면 선제는 어떻게 되시겠

무를 수행하는 기구였다.

47　황제의 명령, 制書.

습니까? 그래서 신은 한기와는 달리 당시 황태자의 책립에 반대했던 것입니다."

왕안석이 잘 둘러대었던 것, 바로 이와 같았다.

한기가 영종을 황태자로 책립하자고 요청하였을 때 인종은,

"조금 기다려 봅시다. 후궁 가운데 태기가 있는 이가 몇 있습니다"라고 말했다. 이에 한기는,

"만일 후궁이 아들을 출산하면 책립한 태자는 옛 집으로 되돌리면 됩니다"라고 대답했다. 한기의 주장은 조리가 서 있었던 것이다.

왕안석은 영종 시대를 통해서 수차례나 중앙의 요직으로 발탁되었으나 거듭 사양하였다. 이는 사실상 스스로 겸연쩍었기 때문이다.(『邵氏聞見錄』)

한기가 判大名府[48]로 轉任되었다. 당시 조정에서는 靑苗法을 시행하였는데 대부분의 여론은 그것이 곤란한 법령이라는 쪽이었다. 臺諫의 관료로서 청묘법에 반대한 사람들은 모두 처벌을 받아 좌천되었다. 이러한 판국이라 내외의 사람 누구도 다시 문제를 제기하지 못하고 있었다.

이러한 때 한기는 분연히 상소하여, 청묘법을 폐기하라고 요청하였다. 이에 대해 條例司[49]에서는 한기의 상주를 비판하면서, 進奏官[50]으로

---

48 北京 大名府의 知事. 宋代에는 명망 있는 重臣이 중앙의 宰執을 사임하면 大名府나 江寧 등 커다란 府州의 知事로 임명되는 사례가 많았다. 이러한 경우는 知大名府 등으로 부르지 않고 判大名府라 칭하여 통상적인 知事와 구별하였다.

49 制置三司條例司의 略稱. 制置司·制置條例司 등으로 칭해지기도 한다. 條例司는 神宗 熙寧 2년(1069) 2월 王安石을 參知政事로 발탁하며 그의 개혁정책을 실행에 옮기기 위해 설립하는 임시 기구이다. 여기서 제신법 조항에 대한 審議와 制定 등이 행해졌다. 均輸法·靑苗法·農田水利法 등의 제신법 조항이 입안되고, 保甲法 및 募役法 등에 대한 준비와 논의도 진행되었다. 이듬해인 熙寧 3년 5월 왕안석이 재상으로 승진하며 폐지되어 中書로 병합된다.

하여금 中書의 청묘법 시행령을 천하에 집행하라고 지시하였다. 이에 한기는 재차 상주문을 올렸다.

"臣은 制置司⁵¹가 상주를 통해 제 주장에 대해 논박한 것을 살펴보았습니다. 그것을 보니 신의 상주문 가운데 핵심 내용은 대부분 제거하고 오직 그 줄거리만을 들고 있었습니다. 편벽되고 잘못된 말로써 논박하는 것이었습니다. 또한 『周禮』의, '國服으로써 이자로 삼는다'⁵²는 말을 인용하고 있는데, 그 문장이 크게 잘못되어 있었습니다. 그리하여 위로는 폐하의 聖德을 기만하고 아래로는 천하의 사람들을 우롱하고 있습니다. 앞으로 이런 잘못된 말을 감히 다시는 못하도록 하기 위해, 신은 통분을 이기지 못하고, 재차 상주를 올려 잘못을 지적해 보는 것입니다.

『주례』에 의하면, '泉府에서는 시장의 세금징수를 관장한다. 또한 시장에서 채 팔리지 않은 것이라든가, 민간에서 다 쓰이지 못하고 적체된 것을 그 가격대로 사둔다. 그러한 연후에 가격을 적어 게시하다가 不時에 그 물건을 사고자 하는 사람에게 판매하되, 가격은 원래(抵) 것으로 한다'라는 내용이 있습니다. 이에 대해 鄭衆은 해석하기를, '가격을 적는다는 것은 그 물건을 분명히 표시한다는 의미이다. 不時에 사고자 하는 것이란 급히 구하는 것을 말한다. 원래(抵)란 사들였던 옛 가격을 의미한다'고 하였습니다. 臣의 생각으로는 이렇습니다. 즉 주나라의 제도

---

50 進奏官은 進奏院의 서리(公吏). 進奏院이란 수도 동경에 설치된 각 지방관아(路와 州)의 연락사무소. 本州 혹은 本路 監司의 상주문과 공문서를 조정에 전달하는 한편, 中書 및 樞密院 등 중앙정부의 지시문과 공문을 수령하여 本州 및 本路 監司에 보내는 임무를 수행하였다.

51 制置三司條例司의 簡稱.

52 國服은 민간이 국가에 납부하는 조세. 條例司(왕안석)는 靑苗法을 시행하며 『周禮』의 이 내용을 근거로 삼았다. 『주례』에서는 "凡民之貸者 與其有司辨而授之 以國服爲之息"(「地官」, 「泉府」)라는 내용이 있다. 이에 대해 鄭玄은 "以國服爲之息 以其於國服事之稅爲息也"라고 注를 붙이고 있다.

는, 민간에 재화가 있어 시장에서 사려는 사람이 없다든가 혹은 적체되어 민간의 유통을 방해하는 경우에는, 정부에서 時價로 사들였습니다. 그리고 그 물건의 가격을 적어 백성들에게 보였다가, 만일 급하게 찾는 자가 있으면 정부에서 원래 사들였던 가격으로 주었던 것입니다. 이것이 이른바 王道입니다.

또 경전에 의하면, '무릇 賒란 것은 제사의 경우에는 열흘을 넘기지 않으며 喪事의 경우에는 세 달을 넘기지 않는다'고 적혀 있습니다. 이에 대해 鄭衆[53]은 해석하기를, '賒는 외상이다. 제사나 喪事 때문에 官으로부터 외상으로 물건을 사는 것이다'라고 말하고 있습니다. 또 唐代의 賈公彦은 여기에 疏[54]를 붙여서, '賒란 백성에게 주며 이윤을 취하지 않는 것이다'라고 말하고 있습니다. 또 경전에 의하면, '무릇 백성들에게 貸與할 때 담당관원이 처리한다. 國服으로써 이자로 삼는다'고 하고 있습니다. 이에 대해 鄭衆은 해석하기를, '貸란 官으로부터 자금을 빌리는 것을 말한다. 그렇기 때문에 이자가 있다. 백성들이 이윤을 취하지 않도록 하기 위해서, 나라에서 꾸어준 바에 따라 이익을 내게 하는 것이다'라고 말하고 있습니다. 이것이 바로 이른바 王道입니다.

또 이와 관련하여 鄭玄은 말하기를, '나라 소유의 물건을 빌린 다음 내는 세금을 일컬어 이자라 한다. 국가 소유물 가운데 園廛의 토지[55]를 받아 萬錢을 빌린 자는, 해마다 500전의 이자를 낸다'고 하고 있습니다.

---

53 鄭衆(?~83)은 후한 시대의 경학자로서 鄭玄(127~200)을 後鄭이라 칭함에 반해 先鄭이라 부른다. 中郎將과 大司農 등을 역임하여 鄭司農이라 불리기도 한다. 아버지 鄭興의 春秋左氏學을 계승했으며, 『周易』과 『詩經』, 『周禮』, 『國語』 및 曆算에도 밝았다. 현존하는 저서로 『周禮鄭司農解詁』와 『鄭衆春秋牒例章句』, 『鄭氏婚禮』, 『國語章句』, 『周易鄭司農注』, 『毛詩先鄭義』 등이 있다.
54 經書 내지 그 舊注를 闡釋한 것.
55 園圃와 廛肆, 즉 과수원 내지 채마밭 및 집터

臣의 생각은 이렇습니다. 『주례』에 의하면, '園廛에서는 20분의 1을 세금으로 내고, 近郊에서는 10분의 1을 내며, 遠郊에서는 20분의 3을 내고, 甸稍縣都[56]에서는 모두 10분의 2를 넘기지 아니한다. 다만 漆林[57]에서는 20분의 5를 내게 한다'고 규정되어 있습니다. 鄭玄은 이 법에 대해 요약하여 말하기를, '官으로부터 돈을 빌릴 때, 園廛의 땅을 받아 만 전을 빌리면 500전을 이자로 낸다'고 하였습니다. 賈公彦은 덧붙여 이를 해석하여, '近郊에서 10분의 1을 낸다는 것은 만 전에 대해 해마다 이자 1,000전을 낸다는 것이며, 遠郊에서 20분의 3을 낸다는 것은 만 전에 대해 해마다 이자 1,500전을 낸다는 의미이다. 甸稍縣都의 백성들은 만 전에 대해 해마다 이자 2,000전을 낸다'고 말하고 있습니다. 臣의 생각은 이렇습니다. 이러한 즉 漆林의 戶는 모름지기 만 전을 빌릴 경우 해마다 이자로 2,500전을 내야 합니다. 하지만 당시에 꼭 이렇게 하지만은 않았을 것입니다.

그런데 지금 靑苗錢을 풀며, 무릇 봄에 만 전을 빌려주고 나서 반년 만에 곧바로 이자 2,000전을 내게 합니다. 그리고 가을에 다시 만 전을 빌려준 다음 연말에 이르러 또다시 이자 2,000전을 내게 하고 있습니다. 그런즉 이는 만 전을 빌려주고 나서, 거리의 멀고 가까움을 묻지 않고 해마다 이자 4,000전을 내게 하는 것입니다. 『주례』에서는 가장 먼 땅이라 해도 다만 이자로서 2,000전만 내게 했습니다. 靑苗錢의 이자는 『주례』의 가장 많은 것보다도 배나 무거운 것입니다. 따라서 制置司가 말하는 대로, '『주례』에서 백성들에게 돈을 빌려주고 이자를 받을 때 정하고 있는 규

---

56 왕성 및 왕성 주변 지역. 甸은 京畿, 稍는 王城에서 三百里 떨어진 지역, 縣은 天子의 지배 지역(王畿)의 에 대한 夏代의 지칭, 都는 都城을 가리킨다.

57 옻나무 숲.

정에 따라 이자율을 정하였으니 이자가 많다고 할 수 없다'는 것은, 이 또한 폐하의 聖德을 기만하는 것입니다. 또 臣은 이렇게 이자율을 높게 책정해서는 천하 사람들이 모두 그것을 견딜 수 없을 거라 생각합니다.

또한 지금과 옛날은 제도가 다르며 이는 시세의 변화에 따른 것입니다. 『주례』에 적혀 있는 것이라 해도 지금은 시행할 수 없는 것이 하나 둘이 아닙니다. 이를테면 泉府의 제도를 지금 가히 시행할 수 있다면 그 내용 가운데, '官錢으로써 시장에서 팔리지 않았거나 민간에서 적체된 물건을 사두었다가, 급히 찾는 백성이 있으면 본래 사들인 원가대로 판다. 백성 가운데 제사나 喪事가 있으면 官에서 물건을 빌려주고 열흘이나 3개월 한도 내에서 갚도록 하고 이자는 받지 않는다'는 규정이 있습니다. 그렇다면 制置司는 어찌 周公이 태평시절에 이미 행하였던 이 법을 상주하여 그대로 시행하지 않는 것입니까? 그러기는커녕 다만 注疏에 있는 내용, 즉 돈을 빌려주고 이자를 받는 일만을 들어, 천하의 여론을 공박하는 것입니까?"[58]

신종은 한기의 이러한 상주문을 보고난 후 크게 뉘우치고 신속하게 청묘법을 폐지하려 하였다. 그때 왕안석은 병에 걸려 휴가를 내고 있는 상태였다.[59] 그래서 참지정사인 趙抃 등만이 조회에 출석하고 있었다. 신종이 청묘법을 폐지하려는 의사를 피력하자, 조변 등이 말했다.

"청묘법은 왕안석이 주도한 것입니다. 조금 기다렸다가 왕안석이 나오게 되면 결정하도록 하십시오."

왕안석은 조정에 나온 후 청묘법을 더욱 집요하게 옹호하였고, 이를

---

58 神宗 熙寧 3년(1070) 2월에 올려진 상주문이다.
59 이 전후의 사정에 대해 『宋史』에서는, "韓琦諫疏至 帝感悟欲從之. 安石求去 司馬光咨詔 有士夫沸騰 黎民騷動之語. 安石怒抗章自辨 帝為巽辭謝 令呂惠卿諭告 韓絳又勸帝留之 安石入謝"(권327,「王安石傳」)라 기록하고 있다.

전해들은 사람들은 매우 아쉬워하였다.

얼마 후 御史中丞인 呂公著가 다시 청묘법이 곤란하다고 말하였다. 왕안석은 그를 좌천시키려 하자 신종은 만류하며, '다른 일에 연루시켜 지방으로 내보내는 게 어떻소?'라고 말했다. 다시 얼마 후 신종이 말했다.

"呂公著가 말하기를, '한기가 근래 청묘법을 반대하는 상주문을 올린 바 있습니다. 조정에서는 마땅히 신하들의 의견을 경청해야 합니다. 자고로 執政과 지방관 사이에 틈이 생기게 되면 晉陽의 병사[60]들이 들고 일어나 제왕 주변의 惡者를 몰아내었습니다'라고 했소이다."

왕안석은 재빨리 말했다.

"이거라면 그를 내쫓을 수 있겠습니다."

여공저는 마침내, '대신에게 晉陽의 군대를 일으킬 것이라는 말로 모함하여 협박했다'는 것에 연루되어 知蔡州로 좌천되었다. 諫官인 孫覺이 이를 전해 듣고 말했다.

"이 말은 나도 상주한 바 있다. 지금 여공저를 좌천시킨 것은 잘못이다."

한기는 이미 상주문으로써 大臣 왕안석의 비위를 거슬렀으며, 또 여공저가 상주문에서 자신을 언급하다 좌천되었기에 더욱 황공스러웠다. 그리하여 마침내 상주문을 올려 병을 이유로 들어 知徐州로 나갈 것을 요청하였다. 이런 내용의 상주문이 네 차례나 올라갔다. 신종은 내시 李舜擧를 보내 한기를 달래었고 이로써 이 일은 일단락되었다.(「家傳」)

한기가 知揚州로 재직하고 있을 때, 왕안석은 막 과거에 급제하여 屬

---

60 『公羊傳』의 定公 13년에 晉의 趙鞅이 晉陽의 군대(晉陽之甲)를 일으켜 君側을 깨끗이 한다는 명목으로 荀寅과 士吉射를 내쫓는 기록이 등장한다. 이로부터 地方의 長吏가 朝廷에 불만을 갖고 거병하여 공격하는 것을, '晉陽의 병사(晉陽之甲)'를 일으킨다고 말한다.

官인 簽判으로 있었다.[61] 당시 왕안석은 늘 새벽녘까지 책을 읽고 잠시 눈을 붙였다가 해가 한참 밝은 후에야 일어났다. 그래서 급히 서둘러 출근하느라 대부분 세수와 양치질도 채 하지 못했다. 한기는 이를 보고 왕안석이 젊어서 밤 늦도록 술 마시고 방종하는 것이 아닌가 의심하였다. 어느 날 그는 왕안석을 불러 조용히 타일렀다.

"그대는 아직 젊은이(少年)요, 독서를 게을리 하지 말고 섣불리 방종하지 않도록 하시오."

왕안석은 아무 대답 없이 그냥 물러나 말했다.

"魏公[62](한기)은 날 알지 못하는도다."

그 뒤 한기는 왕안석의 명석함을 알게 되어 그를 자기 門下로 끌어들이려 했으나, 왕안석은 끝내 한기에 대한 서운함을 버리지 못했다. 그래서 왕안석이 적었던 『熙寧日錄』[63] 중에는 한기에 대한 비난이 많다. 그리고 왕안석은 한기에 대해 늘, '魏公은 단지 풍채만 좋을 뿐이다'라고 말하면서, 「畵虎圖詩」[64]를 지어 풍자하였다. 훗날 한기가 죽자 왕안석은 挽詩[65]를 지어, '지난날 幕府[66]의 젊은이(少年)는 이제 백발이 되어, 가슴 아파 어떻게 公의 상여를 보내야 할지 모르겠네'라고 읊었다. 그때까

---

61 왕안석은 仁宗 慶曆 2년(1042) 최초의 관직인 簽書淮南判官에 임명되어 慶曆 5년(1045)까지 재임한다.

62 韓琦는 英宗의 즉위 이후 魏國公에 봉해졌기 때문에 통상 魏公이라 호칭되었다.

63 日錄은 日記를 가리킨다. 왕안석의 日記는 逸失되어 현존하지 않는다.

64 「虎圖行」을 가리킨다. 그 내용은 "壯哉非熊亦非貙 目光夾鏡當坐隅 橫行安尾不畏逐 顧盼欲去仍躊躇 卒然一見心爲動 熟視稍稍摩其鬚 固知畫者巧爲此 此物安肯來庭除 想當盤礴欲畫時 睥睨衆史如庸奴 神間意定始一掃 功與造化論錙銖 悲風颯颯吹黃蘆 上有寒雀驚相呼 槎牙死樹鳴老烏 向之俒嗝如哺雛 山墻野壁黃昏後 馮婦遙看亦下車"으로 되어 있다. 이 시의 작성 경위에 대해 『古今事文類聚』에서는 또한, "漫叟詩話 荊公嘗在歐公坐上賦虎圖 衆客未落筆 荊公已就歐公讀之 爲之擊節坐客閣筆不敢作"(後集 권36)이라 적고 있다.

65 死者를 애도하여 지은 詩. 挽歌.

66 幕僚란 의미.

지도 지난날 한기가 자신에게 했던 젊은이란 말을 잊지 못했던 것이다.
(『邵氏聞見録』)

한기와 文彥博은 모두 鎭北門[67]으로 근무한 적이 있다. 한기가 근무할 때의 일이다. 朝城縣의 知縣이 한 부대의 병사를 처벌하다가 두 번쯤 杖刑을 가했을 때, 이 병사가 갑자기 욕설을 퍼붓기 시작했다. 지현은 이 사건을 大名府로 이관하였다. 한기는 그 병사를 불러서 취조하였다.

"네가 상관에게 욕설을 한 것이 사실인가?"

"그때 분함을 참지 못하고 그렇게 했습니다."

"너는 禁軍의 병사로서 그곳에 파견되었던 것이다. 계급이란 게 있는데 어찌 그렇게 할 수 있단 말이냐?"

한기는 즉시 解狀[68]에다가, 市曹[69]로 끌고 가서 斬刑에 처하라는 판결을 적었다.

그런데 이후에도 전연 흐트러짐이 없이 평정을 유지하였으며 안색도 변하지 않았다. 주변 사람들은 단지 붓놀림이 약간 평소와 달라졌음을 느낄 뿐이었다.

문언박이 근무할 때 바깥 기관에서 역시 한기 시절과 마찬가지 문제로 한 병졸을 보내왔다. 문언박은 진노하여 물었고 병졸은 사실대로 대답했다. 문언박은 그 병졸에게 또한 斬刑의 판결을 내리고 붓을 내던졌다.

이로써 보건대 한기와 문언박 두 사람의 도량은 달랐다. 한기는, '그가 범법 행위를 한 것이니 내 어찌 노여워한단 말인가?'라고 여겼던 것

---

67   鎭北門이란 知大名軍府事 혹은 判大名府의 雅稱. 大名府가 北京인 관계로 붙여진 지칭이다. 守北門이라 칭해지기도 한다.

68   죄수를 압송하는 공문.

69   시내의 중심지.

이다. 이는 학문의 깊이로 말미암은 것이었을 뿐만 아니라 그 天稟 또한 보통 사람보다 훨씬 컸기 때문이다.(『元城語錄』)

한기가 지방관을 역임하고 지나는 곳에는 늘 그의 치적을 흠모하는 기풍이 남아서 사람마다 그의 화상을 그려 섬겼다. 魏의 사람들은 심지어 生祠를 지어 한기의 像을 만들어 두고 절기마다 우러르며 狄梁公[70] 처럼 떠받들었다. 거란에서는 한기를 더욱 존경하고 흠모하여 송에서 사자가 가거나 혹은 거란 측으로부터 송에 사자가 오게 되면, 반드시 한기의 안부라든가 혹은 지금 어디에서 근무하는지 등을 알고 싶어 했다. 한기의 아들인 韓忠彦[71]이 거란에 사자로 갔을 때의 일이다. 거란의 황제는 좌우의 신하들에게 물었다.

"누가 南朝[72]에 많이 사신으로 갔소? 韓侍中(한기)의 얼굴을 기억하고 있소? 한충언의 용모가 그 부친과 많이 닮았소이까?"

누군가 대답하였다.

"매우 닮았습니다."

거란의 황제는 곧 연회를 베풀고 畵工으로 하여금 한충언의 모습을 그리게 하였다. 館伴使[73] 楊興功은 이 사실을 한충언에게 알려주었다.

北門[74]은 거란으로부터 오는 사자를 맞는 노상에 위치해 있다. 그런

<hr>

70 唐代 則天武后 시기 전후에 활동한 狄仁傑(630~700)을 가리킨다.
71 韓忠彦(1038~1109)은 父蔭으로 入官하였다가 다시 진사과에 합격. 禮部尚書・知樞 密院事 등을 거쳐 徽宗 초년에는 宰相까지 역임하게 된다.
72 宋을 지칭한다. 澶淵의 盟에서 형제 맹약을 체결한 이후 宋과 契丹은 공식적으로는 상대방을 北朝, 南朝라 칭하였다.
73 宋遼, 宋金 사이 使臣이 왕래할 때 상대측의 영역에 접어들면 해당 국가의 관원이 맞이 하는데 이를 接伴使라 칭했다. 接伴使의 인도를 따라 首都에 진입하게 되면, 그때부터 또다른 관원이 맞이하여 편의를 보살펴주는데 이를 館伴使라 했다. 업무가 종료되어 귀 국할 때는 다시 送伴使가 인도하였는데 통상 接伴使가 담당하였다고 한다.

데 예전에는 사자가 경유하며 京尹[75]에게 서류를 줄 때 이름을 적지 않았는데, 한기가 留守로 재직할 때에는 서류에 서명하였다. 그래서 副使[76] 成禹錫이 거란 측의 사자에게 그 사실을 알려주었다.

"韓侍中이 현재 이곳에 재직하는 까닭에 특별히 서명하신 것이라오."

그 후 한기가 魏로 옮겨가고 나서 새로 부임한 유수는, 한기의 전례에 따라 마찬가지로 서명하고자 하여 수차례나 시도하였으나 끝내 그렇게 하지 못하였다.

그 다음부터 거란 측의 사자가 남으로 내려와 臨淸[77]의 경계를 지나게 되면 늘 그 부하들에게 일러,

"이곳은 韓侍中이 다스리는 경내이니 재물을 너무 많이 요구하지는 말도록 하라"고 말했다.(「行狀」)

한기는 小人도 용납하려 힘썼으며 善惡과 黑白을 칼로 자르듯 나누지 않았다. 이런 까닭에 소인들 또한 그를 그다지 꺼려하지 않았다. 반면 范仲淹과 富弼, 歐陽脩, 尹洙 등은 늘 君子와 小人을 나누려 했기 때문에, 소인들의 시기와 원한도 날로 높아져 마침내 朋黨의 의론이 일어났다. 이로 인해 범중엄 등의 인물들이 배척되어 쫓겨났을 때 한기만은 홀로 안전할 수 있었다. 훗날 범중엄 등의 인물을 도와 다시 복권되게 했던 것은 모두 한기의 힘이었다.(「遺事」)

---

74 北京 大名府의 별칭.
75 首都 開封府의 지방장관인 開封府尹이나 혹은 西京 내지 北京, 南京의 지방장관. 여기서는 北京 大名府의 知府 혹은 判大名府, 北京留守를 가리킨다.
76 接伴副使.
77 大名府의 북단에 위치. 따라서 거란 측의 사자가 지나칠 때 이곳에서부터 大名府의 관내가 시작되는 셈이다.

누군가 한기에게 물었다.

"司馬光과 呂公著는 천하의 인망을 모으는 인물들입니다. 훗날 크게 쓰이게 되면 어떠할까요?"

"재주가 편벽되며 그릇도 작도다."(「遺事」)

다음은 한기의 말이다.

"歐陽脩와 曾公亮이 함께 兩府[78]에 있을 때의 일이다. 구양수는 본디 성격이 조급하고 증공량은 악착같아서, 매번 정무를 논의할 때마다 심한 말로 서로를 공박하며 물러서려 하지 않았다. 그러면 나는 일체 말을 하지 않고 그 기세가 좀 누그러지기를 기다렸다가, 천천히 한 마디를 하여 옳고 그름을 판단해 주었다. 그러면 구양수와 증공량 모두 이에 따랐다."(「遺事」)

石守道가 『三朝聖政錄』을 편찬하여 천자에게 바치기로 되어 있었다. 어느 날 그것을 들고 한기에게 찾아와 그 내용이 어떠한지 물었다. 한기는 몇 가지 사례를 지적하며 잘못되었다고 말했다. 그 가운데 하나는, '태조가 어느 궁녀에게 미혹되어 정무 처리를 소홀히 하였다. 여러 신하들이 이를 지적하자 태조는 잘못을 깨닫고 그 궁녀가 잠든 틈을 이용하여 찔러 죽였다'는 내용이었다. 이를 두고 한기가 말했다.

"이것이 어찌 후세를 위한 모범이 될 수 있단 말인가? 여색을 탐닉하게 되었다가 그 탐닉이 싫어져서 죽였는데 그 궁녀에게 무슨 죄가 있었는가? 이렇게 적으면 훗날 천자의 총애를 받는 후궁은 필시 죽음을 면치 못할 것이다."

---

[78] 中書門下(中書)와 樞密院의 合稱. 二府·兩司·兩地·廟堂 등으로 칭해지기도 한다.

석수도는 이것을 위시한 몇 개의 내용을 삭제하였으며, 한기의 식견에 탄복하였다.(「遺事」)

권2

富弼

富弼이 처음 과거시험장에 놀러갔을 때 穆脩[1]가 말했다.

"進士科는 그대의 재능을 펼쳐 보이기에 부적당하니 大科[2]로 이름을 세상에 드러내게나."

아니나 다를까 부필은 정말로 禮部試에 낙방하고 말았다. 당시 부필의 부친 富言이 耀州의 관원이었던 관계로 부필은 서쪽으로 향해 가다가 陝州에 묵게 되었다. 이때 범중엄이 사람을 보내 부필에게 알렸다.

"勅旨가 내려져서 大科로 인재를 선발하기로 되었네. 빨리 되돌아가게나."

1 　穆脩에 대해서는 본서 1책, 250쪽 주50 참조.
2 　制科의 별칭. 制科에 대해서는 본서 1책, 255쪽, 주59 참조.

부필은 다시 京師로 돌아가 범중엄을 뵙고는, 아직 대과를 위한 공부가 덜 되었다는 이유로 사양하였다. 이에 범중엄이 말했다.

"이미 여러 사람들과 더불어 그대를 천거했다네. 또 오래 전부터 그대를 위해 방 하나를 장만해 두었네. 그곳에 가면 大科 관련 책들이 갖추어져 있으니 묵으며 준비하게나."

이 무렵 재상인 晏殊가 범중엄에게 딸의 혼처를 알아봐 달라 하고 있었다. 범중엄이 안수에게 말했다.

"따님을 만일 관료에게 시집보내고 싶어 하신다면 나는 달리 아는 바가 없습니다. 다만 國中 최고의 선비를 구하신다면 부필만 한 이가 없습니다."

안수는 부필을 한 번 보고는 크게 마음에 들어 하여 즉시 혼인을 결정지었다. 이 직후 부필은 賢良方正科[3]에 합격하였다.(『邵氏聞見錄』)

인종 寶元 年間(1038~1040)의 초기 趙元昊[4]가 西夏를 세우고 宋에 반기를 들었다. 부필은 당시 鄆州의 通判으로 있었는데 8가지 일에 대해 의견을 개진하였다. 또 덧붙여 말하였다.

"조원호가 사신을 보내 영토의 할양 및 막대한 재물의 제공을 요구하고 있습니다. 또 사자에 대한 처우나 의식도 거란과 똑같이 해달라 하며 그 언사가 오만하기 이를 데 없습니다. 이로 보건대 조원호의 핵심 심복이 직접 사신으로 가겠다 청한 것이 분명합니다. 마땅히 그 의표를 찔러서 사신을 시장 한복판에서 참해야만 합니다."

---

3 制科의 한 과목. 富弼은 宋代를 통해 制科 출신 가운데 유일하게 재상에까지 오른 인물이다(王應麟, 『困學紀文』권14, 「考史」 참조).

4 西夏의 건국자인 李元昊. 李元昊는 祖父인 李繼遷(963~1004) 시기 宋朝로부터 趙를 賜姓받았기에 송 측으로부터 趙元昊라 칭해지기도 한다.

아울러 말하였다.

"夏守贇은 용렬한 사람입니다. 평시라 하더라도 중용하기에 부적당한 인물인데 하물며 이 어려운 시국에 樞密使로 삼을 수 있겠습니까?"[5]

이러한 주장을 전해 듣고 사람들은 부필이야말로 재상감이라 여겼다.(「神道碑」)

知諫院[6]으로 발탁된 이후의 일이다. 인종 康定 元年(1040) 정월 초하루에 일식이 있었다. 부필이 말했다.

"연회를 그치고 음악을 그만두게 해 주십시오. 비록 거란 측의 사자가 와 있지만 그에게도 또한 음식만 내려야 합니다."

이 말에 執政은 그래서는 안 된다고 말했다. 부필이 다시 말했다.

"거란 땅에도 우리와 마찬가지로 일식이 있을 터인데, 만일 거란이 그렇게 했는데 우리만 평상시대로 했다면, 이는 조정의 수치입니다."

뒤에 거란에 사자로 갔다 돌아온 이에게 물어보니, 거란에서는 부필의 말대로 연회를 그쳤다고 했다. 이 말을 듣고 인종은 매우 후회했다.

그에 앞서 재상은 忠言을 듣기 싫어하여, 令을 내려서 직분을 넘어 발언하는 것을 금지하였다. 부필이 말했다.

"일식은 하늘의 변화에 따른 것으로서 언제나 지상의 사정을 반영하는 것입니다."

이러한 주장으로 말미암아 마침내 그 금지령이 해제되었다.(「神道碑」)

---

5 『三朝名臣言行錄』에는 본 條文 이외에 富弼의 夏守贇에 대한 탄핵으로서, "夏守贇爲陝西都總管 又以宦者王守忠爲都鈐轄. 公言, '用守贇已爲天下笑 以守忠鈐轄 乃與唐中官監軍無異 且守勤德和覆車之轍 可復蹈乎? 詔罷守忠"이라는 항목이 附記되어 있다.

6 人事 및 정책 등 朝政의 闕失에 대한 論奏를 담당하는 관직. 하지만 북송 전기 知諫院은, 起居舍人知諫院이라든가 戶部員外郎天章閣待制知諫院 등 言事官이 아닌 관원에게 兼領시키는 것이 일반적이었다.

서하의 침공으로 延州[7]의 백성 20명이 궁궐에 나아가 위급함을 알렸다. 인종이 불러들여서 이를 통해 여러 장수들이 패배한 상황을 모두 알게 되었다. 執政은 이를 싫어하여 먼 지역에 명하여, 백성들이 멋대로 궁궐에 나아가는 것을 금지하였다. 부필이 말하였다.

"이는 폐하의 뜻이 아니라 재상의 조치입니다. 폐하께서 사방의 장수들이 패배한 사실을 알게 되는 것을 싫어한 것일 따름입니다. 백성들에게 위급함이 있는데 이를 조정에 호소할 수 없게 한다면, 그들은 서쪽으로 도망가 서하에 투항하거나 혹은 북쪽으로 거란에게 달려갈 것입니다."

(「神道碑」)

서하와의 전쟁이 벌어진 이래로 서리와 백성들 가운데 上書하는 자들이 매우 많아졌다. 처음 조정에서는 이러한 상서를 전혀 돌아보지 않았다. 부필이 말했다.

"知制誥는 본디 中書의 속관이니 그 가운데 두 사람을 선발하여 부서를 설치한 다음, 중서에서 이 부서를 통해 서리 및 백성들의 상서를 검토하여 가히 채택할 만한 것이 있으면 그대로 시행토록 하십시오."

재상은 이를 學士에게 넘겼다. 이에 부필이 다시 말했다.

"이는 재상이 무사안일만을 추구하여 천하의 시비를 모두 다른 사람에게 떠넘기려 하는 것입니다."

부필은 또 國初의 선례를 들어, 재상으로 하여금 추밀원을 같이 지휘하게 하자고 청하였다. 이에 인종이 말했다

"군사와 國政은 모두 마땅히 중서에서 처리하여야만 한다. 또 추밀원

---

7   西夏와의 접경 지역인 永興軍路의 북단에 위치. 현재의 陝西省 延安市.

은 오래 전부터 있던 부서가 아니다."

하지만 갑자기 추밀원을 폐지하지는 못하고 중서에 명하여 추밀원의 업무를 같이 처리하도록 하였다. 이러한 조치에 대해 재상이 사양하며 말했다.

"추밀원에서 臣이 그 권한을 빼앗았다고 말할까 두렵습니다."

부필이 말했다.

"이는 재상이 일을 피하려는 것일 따름입니다. 권한을 빼앗았다는 비난을 들을까 걱정한 것이 아닙니다."

이후 서하의 수령 두 사람이 항복해왔다. 조정에서는 이들에게 임시로 관직을 수여하여 荊湖 地方에 거주하게 하였다. 부필이 말했다.

"두 사람의 항복으로 말미암아 그 집안은 멸족되었을 것입니다. 마땅히 후히 포상하여 투항하는 것을 장려하여야 합니다."

인종은 부필의 주장을 중서에 내려보냈다. 그리하여 부필이 재상을 만나 이 문제를 의논하게 되었다. 하지만 재상은 이러한 사정을 전연 모르고 있었다. 부필은 탄식하며 말했다.

"이게 어찌 재상이 몰라도 되는 작은 일이란 말입니까?"

부필은 강력하게 이를 따지고 들었고, 인종은 마침내 그의 주장대로 재상으로 하여금 추밀사를 겸하게 하였다.(「神道碑」)

劉從愿의 처 遂國夫人은 王蒙正의 딸이다. 仁宗 寶元 年間(1038~1040)에 內廷[8]에 드나들었는데, 당시 그녀가 인종으로부터 承幸[9]하였다는 얘기가 나돌았다. 이러한 사실을 궁궐의 바깥 사람들도 모르는 이가 없었다. 이로

---

8   궁성의 내부. 황제의 사생활이 이루어지는 곳. 後宮 혹은 內庭이라고도 한다.
9   天子를 侍寢하는 것.

말미암아 수국부인은 죄를 얻어 封爵이 삭탈되고 천자에 대한 알현도 금지되었다. 그로부터 한참이 지나 수국부인은 재차 궁성출입이 허용되었다. 당시 張安道가 諫官으로 있었는데, 이 문제를 두고 다시 상주하여 그 옳지 않음을 주장하였지만, 그 상주문은 모두 안으로 받아들여지기만 할 뿐 아무런 대응조치가 없었다.

이 무렵 부필은 知制誥로 있었다. 수국부인의 封爵을 복구시킨다는 조칙이 내려지자 그는 그 문건을 繳還하였다.[10] 이로 인해 봉작 회복 문제는 흐지부지되고 말았다.[11] 唐代의 제도에 의하면 오직 給事中[12]만이 詔書를 되돌릴 수 있었다. 中書舍人[13]이 조서를 되돌려 보낼 수 있게 된 것은 부필로부터 시작되었다.

그 후 장안도가 呂公著를 찾았을 때 여공저는 부필의 처사에 대해 전례에 어긋난 일이라며 매우 못마땅해했다. 부필과 여공저 두 사람은 이처럼 서로를 좋아하지 않았다.(「龍川略志」)

거란은 後晉의 高祖 天福 年間(936~942) 이래로 幽州와 薊州 일대를 장악하였다.[14] 이로부터 北邊의 국경방어에 평화로운 때가 없은 지 무릇

---

10 송대의 給事中이나 中書舍人은 制勅에 문제가 있다고 판단할 경우 奉行을 거부하고 章奏를 올려 奉還할 수 있었다. 이를 '繳還'이라 불렀다.

11 仁宗 慶曆 元年(1041) 9월 戊午의 일이다. 『續資治通鑑長編』 권133 참조.

12 宋 전기에는 寄祿階, 元豊 官制改革 이후 職事官이 된다. 송초에는 殷臺에서 詔旨에 대한 封駁을 담당하였으며, 元豊改革 이후에야 給事中이 政令의 失當을 封駁할 수 있게 된다.

13 中書의 관료로서 詔令의 起草를 담당. 政令이 정당하지 않거나 인사명령이 타당하지 않다고 판단할 경우 황제에게 주청하여 재고를 요청할 수 있었다. 宋初는 寄祿官으로서 실제 職事를 담당하지 않고 知制誥나 直舍人院이 詔令을 기초하였다. 元豊改制 이후 直舍人院을 폐지하고 업무를 中書舍人에게 이관시키게 된다.

14 後晉의 창건자 石敬瑭이 거란의 太宗에게 燕雲十六州를 할양했던 사실을 가리킨다. 後唐의 말년 末帝가 즉위하여 晉陽에 있는 河東節度使 石敬瑭을 견제하기 위해 그 근거지를 山東의 鄆州로 이동시키려 하였다. 이에 대해 석경당은 부하인 劉知遠

69년이 지난 眞宗 景德 元年(1004), 거란은 온 나라의 군사를 들어 남침해 왔다. 이때 진종은 寇準의 전략에 따라 親征하여 澶淵에 이르렀다. 이곳 에서의 접전에서 송군이 거란 측의 맹장 順國王 撻覽을 사살하자 거란 은 두려워하여 마침내 강화를 요청하였다. 당시 여러 장수들은 모두 청 하기를, 군대를 界河[15]에 집결시켰다가 거란 군대가 되돌아가는 것을 기다려, 정예병사를 풀어 그 퇴로를 쳐서 섬멸하자고 주장하였다. 하지 만 거란이 놀라 진종에게 애원하였기 때문에, 마침내 여러 장수들에게 명령을 내려 군대를 단속시키고 거란이 그냥 되돌아가도록 해 주었다. 거란은 이후 송과 우호관계를 유지하며 약정[16]을 잘 지키고 다시는 北 邊에 침범하지 않았다.

그런데 그로부터 39년이 지나 李元昊가 자립하여 西夏를 세우고 송과 대립하며 상황이 달라졌다. 서하와의 전쟁이 오래 끌자, 거란의 신하 가 운데 탐욕스럽고 공훈을 바라는 자가, 우리 송이 겁이 많고 또 전쟁을 싫 어하는 것을 이용하여 그 군주를 부추겼다. 그리하여 後晉 高祖가 본디 할양했던 關南의 10개 縣[17]을 되돌려 받아야겠다는 의사를 송 측에 전해 왔다. 인종 慶曆 3년(1043) 거란은 대군을 국경 위에 집결시키고 그 신하인 蕭英과 劉六符를 송 측에 사자로 보내왔다.[18] 이에 인종은 재상에게 명하

　　　등의 부추김을 받아 거부하는 한편, 요 太宗에게 하북 지역의 할양을 조건으로 援
　　　兵을 청하였다. 결국 936년 後唐은 遼와 석경당의 협공으로 수도 洛陽이 함락되어
　　　멸망하고 석경당이 황제가 되어 後晉을 개창하게 된다. 후진의 건국 과정에서 요
　　　측에 할양된 만리장성 이남 지역을 '燕雲十六州'라 부른다.

15　송과 거란 사이의 국경 지대를 흐르는 강. 오늘날의 海河.

16　眞宗 景德 元年(1004)에 체결된 송 거란 간의 和議, 즉 澶淵의 盟을 가리킨다. 澶淵의
　　　盟에 대해서는 본서 1책, 102쪽, 주31 참조.

17　燕雲十六州 가운데 남으로 돌출된 益津關과 瓦橋關 이남 지역으로 瀛州와 莫州 2주
　　　를 가리킨다. 이 關南 일대는 959년 後周 世宗에 의해 수복된 지역이다.

18　본문에서 仁宗 慶曆 3년(1043)이라 하고 있는 것은 錯誤이다. 慶曆 2년(1042) 3월에
　　　있었던 일이다. 이에 대해서는 『宋史』권11, 「仁宗紀」 3, 慶曆 2년 3월 및 『續資治通

여 報聘¹⁹할 인물을 찾으라 하였다. 그때 거란이 어떠한 태도로 나올지 몰랐기 때문에 어느 누구도 사자로 가려하지 않았다. 재상은 사신의 적임자로서 부필의 이름을 인종에게 아뢰었다. 이에 따라 부필은 接伴使가 되어 거란의 사자인 蕭英 등이 입국하는 것을 맞이하게 되었다. 인종은 中使를 파견하여 노고를 치하하였다. 그런데 소영은 발의 병을 핑계로 중사에게 절을 하지 않았다. 이를 보고 부필이 말했다.

"내 전에 북쪽으로 사신을 갈 때 병으로 수레 속에 누워 있었소만 귀국 황제의 命을 전해 듣고는 곧바로 일어나 절을 했었소. 지금 中使가 도착하였는데 그대가 일어나지 않는 것은 무슨 예절이오?"

소영은 즉시 일어나 절을 하였다. 부필은 노여움을 풀고 그와 이야기하며 夷狄으로 대하지 않았다. 이를 보고 소영 등은 마침내 주변 사람들을 물리치고 은밀히 거란의 황제가 얻으려 하는 것을 말해주었다. 부필은,

"그 요청에 응해줄 만하면 응하고 그렇지 않으면 단연코 거절할 것이오"라고 말했다.

부필은 그 얘기를 조정에 알렸고, 인종은 御史中丞 賈昌朝로 하여금 館伴使로 삼으며, 땅은 할양할 수 없고 대신 歲幣를 증액시켜 줄 수는 있다고 했다.

이어 부필이 命을 받고 답방의 사자로 파견되어 거란의 황제를 뵈었다.²⁰ 거란 황제가 말했다.

"南朝²¹가 약속을 어기고, 雁門²²을 정비한다든가 연못의 물을 늘리

鑑長編』권135, 仁宗 慶曆 2년 3월 己巳 참조. 이때 거란은 宋에 國書를 보내, 後周 世宗 시기에 收復한 關南 10縣 지역의 할양을 요구하였다.

19 타국의 방문에 대한 답례로 사신을 파견하여 答訪하는 것.

20 仁宗 慶曆 2년(1042) 5월의 일이다(『宋史紀事本末』권21, 「契丹盟好」 참조).

21 대화 가운데 南朝와 北朝는 송과 거란의 상대방에 대한 지칭.

22 山西省 代縣의 북부에 위치한 長城의 重要 관문. 그 지형에 대해 雍正 『山西統志』에서

고 성과 해자를 보수하고 있으며 또 민병을 모집하고 있소이다. 이는 무슨 뜻이오? 이를 보고 여러 신하들이 군대를 일으켜 남조를 정벌하자고 하고 있소. 그렇지만 寡人이 그러지 말고 사자를 보내 영토의 할양을 요구하고, 그것이 받아들여지지 않으면 그때 전쟁을 일으켜도 늦지 않는다고 하였소.”

“北朝에서는 어찌 진종 황제의 큰 은혜를 잊으셨소이까? 澶淵에서의 전쟁이 있을 때 만일 여러 장수들의 말대로 했다면 북조의 군대는 제대로 돌아가기 힘들었을 게요. 또한 북조와 중국이 선린관계를 유지하면, 세폐로 말미암은 그 이익은 고스란히 황제에게 돌아가고 신하들은 전혀 얻는 것이 없습니다. 하지만 만일 전쟁이 벌어진다면 그 이익은 신하들에게 돌아가고 황제는 그 피해만 입을 것입니다. 그래서 북조의 신하들이 다투어 전쟁을 권하는 것입니다. 이는 모두 자기들 일신상의 이익만 바라고 국가는 돌보지 않는 것입니다.”

이 말을 들은 거란의 황제가 놀라 말했다.

“그 무슨 얘기요?”

“後晉의 高祖는 하늘을 속이고 군주에게 반란을 일으켰습니다. 그리고 北朝에 원조를 청한 바 있습니다. 그때 後唐의 末帝[23]는 어리석은 데다가 어지러운 정치를 펴서 하늘과 백성으로부터 버림을 받았습니다. 게다가 당시 중국은 영토가 분열되어 있었고 상하가 서로 이반해 있었

는, “在州北三十五里 一名雁門塞 兩山對峙 雁度其間 上有過雁峰”(권26, 「山川 10」 「代州」)이라 적고 있다.

23 後唐의 마지막 황제인 李從珂. 末帝는 明宗 長興 4년(933) 11월 명종이 病沒하고 뒤를 이어 閔帝가 약관 20세의 나이로 즉위하자, 불과 5개월 후인 閔帝 應順 元年(934) 쿠데타를 일으켜 민제를 살해하고 황제로 즉위하였다. 즉위 이후 明宗의 女壻이자 晉陽에 주둔한 대군의 지휘자였던 河東節度使 石敬瑭의 세력을 삭감하려다가 오히려 역공을 받아 몰락하게 된다.

습니다. 그런 까닭에 전쟁이 벌어졌어도 거란의 군대는 피해를 입지 않고 고스란히 승리를 거둘 수 있었던 것입니다. 그때 거란 측에서는 막대한 보물과 재화를 얻었지만 모두 신하들의 집안을 채웠을 뿐입니다. 만일 군사들이나 軍馬가 막심한 피해를 입었다면 누구에게 그 禍가 미치겠습니까? 다름 아닌 황제에게 돌아가지 않았겠습니까?

더욱이 지금 중국은 만 리의 영역을 지배하고 있으며 휘하에 정병이 백만을 헤아립니다. 법령도 체계가 잘 잡혀 있으며 상하가 한 마음을 이루고 있습니다. 이러한 때 북조가 전쟁을 일으켜서 능히 승리를 장담할 수 있겠습니까?"

"그야 장담은 못하지요." 거란의 황제가 대답했다.

"설령 승리한다 해도 죽은 군사나 병마의 피해는 신하들에게 돌아가겠습니까? 도리 없이 황제에게 돌아가겠지요. 하지만 평화관계가 유지되어 세폐가 끊이지 않는다면 그 이익은 남김 없이 황제에게 돌아갈 것입니다. 신하로서 얻는 것이 있다면 다만 매해 사신으로 가는 한두 사람일 것입니다. 신하들에게 무슨 이익이 있겠습니까?"

거란의 황제는 이 말을 듣고 크게 깨달아 오랫동안 고개를 끄덕였다. 부필은 말을 이었다.

"雁門關을 정비한 것은 이원호에게 대비하기 위한 것이고, 연못을 판 것은 通好가 맺어지기 전인 何承矩 시기에 시작되었습니다. 또 땅이 낮기 때문에 비가 많이 내리면 물이 고일 수밖에 없습니다. 그리고 성과 해자는 모두 낡은 것을 수리했을 뿐입니다. 민병 또한 예전의 軍籍에 의거하여 그 결원만 보충했을 따름입니다. 따라서 약속을 어긴 것은 아닙니다. 후진의 高祖가 盧龍 일대[24]를 거란에게 준 것이라든가 後周의 世宗이 關南의 땅을 공략하여 취한 것은 다 지난 시대의 일입니다. 송조가 세워지고 이미 90년이 지났습니다. 만일 각각 지난 시대의 옛 땅을 얻고자 한다면 어찌 북조에 이익이 되겠습니까? 우리 황제께서 저를 사신으로 보내며 이렇게 말씀하셨습니다.

'짐은 선대 황제들을 계승하여 나라를 지키고 있도다. 절대 땅을 떼어내어 감히 남에게 줄 수는 없다. 북조가 바라는 것은 그 땅의 세금을 더 얻고자 하는 것일 따름이다. 짐은 다만 땅 때문에 송과 북조 양방의 백성들을 수 없이 죽이고자 하지는 않는다. 그래서 양보하여 세폐를 늘려 지급함으로써 그 세금 수입을 대신하고자 한다. 만일 북조가 반드시 땅을 얻어야만 하겠다면, 이는 그 뜻이 盟約을 저버리는 데 있으면서 이를 빌미로 삼는 것일 따름이다. 그렇다면 짐 또한 어찌 홀로 전쟁을 피할 수 있으리오? 澶淵의 맹약은 天地와 鬼神이 모두 알고 있는 것이다. 그런데 지금 북조가 먼저 전쟁을 일으키고자 한다면 그 잘못은 짐에게 있는 것이 아니다. 천지의 귀신을 어찌 속일 수 있겠는가?'

우리 황제의 말씀은 이러한 것이었습니다."

거란은 크게 뉘우치고 마침내 혼인을 구하여 왔다.[25] 부필이 말했다.

"혼인은 오히려 틈을 만들어내기 쉽습니다. 사람 목숨의 길고 짧음은 알 수 없습니다. 세폐의 견고하고 오래감에 비할 바가 아닙니다. 우리 송의 長公主가 降嫁[26]할 때 가져갔던 돈은 10만緡에 불과했습니다. 어찌 무궁히 지급되는 세폐와 비교할 수 있겠습니까?"

---

24 후진의 高祖는 石敬瑭. 盧龍 일대는 唐代 盧龍節度使의 관할 지역이었던 燕雲十六州를 말한다.

25 이 전후의 절충에 대해 『宋史』에서는, "北朝旣以得地爲榮 南朝必以失地爲辱 兄弟之國 豈可使一榮一辱哉? 旣退 六符曰 吾主聞公榮辱之言 意甚感悟 今惟有結昏可議耳" (권313, 「富弼傳」)라 적고 있다.

26 長公主는 황제의 姉妹를 가리키며, 降嫁란 皇女‧王女가 신하에게 시집가는 것으로 下嫁라고도 한다.

거란 황제가 말했다.

"卿은 이대로 돌아가시오. 다시 오게 되면 그때 하나를 택하여 받도록 하겠소. 경은 다시 올 때 國書를 가지고 오도록 하시오."

부필은 돌아왔다가 다시 명을 받들고 거란 측에 사자로 가게 되었다.[27] 조정으로부터 국서 및 구두로 전할 말을 받아 출발하여 樂壽縣에 이르러 묵게 되었다. 그때 문득 副使에게 말했다.

"내가 사자이되 채 국서를 못 보았소이다. 만일 국서의 내용과 구두로 전달하는 내용이 다르면, 일을 그르치게 될 것이오."

부필이 국서를 뜯어보니 아니나 다를까 내용이 서로 달랐다. 부필은 급거 京師로 돌아와 저녁 무렵 황제를 알현하였다. 그리고 學士院[28]에서 하룻밤을 묵은 후 국서를 고쳐서 다시 떠났다.

거란 땅에 다다라 보니 거란은 다시 혼인을 구하지는 않고 오로지 세폐의 증액만을 바라고 있었다. 그러면서,

"남조에서 우리 측에 국서를 보낼 때에는 마땅히 '올린다(獻)'라고 해야 한다. 그렇지 않으면 '바친다(納)'라고 해야 한다"

고 말했다. 부필은 이에 대해 강경히 그럴 수 없다고 맞서자 거란의 황제가 말했다.

"남조는 이미 우리를 두려워하고 있소. 이 두 글자를 꺼릴 까닭이 없지 않소? 만일 우리가 군대를 이끌고 남하하게 되면 반드시 후회할 것이오."

"우리 황제께서는 남조와 북조의 백성들을 다 사랑하고 계십니다. 그래서 전쟁이 일어나는 것을 피하기 위해 몸을 굽혀서까지 세폐를 올린

---

27 仁宗 慶曆 2년(1042) 7월의 일이다. 『宋史』 권11, 「仁宗紀」 3, 慶曆 2년 7월 참조.
28 大官의 임명서(制書)를 起草하고, 國書나 赦書·德音·大號令을 撰述하는 부서. 황제가 수시로 宣召할 것을 대비하여 輪直하는 것이 관례였다. 속관으로 翰林學士 6명, 待詔 3인이 존재하였다.

것입니다. 어찌 두려워한다고 말씀하십니까? 만일 전쟁을 하는 것이 부득이하다면 남북이 적국이 되어 전쟁의 승부로써 옳고 그름을 가리게 될 것입니다. 이는 사신인 제가 걱정할 바가 아닙니다."

이에 거란의 황제가 말했다.

"경은 고집피우지 마시오. 그러한 전례가 옛날에도 있었소이다."

"오직 唐의 高祖만이 돌궐로부터 군대를 빌린 다음 돌궐에 신하의 예를 갖추었을 따름입니다.[29] 당시 보내는 것을 혹시 '올린다(獻)'거나 '바친다(納)'고 칭하기도 했었는지는 모르겠습니다. 하지만 그 후 頡利可汗[30]이 태종에게 포로로 잡히고 나서부터는 어찌 다시 이러한 禮儀가 있었겠습니까?"

이렇게 말하는 부필의 목소리와 안색은 단호하기 이를 데 없었다. 거란 측에서는 그 뜻을 꺾을 수 없다는 것을 알고,

"내 그 문제는 다시 사람을 보내 의논하리다"라고 말했다.

그리고나서 세폐의 증액을 허용한다는 내용의 서약서를 남겨두고 왔다.

거란 측에서는 그 다음 耶律仁先 및 劉六符를 파견하여 거란 측의 국서를 보내왔다. 그러면서 송 측에서 국서를 보낼 때 '올린다(獻)'거나 '바

29　唐 高祖 李淵이 창업 과정에서 돌궐의 군대를 빌리는 것에 대해서는, 『資治通鑑』 권 184, 隋 恭皇帝 義寧 元年 8월 癸巳를 참조. 高祖 李淵은 돌궐의 원조를 얻기 위해, "劉文靜勸李淵與突厥相結 資其土馬以益兵勢 淵從之. 自爲手啓卑辭厚禮 遺始畢可汗" (『資治通鑑』 권184, 隋 恭皇帝 義寧 원년 6月 己卯)하였으며, 또 "淵引見康鞘利等受可汗書 禮容盡恭 贈遺康鞘利等甚厚"(『資治通鑑』 권184, 隋 恭皇帝 義寧 원년 6月 丁酉) 하였다고 한다.

30　東突厥帝國(돌궐 제1제국)의 마지막 可汗. 624년과 626년 두 차례에 걸쳐 唐의 수도 장안을 공격하였으나 실패하고, 오히려 630년 唐 太宗이 파견한 李靖과 李世勣의 군대에 패배하여 그 자신은 포로가 되고 돌궐제국은 멸망하기에 이른다. 이후 돌궐은 50년 가까이 당의 기미지배를 받다가 682년에 이르러서야 다시 국가를 부흥시켰다.

친다(納)'고 적어야 한다고 주장하였다. 부필은 상주하여 말했다.

"이 문제는 臣이 이미 목숨을 걸고 막아서 거란 측의 기세를 꺾은 바 있습니다. 결코 허용해서는 안 됩니다. 거란 또한 이를 관철시킬 수 없을 것입니다."

인종은 이 말을 따랐다. 이로써 세폐 20만을 증액시키는 것만으로 거란과의 관계는 잠잠해졌다.[31] 거란의 君臣들은 지금에 이르도록 부필의 말을 떠올리며 그 약속을 지키고 감히 어기려 하지 않고 있다. 이는 그들이 평화적인 교류와 전쟁 사이에 어떠한 것이 득이 될지 마음속으로부터 잘 알게 되었기 때문이다.(「神道碑」)

처음 부필이 京師에서 刑獄의 감찰을 담당할 때였다. 위조된 度牒[32]으로 승려가 된 자가 있었다. 일이 발각되어 살펴보니 堂吏[33]가 연루되어 있었다. 그런데 開封府에서는 다른 사람만 처벌하고 堂吏는 전연 건드리지 않았다. 부필은 執政에 말하여 당리를 옥에 가두어야 한다고 주

---

31   仁宗 慶曆 2년(1042) 9월 宋과 遼 사이에 체결된 改定 和議의 내용은 본 조목의 내용과는 달리, 絹과 銀을 각각 10萬匹兩씩 증액하여 총액 50萬匹兩으로 하고, '歲幣'를 '納幣'라 한다는 것이었다. 그 정황에 대해 『續資治通鑑長編』에서는, "弼奏曰 彼求獻納二字 臣旣以死拒之 敵氣折矣 可勿復許. 然朝廷竟從晏殊議 許稱納字 弼不預也"(권 137, 仁宗 慶曆 2년 9월 癸亥)라 적고 있다.

32   국가권력에서 발행한 승려의 신분증명서. 度僧牒이라고도 한다. 祠部에서 발행하므로 祠部牒이라고도 칭했다. 道士에게 발급하는 유사한 성격의 증명서도 때에 따라 度牒이라 불리기도 했다. 남북조 시대에 최초로 승려 신분을 증명하는 공식증명서가 출현했으며, 度牒制는 唐 玄宗 天寶 6載(747)에 시작되었다. 이어 唐 中宗 시기부터는 編民이 승려가 될 경우 발생하는 재정손실을 보전하기 위해 出家者로부터 일정액의 대가를 징수하기 시작했다. 宋代에 들어서는 英宗 시대부터 度牒을 發賣하여 재정적자를 보충하는 수단으로 삼았다. 度牒 발매수입은 때로 전체 재정수입의 1할 전후에 달하기도 했다. 또 災荒時 구호기금 용도로 해당 지방에 도첩발매를 허용하는 사례도 散見된다. 度牒은 비단이나 종이로 제작되었다.

33   中書의 서리. 堂後官이라고도 칭한다.

장했다. 그러자 집정은 그 자리를 가리키며 말했다.

"그대가 이렇게 고집을 피우면 공명을 얻기 어렵소이다."

부필은 정색을 하며 그 말을 받아들이지 않고 말했다.

"꼭 당리를 잡아들이고야 말겠습니다."

집정은 더욱 불쾌히 여겨, 부필을 추천하여 거란에 사신으로 가도록 하였다. 일 처리를 잘못 할 경우 이에 연루시켜 죄를 씌우기 위함이었다. 구양수는 이를 보고 상서하여, 顔眞卿이 李希烈에게 사신 갔다 살해되었던 예[34]를 들어가며 부필의 거란 파견을 막으려 했다. 하지만 받아들여지지 않았다. 부필은 두 차례에 걸쳐 거란에 사신으로 가서 무사히 일을 마치고 되돌아왔다. 그리고 이 공로로 吏部郎中樞密直學士에 임명되었지만 그는 간절히 사양하고 이를 받지 않았다.

부필이 처음 거란으로 사신갈 것을 명령받았을 때 딸 하나가 죽었다는 소식을 들었다. 재차 사신으로 갈 것을 명령받았을 때에는 아들 하나가 태어났다는 소식을 들었다. 하지만 모두 돌아보지 않고 갔다. 집안으로부터의 편지가 당도해도 펴지도 않은 채 불살라 버리며 말했다.

"한갓 마음만 산란시킬 뿐이다."

조금 후 그는 翰林學士로 승진되었다. 이에 부필은 인종을 알현하고 강하게 사양하며 말했다.

"세폐를 증액시킨 것은 臣의 본 뜻이 아니었습니다. 다만 그때 조정이 이원호의 토벌 문제로 여유가 없어 거란과 다시 전쟁을 벌일 수 없었기 때문에, 감히 죽음으로써 그것을 막아내지 못했던 것입니다."(「神道碑」)

---

34 興元 元年(784) 顔眞卿이 德宗의 命으로 淮西의 叛將 李希烈을 설득하러 갔다가 감금당하여 살해된 것을 가리킨다. 이에 대해서는 『舊唐書』 권128, 「顔眞卿傳」 참조.

부필은 인종 慶曆 年間(1041~1048) 知制誥의 신분으로 거란에 사자로 파견되었다 되돌아왔다. 인종은 그 노고와 공적을 치하하였다. 그런데 하루는 王拱辰[35]이 인종에게 말했다.

"부필에게 무슨 공이 있단 말입니까? 다만 세폐의 금과 비단 수량을 늘려주었을 뿐 아닙니까? 그는 거란을 이롭게 하고 중국을 피폐하게 만들었습니다."

이에 인종이 대답하였다.

"그렇지 않소이다. 짐이 소중히 생각하는 것은 영토와 백성들이오. 재물은 아까워하지 않습니다."

"재물은 백성으로부터 나오는 것이 아닙니까?"

"국가의 경비가 늘어났다 해서 곧바로 하루아침에 백성들의 부담을 늘려가는 것은 아니오. 그리고 해마다 거란에게 재물을 준다 해도 그 또한 백성들을 크게 곤궁토록 만드는 것이 아니오. 하지만 만일 전쟁이 벌어져 군수물자가 필요하게 되면 그 경비는 엄청나게 들 것이오. 오늘날 백성들로부터 느슨히 거두어들이는 것과는 비할 바가 아니오."

다시 왕공진이 말했다.

"저 거란의 오랑캐들은 만족을 모르고 중국의 틈을 엿볼 것입니다. 현재 폐하께 公主가 하나밖에 없는데 만일 저들이 화친을 위해 공주의 降嫁[36]를 요청한다면 어떡하시겠습니까?"

이 말에 인종은 근심으로 얼굴색이 바뀌며 말했다.

---

35 王拱辰(1012~1085)은 仁宗 天聖 8년(1030)의 進士科 장원 출신. 范仲淹·富弼 등 중심의 慶曆新政에 반대하였으며, 관직은 知開封府·御史中丞 등을 거쳐 三司使를 역임하였다. 인종 시기의 만년 張貴妃에게 뇌물을 바쳤던 일이 들통나 탄핵을 받아 지방관으로 좌천되었다. 神宗이 즉위한 이후 조정으로 불려졌으나 王安石이 과거의 잘못을 들어 재차 좌천시켰다. 이후 保甲法 등의 新法에 강하게 반대하였다.

36 帝王의 딸이 시집가는 것. 下嫁, 降婚이라고도 칭한다.

"진실로 사직을 이롭게 하는 일이라면 짐이 어찌 딸 하나 정도를 아낄 수 있겠소이까?"

왕공진은 말이 막히고 또 참언이 통하지 않음을 알고서 서둘러 말했다.

"신은 폐하께서 이처럼 자신을 버려서까지 백성들을 아끼시는지 몰랐습니다. 참으로 堯舜과 같은 주군이십니다."

왕공진은 눈물을 흘리며 두 번 절하고 나갔다.(『東軒筆錄』)

인종 慶曆 3년(1043) 3월 마침내 부필이 樞密副使로 임명되었으나 그는 간절히 사양하였다. 7월에 이르러 이전의 임명 명령이 재차 내려졌다. 이에 부필이 말했다.

"거란과의 通好問題가 일단락되자 사람들은 이제 아무 일 없게 되었다고 생각하여 변경의 방비가 점차 허술해지고 있습니다. 그러니 거란이 만일 盟約을 저버린다면 臣은 죽음으로도 모자랄 죄를 지은 셈입니다. 이런 까닭에 臣은 감히 추밀부사로의 발탁을 받을 수 없는 것입니다. 또한 원컨대 폐하께서는 거란의 夷狄들이 중원을 가벼이 보고 업신여기는 치욕을 부디 잊지 마소서. 臥薪嘗膽의 자세로 정치를 돌보아 주시기 바랍니다."

말을 마치고나서 부필은 인종에게 휴가를 얻고 물러나왔다.

8월이 되자 다시 부필을 추밀부사로 임명하는 명령이 내려졌다. 당시 李元昊의 사자는 떠난 상태였다.[37] 인종은 부필이 추밀원에 출근하기를 기다려 찾아왔다. 그리고 재상인 章得象[38]으로 하여금 부필에게 다음과

---

37 이 전후 西夏의 使臣이 당도하여 발생했던 宋-西夏 사이의 절충에 대해 『三朝名臣言行錄』에서는, "元昊遣使以書來 稱男而不臣. 公言, '契丹臣元昊而我不臣 則契丹爲無敵於天下 不可許.' 乃却其使 卒臣之"란 項目을 본 條目 바로 뒤에 附記하고 있다.

38 章得象(978~1048)은 劉太后 聽政 시대를 통해 그 세력에 부회하지 않고 "章獻太后臨

같이 말하게 하였다.

"이는 조정의 특별한 임용이오. 지난번 거란의 사자로 갔다왔기 때문이 아니오."

이에 부필도 어쩔 수 없이 추밀부사 직위를 수락할 수밖에 없었다. 당시 晏殊가 재상으로 있었으며, 范仲淹은 參知政事였고, 杜衍이 樞密使, 韓琦와 부필이 추밀부사, 구양수·余靖·王素·蔡襄이 諫官으로 있었다. 이들 모두 천하의 인망을 모으는 인물들이었다.[39] 이러한 모습을 보고 산동 사람 石介가 「慶曆聖德詩」[40]를 지어 상찬하였다.

부필은 사직보호를 자신의 임무로 여기고 있었으며, 인종 또한 그와 범중엄에게 큰 성취를 바라고 있었다. 인종은 수차례나 친히 詔令을 내려 그들을 독려하며 정무개선의 방향을 정리하여 보고하라 하였다. 또한 天章閣을 개설하여 부필과 범중엄 등을 불러앉힌 다음 친히 서찰을 보내 개선하고자 하는 내용을 적어 보고하게 하였다. 인종은 中使 2인을 파견하여 이를 독촉하기까지 하였다. 그리고 범중엄에게 명하여 서하 관계의 일을 주관하게 하였으며 부필에게는 거란 관계 업무를 주관시켰다. 부필과 범중엄은 마침내 각각 그 시대에 긴급히 필요한 일로서 10개의 조항을 인종에게 아뢰었다. 이밖에 하북 일대의 국방 문제를 안정시키는 13개의 책략을 아뢰었다. 그 대략적인 내용은, 賢者를 등용하

朝 宦官方熾 太后每遣內侍至學士院 得象必正色待之 或不交一言"(『宋史』권311, 「章得象傳」)이라는 태도를 보임으로써 仁宗으로부터 높은 평가를 받은 인물. 仁宗의 親政 이후에는 재상으로 발탁되었다. 樞要의 자리를 오랫동안 지키면서도 一家親黨을 끌어 쓰지 않았다는 평가를 받았다. 范仲淹 등의 慶曆新政에 대해서는 可否間에 특별한 간여를 보이지 않았다.

39 이른바 이것이 바로 慶曆新政 당시 개혁세력의 조정 내 포진상황이다. 慶曆新政은 이 직후인 慶曆 3년(1043) 10월 중순부터 착수된다.

40 石介의 문집인 『徂徠集』권1에 「慶曆聖德頌」이란 제목으로 실려 있다.

고 무능한 자를 내쫓으며, 요행을 바라지 않고 묵은 병폐를 제거한다는 것을 근본으로 하고 있었다. 이로부터 나아가 점차 각 지방의 監司 가운데 무능한 인물을 교체하고 각부서 내부의 서리 수효를 줄여나갔다. 이로 말미암아 小人들은 불쾌히 여기기 시작하였다.(「神道碑」)

처음 石介가 「慶曆聖德詩」를 지어 부필과 범중엄 등을 기리고 夏竦을 비난하자 하송은 원한을 품게 되었다. 그러던 차에 마침 석개가 부필에게 편지를 써서 伊周의 일[41]을 이룰 것을 당부하자, 하송은 家內의 女奴로 하여금 석개의 필치를 익히도록 하여 伊周를 伊霍[42]으로 고쳤다. 또 僞作을 만들어내어, 석개가 부필의 요청을 받아 인종을 廢位하는 조칙의 초안을 작성했다고 하였다. 이러한 소문이 흘러서 인종의 귀에까지 들어갔다. 이에 대해 인종은 비록 믿지 않았지만, 부필은 스스로 두려워 편치가 않았다. 그러다가 保州의 도적[43]이 발생하자 자청하여 河北宣撫使로 나갔다. 이로부터 귀임하여 京師에 돌아왔으나 인종도 알현하지 못하고 곧바로 知鄆州로 임명되었다. 知鄆州로 근무한 이후에는 다시 知靑州가 되었다.

그런데 당시 하북 일대에 큰 홍수가 나서 많은 백성들이 京東 地方으로 흘러들고 있었다. 부필은 이에 관할 지역 가운데 풍년을 거둔 3개 지방을 가려 선택한 다음 그곳의 부호들에게 구호용 식량의 제공을 권유

---

41 商의 伊尹과 西周의 周公. 名相의 대명사로 竝稱되는 인물들이다.
42 商의 伊尹과 前漢의 霍光. 伊尹은 太甲을 폐위시켰으며 霍光은 昌邑王을 폐위시키고 宣帝를 세웠다. 天子를 廢位시킨 재상 내지 重臣, 혹은 그럼으로써 社稷을 안정시킨 인물의 대명사로 사용된다.
43 保州는 河北西路의 北端에 위치. 현재의 河北省 保定市. 保州에서 慶曆 4년(1044) 8월 兵變이 발생하여 城內의 軍民 2,000여 명이 가담하는 심각한 정황이 빚어졌다. 이에 조정에서는 樞密副使 富弼을 河北宣撫使로 파견하여 진압한다.

하였다. 이렇게 해서 粟 15만 석을 입수할 수 있었다. 여기에 官이 보유한 식량을 보태어 그것을 여러 군데에 나누어 보관하였다. 이어 공용 및 민간의 초가집 10만 간을 확보하여 이곳에다 유민들을 수용함으로써 땔감과 물을 구하기 쉽게 하였다. 한편으로 전직 관료라든가 待闕[44] 및 寄居[45]의 관료들에게 俸祿을 주며 모두 유민들이 거처하는 곳으로 모이도록 하여 구제활동을 주관하게 하였다. 특히 노약자라든가 병자들은 가려내어 이들에게 식량을 지급하였다. 또 유민들로 하여금 산림 및 하천·호수에 들어가 먹을 것을 구할 수 있도록 하고 그 주인은 이를 금할 수 없도록 하였다. 이러한 구제사업을 돕는 관리들은 모두 그 노력을 적어두었다가, 훗날 조정에 주청하여 그 순서대로 상을 받을 수 있게 하겠다고 약속하였다. 이러한 유민 구제사업을 진행하며, 부필은 사람을 통해 5일에 한 번씩 술과 고기, 음식을 보내 관리들을 위로하였다. 부필은 구제사업에 지성을 다했으며 여기에 참여하는 사람들 또한 온 힘을 다 바쳤다. 유민들 가운데 죽은 이가 생기면 커다란 무덤을 만들어 함께 묻고 이름하여 '합동 무덤(叢塚)'이라 불렀으며, 부필 자신이 직접 祭文을

---

44 官員의 임기(통상 3년)가 만료된 이후 吏部에서 지정한 새로운 差遣으로 부임할 때까지 대기하는 것. 守闕이라고도 칭한다. 통상 待闕은 새로운 差遣이 지정되고, 그 직위의 현임관이 任滿(임기의 만료)할 때까지 대기하는 형태를 띤다. 『炎以來朝野雜記』에서, "今監司帥臣亦有待闕者今年申煥炳知慶州 待何侍郎異闕"(「甲集」권6,「近世堂部用闕」)이라는 기록은 그러한 정황을 잘 전해준다.

45 現任官이 아닌 자, 本貫에 거주하지 아니하고 타 지방에 寓居하는 官員 양자를 총칭하는 용어. 통상적으로는 無職事祠祿官·分司官·待闕官·丁憂居休官·責降官 등 現任官이 아닌 관원을 가리킨다. 이들 寄居官은 대부분 거주지의 제한이 없어, 거의 다 본적지에 거주하지 아니하고 타 지방에 寓居하였다. 다만 待闕官의 경우는 現職을 떠난 지 3년이 지나야만 해당 지방에서 거주할 수 있었다. 『朝野類要』에서 "不以客居及本官土著 皆謂之私居寄居. 其意盖有官者 本朝廷仕宦"(권2,「寄居官」)이라 하고 있는 것은, 거주지를 기준으로 한 土居와 寄居의 분류이다. 반면 『宋會要輯稿』에서 "近時士大夫 或居本鄉 或寄他鄉 或居休謝事 別無職事干預 則其與在任官固有間矣"(「刑法」2之59)라 記述하고 있는 것은 現任 여부를 기준으로 한 寄居官의 정의이다.

지어 장사 지냈다. 이렇게 해서 이듬 해가 되고 二麥[46]이 풍년 들자, 유민들은 각각 자신이 떠나온 고향의 거리에 따라 식량을 지급받은 후 돌아갔다. 이러한 구제활동의 결과 무릇 50여만 명이 목숨을 건졌으며, 군대에 충원된 사람만 해도 만여 명이나 되었다.

인종은 이러한 소식을 전해 듣고 사자를 보내 부필의 노고를 치하하고 禮部侍郎에 제수하였다. 부필은,

"재해 구제는 지방관의 당연한 임무입니다"라고 말하며, 禮部侍郎職을 사양하고 받지 않았다.

이에 앞서 재해의 구제조치라는 것은, 모두 백성들을 성곽 내에 모은 다음 죽을 끓여 먹이는 것이 고작이었다. 그런데 기근 든 백성들을 모아 두다 보니 전염병이 돌아, 오히려 사망자의 발생을 조장하는 것이 일반적이었다. 또 며칠씩이나 배급받을 차례를 기다리다가 허기에 지쳐 쓰러져 죽는 경우도 있었다. 이름만 구제이지 사실상 오히려 죽이는 것이나 진배없었던 것이다. 그런데 부필이 구제를 진행하며 간단하고 새로운 방식을 마련하자, 이것이 곧 천하에 두루 퍼져 기근구제의 모범이 되었다. 이러한 방식에 따라 지금에 이르기까지 기근을 당해 생명을 건진 사람들이 얼마나 많은지 모른다.(「神道碑」)

부필이 知靑州로 있을 때 청주는 풍년이 들었으되 하북 일대에 큰 기근이 들어 그 백성들이 동쪽에 있는 청주로 흘러들어 왔다.

부필은 생각하기를, '종래의 기근구제는 대부분 유민들을 州縣에 모아두었다. 그러다 보니 주린 백성이 많아 창고의 곡식만으로는 다 먹여

---

46   大麥과 小麥. 즉 보리와 밀.

살릴 수 없었다. 그리고 으레 죽을 끓여 배급하였는데 그 과정의 농간이나 폐단이 이루 헤아리 수 없을 정도였다. 이로 인해 사람들 대부분이 굶어죽었다. 더욱이 死體의 좋지않은 기운들로 말미암아 전염병이 돌아서 주민들 또한 병으로 죽어갔다'고 판단했다.

이러한 판단에 의거하여 부필은 기근 구제를 계획하였다. 기근이 발생했을 당시는 봄이었기 때문에 들판에는 푸른 나물들이 많았다. 그래서 부필은 여기저기에 榜을 내붙여서, 주린 백성들로 하여금 흩어져서 촌락으로 들어가게 하였다. 부호들은 또 이들이 연못이나 산야에서 먹을 거리 구하는 것을 막지 못하게 하였다. 또 한편으로 청주 주민들에게 그 경제상태에 따라 등급을 나누어 미곡을 납입하도록 하였다. 청주의 주민들은 부필의 명령을 잘 따라서 많은 미곡이 확보되었다. 이렇게 모은 미곡이 구제사업의 기반이 되었다. 이어 부필은 寄居官을 나누어 파견하여 구제활동을 주관하게 하였다. 간혹 서리 가운데는 탐욕스러운 자도 있었기 때문에, 유민들 중 일찍이 관아의 서리였거나 혹은 사역인이었던 사람들을 뽑아서, 이들로 하여금 유민들에 대한 식량 지급을 돕도록 하였다. 또 관련 장부의 작성과 보관업무 역시 이들에게 관장시켰다. 식량은 민간의 창고를 빌려 보관하다가, 좋은 장소를 골라 구제사업 실시 장소를 마련하고 구덩이를 파서 경계로 삼았다. 그리고 유민들과 약속하여 3일에 한 번씩 식량을 지급하기로 하였다. 식량 출납은 官衙의 그것을 다룰 때와 마찬가지로 상세히 관리하였다. 부필은 이러한 방식을 경내의 전지역에 적용하였다. 또 구제사업에 관여하는 서리가 있는 곳에는 그 노고를 치하하기 위해 술과 안주를 매일 보내주었다. 이로 인해 모든 사람들이 기꺼이 일을 처리하며 온 힘을 다하고자 했다. 이렇게 하여 二麥이 익어가자, 사람들에게 각각 적당량의 식량을 주어 돌려 보냈다. 굶어 죽은 사람은 몇 되지 않았지만, 이들은 모아 합동 무덤을 만들어 장사 지냈다.

　또 유민들 가운에 강장하여 禁軍의 병사가 될 만한 자 수천 명을 가려 뽑아, 얼굴에 '指揮'라는 글자를 刺字[47]한 후 상주하여 각급 군대에 충원 시켜줄 것을 청하였다. 그런데 당시 조정에는 부필과 관계가 좋지 않은 인물이 있어서, 그 상주문을 보류시킨 채 천자에게 보고하지 않았다. 이 때문에 여러 사람들이 부필을 위해 걱정하였다. 이에 부필은 연달아 상 주문을 올려 군대 충원을 간청하였고, 마침내 그 허락을 얻었다. 이로부 터 천하에 유민이 있는 곳은 대부분 청주에서 부필이 시행했던 방식을 그대로 따랐다.(『涑水記聞』)

　부필은 재상이 되고 난 후 학교로부터 인재를 선발하고자 하는 계획 을 세웠다. 그래서 侍從[48]의 儒臣들에게 명하여 관련 법제를 만들어 보 게 하였다. 대략 太學의 생도들 가운데 경전에 대해 해박하고 품행도 단 정한 자를 뽑아 右學에서 左學으로 승격시키고, 이어 左學으로부터 上 舍로 승격시킨 다음, 연말에 上舍의 생도 중 경전에 대한 지식 및 행실 이 더욱 우수한 자를 뽑아, 과거급제자에 상당하는 관직을 수여하자는 것이었다. 이러한 계획에 여러 사람들이 서명하여 상주하였는데, 다만 翰林學士인 歐陽脩와 舍人[49] 劉敞은 이에 반대하였다. 그들은,

　"이와 같이 한 즉 경전에 밝은 인물은 아직 左學에도 오르지 않았는 데 문장의 辭賦에 능통한 자는 이미 과거에 급제해 있을 것이다"라고

47　송대의 군인들은 모두 부대 이탈을 방지하기 위해 이마에 入墨하였다.
48　侍從 내지 侍從官에 대해서는 본서 1책, 175쪽, 주39 참조.
49　中書舍人의 簡稱. 중서사인에 대해서는 본서 1책, 325쪽, 주13 참조.

주장하였다. 이러한 반대로 말미암아 결국 이 계획안은 실시되지 못하였다.(『呂氏家塾記』)

신종이 즉위하여 부필을 集禧觀使[50]의 직위로써 闕內에 불러들이려 했다. 하지만 부필은 사양하고 나아가지 않았다. 熙寧 元年(1068)에 그는 判汝州로 옮겨갔다. 이때 신종의 명령으로 알현하게 되었는데, 그에게 발의 병이 있었기 때문에 특별히 肩輿[51]를 타고 궁전의 문 안으로 들어올 수 있게 해주었다. 또 천자 앞으로 나아올 때 그 아들 富紹隆으로 하여금 부축하게 하였으며, 拜禮를 하지 않아도 된다는 특명을 내렸다. 이렇게 해서 부필은 앉은 채로 조용히 해질 무렵까지 신종과 얘기를 나누었다. 신종은 또다시 부필을 觀使[52]로 임명하여 머물게 하려 하였으나, 부필을 끝내 사양하고 지방관으로 나갔다.

이듬해 2월 司空侍中昭文館大學士[53]로 임명되었으나 사양하였다. 그러자 이번에는 左僕射平章事[54]에 임명되었다. 그리하여 부필이 京師에

---

50 祠祿官. 集禧觀은 五岳帝를 供祀하는 道觀으로서 본디 會靈觀이었는데 仁宗 皇祐 5년 (1053) 6월에 개칭했다. 祠祿官이란 宮觀使, 혹은 宮觀官·祠官 등으로 불리는 것으로서, 道敎 宮觀을 관리한다는 명목의 관직을 지닌 채 家中에 閑居하면서도 俸祿을 지급받는 관원을 가리킨다. 眞宗 시대에 처음 도입되었으며 神宗 시대에 대거 확대되어 新法에 대한 반대파를 물러나게 하는 용도로 사용되었다. 祠祿官이 "挾祠祿以爲擠屛之具"(『群書考索 續集』 卷 37)라든가 혹은 "于優厚之中寓閑制之意"(『宋史』 권170, 「職官志 10」, 「宮觀」)라 칭해진 것도 이 때문이다.
51 두 사람이 앞뒤에서 어깨에 메는 가마.
52 宮觀使의 簡稱. 宮使라고도 한다.
53 司空은 三公官의 하나로서 親王이나 재상·使相에게 부여되는 加官(正1品), 侍中은 使相이나 재상에게 帶銜되어 우대의 의미를 부여하는 寄祿階. 昭文館大學士는 首相의 帶銜. 따라서 司空侍中昭文館大學士는 首相 중에서도 位秩이 顯貴함을 나타내는 직함이라 하겠다.
54 左僕射는 從2品의 寄祿階이며 平章事는 재상인 同中書門下平章事의 簡稱. 左僕射平章事는 司空侍中昭文館大學士와 비교하여 동일한 재상이되 그 位格은 좀 낮아진 것이라 할 수 있다.

이르러 아직 신종을 알현하지 않았을 때 누군가, '災異는 모두 하늘에 달린 것으로서 인간 정치의 옳고 그름과는 아무런 관련이 없다'[55]고 신종에게 말했다. 부필은 이 말을 전해 듣고 말했다.

"帝王이 두려워하는 것은 오직 하늘뿐이다. 만일 하늘을 두려워하지 않는다면 무슨 일인들 못하겠는가. 어지러워져 멸망으로 치닫는 것도 금새일 것이다. 이러한 말은 필시 姦臣이 사악한 계획을 진행시키기 위해, 먼저 천자에게 무서울 게 없다고 유도하는 것이다. 또 이로써 보필하는 재상이나 諫言하는 관료들로 하여금 그 힘을 쓰지 못하도록 하려는 것이다. 지금은 잘 다스려지느냐 아니면 어지러워지느냐가 갈리는 중요한 순간이다. 내 서둘러 문제를 바로잡지 않으면 안 되겠도다."

부필은 곧 수천 글자에 이르는 상주문을 올렸다. 여기서 그는 『春秋』와 『洪範』,[56] 그리고 古今의 傳記, 인간 세상의 이치 등을 뒤섞어 인용하며, 반드시 하늘을 두려워해야만 한다는 것을 명확히 밝혔다.(「神道碑」)

신종 熙寧 年間(1068~1077)의 초엽 한기가 물러나고 뒤를 이어 부필이 재차 재상이 되었다. 신종은 부필에게 무엇보다 먼저 군사 문제에 대해 물어보았다. 부필이 대답하였다.

---

55 왕안석의 발언이다. 災異(天變)를 들어 新法을 공박하는 사람들이 많아지자, 天變과 人事 사이에 아무런 관련이 없다고 論辯하는 것이었다. 왕안석은 주변의 비판에 대해 단호한 태도를 취하며, '天變不足畏 祖宗不足法 人言不足恤'이라 말하였다. 이를 두고 '王安石의 三不足說'이라 칭한다.

56 『書經』「周書」의 篇名. 儒家의 天下的 세계관에 의거한 정치철학을 기록하고 있는 것으로서 洪範九疇라고도 한다. 정치는 天의 常道인 五行·五事·八政·五紀·皇極·三德·稽疑·庶徵·五福 등 九疇에 의해 인식되고 실현된다는 것이 그 주요 내용이다. 洪範篇은 처음에는 『漢書』「五行志」에 나타나 있는 것처럼 漢代 災異 사상과 관련되어 각광을 받았으나, 宋代에 들어와 『大學』『中庸』 다음으로 많은 주석과 해석이 가해질 정도로 재차 주목받기에 이르렀다.

"폐하께서는 즉위하신지 얼마 되지 않으므로 臣의 판단으로는 우선 은혜를 베풀어가고 덕택을 펴는 데 진력하셔야만 한다고 생각합니다. 지금부터 20년간은 '전쟁'이란 두 글자를 말씀하시지 마십시오. 한번 전쟁이 일어나면 위로는 폐하에게 근심이 될 것이며 아래로는 백성들의 힘을 다 고갈시켜 버릴 것입니다. 원컨대 먼저 군사 문제에 뜻을 두지는 마십시오. 만일 오랑캐들이 맹약을 어겨서 神과 사람이 함께 분노하면 그때 가서 적에게 대응할 대비책을 세워도 될 것입니다."

이 말을 듣고 신종이 물었다.

"그렇다면 먼저 해야만 되는 것이 무엇이오?"

"천하를 넉넉하고 편안하게 만드는 것을 먼저 해야 합니다."

이 무렵에는 이미 王安石이 신임을 얻어, 신종에게 전쟁을 벌여서 사방의 오랑캐에 위세를 떨쳐야 한다고 부추기고 있었다. 그리하여 王韶를 내세워 熙河를 취한 다음 靈武 일대의 공략을 엿보고 있었으며,[57] 고려와 결탁하여 요에 대한 공격을 도모하고 있었고, 또 章惇을 파견하여 호북 일대의 夔峽에 있는 蠻族을 취하였다.[58] 이밖에 劉彛와 沈起를 파견하여 交趾에 대한 공략을 시도하였다. 유이와 심기 두 사람은 이를 위해 富良江[59] 위에서 전함을 만들고 있었다. 그런데 교지에서 이러한 사

---

57 王韶의 「平戎策」을 받아들여 神宗 熙寧 3년(1070) 2월 이래 河湟 일대에 대한 공략을 개시한 것을 말한다. 王韶는 서하의 서남방에 있는 河州·湟州 일대의 소수민족을 경략함으로써 배후지에서부터 서하에 대한 공략의 거점을 확보해야 한다고 주장했다. 이렇게 시작된 서하에 대한 우회 공격 작업을 宋代의 史書에서는 '熙河의 經略'이라 부른다. 熙河 經略으로 말미암아 熙寧 5년(1072) 河湟 일대에 대한 정복을 일단락 짓고 熙河路를 설치하기에 이른다.

58 熙寧 5년(1072) 이래 章惇을 파견하여 추진한 호남서부 산간 지역의 병합작업을 가리킨다. 湘西의 소수민족을 정복하는 이른바 湘西開發은 熙寧 7년 正月까지 완료되어 전지역이 宋朝의 직접적인 통제하에 들어온다.

59 운남의 산지에서 발원하여 하노이를 거쳐 통킹만으로 흘러드는 紅河를 가리킨다.

정을 정탐하고는 먼저 바다를 건너 군대를 보냈다. 교지 측은 廉州[60]를 점령하고 이어 邕州[61]도 함락시켜서 그 知州 蘇緘을 살해하고 성을 약탈하였으며 주민들을 포로로 잡아 되돌아갔다.[62] 이와는 달리 또 조정에서는 郭逵와 趙卨을 廣南에 파견하여 이곳으로부터 교지를 직접 공략하게 했다. 그런데 곽규는 노장이어서 조설과 의견이 맞지 않았다. 이로 인해 그 군대가 교지에 의해 富良江에서 가로막힌 채 앞으로 나아가지 못했다. 여기에서 송군은 싸워보지도 못하고 말라리아에 걸려 10여만 명이나 죽었다.[63]

신종 元豊 4년(1081)에는 서북 일대의 5개路에서 대규모로 군대를 진격시켜 靈武를 정복하고자 했다. 그런데 서하 측에서 황하의 물길을 막았다가 그것을 송군의 진지 쪽으로 터트리는 바람에, 싸워보지도 못하고 물에 빠지거나 얼어 죽고 또 굶어 죽은 사람이 수십만 명이나 되었다. 이처럼 서북 일대의 5개로에서 대군을 진격시키며 한편으로는 呂惠卿이 추천한 徐禧를 파견하여 서하와의 접경 지역에 永樂城을 쌓았다. 그런데 여기에서도 서하가 대군을 동원하여 영락성을 함락시켰다. 이 전투에서 장군인 서희 이하 10여만 명이 죽었다.

이러한 대패의 소식이 저녁 무렵 京師에 전해졌다. 이튿날 아침 신종

---

60 廣南西路 남부 해안에 위치. 오늘날의 廣西省 合浦縣.
61 廣南西路 중남부에 위치, 현재의 廣西省 省會인 南寧市.
62 交趾軍은 熙寧 8년(1075) 11월 宋을 침공하기 시작하여 欽州·廉州 등을 점령하고 12월에는 邕州를 포위하여 함락시켰다.
63 交趾軍의 침입이 있은 지 한 달 후인 熙寧 8년(1075) 12월 송 측은 南征軍을 편성하여 파견하였다. 南征軍은 이듬해 8월 廣西에 도착한 후 失地를 회복하고 나아가 12월 중순에는 紅河를 넘어 交趾 본국을 공략하였다. 이때의 전쟁은 宋側의 공세에 견디지 못하고 결국 交趾가 稱臣하며 講和를 청함으로써 종결된다. 당시 宋側의 南征軍은 呼稱 10만 대군이라 하였으나 실제는 군사 약 5만 명, 軍馬 약 4,700필로 구성되었는데, 전투 종결 후 잔존한 병력은 군대 23,400명과 군마 3,174필에 불과하였다고 한다(『長編』 권280, 神宗 熙寧 10년 2월 丙午 참조).

은 일찍 조회에 나서서 통곡하였다. 이에 宰執들은 감히 마주보지 못하였다. 신종은 탄식하며 말했다.

"永樂城의 파병과 관련하여 누구 한 사람도 불가함을 말한 사람이 없지 않았소?"

右丞[64]인 浦宗孟이 나서서 말했다.

"신이 일찍이 말한 적이 있습니다."

이 말에 신종이 정색하며 말했다.

"경이 언제 말한 적이 있단 말이오? 조정 안에서는 오직 呂公著만이 그리고 밖에서는 오직 趙卨만이 일찍이, '전쟁이란 좋은 일이 아닙니다'라고 말했을 뿐이오."

신종은 이어 宰執에게 말했다.

"지금부터 다시는 전쟁을 시작하지 아니하고 경들과 더불어 함께 태평을 누리겠소."

하지만 신종은 이후 답답해하며 울적한 모습을 보였고 마침내 건강을 해쳐 붕어하기에 이르렀다. 아아 애통스럽도다.(『邵氏聞見錄』)

왕안석이 參知政事가 되어 법을 바꾸고 재정을 확보하려 하고 있었다. 이러한 방향은 부필의 뜻과 맞지 않아, 부필은 병을 핑계로 물러나기를 구하여 수십 개에 이르는 상주문을 올렸다. 신종이 그러한 부필에게 물었다.

"누구라면 卿 대신 재상으로 삼을 만하오?"

부필은 文彦博을 추천하였다. 이에 신종은 한참이나 아무 말이 없다

---

64   元豊 官制改革 후의 執政.

가 말했다.

"왕안석은 어떠하오?"

이 말에 부필 또한 아무 대답을 하지 않았다.

熙寧 2년 (1069) 8월 마침내 부필은 재상직에서 물러나 武寧軍節度使同
平章事判河南府[65]로 임명되었다. 부필은 亳州로 옮겨줄 것을 청하였다.
(「神道碑」)

부필이 亳州에 있을 때 靑苗法이 시행되었다. 부필이 말했다.

"이 법이 시행된즉 위로 재정이 확보될지 모르지만 아래로 민심이 떠
날 것이다. 또한 부호들은 靑苗錢의 대여를 원하지 않을 것이고, 그 대여
를 청하는 자들은 모두 빈민일 것이므로 대여 후 회수가 불가능할 것이
다. 따라서 이 청묘법은 오래 유지될 수 없다."

그러자 提擧常平倉[66]인 趙濟가, 大臣으로서 신법의 시행을 가로막는
다는 이유로 부필을 조정에 고발하였다. 부필은 左僕射判汝州로 옮겨졌
다. 이에 부필이 조정에 청하였다.

"新法은 臣이 잘 알지 못하는 바입니다. 따라서 지방장관이 되기에 부
적합합니다."

그는 물러나서 洛陽에 돌아가 병을 요양하게 해줄 것을 청하였고, 이
것이 받아들여졌다.(「神道碑」)

---

65 이 직함 가운데 武寧軍節度使同平章事는 使相을 표시하는 加官이고 判汝州가 실제
의 差遣이다. 使相이란 外郡에 出使하며 승상직을 帶銜하는 존재를 가리킨다.

66 提擧常平廣惠倉兼管勾農田水利差役使의 簡稱. 新法이 시행되고 난 후 靑苗法 · 免役
法 · 坊場 및 河渡 · 農田水利 · 戶絶田土 · 保甲 등 新法 관련 행정 및 재정을 관할하
는 監司였다. 常平官 · 提擧官 · 常平使者 · 倉使 · 常平使 등으로 칭해지기도 했다.

神宗 熙寧 2년(1069) 부필은 탄핵을 받아 亳州로부터 判汝州로 옮겨져 南京을 지나게 되었다. 당시 張安道가 南京留守로 재직 중이었는데, 부필은 그를 찾아가 만났다. 한동안 앉아 있다가 부필이 천천히 말했다.

"사람이란 참으로 알 수 없소이다."

"왕안석을 두고 하시는 말씀입니까? 어찌 알기 어려웠다 말할 수 있겠소이까? 인종 皇祐 年間(1049~1054) 張方平이 知貢擧[67]로 있을 때, 누군가 왕안석을 추천했다고 합니다. 文學이 뛰어나므로 불러서 考校[68]를 맡기는 것이 좋겠다 하기에 그대로 했었지요. 그런데 왕안석은 오자마자 부서내의 모든 일을 어지러이 고치려 들었습니다. 이에 장방평은 그 사람됨을 싫어하여 꾸짖어 내쫓아 버리고, 이로부터 다시는 더불어 이야기조차 하지 않았다고 합니다."

이 말을 듣고 부필은 고개를 숙이며 겸연쩍어하는 기색을 보였다. 부필은 이전까지 왕안석을 좋아하고 있었기 때문이다. 그러다가 왕안석이 정권을 잡고 천하를 어지럽히는 것을 보고나서야 비로소 그 간사함을 알았다고 한다.(『邵氏聞見錄』)

---

67 唐宋時代 進士科 시험 과정을 총괄하기 위해 특파된 大臣을 가리킨다.
68 과거시험의 답안지를 점검하고 평가하는 일.

歐陽脩

歐陽脩는 네 살 되던 해 아버지를 여의었다. 모친 韓國太夫人은 재혼하지 않고 수절할 것을 맹세하고는 직접 구양수에게 글을 가르쳤다. 그런데 집안이 빈한하여 종이와 붓을 살 수 없었기 때문에 억새풀을 꺾어 땅에 그려가며 글을 익혔다. 구양수는 남보다 영민하고 머리도 좋아서 한 번 본 것은 곧 외울 수 있었다. 장성하면서 그는 장차 進士에 응시하기 위해 준비해 나갔다. 당시 유행하던 四六駢儷體[69]의 문장을 짓는 데 있어 그는 동년배들보다 훨씬 뛰어났다. 그 무렵 翰林學士 胥偃이 漢陽에 있었는데 구양수의 문장을 보고 찬탄하여 말했다.

"그대는 반드시 세상에 이름을 날릴 것이다."

서언은 구양수를 자신의 처소로 불러들여 문하생으로 삼았다. 그 후 구양수는 서언을 따라 京師에 갔다. 여기서 그는 國子監에서 두 차례, 예부에서 한 차례 시험을 보아 모두 1등을 차지했다. 이어 마침내 甲科[70]에 합격하여 西京留守推官[71]에 임명되었다.

---

69 四六, 혹은 四六體·駢文이라고도 칭한다. 4字와 6字를 단위로 對句를 지으며 문장을 작성하는 형식이다. 漢魏 시기에 출현하여 당송 시대 성행했으며, 문장의 형식 자체는 唐代 이래 정형화되었다. 對句와 聲律을 추구하고 典故를 사용하여 대단히 리드미컬하면서도 화려한 외양을 보인다. 따라서 다분히 귀족적 취향을 지니고 있는 文體로서 문장의 내용보다는 형식적 완성에 치중하는 것이라 할 수 있다. 唐 후반기 韓愈·柳宗元 등이 등장하여 文體의 혁신과 제자백가 시대 古文體로의 복귀를 주장하는 것도, 이러한 형식미의 추구로 말미암은 사상표현의 제약 때문이었다.

70 당송 시대에는 과거 합격자들을 성적에 따라 몇 개의 그룹(等 혹은 甲)으로 나누었다. 이 가운데 第一等 혹은 第一甲을 '甲科'라 칭하고, 第二等 혹은 第二甲 이하를 '乙科', '丙科' 등이라 칭했다.

71 推官은 州軍의 幕職官으로서 관아의 공문서를 관장하고 長吏의 행정을 보좌하는 관원. 品位는 判官 다음으로서 正九品이었다.

이후 그는 尹洙를 만나 교유하며 같이 古文[72]을 짓고 또 시대의 급무에 관해 논의하였다. 이렇게 하여 구양수는 윤수와 돈독한 관계를 맺었다. 다음으로는 梅堯臣과 교유하며 같이 詩歌를 짓고 倡和[73]하였다. 이러한 과정을 거쳐 마침내 문장가로서의 구양수의 이름이 천하 제일로 꼽혀지게 되었다. 西京留守인 王曙는 구양수의 현명함을 알고 조정으로 歸任하며 천거하였다.(蘇黃門 撰,「神道碑」)

인종 景祐 年間(1034~1038) 범중엄은 知開封府로 있었는데 忠純하고 剛直하여 말에 회피함이 없었다. 그래서 주변 사람들이 불편해 하며, '범중엄이 大臣들을 이간하고 스스로 朋黨을 만들고 있다'고 말하였다. 이로 인해 天章閣待制의 직위를 잃고 知饒州로 나갔다. 이에 余靖이 상소하여 범중엄의 무고함을 논하였다가, 붕당으로 연루되어 그 역시 貶官되었다. 그러자 다시 尹洙가 상소하였다.

"여정과 범중엄은 교유가 깊지 않습니다. 차라리 臣은 범중엄과 師友關係를 같이 할 정도로 義가 도타우니 당연히 좌천되어야 할 것입니다."

이로 말미암아 윤수는 郢州의 稅監으로 貶官되었다. 일이 이렇게 되자 이번에는 구양수가 나서서 司諫인 高若訥에게 편지를 내어, '司諫이면서도 그 무고함을 변론하지 않았다'며 질책하고 나섰다. 高若訥은 이를 보고 대노하여 상주하면서 구양수의 편지를 같이 바쳤다. 이리하여 구양수 또한 夷陵縣令으로 강등되었다.

---

[72] 四六駢儷體에 대하여 先秦 이래 兩漢 시대에 사용되던 문체를 가리킨다. 이를테면 唐代 古文運動을 제창하던 韓愈는 文以載道의 주장을 펼치면서 四六體를 버리고 古文으로 돌아가야 하는 所以로서, "愈之爲古文 豈獨取其句讀不類於今者邪! 思古人而不得見 學古道則欲兼通其辭 通其辭者 本志乎古道者也"(『昌黎集』권22,「題歐陽生哀辭後」)라 말하고 있다.

[73] 詩詞로서 서로 酬答하는 것.

이 직후 구양수는 윤수에게 편지를 보냈다.

"5, 60년간 이렇듯 침묵하고 두려워하기만 하는 무리들이 세간에 두루 퍼져 있었소이다. 그러다 홀연히 우리가 나서서 이처럼 행동하는 것을 보였습니다. 이를 보고 필시 부엌에 있는 늙은 婢女까지도 놀라워했을 것입니다."

蔡襄은 이때 「四賢一不肖詩」[74]를 지어 노래하였다.(『涑水記聞』)

인종 慶曆 年間(1041~1048)의 초엽 서쪽 변경에서는 서하 문제로 말미암은 전쟁이 계속되었으며, 북쪽으로는 거란이 위협하며 盟約의 내용을 변경하자고 윽박[75]지르고 있었다. 또 국내에서는 京東西 일대에서 도적들이 봉기[76]하여 재정이 심각하게 압박을 받고 있었다. 이러한 상황에 직면하여 인종은 기존의 大臣들로는 문제를 해결할 수 없다고 판단하고, 처음으로 范仲淹 및 杜衍・富弼・韓琦 등을 二府의 대신으로 등용하였다. 또 諫官들을 증치하여 직언을 할 수 있는 인재들을 임명하였다. 이러한 간관으로서 구양수가 첫번째로 발탁되어 太常丞知諫院[77]에 임명되고 5品服이 하사되었으며 얼마 후에는 起居注를 修撰[78]하게 되었다.

---

74 여기서 四賢은 范仲淹・余靖・尹洙・歐陽脩를, 一不肖는 高若訥을 가리킨다. 이에 대해서는 본서 2책, 50쪽 참조.

75 이에 대해서는 본서 1책, 326쪽 참조.

76 慶曆 3년(1043)에 들어 陝西・京西의 접경 지역인 解州・鄧州 일대에서 "群賊入城劫略人戶" 하는 사건이 발생했으며, 京東路의 沂州에서는 禁軍의 병사인 王倫이 巡檢使를 살해하고 兵變을 일으켰다. 이렇듯 "時陝右師老兵頓 京東西盜起"라는 정황의 발생으로 인해 仁宗은, "遂欲更天下弊事" 하려는 의지를 지니게 되었으며, 이것이 慶曆新政으로 이어졌다(『長編』 권140, 慶曆 3년 3월 癸巳 참조).

77 이 가운데 太常丞은 太常寺丞의 簡稱으로서 寄祿階(從五品上), 知諫院이 差遣이다.

78 황제의 言行 및 朝廷의 大事에 대한 기록. 兩漢 시대 修撰되기 시작하여 魏晉 시대가 되면 專官이 설치되기에 이른다. 당송 시대에는 朝廷의 命令과 敕宥, 禮樂法度, 賞罰除授, 群臣進對, 祭祀宴享, 臨幸引見, 四時氣候, 戶口增減, 州縣廢置 등의 일까지 모두 날짜에 따라 기재되었다. 宋初 起居注를 修撰하는 기구로서 별도로 起居院을 설치한다. 門下

구양수는 늘 인종에게 범중엄·부필 등을 접견하여 정무의 자문을 구하라고 권하였다. 인종은 거듭 친필로 詔書를 내려 범중엄 등에게 천하의 急務에 대한 의견을 개진하라고 명하였다. 또 한편으로 天章閣을 개설하고 이들을 불러 앉혔다. 그리고 종이와 붓을 내린 다음 정치 전반에 대한 구상을 밝히라고 하였다. 이들은 황공해 하며 물러나와 마땅히 먼저 처리해야 할 십수개의 업무를 인종에게 아뢰었다. 이로부터 詔勅이 내려져 농경을 장려하고 각지에 학교를 세웠으며 磨勘制[79] 및 任子制[80] 등의 폐단을 개혁하였다.[81] 이러한 조치가 시행되자 내외가 두려워했고 소인들은 불편하여 서로 말을 전하며 비방하였다. 구양수는 이에 필시 방해가 있을 거라 판단하고 기회가 있을 때마다 인종에게, 옳고 그름을 분별하고 또 범중엄 등의 말을 힘써 행할 것을 권하였다.

그러다가 마침내 범중엄이 饒州로 좌천되자, 구양수와 尹洙·余靖은 함께 범중엄을 지지하다가 黨人이라 지목되어 마찬가지로 쫓겨났다. 이로부터 朋黨의 논란이 일어나게 되어 얼마 되지 않아 치열해졌다. 이에 구양수는 「朋黨論」을 지어 인종에게 바쳤다. 여기서 구양수는,

"君子는 道를 같이 하는 사람끼리 모여 붕당을 이루고, 小人들은 이익을 같이 하는 사람끼리 모여 붕당을 이룹니다. 군주는 마땅히 이 가운

省의 起居郎이나 中書省의 起居舍人 등이 모두 寄祿官으로 변모했기 때문이다. 起居院에서 起居注를 掌修하는 관리는 同修起居注였는데 통상 三館 및 秘閣의 校理 이상 관원이 임용되었다. 起居注는 재상이 기록하는 時政記와 함께 매월 史館으로 이송되었다.

79　매년 관료의 업무 실적을 평가하는 것. 磨勘의 결과는 寄祿階의 승진 자료로 이용된다. 磨勘을 주관하는 기관은 審官院(京官과 朝官) 및 考課院(幕職州縣官)이었는데, "考最則有限年之制 入官則有循資之格"(『掌篇』권144, 仁宗 慶曆 3년 10월 壬戌)이라 하듯 업무평가는 형식적일 뿐 사실상 연공서열(年資)에 따라 승진하는 형태를 취했다.

80　蔭補制의 별칭. 蔭補制에 대해서는 본서 1책, 157쪽, 주25 참조.

81　磨勘制의 개혁은 政績을 엄정히 평가하여 升遷을 결정하는 기준으로 삼는다는 것이었으며, 蔭補制의 개혁은 그 인원을 축소하고 長子 이외의 蔭補官에 대해 그 官品을 낮추는 것이었다.

데 소인들의 가짜 붕당을 물리치고 군자의 참된 붕당을 써야 합니다"
라고 말했다. 그 어조는 매우 간절하였으며 소상하였다. 그 후 그 나머지
인물들도 마침내 붕당의 논란으로 말미암아 조정에서 물러났다.

구양수는 천성이 악을 싫어하여 논의를 진행할 때 아무런 거리낌 없
이 말했기 때문에 소인들이 그를 원수와 같이 보았다. 하지만 구양수는
이를 돌아보지 않고 더욱 강직한 자세를 취했다. 그런데 인종만은 그의
충성됨을 알고 있었으므로 얼마 후 右正言知制誥[82]로 다시 조정에 불러
들여 3品服을 주었다. 관례적으로 知制誥는 반드시 시험을 통과하여야
했지만, 인종이 구양수의 문장을 잘 알고 있었기 때문에 시험을 치루지
않는다는 御旨를 내렸다. 송대에 이르러 이렇게 시험 없이 지제고에 임
명된 인물은 楊億과 陳堯佐 뿐이었다. 언젠가 구양수가 인종에게 정무
를 상주하며 인물에 대해 평가한 적이 있었다. 그러자 인종은 말했다.

"구양수와 같은 인재를 어디서 다시 얻을 수 있으리오?"

인종은 구양수를 중용하려 했으나 그 뜻을 이루지 못했던 것이다.(「神道碑」)

保州에 兵亂[83]이 발생하여 구양수를 龍圖閣學士河北都轉運使에 임
명했다. 임지 부임을 위해 인종과 작별할 때 인종이 그를 보고 말했다.

"그곳에 오래 있으려 하지 마시오. 또 하고 싶은 말이 있으면 언제든
지 상주하도록 하시오."

구양수가 대답했다.

"諫官은 풍문만으로도 발언할 수 있지만, 지방관이 직책 범위를 넘어
말하는 것은 죄입니다."

---

82   이 직함 가운데 右正言은 寄祿階(8品), 知制誥가 差遣.
83   保州의 병란에 대해서는 본서 1책, 261쪽, 주69 참조.

"기탄 없이 말하도록 하시오. 중앙관이니 지방관이니 생각하지 않아도 좋소."

당시 하북 일대의 군대들은 서하전쟁의 급박한 상황을 믿고 교만스럽기 이를 데 없었다. 그래서 조금만 마음에 들지 않으면 지방 관아를 윽박질렀다. 이를 보고 구양수는 장수들을 우대함으로써 병사들의 마음을 어루만져 주자고 상주하였다. 이러한 조치로 마침내 군대의 동요는 진정되었다.

처음 보주의 병란이 발생했을 때 난의 참가자들에게 죽이지 않는다는 조건으로 招撫했었다. 그런데 얼마 후 이들 난의 적극적 참가자들을 모두 주살해버렸다. 위협으로 말미암아 참가했던 병사들 2,000여 명은 각 부대에 나누어 예속시켰다. 당시 富弼이 宣撫使로 파견되어 있는 상태였는데, 그는 후속 變亂이 발생할까 매우 두려워하였다. 그래서 內黃縣에서 구양수와 만나 대책을 협의하면서 밤중에 주변 사람들을 물리치고는, '各州로 하여금 위협을 받아 난에 참가했던 병사들을 같은 날 모두 주살하게 하는 것이 어떻느냐?'고 물었다. 이에 구양수가 말했다.

"이미 항복한 자를 죽이는 것보다 더한 잘못은 없습니다. 하물며 위협으로 말미암아 난에 참가한 사람들이야 더할 나위가 있겠습니까? 더욱이 그들에 대한 살해가 조정의 명령도 아닌데, 州郡 가운데 한 곳에서라도 그 명령을 따르지 않는다면 큰 변란이 생기게 될 것입니다."

부필은 이 말을 듣고 마침내 자신이 잘못 판단했음을 깨달아 생각을 바꾸었다.

이후 구양수는 상주하여 御河催綱司의 설치를 허락받아서 이곳에서 군량조달을 주관하게 했다. 이로 인해 국경지대의 군량 문제가 해결되었다. 또 磁相州都作院을 설치하여 河北路 일대의 병기들을 수선시켰다.

이러한 조치들로 말미암아 하북의 정세는 자못 안정되었다.

　그런데 그 무렵 중앙에서는 二府에 재직 중이던 범중엄을 위시한 인물들이 잇따라 붕당의 죄목으로 파면되고 있었다. 구양수는 이를 보고 분연히 상소하여 그 잘못을 논박하였다. 이에 권세를 장악하고 있던 자들이 구양수에 대해 노여워하였다. 그러던 차에 마침 구양수의 外甥女 張이 구양수의 친족 사람인 歐陽晟에게 시집가는 일이 발생했다. 구양수의 외생녀는 이 잘못으로 고발되었다. 권세를 장악한 무리들은 이를 기화로 구양수에게도 죄를 씌우려하였다.[84] 그리하여 마침내 詔獄[85]이 일어나 張의 재산이 모두 조사되었으며 인종은 中官[86]을 파견하여 그 조사과정을 감독시켰다. 결국 그 무고함이 밝혀졌지만, 구양수는 知滁州로 강등되었다.(「神道碑」)

　인종 至和 年間(1054~1056)의 초엽 구양수는 判流內銓[87]이 되었다. 그러자 小人들은 구양수가 다시 요직으로 진출하게 되는 것이 아닌가 두려워하여, 거짓 상주문을 만들어 구양수가 환관들의 감축을 주장한 것으로 조작했다. 환관들은 이를 전해 듣고 아니나 다를까 매우 노여워하여, 은밀히 구양수에게 죄를 뒤집어 씌웠다. 그리하여 구양수는 지방관으로 내보내져 知同州가 되었다. 하지만 이후 많은 사람들이 구양수가 무죄함을 역설하였다. 이에 인종도 마침내 잘못을 깨닫고 구양수에게 唐書를 편찬하게 하였다.[88] 그러다가 전격적으로 翰林學士로 발탁했다.

84　이 사건의 전말은 본서 2책, 33쪽에 좀 더 소상하게 기록되어 있다.
85　황제의 詔勅에 의한 獄事.
86　환관.
87　判吏部流內銓使의 簡稱. 吏部流內銓을 지휘하는 관료로서 幕職州縣官의 考課와 差遣授與를 관장하였다.
88　『宋史』「歐陽脩傳」에서는 본문의 서술과는 다르게 이 전후의 사정에 대해, "除召判流

滁州로 貶官된 이래 12년 만의 일이었다. 이 무렵 인종은 등극한지 이미 오래된 상태였으며 천하의 인재들을 두루 겪어본 바 있었다. 그런데 당시 조정의 신료들 가운데에는 인종의 뜻에 부응할 만한 인물이 없었다. 그리하여 인종은 마침내 부필과 한기의 현명함을 떠올리고, 이들을 다시 불러 二府에 두었다. 이 시기 慶曆 年間(1041~1048)의 新政을 주도하던 인물들 가운데, 부필과 한기 외에 구양수를 합하여 3인이 조정에 있었다. 이를 보고 천하의 사대부들은 인종이 治世를 이루려는 뜻을 갖게 되었음을 알고 다같이 서로 경하해 마지않았다.(「神道碑」)

구양수가 權知貢擧가 되었다. 당시 進士科에서는 문장을 지을 때 기괴함을 숭상하여 문체가 엉망이 되어 있었다. 구양수는 이를 못 마땅히 여겨, 과거 수험생의 답안을 채점할 때 문장 형식이 諸子百家의 그것에 가까운 것을 높이 평가하였다. 그 결과 괴이한 문체로 이름을 얻고 있던 인물들은 모두 낙방하였다. 그리하여 합격자의 이름이 적힌 榜이 나붙자 원성과 비방이 어지러이 일어났으나, 얼마 후 모두 구양수의 판단에 복종하게 되었으며 문장의 형식 또한 이후 크게 변하여 古文體가 되었다.(「神道碑」)

仁宗 嘉祐 3년(1058) 구양수는 龍圖閣學士의 館職이 가해져 權知開封

內銓 時在外十二年矣. 帝見其髮白 問勞甚至. 小人畏脩復用 有詐爲 脩奏乞澄汰內侍爲 姦利者 其輩皆怨怒 譖之出知同州. 帝納吳充言 而止遷翰林學士 俾脩唐書"(권319)라고 적고 있다. 『新唐書』는 劉昫 등이 찬술한 『舊唐書』가 鄙陋하고 淺薄하다 하여 端明殿學士 宋祁에게 重修하게 하고 이후 翰林學士 歐陽脩를 보내어 纂修를 총괄토록 하였다. 구양수는 紀, 志, 表 부분의 纂修와 전체적인 총괄을 담당하고 宋祁는 列傳 부분을 찬술하였다. 『新唐書』는 『舊唐書』 후반부의 사료 부족과 번잡함을 보완하고, 전체를 간결하게 정리하는 데 큰 성과가 있었다. 또한 『춘추』의 大義에 입각한 褒貶의 筆法을 견지하고 있는 것도 두드러진 차이점의 하나라 평가된다.

府로 임명되었다. 그 전임자는 包拯이었는데, 위엄을 지니고 부하를 통솔함으로써 그 명성이 京師를 뒤흔든 바 있었다. 그런데 구양수는 포증과 달리 간결하고 순리에 맞는 정무자세를 취했으며 혁혁한 명예를 구하지도 않았다. 이에 어떤 사람이 포증이 취했던 방식을 그에게 권하였다. 그러자 구양수가 말했다.

"무릇 사람들의 재주와 품성은 동일하지 않다. 무슨 일이든 각각 그 장점을 써야만 처리되는 것이다. 반면 그 단점을 억지로 펼치려 한다면 반드시 일이 어그러질 것이다. 나는 내 장점에 따라 행하고 있을 따름이다."

이 말을 들은 사람들은 참으로 옳은 말이라고 칭송하였다.(「神道碑」)

구양수는 평생 이렇다 할 취미가 적었다. 다만 옛 문자라든가 기록류를 즐겨 수집하였다. 그래서 三代 이래의 金文과 石刻을 모아 1,000권의 책을 만들고 이를 통해 역사서를 위시한 여러 저술들의 수많은 오류를 바로잡았다. 滁州에 근무하면서 그는 '醉翁'이라 自號하였으며, 만년에는 '六一居士'라 自號하였다. 그는 이 의미를 이렇게 말했다.

"나는 『集古錄』[89] 1,000권과 소장 도서 10,000권, 거문고 하나, 바둑판 하나를 지니고 그 곁에 언제나 술 한 병을 두고 살았다. 내 그 사이에서 늙어 가노니, 이것이 바로 '六一'이다."(「行狀」)

구양수는, "내가 道를 공부하기 30년, 얻은 것은 마음을 고요히 하고 원한과 미움을 지니지 않는 것이었다"라고 말했다.

처음 구양수는 범중엄을 옹호하다가 여이간의 미움을 샀다. 그 결과

---

89   歐陽脩가 集錄한 金石文編.

黨人으로 몰려 멀리 三峽으로 좌천되어 이후 수년간 지방으로 전전한 바 있었다. 그러다 여이간이 재상의 자리에서 물러난 후 비로소 조정의 요직에 발탁되었다. 훗날 범중엄의 사후 神道碑를 지으며 그는 이렇게 썼다.

"서하와의 전쟁이 벌어졌을 때, 여이간은 범중엄의 현명함을 매우 칭찬하며 발탁하였다. 국가를 위해 사사로운 감정을 풀고 힘을 함께 모았던 것이다."

하지만 범중엄의 아들 范純仁은 이를 보고 못마땅해했다. 그래서 신도비를 세우며 이 귀절을 삭제하고, '우리 부친은 죽으실 때까지 원수를 잊지 못하셨다'고 말했다. 이를 보고 구양수가 말했다.

"나 또한 여이간으로부터 처벌을 받은 사람이다. 하지만 다만 공정히 말을 하고 후세의 평가를 기다려야 한다. 내 일찍이 듣건대 범공(범중엄)의 평생은 스스로, '누구 한 사람에게도 원망과 미움을 갖지 않았다'고 말했다고 한다. 또한 여이간과도 원한을 풀었음을 보이는 글들이 그의 문집 속에 보인다. 부친이 스스로, '누구 한 사람에게도 원망과 미움을 갖지 않았다'고 말했는데 어찌 자식이 되어 亡者를 지하에 두고 원한을 풀지 못하게 한단 말인가? 부자지간의 품성이 이렇게까지 다를 수 있구나. 堯 임금과 그 아들 丹朱[90]가 그토록 선악이 대조적이었던 것이 진정 그럴만 했도다."(「遺事」)

구양수가 潁州 知州로 재직할 때 呂端의 아들 呂公著가 通判으로 있었다. 그런데 그 사람됨이 현명하고 근실하지만 매우 과묵하였던 관계로 남

---

90 堯의 實子. 『史記』「五帝本紀」에는, "堯知子丹朱之不肖 不足授天下 於是乃權授舜"이라고 기록하고 있다.

들이 잘 알아보지 못하였다. 그 뒤 구양수가 조정으로 돌아와 여공저를 강력히 추천하였고 이로부터 점차 요직으로 발탁되기에 이르렀다.(「遺事」)

구양수는 일찍이 勅命으로 『新唐書』를 편찬하였으며 이와는 별도로 개인적으로 『新五代史』를 찬술하였다. 그 「本紀」를 적을 때 철저히 春秋筆法[91]에 의거하였으며, 唐의 「禮樂志」를 기록할 때에는 이전 시기 禮樂의 근본이 하나에서 나왔으되 후세의 예악은 허울뿐이라는 사실을 분명히 밝혔다. 또 「五行志」에서는 事應[92]을 기록하지 아니하고, 漢代 儒者들이 災異를 인간세상의 정치와 부회했던 說을 모두 배격하였다. 그의 역사 기술은 모두 이런 식이었다. 그리하여 그의 『신오대사』는 분량은 많지 않지만 내용을 빠짐없이 구비하고 있으며 『舊五代史』의 잘못을 많이 바로잡고 있다.(「行狀」)

구양수가 『新唐書』를 찬술하며 마지막으로 修史局을 설치하고 오직 紀와 志만을 찬술하였다. 列傳은 宋祁[93]가 찬술한 것이었다. 그런데 조정에서는 하나의 책이 두 사람의 손을 거쳐 완성되었기에 그 체제가 어지러울 것이라 판단하고, 조칙을 내려 구양수로 하여금 열전부분도 검토하고 그 내용을 손보아 하나의 체제로 만들라 명하였다. 구양수는 이

---

91 孔子가 『春秋』를 저술하며 견지했다고 하는 기록의 원칙. 大義名分과 是是非非를 엄정히 밝히며 기록해가는 방식을 일컫는다.

92 五行의 마땅함을 얻는가 그렇지 아니한가에 따라 人事에 祥瑞災異가 感應한다는 것. 즉 地上界의 정치가 어떠한 治亂의 상태를 보이는가 하는 것이 天上界에 感應하여 祥瑞와 災異가 出現하며, 개인 品行의 善惡이 그 당사자의 壽夭長短, 吉凶禍福으로 연결된다는 논리.

93 宋祁(998~1061)는 進士 출신으로서 同修起居注・知制誥・翰林學士 등을 거쳐 三司使에까지 오른 인물. 史館修撰에 임용되어 歐陽脩와 함께 『新唐書』를 撰修한 것으로 유명하다. 저작으로 『宋景文集』이 있다.

러한 명령을 받고 물러나와 탄식하며 말했다.

"송기는 나보다 선배이고 더욱이 소견이란 것은 사람에 따라 다르다. 어찌 모두 내 뜻대로만 할 수 있단 말인가?"

구양수는 열전부분에 대해서는 전연 손을 대지 아니하였다. 그런데 『신당서』가 완성되어 천자에게 바쳐질 차례가 되자 담당 서리가 말했다.

"관례에 따르면 책을 편찬할 때 書局 가운데 관직이 가장 높은 사람의 이름 하나만을 적어, '아무개 등이 勅命을 받들고 편찬했습니다'라고 아뢰었습니다. 그런데 지금 公의 관직이 제일 높으니 公의 이름만을 적어야 합니다."

이 말을 듣고 구양수가 말했다.

"열전을 적을 때 송기의 노력이 매우 컸고 그 시간도 오래 걸렸네. 그런데 어찌 그 이름을 덮어서 공을 빼앗을 수 있겠는가?"

그리하여 紀와 志 부분은 구양수의 이름을 적고 열전 부분에는 송기의 성명을 적었다. 이러한 예는 이전에는 없는데 구양수로부터 시작된 것이다. 송기는 이를 전해듣고 기뻐하며 말했다.

"예로부터 文人들은 서로 양보하지 아니하고 남을 내리 누르기를 좋아했다. 이러한 일은 내 일찍이 들어보지 못했다."(「遺事」)

구양수는 『新五代史』를 찬술할 때 善을 기리고 惡을 폄하하였으며 그 서술의 원칙이 매우 엄정하였다. 또 論贊을 시작할 때에는 반드시 '嗚呼'라 적었다. 이를 두고 구양수는 말했다.

"이는 亂世의 기록이다. 나는 『春秋』의 방식을 원용하되 그 뜻을 본받고 그 문장은 답습하지 않았다."

또 어느 곳의 논찬에서는,

"저 옛날 공자께서는 『춘추』를 저술하시며 그 난세를 바로잡을 수 있는 治法을 세우셨다. 나는 本紀를 서술하며 그 치법으로써 난군을 바로잡고자 했다. 이는 바로 공자의 뜻을 본받은 것이다."

『신오대사』의 분량은 『舊五代史』의 절반이지만 그 속에 실려 있는 事迹은 오히려 『구오대사』에 비해 몇 배나 되었다. 그래서 평자들은, '구양수의 功이 사마천의 그것에 뒤지지 않는다'고 말하였다. '그 문장은 서로 비슷하지만 『신오대사』에는 잡다한 학설이 뒤섞이지 않았다. 그리고 本紀의 체제가 정밀함에 이르러서는 사마천의 『사기』가 『신오대사』에 미치지 못한다'라고도 일컬어졌다. 구양수도 또한, '내가 쓴 『신오대사』의 「伶官傳」이 어찌 『사기』의 「滑稽傳」만 못하리오?'라고 스스로 말하였다.(「遺事」)

당나라가 쇠미해진 이래 文體 또한 이를 따라 지리멸렬해졌으며 五代에 이르러서는 그 기운이 더욱 나약해졌다. 송초가 되어 한 시대의 大儒였던 柳仲塗[94]가 古文體를 주창하였으나 학자들이 따르지 않았다. 그러다 인종 景祐 年間(1034~1038)의 초엽에 이르러 구양수와 尹洙가 오로지 古文만을 숭상하였다. 특히 구양수의 경우 그 고문 문장이 매우 자연스러웠다. 그 경지는 배워서 다다를 성질의 것이 아니었으며, 마치 보통 사람들이 능히 뒤따를 수 없으리만치 초연히 우뚝 달리는 듯하였다. 비유하자면 천지의 오묘함이, 동물이나 식물 그리고 크고 작음에 이르기까지 만물을 만들어 내되, 그 흔적을 남기지 않고 저절로 그 기교를 다하듯 하였다. 이로 말미암아 文風이 일변하였고 당시 인물들이 모두 구

---

94 柳開(947~1000), 中塗는 字. 유개에 대해서는 본서 1책, 250쪽, 주49참조.

양수의 문장을 모범으로 삼기에 이르렀다.(「墓誌銘」)

張舜民이 京師에 왔다가 선배인 구양수를 찾아와 뵙기를 청하였다. 이 시기 후배 문인들은 구양수와 司馬光, 王安石의 문장을 흠모하여 그 문체를 본받으려 하고 있었다. 그런데 사마광과 왕안석의 문장은 道理나 文史에 관한 것들이 많았지만, 구양수만은 정치사무에 대해 많이 언급하고 있었다. 장순민은 구양수를 만나 한참 이야기하던 끝에 물었다.

"후학들 가운데 선생님께서도 도덕이 담겨진 문장을 지으셨으면 하고 바라는 이들이 많습니다. 지금 선생님은 대부분 남들에게 행정 실무를 깨우쳐 주는 문장을 짓고 계신데, 이는 후학들이 달가워하지 않는 것입니다."

이에 대해 구양수가 대답했다.

"그렇지 않네. 우리는 모두 이 시대를 사는 사람들이라네. 훗날 자네가 관료가 되어 행정을 직접 담당하게 되면 자연히 알게 될 것일세. 대저 문학이란 그 몸을 윤택하게 할 뿐이고 정치는 가히 사물에까지 미칠 수 있는 것이네. 내 일례를 하나 들지. 지난날 내가 夷陵縣[95]으로 貶官된 적[96]이 있었네. 그곳은 사람 사는 곳이라 할 수도 없는 오지였네. 그런데 그때만 해도 나는 한참 때라서 아직 공부에 싫증을 내지 않았었다네. 그래 『사기』나 『漢書』를 구해 한 번 보려 해도 개인이건 관청이건 아무 데도 없는 것이었네. 생각다 못해 소일거리 삼아 창고를 찾아가 지난날의

---

95 荊湖北路 서북단에 위치. 현재의 湖北省 宜昌市.
96 仁宗 景祐 3년(1036) 范仲淹이 재상 呂夷簡의 정실 인사를 비판하였다가 좌천되자, 구양수가 범중엄을 두둔하고 司諫 高若訥을 비판하는 「與高司諫書」(『居士外集』 권18)를 작성하였다가 湖北 峽州의 夷陵縣令으로 좌천된 것을 가리킨다. 이때의 정황에 대해 『宋史』에서는, "范仲淹以言事貶 在廷多論救 司諫 高若訥獨以爲當黜 修貽書責之 謂其不復知人間有羞恥事 若訥上其書 坐貶夷陵令"(권319, 「歐陽脩傳」)이라 적고 있다.

공문서들을 이리저리 뒤적여 보았지. 아 그랬더니만 그 가운데 잘못된 사건 판결이나 일처리가 부지기수였네. 없는 것을 있다 하기도 하고 잘못된 것을 옳다 하기도 했으며, 사사로운 감정에 따라 법을 거스르기도 하고 때로는 부자간의 인륜을 저버리기도 했으며 道義를 해치는 것에 이르기까지 모든 잘못이 거기에 있었다네. 夷陵縣과 같은 궁벽한 오지의 작은 곳에서도 그러하거늘 하물며 일이 천하에 이르면 어떠하겠나? 그래서 나는 하늘을 우러러 맹세하였지. '앞으로 어떠한 정무처리이든 결코 소홀히 하지 않겠다'고 말일세. 그 이후 지금에 이르기까지 30여 년이 지났고 또 그 사이에 중앙과 지방으로 여러 곳을 전전했네. 또 때로는 執政에까지 이르기도 했었지. 하지만 그 어느 때라도 그 맹세를 잊은 적이 없다네. 지금 자네의 얘기에 의하면 후학들이 내게 바라는 것은, 문장으로 일신의 영달을 꾀하라는 것이네. 하지만 난 결코 문장이 그렇게 되어서는 안 된다고 생각하네. 오히려 나의 문장이야말로 이 시대를 사는 사람의 세상에 대한 한 마디 보답이라고 여기네."(『張芸叟集』)

蘇軾이 구양수의 문장에 序를 붙이며 이렇게 적었다.

"漢代 이후 도덕과 학술이 孔子를 따르지 아니하여 천하에 많은 혼란을 초래했다. 晉나라는 老莊으로 말미암아 멸망하였고 남조의 梁나라는 불교로 인해 멸망하였다. 이러한 잘못이 바로잡히지 않고 있다가 500여 년이 지나 마침내 韓愈가 나타났고, 후학들은 한유를 맹자에 견주기까지 했다. 무릇 한유를 그렇게도 볼 수 있을 것이다.

그러한 한유 이후로 300여 년이 지나 구양수 선생님이 나타났다. 구양수 선생님의 학문은 한유와 맹자를 계승하여 공자에 다다르는 것이었다. 그의 말은 간단하면서도 명료했고 信實하면서도 두루 통했으며,

사물을 끌어 쉽게 비유하면서도 바른 이치를 정확히 분별하여 사람들의 마음을 信服시키는 것이었다. 이러한 까닭에 천하 사람들이 모두 스승으로 존경하며 이르기를, '구양수 선생님은 이 시대의 한유이다'라고 하였다.

송이 건국되고 70여 년이 지나자 백성들은 전쟁을 모를 정도로 사회가 태평해졌다. 그리하여 생활이 넉넉해져서 후학에 대한 가르침이 활발해졌다. 이러한 풍조는 인종의 天聖 年間(1023~1032)과 景祐 年間(1034~1038) 무렵 최고조에 달했다. 하지만 전반적인 학문의 정도는 저 옛날에 뒤미쳤으며, 선비들 또한 고루하게 옛 것만을 지키고 또 議論도 비천하고 氣槪도 나약하였다. 그러던 차에 구양수 선생님이 나타났던 것이다. 이에 천하의 선비들은 다투어 스스로 수양함으로써 經典을 익히고 古文을 배우는 것을 높이 치게 되었다. 나아가 이를 통해 이 시대의 문제를 해결하고 道를 행하는 것을 어질다 여기게 되었다. 그리하여 제왕의 뜻을 거스르며 간언을 하는 것이 충성이라 여겨질 수 있었다. 이와 같은 교육의 결과 嘉祐 年間(1056~1064)의 말엽이 되면 천하에 선비가 많다고 칭해지기에 이르렀다. 여기에는 구양수 선생님의 공이 매우 크다."

인명

ㅈ ─────────────────